LE MAL EST ORDINAIRE

DU MÊME AUTEUR
AUX ÉDITIONS DU MASQUE :

Rage blanche, 2018

www.lemasque.com

BECKY MASTERMAN

LE MAL EST ORDINAIRE

Traduit de l'anglais (États-Unis)
par Claire Silve

Titre original :
Fear the Darkness
publié par Orion Books,
The Orion Publishing Group Ltd, Londres

Couverture et conception graphique : Louise Cand

ISBN : 978-2-7024-4957-8

Éditrice de publications médicolégales, **Becky Masterman** écrit également des thrillers. *Rage blanche*, son premier roman, a été en lice pour de nombreux prix littéraires, dont le prestigieux Edgar Allan Poe Award. *Fear the Darkness* est le deuxième tome d'une série consacrée à Brigid Quinn, ancienne du FBI.

Éditrice de publications médicales, **Becky Masterman** écrit également des thrillers. *Rage blanche*, son premier roman, a été encensé par de nombreux prix littéraires, dont le prestigieux Edgar Allan Poe Award. *[illegible]* est le deuxième tome d'une série consacrée à Brigid Quinn, ancienne du FBI.

À Rebecca et Jeremy, Alex et Sydney, qui me soutiennent dans mes passions sans me laisser oublier le plus important

Prologue

Je n'y vois rien, c'est vrai, mais c'est bien le dernier de mes soucis. J'ai eu un bref aperçu de ce qui m'attendait avant de monter et je savais que je n'aurais aucune marge de manœuvre dans cet espace confiné, même sans cette blessure à la jambe. Je n'ai rien sous la main non plus, à part les outils rangés sous le tapis. Carlo est du genre maniaque. J'arrive encore à visualiser les outils, mais je commence à avoir du mal à savoir quoi en faire. Prenez ce que vous avez sous la main, me disait l'agent des Black Ops, Baxter[1]. Les images flottent dans mon esprit, mais pour l'instant je peux seulement les nommer. Et encore. Cric. Clé à molette. Écrou. Ce… truc élastique. Merde.

Un filet d'air me parvient entre les interstices. Au moins, je ne mourrai pas asphyxiée.

Non, ma priorité pour le moment, c'est de trouver de l'eau, de revenir à une température normale, de respirer calmement et d'éviter la syncope, sinon mon cœur va finir par lâcher. Si je meurs là-dedans, je suppose que l'idée est de balancer mon corps quelque part dans un fossé. Je vois déjà les coyotes autour de moi.

1. Baxter, personnage présent dans *Rage blanche*, est un membre des forces spéciales de la marine américaine.

Ils commenceront par la jambe, avant de laisser mon corps pourrir dans le désert. Arrêter de penser.

Dans son compte rendu d'autopsie, George écrira : « Circonstances du décès : accidentelles. Cause de la mort : hyperthermie. La victime a subi une élévation importante de sa température corporelle à la suite d'une mauvaise thermorégulation, autrement dit lorsque le corps produit ou absorbe plus de chaleur qu'il n'en dissipe. Cette élévation extrême de la température devient alors une urgence médicale nécessitant un traitement immédiat pour éviter des dommages irréversibles, voire la mort. »

Ignominieux. Parfaitement ignominieux. C'est un mot que je tiens de Carlo. Même si je ne suis pas sûre de la définition exacte, je pense qu'il s'applique à la situation. Une mort ignominieuse, certes, mais en aucun cas accidentelle. Et le moins que je puisse faire est de laisser des preuves que j'ai bel et bien été victime d'un meurtre.

Je suis allongée sur le flanc gauche, les manches de la chemise nouées autour de ma jambe, là où la balle m'a éraflée. Je sais pourquoi il a fallu stopper l'hémorragie. C'est pour ne laisser aucune trace. Je n'ai donc que mon sang pour aiguiller les enquêteurs.

Plus léthargique qu'un serpent en hibernation, je tends le bras et défais le garrot à tâtons pour palper la blessure. À force, entre la température et ma position statique, le sang a gentiment coagulé. Je suis en train de rôtir à petit feu. Je tire sur la chemise et la mets de côté. Serrant les dents pour éviter de hurler ou de me mordre la langue, j'enfonce mes doigts dans la chair boursouflée. La balle n'a pas touché l'artère, sinon ce serait un massacre (l'image d'un autre corps me revient en mémoire ; il y en avait eu tant), mais l'impact était assez profond pour que, en forçant un peu… C'est à peine si je contiens un hurlement. Dieu, que ça fait mal. Au moins, la douleur me donne un léger coup de fouet et m'empêche de m'évanouir.

Mes doigts sont poisseux. J'espère que le revêtement est imbibé de sang, mais un tapis, ça se change ou ça se lave. Bien sûr, le sang reste visible sous certains types de lumière, mais qui se douterait que c'est là qu'il faut chercher ? Non, je dois laisser une trace là où seule une personne avertie serait capable de la trouver et de la montrer aux flics pour prouver qu'il y a bien eu homicide.

J'essuie mes doigts sur la paroi intérieure du rabat, en priant pour que je n'en aie pas sur le visage, où la moindre goutte de sang serait susceptible de me trahir. Il me faut autre chose. Je plonge de nouveau dans la plaie et laisse une traînée de sang sur le métal chaud, juste au-dessus de ma tête.

Puisant dans ce qu'il me reste de cerveau, je repense à la chemise que j'ai laissée en boule à côté. J'essuie mes doigts sur le tissu, soulève les fesses pour la replacer sous ma jambe, et, malgré mon bras droit engourdi, je parviens à refaire le nœud autour de ma cuisse.

Je suçote mes doigts pour les nettoyer, mais ma langue est trop sèche et enflée pour bouger. Je dois avoir du sang sous les ongles et le long de mes pauvres cuticules. Peut-être passera-t-il inaperçu. Même dans mon état, je perçois l'ironie de ma situation. D'ordinaire, c'est moi qui cherche les preuves sur les autres.

Cela dit, ce que je fais n'a d'utilité que si je meurs. La mort de Brigid Quinn.

[illegible]

[illegible] de ma tête.

[illegible]

[illegible] d'abord. Le marteau [illegible].

1

Quand j'ai su pour ma belle-sœur, j'étais en train de rentrer du foyer pour femmes battues de Marana, à trente minutes à l'ouest de chez moi, au nord de Tucson, dans l'Arizona. Le foyer avait été baptisé Les Colombes du désert ou une connerie de ce genre. Quand je n'étais pas sur une enquête, je faisais du bénévolat pour apprendre à ces femmes que rien ne les obligeait à rester des colombes toute leur vie.

Elles étaient quatre ce jour-là. L'une d'entre elles était couverte de bleus violacés, tirant déjà sur le vert. À leur arrivée, avec cet air de victime qui les caractérisait toutes, elles se ressemblaient trop pour que je retienne leurs noms. Cela viendrait. Dans un angle de la salle, un jeune homme, vingt-cinq ans, pur muscle, nous observait. Je ne l'avais encore jamais vu. Un type de la sécurité, sans doute.

Je m'avançai sur le tatami, au centre de la petite pièce équipée d'un tapis de course, d'un vélo elliptique et de quelques haltères, probablement des dons de généreux bienfaiteurs. Nous avions déjà fait un rapide échauffement et quelques étirements, histoire de les reconnecter avec leur propre corps. L'heure était venue d'aborder les bases de l'autodéfense.

Je remontai ma queue-de-cheval en un chignon souple et, avec mon sourire le plus maternel, je demandai :

— Une volontaire ?

Elles baissèrent toutes les yeux, par habitude.

— Regardez-moi. Regardez-moi bien. Je vais avoir soixante ans. Vous pensez vraiment que je peux vous faire du mal ?

La plus jeune, plus grande que moi mais aussi épaisse qu'un oiseau, fit un pas en avant.

— Comment tu t'appelles, ma belle ?

— Anna.

Cela sonnait comme une pénitence.

— Anna, tu vas venir vers moi comme si tu voulais m'attaquer. Tu peux faire ça au ralenti ? C'est parfait. Allez-y, vous pouvez rire. Je vais tout faire au ralenti, et, quand nous l'aurons vu une fois, je vous montrerai ce que ça donne en temps réel. Voyez, Anna tient sa main droite en arrière, pour pouvoir me frapper de toutes ses forces. C'est très bien, mais peu importe que ce soit la main, le poing, ou même qu'elle ait un couteau : elle, elle ne pense qu'à son attaque. Et elle oublie une chose : je n'ai aucune intention de me laisser faire.

» Voyez, je ne recule pas. Au contraire, je vais à sa rencontre… Je rentre la tête dans les épaules, ce qui me permet de réduire la surface de contact, je passe mon épaule sous son bras et… Promis, je ne vais pas te faire mal, Anna. Je la prends par la taille pour la faire basculer sur ma hanche. Faites confiance à vos hanches, mesdames. Vous avez plus de force dans vos cuisses et vos hanches que n'importe quel homme, quelle que soit sa taille. Vous voyez ? J'ai simplement utilisé l'élan d'Anna et je l'ai retourné contre elle.

Si je continuais à parler tout en faisant la démonstration au ralenti, je n'allais pas tenir longtemps. Je m'interrompis un instant pour reprendre mon souffle.

— Et voilà, repris-je, Anna se retrouve en l'air en une seconde, et encore, on est au ralenti. Mais non, je ne vais pas te cogner la tête ! Voyez, si j'avance mon pied comme ceci, avant qu'Anna tombe sur son épaule, je n'ai plus qu'à glisser ma jambe sous elle pour accompagner sa chute. Le but n'est pas tant d'amortir le choc et de l'empêcher de se faire mal que de me mettre moi aussi au niveau du sol et de la coincer avec mon autre jambe. Et là, je lui coupe la respiration. Vous voyez comment je me positionne, bien perpendiculaire à elle ?

» À partir de là, votre adversaire ne peut plus rien faire. Vous avez deux options : soit vous vous relevez et vous courez comme une dératée sans attendre que le gars reprenne ses esprits, soit vous maintenez la prise jusqu'à ce qu'il s'évanouisse. C'est totalement inoffensif, et je vous recommande cette seconde option, ne serait-ce que pour lui donner une bonne leçon. Merci, Anna. Vous voyez, pas besoin d'être bien grande et encore moins d'être un homme !

Tandis qu'Anna se relevait, souriant malgré elle, la fille couverte de bleus demanda :

— Et qu'est-ce qui se passera le jour où je ferai ça à mon mari ? Que va-t-il faire, à votre avis ?

Elles semblaient toutes attendre ma réponse avec beaucoup d'intérêt. J'aurais pu enrober la chose, dire qu'à l'avenir l'époux aimant et respectueux leur offrirait des fleurs plutôt que de les frapper et qu'ils vivraient heureux pour toujours. Mais ces femmes avaient entendu assez de bobards au cinéma, et il était temps de leur donner des statistiques.

Plus vous dites des choses dures, plus il faut les dire avec douceur.

— Il ne va pas apprécier, c'est certain.

— Il va me tuer.

Je fis comme si je n'avais pas remarqué le ton sur lequel elle avait dit cela, avec le même frisson, la même extase que si elle disait : *Il est fou de moi*.

— C'est l'avantage avec les brutes, repris-je. Vous croyez qu'il va se venger, mais non. Neuf fois sur dix, il va tout simplement disparaître. Vous quitter pour quelqu'un d'autre. Il a besoin de quelqu'un qu'il peut contrôler, quelqu'un qu'il peut frapper sans rencontrer de résistance.

La fille croisa les bras. Ce n'était pas ce qu'elle voulait entendre. Elle était de celles qui préféraient le mensonge, et un jour elle en payerait le prix. Elle était condamnée, peut-être même déjà morte. Je la recommandai à Dieu, puis je la mis dans un coin de ma tête et me forçai à ne plus y penser, car on ne peut pas sauver tout le monde. Il faut savoir se blinder, sans quoi on baisse les armes.

Je me tournai vers le gars dans le coin, une bonne tête de plus que moi, le visage dénué de toute expression. Il semblait inoffensif, adossé au mur, mais ses muscles bandés sous son tee-shirt ne trompaient personne. À son regard perdu dans le lointain, j'aurais parié qu'il n'avait pas fréquenté que les salles de gym.

— Irak ou Afghanistan ?

Il acquiesça.

— Afghanistan.

— Vous vous appelez… ?

— Dennis.

Même avec deux générations de moins que moi, il me défia d'ajouter « la Malice ».

— Vous voulez leur faire une démo ?

Il mit un pied sur le tatami.

— Allez-y.

Il se rua vers moi, poings levés, prêt à frapper. Pas de problème. Je le mis à terre avec la même méthode en deux temps que pour Anna, mais en plus rapide. Les femmes applaudirent. Le spectacle commençait à leur plaire. Mais lorsque je tendis la main à Dennis pour l'aider à se relever, il saisit mon poignet et m'envoya valser contre le mur, par-dessus le tapis de course. Je ne l'avais pas vu venir et, sous le choc, je m'écroulai sur le tapis. Les filles eurent un petit cri de surprise, mais aucune ne réagit. Après tout, ce n'était pas la première fois qu'elles voyaient une femme se faire tabasser.

Je me remis sur pieds, prête à parer le coup suivant. Il revint à la charge en brandissant ses deux poings. Le bruit mat lorsqu'il avait atterri sur le tapis, mes jambes serrées autour de son cou avaient dû réveiller ses réflexes de soldat : tuer ou être tué. Il était reparti quelque part en Afghanistan, dans un de ces villages où il avait dû voir et faire des choses qui le hantaient, et j'avais beau lui murmurer son nom, *Dennis, Dennis*, il était incontrôlable.

Je m'en voulais de l'humilier devant les filles, mais ce gars était dangereux. Je lui collai deux coups de poing au visage, moins dans le but de le secouer que de l'obliger à lever les bras pour me donner accès à une zone plus vulnérable. Mais il anticipa et, au lieu de se protéger le visage, il lança son bras droit en arrière et me décocha un uppercut.

Du moins, il essaya. J'esquivai et, avant qu'il ait eu le temps de réagir, je visai le foie. Il s'écroula dans un gémissement.

Passé l'effet de surprise, les filles applaudirent à la vue d'un homme de cette trempe à terre, mais je me promis, à l'avenir, d'éviter les jeunes vétérans pour mes démonstrations. Je leur assurai que Dennis allait bien, que nous avions simplement fait un exercice plus poussé. Après le départ des filles, je l'aidai à se relever. Nous fîmes plus ample connaissance et échangeâmes quelques mots sur nos expériences respectives. Je lui dis que j'aurais besoin d'un partenaire pour mes démonstrations, moi qui commençais à être rouillée. Il n'était pas dupe, mais il acquiesça.

Une fois dehors, loin des regards, je m'étirai le cou et massai mon épaule endolorie. À part ça, je me sentais plutôt bien ; en fait, j'avais carrément la pêche ! Je n'étais pas mécontente d'être encore en si bonne forme après avoir passé ma carrière en infiltration pour le compte du FBI, puis derrière un bureau – sans compter mon mariage, à cinquante-huit ans bien tapés, avec un prêtre devenu prof de philo. Carlo DiForenza m'avait permis de trouver mon équilibre mais, peu de temps auparavant, la vie m'avait rappelé qu'il faut toujours être sur ses gardes. Je devais faire en sorte que mon corps suive et, si je pouvais m'entraîner tout en aidant Dennis à gérer son syndrome post-traumatique, c'était encore mieux.

Pour me remettre de cette séance médiocre, où nous n'avions à déplorer aucun blessé grave, je m'autorisai un café sur Thornydale Road, avant de remonter sur Tangerine et de prendre à l'est pour couper à travers la vallée, une ligne droite qui ondulait par vagues à la manière d'un manège pour enfants. En arrivant dans ce coin perdu de l'Arizona, on se croirait débarqué dans *Cinquante nuances de beige*. Mais c'est faux. Par cette fin de journée printanière, face aux monts Catalina tout habillés de rose dans le soleil couchant, je repensai à la grande sagesse de mon amie Mallory, qui avait coutume de dire : « Quand la montagne est rose, un apéro s'impose. »

Après cette petite empoignade avec Dennis, je rêvais d'un verre de rouge et d'un bon bain chaud rempli de sels de bain. J'ai horreur des gens qui téléphonent au volant pour passer le temps, mais je l'avoue, ce soir-là, mon café à la main et le volant calé entre mes genoux, je décidai de passer un coup de fil à mon mari pour lui dire que je serais là d'ici une vingtaine de minutes.

Carlo m'annonça que ma belle-sœur, Marylin Quinn, venait de mourir.

Mon cœur suivit la courbe de la route et se décrocha dans ma poitrine, comme si je passais dans un trou d'air.

Dans les films, le pilote de l'avion prend son micro et annonce que l'on traverse une zone de turbulences. Regagnez votre siège et attachez votre ceinture, mais surtout, restez calmes. Et un petit malin, dans le fauteuil juste derrière, se met à citer Bette Davis dans le film *Ève*.

Alors l'avion explose, devenu boule de feu, et vos poumons éclatent avant que vous puissiez comprendre ce qui vous est arrivé. Tout le monde meurt.

On venait de m'offrir un aller simple à bord de cet avion, et je n'allais pas tarder à découvrir mes compagnons de voyage : la trahison, la maladie, la question du bien et du mal. Car l'heure était venue d'honorer la promesse que j'avais faite à Marylin.

Bois ton café tant qu'il est chaud, ma belle.

2

Comment reconnaître le diable quand il a sa main sur votre épaule ?

Avant de faire la une des journaux, les psychopathes sont des humains comme les autres, jusqu'à ce qu'ils décident d'ouvrir le feu dans une église ou de torturer des gens dans l'intimité de leur cave. Ils ont leurs habitudes chez Starbucks ou Dunkin' Donuts, sont plutôt jean ou plutôt lin, préfèrent Dickens à… Bref, vous m'avez comprise. Certains parviennent à contrôler leur part d'ombre et deviendront chirurgiens, maniaques du scalpel et des opérations à cœur ouvert, ou courtiers en Bourse, prêts à parier toutes vos économies sur un coup de dés, ou encore, prêtres, esquissant un sourire lorsque vous confessez votre adultère. La plupart du temps, ces créatures mènent une vie normale, et il n'y a que leurs proches pour savoir qu'ils ne ressentent rien pour personne et qu'ils n'agissent que pour leur profit.

C'est toujours embarrassant de passer à côté du diable, mais je sais que c'est possible, parce que ce fut mon cas. D'abord, peu de gens parviennent à incarner le mal absolu. Lorsque j'étais au FBI, j'ai connu des meurtriers qui allaient applaudir leur fille à son spectacle de danse et des trafiquants de chair humaine accros à leur perruche. Vous, tout ce que vous voyez, c'est un gars qui va chez PetSmart acheter des os de seiche et qui vous lance un sourire timide, comme si son seul crime était d'aimer les oiseaux. Difficile d'imaginer que, le reste du temps, il vend des Guatémaltèques aux casinos de Las Vegas. Même la pire des ordures connaît des moments d'empathie. Qui vous dit que le diable n'est pas l'heureux propriétaire d'un adorable petit bichon ?

Personne ne s'attend non plus à tomber sur le diable à, disons, un gala de bienfaisance, chez des amis, ou dans la salle d'attente d'un médecin. Encore moins à l'église ou chez quelqu'un de confiance. Encore moins dans le reflet de son miroir.

Là d'où je viens, quand on parle des 1 %, il ne s'agit pas des plus grandes fortunes de ce monde. On parle du mal absolu, celui qui se tapit au plus profond de l'homme. Le plus difficile à détecter. Professionnellement, la traque n'en était que plus excitante ; à condition d'oublier que des vies innocentes étaient en jeu.

Je n'ai pas toujours raisonné ainsi. D'une certaine façon, ma vie était plus simple quand mon seul objectif était de ne pas me faire repérer, torturer ou tuer. Mais depuis que j'ai épousé un philosophe, je cogite davantage. Et, avec la retraite, j'ai enfin le temps de regarder les étoiles.

La nuit, face à l'immensité du ciel, vous êtes obligé de penser à la mort et à ce qu'il y a après. Chaque décès vous rappelle que vous auriez pu mourir, vous aussi. Marylin avait succombé à une sclérose en plaques à l'âge de cinquante et un ans. Elle vivait en Floride, avec mon petit frère Todd, cinquante-deux ans, leur fille de dix-sept ans et mes parents.

Je voulais aller seule à l'enterrement pour épargner les présentations officielles à Carlo, mais il insista pour m'accompagner. Nous étions mariés depuis deux ans. « Il est grand temps que je rencontre ta famille », m'avait-il répondu avec une spontanéité qui lui venait de plus en plus naturellement à mesure que nous apprenions à nous connaître.

J'adorais Marylin et j'aurais fait n'importe quoi pour elle. Elle nous avait tous adoptés sans réserve, dans cette famille de tarés où tout le monde était flic, sauf maman. Elle m'avait appris que nous pouvions être bons et que, face à des êtres plus fragiles que du verre fêlé, rien ne vaut la douceur. Mais la leçon devait être de courte durée. Quatre ans après avoir épousé Todd, elle avait appris qu'elle souffrait d'une sclérose en plaques. Elle n'avait pas renoncé à vivre pour autant, insistant même pour avoir un enfant, contre l'avis des médecins, qui s'inquiétaient des répercussions d'un accouchement dans son état. C'est après la naissance de Gemma-Kate qu'elle avait commencé à décliner, d'abord en fauteuil roulant, puis dans un lit d'hôpital, où elle avait passé ces dix-sept dernières années.

Ma promesse concernait cette enfant. Marylin m'avait téléphoné en début d'année, elle souhaitait que Gemma-Kate vienne vivre avec nous quelque temps si les choses tournaient mal, pour qu'elle puisse bénéficier du statut de résidente à l'université de l'Arizona.

— Qu'est-ce qu'elle devient ? avais-je demandé, sans insister sur ce que ma mère m'avait dit à son propos.

Rien de bien méchant, du vol à l'étalage, des amourettes sur la plage pendant les vacances quand elle n'avait que quatorze ans...

— Ça va. On va dire que c'était sa crise d'adolescence, avait répondu Marylin, consciente que tout se sait dans les familles.

— Tu sais, je n'ai aucune expérience avec les enfants.

— Tu verras, elle a bien grandi. Tu t'entendras bien avec elle.

J'avais accepté. Et moins de trois mois plus tard, Marylin était morte. J'allais devoir me montrer à la hauteur.

Todd ne pleura pas à l'enterrement. Il transpirait à grosses gouttes, comme si ses larmes contenues cherchaient une autre issue. Tout au long du service funèbre, il s'épongea les joues avec les manches trop courtes de sa veste, d'un côté puis de l'autre. Un mélange entre l'humidité de la Floride et sa surcharge pondérale. Il disait souvent qu'il avait cinq kilos à perdre ; pour être honnête, il en avait quinze de trop. Et il buvait trop. Et il fumait trop.

Il y avait beaucoup de monde. La famille de Marylin était venue en nombre, ainsi que les policiers du commissariat de Fort Lauderdale, où Todd était inspecteur. De toute évidence, ils étaient très mal à l'aise, moins gênés par la présence d'un cercueil que par l'obligation de porter un costume. Ils avaient les mâchoires tellement contractées que, au moindre mouvement brusque, ils risquaient de se casser une dent.

Plus tard, assis dans le salon que Marylin avait aménagé trente ans auparavant, Todd continuait de s'éponger la nuque avec un mouchoir. Dans la pièce, photos et bibelots s'étaient accumulés au fil du temps sans que personne ne songe à faire le tri.

L'odeur de lasagnes tièdes et de foies de volaille flottait encore dans l'air. La famille de Marylin était déjà repartie, nous laissant, Carlo et moi, coincés avec les autres Quinn, puisque nous avions prévu de passer la nuit chez Todd. Nous avions commencé par le plus simple, la vodka-glaçons, mais la douce euphorie du début, qui nous permettait de raconter en rigolant des anecdotes sur Marylin, en bons Irlandais que nous étions, commençait à céder la place à la déprime.

Nous n'étions pas mauvais, du moins c'est ce que je voulais croire à l'époque. Mais nous étions tous flics, des vases vides traversés de fêlures invisibles à l'œil nu. Trop fragiles pour supporter une telle promiscuité. Nous n'avions aucune idée de la suite mais, aujourd'hui du moins, pour Marylin, nous faisions de notre mieux pour nous supporter sans nous briser les uns les autres.

— C'est bien, il y avait du monde, dis-je, pensant que c'était ce qu'il fallait dire dans un moment pareil.

Si seulement il existait des textes tout faits pour m'éviter d'avoir à improviser. Les hommes de la maison ne savaient pas s'exprimer autrement qu'en hurlant. Chez nous, on s'aboyait dessus pour se dire bonne nuit.

— Il n'y avait que des flics.

Todd luttait pour contenir sa voix, qui fit malgré tout un léger écart sur la dernière syllabe.

— Pas beaucoup d'amis de Marylin. À force, la maladie fait fuir les gens.

Il préférait se focaliser sur les absents plutôt que sur les gens qui étaient venus. Todd était de ceux qui voient toujours le verre à moitié vide.

J'étais sur le point de lui en faire la remarque, mais je me retins.

— Ariel est au courant ?

Ariel est ma sœur cadette. Nous étions très proches jusqu'à ce qu'elle entre à la CIA. Nous avions peu à peu perdu contact, à tel point que je n'aurais su dire aujourd'hui de quoi elle avait l'air, encore moins où elle se trouvait.

— Je lui ai laissé un message sur son répondeur, répondit Todd. Elle est sans doute à l'étranger.

Il écrasa sa cigarette d'un geste brusque dans un cendrier posé près de son fauteuil, provoquant une nuée de cendres. Personne ne fit de commentaire. De temps à autre, l'un de nous buvait une gorgée ou entrechoquait ses glaçons en train de fondre pour meubler le silence. Cherchant désespérément quelque chose à dire, je m'inclinai vers la droite pour lire les titres des ouvrages rangés sous la table basse. J'ai toujours aimé regarder ce qu'il y avait à lire chez les autres. Les livres en disent parfois bien plus que leurs propriétaires eux-mêmes. Mais, entre le vieux missel des dimanches, les deux livres de recettes et un ouvrage intitulé *Comprendre les émotions de votre enfant lorsqu'un des parents est malade*, je n'appris rien que je ne savais déjà.

Je voulus m'extirper de mon fauteuil, trop bas pour mon centre de gravité, si bien que je dus me hisser à la force des bras. Les effluves de lasagnes-et-foies-de-volaille me guidèrent jusqu'à la salle à manger. La table de style colonial était couverte de petits plats préparés par les épouses des flics. J'avisai une boulette au cheddar garnie de graines en train de se dessécher sur un plat. Je l'étalai sur un petit bout de pain de seigle et enfournai le tout. Chacun gère son chagrin comme il peut.

Gemma-Kate avait un verre de tonic à la main ; je n'aurais su dire s'il contenait de la vodka ou pas. Je ne l'avais pas vue se servir, et elle ne semblait pas éméchée. Elle me rejoignit dans la salle à manger et commença à piocher parmi les charcuteries disposées sur la table. Elle déroula une tranche de rôti, la recouvrit d'une tranche d'edam, aligna trois olives vertes au milieu et en fit un roulé. Méthodique. Quant à moi, je dosais mes gorgées avec la précision d'un anesthésiste, juste de quoi éloigner la douleur sans pour autant sombrer dans l'alcool triste.

— Que des vieux, dis-je à Gemma-Kate en la regardant mâchouiller son roulé au fromage. Aucun de tes amis n'est venu, Gemma-Kate ?

Fergus, mon père, m'entendit de la pièce à côté. Il a une ouïe phénoménale pour son âge, vestige de toutes ces années passées à patrouiller, toujours sur le qui-vive.

— Chez nous, on n'est pas du genre à se faire des amis, n'est-ce pas, Cupkate ?

Ce n'était pas une critique, ni de la famille dans son ensemble, ni de Gemma-Kate en particulier. Il en était fier, ce vieil enfoiré. Effectivement, papa n'était pas du genre à faire ami-ami, lui dont le sujet de conversation favori était de raconter ses prises de bec avec untel ou untel. Enfants, nous le prenions à la lettre, et, dès que nous faisions une bêtise, un simple regard suffisait à nous terroriser. À le voir là, avachi dans son fauteuil, le front barré d'un pli soucieux, je me demandais si nous n'étions pas les seuls à l'avoir jamais pris au sérieux. Aujourd'hui, il me faisait moins d'effet qu'une sorcière Disney, mais, pour la paix des familles, je me devais de maintenir les apparences.

Gemma-Kate ignora sa remarque. Elle mordit dans son roulé et déglutit.

— Je te voyais plus grande, me dit-elle.

— J'ai dû rétrécir avec l'âge.

Comme elle ne semblait pas comprendre la blague, j'ajoutai :

— Et je te signale que, la dernière fois que je t'ai vue, tu étais bien plus petite.

Il faut dire que son surnom, Cupkate, lui allait comme un gant. C'était une vraie mignardise, petite, comme tous les Quinn.

Elle finit son roulé au fromage et s'essuya les doigts sur une pile de serviettes en papier noires. Je tartinai un autre morceau de pain de seigle, cette fois avec ce que maman aurait appelé une « écrasée de foies », et reportai mon attention sur la conversation au salon. Même s'il n'avait aucune raison de l'être, Todd semblait nerveux et continuait de suer abondamment lorsqu'il évoqua les derniers jours de sa femme.

— Marylin s'était beaucoup affaiblie dernièrement ; depuis environ un an, n'est-ce pas, maman ?

— Gemma-Kate s'en occupait tellement bien. Une parfaite petite infirmière. Marylin n'a jamais eu la moindre escarre.

Todd acquiesça.

— Souvent, quand je rentrais du travail, Gemma était en train de lui faire la lecture. Mais l'état de Marylin se dégradait rapidement, et nous avions envisagé de la placer.

Sans écouter son père, Gemma-Kate regardait au loin, comme si, derrière les fenêtres à jalousie, il y avait quelque chose qu'elle seule pouvait voir. Je n'en aurais pas mis ma main à couper, mais elle avait dû entendre tant de fois le récit tragique de la mort de sa mère qu'elle avait presque cessé de s'en émouvoir. Elle semblait si… mesurée.

— Et puis un jour elle est morte, poursuivit Todd. C'était interminable, toutes ces années, mais sur la fin, c'est allé très vite.

Il déglutit.

Dans ce silence soudain, Carlo retrouva ses réflexes de prêtre pour combler le vide.

— C'est une tragédie pour ceux qui restent, mais bien souvent, à l'approche de la mort, on ressent une sorte de révélation. Les mourants comprennent ce qui leur arrive. Nous devons apprendre à les laisser partir.

Gemma-Kate sembla revenir à elle et posa son regard sur Carlo.

— Tante Brigid dit que vous étiez dans l'Église catholique, avant.

— C'est vrai, en partie. J'ai renoncé à la prêtrise il y a près de trente ans, mais, en théorie, une fois qu'on est ordonné prêtre on le reste toute sa vie.

— Mais vous pouvez vous marier.

— Pas vraiment.

— Mais vous l'avez fait.

— C'est exact. Je l'ai fait.

Todd dut penser que la question suivante serait de savoir si Carlo et moi vivions dans le péché. C'était probablement son opinion, au demeurant. Que dirait-il s'il savait que nous avions été mariés par un juge de paix ? Toujours est-il qu'il eut une nouvelle suée, puis il coupa la parole à sa fille pour lâcher enfin ce qu'il avait sur le cœur.

— Quand son état s'est dégradé, Gemma-Kate ne voulait plus aller en cours et laisser sa mère. Mais Marylin espérait qu'elle puisse aller vivre quelque temps avec vous, avant de commencer un cursus de biochimie à l'université de l'Arizona.

J'avais beau m'y être préparée, je dois dire que ce projet ne m'emballait pas. Aînée d'une famille de flics alcooliques, ex-agente du FBI, j'aurais sans hésiter donné ma vie pour un enfant ; mais, n'ayant moi-même pas eu d'enfance, j'avais assez peu en commun avec eux. De mon côté, je commençais tout juste à profiter de cette vie que j'avais passé tant d'années à protéger et servir. Après une période d'adaptation, je savourais enfin les joies du mariage et je craignais de mettre cet équilibre en péril. Le jour où j'avais fait cette promesse à Marylin, je ne pensais pas avoir à l'honorer si tôt. J'hésitai.

Pour Carlo, en revanche, c'était tout vu.

— Bien sûr, dit-il avec un sourire, croyant sans doute que je serais heureuse de le voir si solidaire de ma famille. Aucun problème, nous avons une chambre de libre.

Todd n'avait pas imaginé que ce serait si simple et il poursuivit son argumentaire.

— Gemma-Kate n'a pas eu une vie facile, dit-il en désignant la jeune fille, qui regardait de nouveau par la fenêtre tandis qu'on décidait de son avenir. Elle n'a jamais eu de mère et... (il baissa la tête d'un air contrit) pas vraiment de père non plus. Vous savez ce que c'est, avec le boulot.

— Todd, j'ai déjà...

— C'est Gemma-Kate qui a eu l'idée. Avec sa mère. Elles en ont parlé avant qu'elle... Ça lui fera du bien de changer d'air, d'aller en cours dans un endroit complètement différent. Avec vous, elle aura le statut de résidente pour entrer à l'université de l'Arizona.

J'avais cessé de l'écouter et m'amusais à voir combien de temps encore il parviendrait à garder son calme. Maman mit fin à son calvaire.

— Ils ont dit oui, le coupa-t-elle avec un geste impatient de la main, avant de se relever sans la moindre difficulté.

De nous tous, maman était celle qui tenait le mieux l'alcool.

— Brigid, viens donc m'aider à ranger un peu toute cette nourriture.

Je fis ce qu'on me demandait. Moi qui avais été reçue et félicitée par des présidents, moi qui avais frôlé tant de fois la mort que j'avais cessé d'en avoir peur, moi qui avais mis à l'ombre quelques-uns des pires criminels de l'histoire du FBI, quel que soit mon âge, ici, je n'étais rien de plus que la fille aînée. Alors, docile, j'allai chercher les couvercles à la cuisine et les replaçai un par un sur les Tupperware dans la salle à manger.

Nous en profitâmes pour bavarder un peu toutes les deux. Elle avait dû zapper le moment où nous étions tacitement convenues de nous ménager les uns les autres. Ou alors elle avait atteint sa limite.

— Comment ça va, en Arizona ?

— Bien. Vraiment bien, maman.

— Carlo nous a dit que tu avais quitté l'Église ?

Plutôt que de lui expliquer que l'Église épiscopalienne ressemblait en tout point à l'Église catholique, et malgré la meilleure volonté du monde, c'est moi qui craquai la première.

— Maman, je n'ai jamais été *dans* l'Église.

Au moins, cela eut le mérite de la faire réagir. Elle pinça ses lèvres tremblantes dans une sorte de moue. Bien qu'elle ait arrêté de fumer plusieurs dizaines d'années auparavant, sa bouche d'ancienne fumeuse se plissa en un faisceau de rides.

— Mais… tu as fait ta première communion. Tu portais un voile et des petits souliers blancs de chez Mary Jane.

Je passai mes bras autour de son cou et la serrai contre moi, un geste que je ne connaissais pas enfant et que j'avais appris au contact de Carlo.

— Je regrette. Je regrette.

Je sentis sa peau élastique se raidir sur ses vieux os. Ce n'était pas moi qu'elle rejetait, c'était le contact avec un corps étranger. Je ne lui infligeai pas cette torture plus longtemps.

Je sus qu'elle m'avait pardonnée lorsqu'elle changea de sujet.

— Qui garde les chiens ?

— Une amie.

— Tu as une amie, toi ?

Je m'abstins de répondre et il ne me fallut pas longtemps pour retrouver Brigid la débonnaire, astiquant la nappe en toile cirée, happée par le fil de mes pensées et les bavardages familiaux. Nous survécûmes ainsi jusqu'à ce que, deux jours plus tard, Todd nous dépose tous les trois à l'aéroport de Fort Lauderdale.

Gemma-Kate n'avait jamais pris l'avion. Elle se sentit mal sur le vol Dallas-Tucson, et nous eûmes droit à quelques scènes théâtrales lorsqu'elle dut s'extirper de son fauteuil, côté hublot, pour nous enjamber, Carlo et moi, et se précipiter aux toilettes, à l'avant de l'avion. Elle revint, pâlotte et silencieuse. Je lui pris un soda et une couverture, ce qui n'était pas négligeable pour un voyage en classe éco, et la laissai s'endormir sur mon épaule tandis que les montagnes du Nouveau-Mexique se déployaient majestueusement sous mes yeux.

Dommage, elle n'avait jamais vu de montagnes non plus.

J'étais sous le charme. J'ai toujours eu un faible pour les plus petits et les plus fragiles. Et puis il y avait Marylin. La valeur d'une personne tient parfois au simple fait de savoir soutenir sa famille et tenir ses promesses. Et Gemma-Kate avait probablement besoin de changer d'air. Toute sa vie elle avait joué les infirmières. Ce n'était pas une façon de grandir. « Dévastée », avait dit maman à l'enterrement ; un mot qu'elle avait dû piocher dans un quelconque reportage sur une catastrophe naturelle. Mais mon frère avait rétorqué : « Cette gamine est solide. Une sacrée dure à cuire. » Il faut croire que c'est le plus beau compliment entre Quinn. Des durs à cuire.

Je pouvais y arriver. Moi aussi j'étais solide. J'avais beau être petite et avoir déjà les cheveux blancs, j'étais dans une forme olympique pour mon âge, tant sur le plan psychologique que sur le plan physique. Et, vous l'avez vu, je peux neutraliser un homme en moins de…, en un rien de temps.

Comment dire ?

À côté de moi, Chuck Norris est un petit joueur. Je devais être capable de m'en sortir avec ma nièce…

3

Pour un flic, il n'y a pas de pire bruit au monde qu'un *clic*. Le bruit d'une arme enrayée. Mais, appliqué aux relations humaines, j'avais découvert qu'un *clic* était plutôt bon signe. C'est ce qui arrive lorsque, après avoir échangé trois mots, vous savez déjà que vous allez devenir amis ou amants.

J'ai connu ce *clic* avec Carlo DiForenza, lors d'un cours qu'il donnait à l'université, juste après ma retraite et juste avant la sienne. Avant d'épouser Carlo, il y a deux ans, mon nom était Brigid Quinn. J'avais sacrifié ma vie au FBI, parcourant le pays sous l'apparence tantôt d'une prostituée, tantôt d'une importatrice de drogue ou d'une trafiquante de chair humaine. J'avais tenu bien au-delà des limites du raisonnable. Vous n'avez pas d'amis lorsque vous êtes infiltrée. Et les seules personnes que vous fréquentez…, vous ne voulez pas les avoir pour amies.

Plus tard, tout comme j'avais dû apprendre à être une bonne épouse, j'ai dû apprendre à être une bonne amie. Mallory Hollinger et moi avons fait connaissance à St Martin in the Fields. Carlo m'avait demandé deux choses : être plus honnête avec lui et l'accompagner à l'église. Ayant connu quelques déboires avec l'Église catholique, nous avions opté pour l'Église épiscopalienne. Mais je n'avais pas compris, avant notre premier office dominical, à quel point elles étaient similaires.

La principale différence est que, chez les épiscopaliens, juste avant le début du cortège, quelqu'un dit dans le fond de l'église : « Veuillez éteindre vos portables, s'il vous plaît. » À ce signal, tout le monde se lève et se met à entonner le premier hymne. En entier, s'il vous plaît.

Une autre différence est que les fidèles ne se bousculent pas vers la sortie dès le début du dernier hymne, là encore en entier, pour arriver les premiers sur le parking. Ils se retrouvent dans une autre pièce après l'office pour partager un café. Tant qu'il y a du café, je suis partante. Je m'étais dirigée droit vers la table où trônait le percolateur, décidée à obtenir ma part du précieux breuvage, et, à mon retour, alors que j'avais laissé Carlo seul, je découvris une femme en train de lui faire la conversation.

C'était une femme imposante, pas grosse mais massive. Elle était très grande et avait une manière d'accorder son rire à celui de Carlo qui ne me laissa pas indifférente. De plus près, je décelai une fine cicatrice, à peine visible, sur sa joue gauche. Sa lèvre supérieure était particulièrement charnue, et elle lançait cette lèvre proéminente en direction de Carlo tel un cheval devant un morceau de sucre. Non sans une pointe de jalousie, je songeai qu'ils formaient un couple parfait, digne d'une publicité pour le Viagra.

Voilà qui était parfaitement ridicule.

— Je t'ai pris un café, chéri, dis-je en tendant mon gobelet à Carlo. Puis, à la femme qui souriait à côté de lui : Bonjour, je m'appelle Brigid.

J'étais fière d'avoir retrouvé assez de confiance en moi pour ne pas me comporter comme une adolescente jalouse au bal de promo. Elle me serra la main avec une poigne étonnamment ferme pour son âge. Mallory Hollinger n'était pas une reine de beauté, loin de là. Mais elle avait l'art de faire comme si aucun homme ne pouvait lui résister.

— Mallory Hollinger. Nous étions en train de discuter avec votre mari des points communs entre l'Église catholique et l'Église épiscopalienne.

— Je ne vois aucune différence, si ce n'est qu'ici les gens ont sorti leurs habits du dimanche.

— C'est précisément parce qu'il n'y en a pas, ma chère, me souffla Mallory en baissant la voix, excluant Carlo de la conversation. Nous sommes la version *allégée* du catholicisme : plus d'argent, moins de pape.

Et *clic*, nous étions amies. Moi qui n'avais jamais eu aucun ami en dehors du Bureau, j'ignorais que cela pouvait être aussi simple.

Nous découvrîmes vite que nous partagions le même humour décalé, une aversion prononcée pour les bondieuseries et l'amour des belles choses, quelles qu'elles soient. Mallory était mon double, en moins stressée.

Nous lui avions confié nos deux carlins pendant notre séjour en Floride, et elle nous attendait à la maison avec des plats indiens : ma cuisine préférée. Les chiens se jetèrent sur moi et je tombai à la renverse, les couvrant de caresses et de baisers jusqu'à ce que l'un d'entre eux menace de faire un arrêt cardiaque sous le coup de l'émotion.

— Alors, les affreux, maman va vous manquer ? leur dit Mallory en claquant une bise à Carlo sur les deux joues.

Ce qui aurait semblé prétentieux de la part de n'importe qui d'autre passait chez cette femme avec un naturel déconcertant.

— Comment va Owen ?

Owen était son mari, aussi cher à son cœur que Carlo l'était au mien, et il avait perdu l'usage de ses membres dans un accident six mois avant notre rencontre. Mais nous aurons le temps d'y revenir.

— Couci-couça. Je l'ai laissé avec Annette.

Pour ne pas avoir l'air de se plaindre, elle revint aux chiens.

— Ils ont été parfaitement abjects, mais vous auriez dû les voir quand ils ont entendu la porte du garage. Puis-je savoir qui est cette délicieuse enfant ?

Je lui présentai Gemma-Kate, curieuse de voir si ma nièce allait être sensible au charme ostentatoire de Mallory.

— Enchantée, Gemma-Kate ! Moi, c'est Mallory ! fit-elle à grand renfort de moulinets.

Elle croisa mon regard.

— J'en fais trop, c'est ça ?

Elle n'avait guère plus d'expérience avec les jeunes que moi.

— On va bientôt te surnommer Tante Mame, répondis-je.

Elle baissa d'un ton et demanda à Gemma-Kate :

— Tu as fait bon voyage ?

— C'était incroyable, répondit-elle, les yeux écarquillés au souvenir du voyage.

— Gemma-Kate n'était jamais montée dans un avion, ajoutai-je.

Mallory en resta muette de stupeur, elle qui avait survolé le volcan Kilauea de si près qu'elle se souvenait encore de la sensation de sa chaleur.

— Les nouvelles expériences sont toujours les meilleures, se reprit-elle, parvenant à sembler approbatrice plutôt que condescendante.

Gemma-Kate vit alors que les chiens m'avaient délaissée pour venir renifler ses chevilles. Elle les regarda un moment, ne sachant quelle attitude adopter. Puis, avec un large sourire, elle se laissa tomber à côté de moi et les caressa l'un après l'autre, si tant est que leur tapoter le crâne soit considéré comme une caresse. Elle n'avait jamais eu d'animal de compagnie.

— Ils sont *adorables* ! Comment s'appellent-ils ?

— Ils n'ont pas de nom, répondit Mallory en faisant de gros yeux. Brigid se contente de les appeler « les chiens ».

Elle releva la tête lorsqu'elle comprit que nous l'observions tous les trois et pinça ses lèvres en bouton de rose. Tout était rond chez elle : ses grands yeux, son petit nez... Même ses lobes d'oreilles en forme de coussinets.

— Peut-être pourras-tu leur trouver un nom ? suggérai-je, pour lui prouver que Mallory ne se moquait pas d'elle.

Gemma-Kate sourit.

Visiblement, les carlins n'appréciaient que moyennement ses petits tapotements, ou peut-être jugèrent-ils que cela manquait de conviction. Ils l'abandonnèrent, trottinèrent jusqu'à la porte donnant sur la cour et attendirent patiemment que Carlo vienne leur ouvrir.

— Et maintenant, on se détend, lança Mallory, tandis que Carlo portait nos affaires dans notre chambre et la valise de Gemma-Kate dans la chambre d'amis. Le vin a eu largement le temps de s'aérer. Gemma-Kate, tu en prendras ?

Nous nous redressâmes toutes les deux pour la suivre dans la cuisine, et Gemma-Kate fit un quart de tour pour demander mon approbation. Voyant que je ne formulais pas d'objection, elle acquiesça avec une moue d'une exquise timidité. Mallory ouvrit le placard de droite et sortit quatre verres pendant que j'examinais la bouteille.

— Brunello di Montalcino. Cette bouteille ne vient pas de notre cave, dis-je en désignant un petit casier au-dessus du réfrigérateur. Tu sais que tu aurais pu ouvrir une des nôtres ?

Je lui aurais présenté une cuillerée d'huile de ricin que Mallory n'aurait pas fait davantage la grimace. Elle me prit la bouteille des mains.

— Je sais, dit-elle sobrement.

— Allez au diable, Hollinger. Moi aussi j'aime les bonnes choses, mais certaines ne sont pas dans mes moyens.

Elle remplit nos verres et nous les tendit. Gemma-Kate prit le sien et rejoignit Carlo dans le salon, me laissant humer le mien et le goûter avec délectation.

— Oh ! mon Dieu. Je n'ai rien bu d'aussi bon depuis...

Je m'arrêtai juste à temps : un peu plus et je lui parlais de ce type qui gérait un trafic de femmes entre le Guatemala et Las Vegas.

— ... Toujours ?

— C'est le mot que je cherchais, dis-je. Merci d'avoir gardé les chiens et d'être là ce soir.

— J'aime cette maison. Tu as bon goût, fit-elle dans un sourire.

Elle faisait allusion à ses propres talents, elle qui m'avait donné de précieux conseils lors de ma courte phase de décoratrice d'intérieur.

Nous regagnâmes le salon avec nos verres. Carlo était en train de montrer à Gemma-Kate les montagnes à l'est de notre propriété, à grand renfort de mots comme « métamorphiques », tandis qu'elle affichait un intérêt poli.

Je m'installai à côté de Carlo sur le canapé dos de chameau que Mallory m'avait conseillé de garder. Avec sa délicatesse habituelle, elle nous posa quelques questions sur l'enterrement et la famille, puis nous changeâmes de sujet. Nous rîmes aux éclats lorsqu'elle nous fit le récit du séjour des carlins chez elle. Ils avaient pris l'habitude de se coucher contre Owen, et il semblait apprécier leur contact, même s'il n'était pas en mesure de le dire.

Les carlins étaient rentrés et s'étaient blottis près de moi, l'un lové contre ma cuisse et l'autre à cheval entre mes épaules et le dossier du canapé, m'envoyant son haleine tiède et odorante dans le cou. Je repensai à l'invitation de Mallory, qui datait d'au moins un mois avant l'enterrement.

— Au fait, ça tient toujours, ce fameux gala de bienfaisance ?

— Lequel ?

— Il n'y a vraiment que toi pour dire ça. Tu n'avais pas réservé une table pour la soirée organisée par la Ligue de protection des animaux ?

— Je devrais peut-être vous *désinviter*. La soirée risque de tourner au vinaigre.

— Toi, la reine des mondanités ? Une soirée qui tourne mal ? Impossible.

— Je ne voulais pas évoquer le sujet, avec la mort de ta belle-sœur et tout le reste. Tu te rappelles ce couple dont je t'avais parlé ? Leur fils s'est noyé, et ils ont quitté la paroisse parce qu'ils ne supportaient plus de voir du monde. Juste avant ton arrivée.

— Ça me dit quelque chose. La femme a un peu craqué, c'est ça ?

— Voilà. Elle en voulait à l'Église, aux autres enfants, à la femme du pasteur…, bref, à la terre entière. Mais il se trouve que son mari est le médecin d'Owen, et il est remarquable. Je me suis dit qu'il était temps de recoller les morceaux : l'eau a coulé sous les ponts, on sera en terrain neutre, et avec un peu de chance elle aura retrouvé la raison ! Ils ont tous accepté. Mais ça pourrait vraiment dégénérer.

— Pitié, pour une fois que j'ai l'occasion de te voir échouer en public… Ne me prive pas de ce plaisir !

Mallory céda.

— Gemma-Kate n'a qu'à venir, elle aussi. On lui trouvera bien une petite place.

— C'est vraiment gentil, dis-je en me tournant vers ma nièce.

Elle n'était plus assise à côté de Carlo ; elle était partie remplir son verre à la cuisine, ce que je ne manquai pas de relever avec un certain intérêt. Elle avait pris une longue gorgée, et faisait les cent pas dans la pièce comme un animal pris au piège. Lorsque je lui demandai si elle souhaitait nous accompagner à la soirée de bienfaisance, elle s'immobilisa. Elle nous tournait le dos, appuyée à l'une des fenêtres donnant sur la cour et la statue grandeur nature de saint François. Était-elle en train de regarder par la fenêtre ou était-elle captivée par son propre reflet ? J'étais la seule à voir qu'elle ne souriait plus. Je me demandai si c'était une bonne idée – pour elle, pas pour moi – de l'avoir éloignée de son père et de ses grands-parents si vite après la disparition de sa mère.

Carlo et Mallory avaient eux aussi remarqué son manège, à présent.

— Gemma-Kate ? fis-je doucement pour attirer son attention.

— Ça va aller, dit-elle. Je vais me plaire, ici.

Elle revint à nous, ou plutôt à Carlo, tout sourire.

— Au fait, est-ce que je dois vous appeler oncle Carlo, père Carlo, ou tout simplement Carlo ?

Je sentis le soulagement nous envahir tous les trois, car nous étions un peu à cran, chacun observant en douce Gemma-Kate. Nous nous faisions tous du souci pour elle.

Carlo lui sourit en retour.

— Cela fait bien longtemps qu'on ne m'a plus appelé père Carlo. Pourquoi ne pas attendre de voir ce qui vient, plutôt que de prendre une décision gravée dans le marbre ?

— Très bien, dit-elle.

C'est le moment que choisit le chien sur mon épaule pour me lécher le nez, et je le repoussai vivement.

— Ils adorent Brigid, fit Carlo en se retournant vers moi.

Il posa une main sur la mienne et la laissa là.

Je surpris le regard de Gemma-Kate, les yeux rivés sur sa main. Je fus la seule à voir qu'elle s'était imperceptiblement raidie.

— Papa dit que les animaux n'ont pas de sentiments. Il dit que si tante Brigid mourait et qu'ils étaient enfermés avec elle dans la maison sans nourriture, en moins de deux jours, ils auraient commencé à la manger. D'abord les mains et le visage, là où il n'y a pas de vêtements.

J'admets que ce genre de déclarations peut paraître un peu déplacé, voire carrément de mauvais goût. Mais pour moi, ce n'était rien de plus qu'une conversation banale chez les Quinn, comme quand mon père jouait à nous faire peur à table. Pour Carlo et Mallory, en revanche, cela jeta un froid ; on évite de dire ce genre de chose devant des civils. J'avais de la peine pour Gemma-Kate ; moi-même, j'avais plusieurs fois interrompu des conversations par le passé.

— Qui prendra du poulet tikka ? lançai-je dans un silence de plomb.

4

Heureusement, le poulet tikka relégua ces considérations morbido-canines au second plan, et le repas se déroula sans autre incident. Le poulet fut englouti jusqu'à la dernière miette, et nous prîmes même les restes de pain naan pour saucer le plat. Je contemplais cette tablée avec émerveillement. Je n'avais pas fait la cuisine, je n'avais même pas mis le couvert, et pourtant j'avais le sentiment d'être à l'origine de ce moment de communion, de cette famille que j'avais créée. Hé ! regardez ! Après des années de solitude à ne fréquenter que des criminels et des malfrats, j'ai un mari et une amie ! On bavarde tranquillement. C'était la vraie vie, pensais-je, la vie que j'avais permis à tant d'autres de vivre pendant que je veillais sur eux. Et, contrairement à nos repas de famille, la discussion ne menaçait pas de dégénérer à chaque instant. Comment ne pas s'émerveiller devant nos éclats de rire ? J'ai gardé en mémoire les moindres détails de cette soirée, parce que c'était la dernière fois. Les rires, je veux dire.

Après le dîner, Mallory dit à Gemma-Kate :

— Tu sais ce qui pourrait être encore plus sympa que de traîner avec les vieux ? Tu pourrais venir à l'église, il y a un garçon de ton âge. Il est très mignon.

— Oh, je ne veux surtout pas m'imposer, répondit Gemma-Kate.

Ces mots sonnèrent creux, presque forcés. Comme s'ils ne venaient pas d'elle. « Je ne veux surtout pas m'imposer. » Je croyais entendre Todd, une de ces phrases toutes faites qu'il avait dû lui répéter en prévision de son séjour ici. Je me demandai ce qu'elle aurait eu à en dire, elle.

— C'est une bonne idée, fis-je. C'est une toute petite communauté, mais il y a quelques jeunes. Rien ne t'oblige à participer à un groupe, d'ailleurs.

— Sauf si tu le souhaites, ajouta Mallory.

Et c'est ainsi, en moins de temps qu'il n'en faut pour le dire, qu'il fut convenu qu'elle passerait prendre Gemma-Kate dès le lendemain pour une soirée télescope à St Martin.

Avec le sentiment du devoir accompli, Mallory me serra contre elle et remonta au volant de sa Jaguar, l'une des rares en circulation à Tucson. Carlo débarrassa les plats de polystyrène et se chargea de la vaisselle, tandis que Gemma-Kate m'accompagnait pour la promenade des chiens. Nous enfilâmes une petite laine – au mois de mars, à la tombée de la nuit, un pull n'était pas de trop.

À peine dehors, nous fûmes accueillies par un concert de grenouilles, célibataires avides de trouver un partenaire après une longue hibernation. L'hiver avait été pluvieux, et le quartier était devenu une véritable boîte de nuit pour amphibiens en mal d'amour.

Gemma-Kate accepta sans broncher la frontale que je lui tendis. Le faisceau lumineux de la LED devait nous permettre d'identifier tout bruissement suspect, ainsi que les crottes des carlins pour pouvoir les ramasser.

En partant, je la mis en garde contre les serpents (« Une laisse courte, Gemma. »), puis nous prîmes chacune un chien. Le mâle, méthodique, faisait halte à chaque poteau, chaque plante, chaque gravillon pour marquer son territoire.

Au cours des quelques jours précédant l'enterrement, Gemma-Kate m'avait semblé sur la réserve, presque éteinte. Mais ce soir, elle caracolait sur le trottoir. Même si elle devait souffrir de l'absence de sa mère, je comprenais aussi le soulagement qu'il pouvait y avoir à mettre à distance la maladie et sa famille. Ajoutez à cela le vin et l'irrésistible influence de Mallory, pas étonnant qu'elle ait la pêche.

Elle répondit volontiers à mes questions. Oui, elle était contente de changer d'environnement. Oui, elle était impatiente de commencer les cours à l'université. Oui, elle voulait voir le Grand Canyon.

Connaissant son intérêt pour la biologie, je lui montrai les petits points lumineux sur le trottoir, ces petites paillettes qui bougeaient dans le noir. J'avais découvert qu'il s'agissait d'araignées, dont les yeux réfléchissaient la lumière de nos frontales. Gemma-Kate se mit à les compter à haute voix en marchant.

C'était la première fois que nous étions seules toutes les deux. Je voulais profiter de ce petit tête-à-tête, dans le calme de la nuit, pour la sonder et faire davantage connaissance.

Mais les Quinn ne sont pas très doués en matière de subtilité.

— Alors, comment tu te sens ? dis-je.

— Ça fait longtemps que vous connaissez Mallory ? fit-elle en même temps.

— Environ six mois.

— Et vous lui avez laissé les clés de la maison ?

— Non, je lui ai donné le code du garage et j'ai laissé la porte ouverte à l'intérieur.

— Vous allez changer le code ?

— Non, Gemma-Kate, Mallory est une amie.

— Si j'étais toi, je ne laisserais pas quelqu'un que je connais depuis si peu de temps rentrer chez moi en mon absence.

Je déroulai un des petits sacs accrochés à ma laisse et me baissai pour ramasser une crotte.

— J'ai eu l'impression que tu l'aimais bien.

— Et toi, tu l'aimes bien ?

— C'est la première fois que j'ai une vraie amie, à part ta tante Ariel et ta mère.

— Désolée, je suis juste… très prudente.

— Tu es bien une fille de flic, dis-je en essuyant le derrière de mon carlin pour ne pas faire de tache sur ma moquette beige flambant neuve.

Nous marchâmes ainsi jusqu'au bout de l'impasse, avant de repartir en sens inverse. Il fallut s'arrêter au retour pour ramasser une autre crotte, à côté d'un cactus qui me rappela les ravissantes petites robes à plumetis que maman nous faisait, à ma sœur et à moi. Mon enfance n'avait pas eu que des mauvais côtés. C'est rarement le cas.

— Comment tu te sens ? risquai-je une seconde fois, travaillant mon ton de voix pour avoir l'air de la tante attentive.

Il y eut un long silence.

— Il faut faire avec, répondit-elle enfin, s'arrêtant pour examiner un autre point lumineux.

Je crus de nouveau entendre son père, qui avait dû la briefer pour que tout se passe bien avec la tante Brigid. Mais ce n'était pas son père que je voulais entendre.

— C'est normal d'être triste. Ta mère était une femme extraordinaire, c'était une sainte.

Je sentais monter les larmes que j'avais contenues jusque-là.

— Je l'aimais énormément.

Il y eut un nouveau silence, le temps que Gemma-Kate fasse défiler au moins une demi-douzaine de réponses dans sa tête. Je n'en attendais plus quand elle déclara :

— Elle parlait tout le temps de toi, tu sais. De tes aventures. Parfois, je m'imaginais que tu étais ma mère.

Cela n'était pas pour me réconforter.

— Je n'ai pas toujours été celle que je suis aujourd'hui. Travailler sous couverture, mener des enquêtes, je sais faire. Mais, pour le reste… J'aurais été du genre mère alcoolique, pas maman gâteau.

— Maman non plus n'était pas très gâteau. Maman était juste malade.

Je crus sentir une once de reproche lorsqu'elle prononça ce dernier mot.

— Elle n'y pouvait rien. Et, même si elle était malade, tu n'aurais pas pu mieux tomber.

Il faisait noir, mais je sus que Gemma-Kate se tournait vers moi car la lumière de sa frontale m'aveugla un instant. Je ne distinguais pas ses yeux.

— Le mien est en train de faire caca, je dois aussi ramasser ?

— Laisse, je m'en occupe.

Je pris un autre sachet, en couvris ma main et ramassai la crotte.

Je faisais un petit nœud pour le fermer lorsque Gemma-Kate se mit à gesticuler avec la laisse.

— Et ça ? C'est une tarentule ?

Il s'agissait d'un point lumineux grand comme une pièce de monnaie et composé d'une multitude de points minuscules, qui progressait avec lenteur sur le gravier devant nous.

— Non, ce n'est pas la première fois que je vois ça. C'est une araignée-loup. Elle porte ses petits sur son dos.

— Je croyais que les araignées pondaient des œufs.

— Pas celle-ci. Enfin, peut-être qu'elle pond des œufs, mais, quand ils éclosent, les petits grimpent sur le dos de leur mère. Ce qu'on voit, ce n'est rien d'autre que les yeux des bébés.

— Pourquoi elle fait ça ?

— L'instinct, je suppose. La survie de l'espèce.

J'avais appris à composer avec la présence des araignées et, même si j'ai horreur de ces petites bêtes, je leur étais reconnaissante de se signaler ainsi dans l'obscurité. Pourtant, quand je vis Gemma-Kate me tendre la laisse, se baisser et poser sa main à plat pour que l'araignée grimpe sur son bras, je sentis mon estomac se retourner. Elle l'examina à la lumière de sa frontale, la faisant passer d'une main à l'autre. La mère semblait crouler sous le poids de dizaines de petits parfaitement formés. J'observais Gemma-Kate, concentrée et immobile à l'exception de cette veine qui pulsait nerveusement le long de son cou, et j'eus le sentiment qu'elle savourait cet instant : le fait que je la regarde. Moi, la solide tante Brigid, fascinée, horrifiée même, par ce dont Gemma-Kate était capable.

Puis elle reposa l'araignée à terre.

Une fois de plus, Marylin s'imposa à mon esprit, et, comme tous ceux qui ont vu mourir trop de gens, quelque chose germa en moi, une irrépressible envie que cette affreuse maman araignée puisse vivre. Nous l'observâmes encore un moment, puis Gemma-Kate leva un pied.

Est-ce qu'elle le fit vraiment ? Ou est-ce ma mémoire qui me joue des tours, après tout ce qui est arrivé ? S'est-elle assurée que je la regardais avant de suspendre son geste et de reposer son pied à côté ? S'est-elle demandé de quoi ça aurait l'air, cette myriade d'étincelles explosant sur le trottoir en un feu d'artifice miniature ?

Non. C'était moi, moi qui pensais tout cela.

On dit qu'il n'y a pas de vrais souvenirs, que tout est le fruit d'une reconstruction. Parfois on ne sait plus si on a vécu les événements ou si on les a rêvés.

5

Le lendemain soir, comme convenu, Mallory déposa Gemma-Kate à l'église, puis la ramena à la maison, disparaissant au volant de sa voiture avec un signe de la main. Je demandai à Gemma-Kate comment s'était passée la soirée.

— C'était un groupe de prière, et on n'était que cinq, dit-elle en mettant une tasse de thé au micro-ondes. Finalement, on n'a pas pu sortir les télescopes parce que le ciel était couvert, alors on a joué au ping-pong à la place. J'ai cru mourir.

Puis elle ajouta, non sans une certaine réticence :

— Un des garçons avait mon âge. Son père est flic, lui aussi.

— Comment s'appelle-t-il ?

— Un certain Peter… Tu le connais ?

— Je ne connais pas grand monde à l'église.

— On a prévu de se revoir un de ces jours.

— Ça veut dire que c'est ton petit ami ? Excuse-moi, je m'y perds un peu, avec tout ce vocabulaire.

— Tu plaisantes ?

— Oui, je plaisante.

En effet, deux jours plus tard, vers 18 heures, la sonnette retentit. Derrière la porte moustiquaire se tenait un garçon, qui se grattait nerveusement la joue sans rien dire. Je me préparai à subir un laïus sur la vente de bougies pour un quelconque foyer de jeunes en réinsertion et m'assurai discrètement que la porte était verrouillée.

— Je peux vous aider ? demandai-je.

Gemma-Kate apparut dans mon dos.

— Il me faut une lampe de poche ?

— J'en ai deux, fit le garçon.

— Excusez-moi, intervins-je.

— Oh ! je suis désolée, tante Brigid. Je te présente Peter.

— Salut, fit Peter avec un vague signe de la main, sans décrocher les yeux d'un point situé quelque part derrière mon épaule droite.

Je le rangeai aussitôt dans la catégorie des Ni-Ni. Ni grand ni petit. Ni blond ni brun. Ni souriant ni désagréable. Si je discutais avec lui, je le trouverais probablement ni sympathique ni antipathique. Transparent – jusqu'à ce qu'on le retrouve dans les registres de la police. Bon, d'accord, j'exagère peut-être un peu.

— Peter ? De l'église ? demandai-je en feignant l'ignorance.

Laissant Peter dehors derrière la porte moustiquaire, Gemma-Kate dit :

— J'aurais dû te prévenir, je suis désolée, tante Brigid. J'ai tellement l'habitude d'être indépendante, je n'ai pas pensé à te demander la permission.

Elle était si bien élevée.

J'ouvris la porte et pris un ton que j'espérais assez désinvolte.

— Je peux savoir ce que vous avez prévu ?

Peter prit enfin la parole. Il était plus poli et assuré que je n'aurais cru.

— On fait une randonnée nocturne à Sabino Canyon pour observer la floraison des cactus et la faune de nuit. On sera accompagnés d'un guide.

J'ai proposé à Gemma-Kate de venir parce que c'est la meilleure façon de découvrir la région. En comptant les trajets, on sera de retour dans quelques heures. On passera chez Eegee's pour prendre des sandwiches.

— Beau programme. Je peux voir ton permis de conduire ?

Gemma-Kate tiqua, mais Peter s'exécuta sans broncher. Il sortit un vieux portefeuille élimé de sa poche arrière et l'ouvrit pour brandir sa carte. Aucun doute, son père était flic.

Pendant que je vérifiais qu'il était bien celui qu'il prétendait et que son permis était valide, Carlo approcha par-derrière et glissa un billet de vingt dollars à Gemma-Kate. De mon côté, sous le coup de la surprise, et n'ayant jamais eu à traiter avec une adolescente auparavant ou à jouer le rôle de mère, de près comme de loin, je finis par les laisser partir et, aussitôt la porte refermée, je me précipitai sur le téléphone pour appeler Mallory.

— En voilà une qui ne perd pas son temps, commenta-t-elle.

— Il s'appelle Peter. Une tête de branleur, mais il s'exprime plutôt bien.

— Peter Salazar. Ne t'inquiète pas. Il est un peu inconsistant, comme tous les garçons de son âge, mais, de ce que je sais, il vient d'une famille très stricte. Son père est flic.

— Oui, je sais. Tu as entendu parler d'une randonnée nocturne à Sabino Canyon ? J'espère que ce n'est pas leur nouveau nom de code pour une partie de jambes en l'air à l'arrière d'une voiture…

— Non, non, je confirme. Cesse de t'inquiéter, Brigid. Ils ont bientôt l'âge de partir à l'université, et toi, tu commences à parler comme une mère poule.

Je raccrochai, moyennement rassurée. Carlo, qui avait fait vœu de célibat à l'âge où d'autres font des enfants, était tout aussi démuni.

— Tu ne penses pas que tu aurais dû le tester un peu ? demandai-je.

— Je n'aurais pas su quoi dire.

Une phrase qu'on n'entendait pas souvent dans la bouche de Carlo.

— Je devrais peut-être avoir une discussion avec elle, voir si elle se protège ?

— Je ne sais pas, dit-il de nouveau. Vu son âge, j'espère que quelqu'un l'a fait avant nous.

En attendant, tels des parents normaux, son retour, je fis une recherche rapide sur Peter Salazar. Il n'avait pas encore de casier.

Gemma-Kate rentra vers 22 heures. Elle se borna à dire que c'était sympa de parler à quelqu'un qui avait moins de vingt ans et qui savait ce que c'était que de grandir avec un père flic. La peur inexplicable face à son autorité, mais aussi la peur omniprésente qu'un jour il ne rentre pas à la maison. Elle ne le formula pas aussi clairement, mais je le savais pour l'avoir moi-même vécu. Mais j'étais persuadée qu'elle avait passé un bon moment entre le sport, le bon air de la nuit et ce garçon de son âge.

Qu'est-ce qui avait bien pu passer par la tête de Marylin pour me refourguer sa fille sans me fournir le mode d'emploi ?

6

J'allais oublier de vous parler de la cuisine. Depuis qu'elle était chez nous, nous avions découvert, ô joie, que Gemma-Kate était douée en cuisine et qu'elle aimait ça. Elle était *vraiment* douée et elle aimait *vraiment* ça. Les premiers jours, elle avait subi en silence mes côtelettes de porc panées et mes haricots verts surgelés. Puis, un matin, peu de temps avant la randonnée nocturne, je m'étais réveillée, j'avais enfilé ma robe de chambre – bien agréable lorsque la température matinale ne dépasse pas les cinq degrés – et je m'étais traînée dans la cuisine, chaussée de mes pantoufles léopard. Le café était prêt.

Gemma-Kate était installée dans mon fauteuil, plongée dans un livre de cuisine locale que je m'étais promis d'utiliser le jour où je saurais prononcer le mot « quinoa ».

Je crus déceler une autre odeur derrière l'arôme de café.

— Qu'est-ce que ça sent ?

— Des scones, dit-elle avec circonspection. Ça ne te dérange pas ? Je n'ai pas trouvé de crème caillée, mais il y a de la confiture de figues de Barbarie dans le réfrigérateur. Ça ne devrait pas être mauvais.

Je regardai la plaque de cuisson posée à côté du four, où reposait une demi-douzaine de petits triangles absolument divins. J'en goûtai un. Pas besoin de confiture.

— Où as-tu appris à faire ça ?

— J'ai commencé avec maman. Et puis, quand son état s'est aggravé, je n'ai pas eu le choix : si je voulais manger, il fallait que je m'y mette. Apparemment, je suis plutôt douée.

Je lui demandai ce qu'elle savait cuisiner d'autre. Gemma-Kate avait une longueur d'avance sur moi : elle avait déjà analysé tous mes placards et me remit une liste de courses pour la prochaine fois.

— De la… sauce de poisson ? lus-je en parcourant la liste des yeux.

— C'est à côté de la sauce soja, chez Whole Foods. Il y en a dans le coin ?

— Je n'y suis jamais allée. Que dirais-tu de prendre mes clés de voiture et ma carte de crédit ?

Je vis un léger sourire se dessiner aux coins de ses lèvres.

— Tu fais la cuisine, et je me charge du rangement.

Craignant qu'elle ne nous fasse un complexe de Cendrillon, j'ajoutai :

— Seulement le dîner, bien entendu. Et puis je pourrais t'aider et apprendre à mon tour ?

Maman disait toujours : à cheval donné, on ne regarde pas les dents.

7

Carlo et moi ne manquions pas d'occupations, entre mes activités de détective privée et les grands projets de Carlo, comme par exemple construire un observatoire pour optimiser le télescope 254 mm que je lui avais offert à Noël. Mais, dès qu'il s'agissait de son nouvel environnement, Gemma-Kate nous battait à plate couture avec sa fougue et son enthousiasme, sans parler de son impatience à l'idée d'entrer à l'université et de s'installer à l'automne dans une résidence étudiante.

Dans l'avion, avant de se mettre à vomir, Gemma-Kate et Carlo avaient fait une liste de toutes les choses qu'elle devait absolument voir. Sedona. Le mont Lemmon. Tombstone. Le Grand Canyon ! Moi-même, je ne les connaissais pas tous.

Ce jour-là, je venais d'annoncer à ma cliente que la femme aperçue dans la voiture de son mari était en fait une poupée gonflable, ce qui, en soi, n'avait rien d'étonnant, si l'on excluait le fait que la poupée avait les traits de sa femme. Ce n'était pas à moi de lui dire si elle devait divorcer pour « infidélité avec elle-même ». Mon rôle s'arrêtait là.

Lorsque je sortis de mon bureau, Carlo était assis à sa table, dans son fauteuil pivotant. En face, Gemma-Kate était à califourchon sur l'accoudoir du canapé, les bras posés sur un coussin. Elle tourna la tête pour me saluer ; on eût dit une peinture ancienne, tant elle dégageait de sérénité. Ils avaient prévu d'aller visiter le Desert Museum, consacré à la flore et à la faune de l'Arizona, pendant que j'irais faire les magasins.

Mallory était une accro du shopping, même si j'étais plutôt randonnée. Depuis mon mariage avec Carlo, j'avais découvert que les compromis vous réservaient parfois les meilleures surprises. Le shopping offrait un cadre idéal pour bavarder sans les contraintes du face-à-face, un exercice où j'avais toujours eu l'impression de devoir prouver à l'autre que je ne mentais pas. De plus, qui dit shopping dit souvent verre de vin, surtout quand vous êtes à la recherche d'un maillot de bain.

Nous avions rendez-vous à La Encantada, un luxueux centre commercial sur deux niveaux où l'on trouvait tout aussi bien Coldwater Creek au rez-de-chaussée que St John et Tiffany à l'étage. Il fallut quelques verres de chardonnay chez North pour que Mallory accepte d'entrer dans une petite boutique de maillots. Nous passâmes en revue les rayonnages au fond du magasin, cintre par cintre, tout en discutant. Avec ou sans vin, j'aimais ce geste simple et répétitif, et le bruit des cintres sur leur tringle.

J'avais également constaté que les femmes oscillaient entre deux sujets de conversation : leur progéniture et leurs imperfections. Comme Mallory et moi n'avions jamais eu d'enfants, et n'en voyions pas l'utilité, ces maillots de bain étaient une véritable aubaine pour comparer nos petits défauts.

— Je veux un maillot de bain, mais j'entends toujours une petite voix dans ma tête qui me dit :

à quoi bon ? Tu as vu ton tour de taille ? Tu n'as pas ce problème, toi, avec ton ventre plat.

Je n'ai peut-être plus les jambes fuselées et les seins en béton d'autrefois, mais je dois admettre que j'ai gardé la ligne. Néanmoins, solidaire, je renchéris :

— Non mais tu as vu mes genoux ? On dirait des petits singes grimaçants.

Mallory s'esclaffa, sa façon de me dire que je ne faisais pas le poids. Elle décrocha un cintre avec un maillot noir une pièce doté d'un large volant à la taille. Je fis non de la tête.

— Tu devrais en prendre un plus échancré au niveau des hanches.

— Tu comptes toujours venir à ce gala ? demanda Mallory.

Elle passait du coq à l'âne, comme on ne peut le faire qu'entre très bons amis.

— Bien sûr, pourquoi ?

— Ça risque d'être un peu rasoir. L'un des couples que j'ai invités, leur fils s'est noyé juste avant qu'on se rencontre.

Je lui fis le signe 2 avec deux doigts. Notre code pour dire à l'autre qu'elle radotait.

— Mais je ne t'ai peut-être pas dit que c'était une invitation intéressée, ajouta-t-elle. Le père se trouve être le médecin d'Owen.

— Si, tu me l'as dit. Mais peu importe. Je m'échine à jouer les tantes modèles, j'ai besoin de sortir un peu.

— Comment s'est passée la soirée avec Peter ?

— Sympa. Je pense qu'elle l'apprécie, mais elle n'est pas du genre à se confier. Et, les rares fois où elle parle, c'est comme si elle pesait chaque mot. Elle est très réservée. Bien élevée, mais réservée. Alors, moi aussi je suis sur la réserve. C'est épuisant.

— Elle doit penser que c'est ce qu'on attend d'elle.

Mallory reposa le maillot à volants avec une grimace mal dissimulée.

— J'aurais dû prendre plus de vin.

— Si c'est seulement pour le porter dans ta piscine, à quoi bon mettre un maillot ?

— Ne sois pas vulgaire, chérie.

Elle me détailla de la tête aux pieds d'un air entendu.

— Ce n'est pas comme si je m'en vantais, ripostai-je, me rappelant une époque où je jouais les strip-teaseuses et où, si, je m'en vantais pas mal.

Allez-y, faites un strip-tease en public, on verra si vous ne vous sentez pas mieux après. Ce pauvre mafieux. Il n'aurait jamais cru qu'un flic puisse avoir un tel déhanché.

— Tout ce que je dis, c'est que quand je sors de la douche je n'ai pas besoin d'enfiler un peignoir pour aller chercher un truc à la cuisine. Personne ne fait ça.

— Tout le monde le fait, fit Mallory en avançant sa lèvre supérieure.

D'ailleurs, à propos d'enfants…

— Je devrais peut-être faire attention avec Gemma-Kate à la maison. Je ne suis pas assez pudique.

— *Quelle horreur*[1].

— Ce n'est pas si terrible, finalement. Elle s'entend bien avec Carlo. Et c'est un vrai cordon-bleu. J'en profite pour apprendre.

Avec le recul, je sais à quel point cet échange était prémonitoire. Tout était déjà écrit.

— Ça lui arrive souvent de faire des blagues de mauvais goût, comme cette histoire de chiens te dévorant le visage ?

1. En français dans le texte.

— Elle parlait de moi ? Je ne m'en souviens pas. Quoi qu'il en soit, ce sont les risques du métier dans une famille de flics. Tu es obligé de t'endurcir. Ça ne laisse pas beaucoup de place à l'empathie.

Tellement prémonitoire.

8

Autrefois florissante, la paroisse St Martin s'étendait sur un magnifique terrain de six hectares à La Cholla, à côté d'un parcours de golf. Fidèle aux missions d'antan, l'église en pisé d'un blanc immaculé contrastait sur le terrain laissé à l'état sauvage, parsemé de créosotiers, de figuiers de Barbarie et de cactus. Une centaine de personnes assisteraient aux sermons du père Elias Manwaring, dont le ventre proéminent attestait de la générosité des paroissiens. Ses sermons étaient si assommants que je devais parfois me contenir pour ne pas me lever de mon banc et crier : « Ta gueule ! » À part ça, c'était un homme bon, et, au moins, je pouvais profiter de l'église pour mettre mes neurones au repos : une fois n'était pas coutume.

Après l'office, nous sortîmes en file indienne pour échanger une poignée de main molle avec Manwaring et nous voir gratifiés d'un sourire à la chaîne. Carlo, son frère d'armes, avait toujours droit à un sourire un peu plus appuyé. Manwaring se pencha à son oreille et lui glissa quelques mots que je n'entendis pas. Après quoi, nous nous engouffrâmes dans la seconde salle à la suite d'une vingtaine d'irréductibles pour partager une tasse de café et une part de gâteau.

Carlo gardait les yeux rivés sur la porte d'entrée. Il repéra enfin sa cible, un homme avec une queue-de-cheval, dégarni sur le dessus, comme si la calvitie gagnait lentement du terrain.

— C'est un invité, me souffla-t-il. Elias m'a demandé de l'accueillir.

Il me prit la main et m'entraîna vers le buffet, où l'homme attendait son tour, visiblement pas dans son élément. La cinquantaine. Chemise correcte, mais le reste n'était pas à la hauteur. La boucle d'oreille et le tatouage militaire qui dépassait de sa manche lui donnaient un air de mauvais garçon un peu dépassé, ou d'homme usé en quête de spiritualité.

Carlo lui tendit une main.

— Bonjour. Carlo DiForenza, et voici ma femme, Brigid. Désolé pour l'attente, le gâteau à la banane et ses pépites de chocolat nous font manquer à tous nos devoirs.

L'homme lui serra la main, mais ses yeux et son sourire m'étaient tout destinés. En un instant, la queue-de-cheval, la boucle d'oreille et le tatouage redevinrent aussi irrésistibles qu'en 1973, à l'époque où nous avions toutes le béguin pour ce genre de types, précisément parce que nos parents nous mettaient en garde contre *les garçons comme lui* sans nous expliquer pourquoi.

— Comment résister à un gâteau à la banane ? répondit-il.

Je me demandai s'il y avait une allusion cachée.

— Je dois dire que je vous admire, dit Carlo. C'est difficile de faire le premier pas dans un groupe quand on ne connaît personne. Vous allez à la pêche ?

L'homme le regarda sans comprendre.

— Vous cherchez une nouvelle paroisse ? expliqua Carlo.

Le large sourire disparut pour céder la place à une moue contrite.

— On peut dire ça. Je suis un peu rouillé, je viens d'emménager dans la région.

— Vous venez d'où ? demandai-je.

— De Floride.

— Comme moi ! Comté de Broward.

— Oh ! vous savez ce qu'on dit. Si vous habitez au sud d'Orlando, vous êtes de nouveau dans le Nord. Plus de diversité. Je suis originaire du comté d'Alachua. Un authentique petit Blanc.

— C'est près de Gainesville, dis-je à Carlo.

— Je tenais un restaurant là-bas.

Son regard se voila, un souvenir douloureux sans doute, qu'il balaya d'un clignement de paupières.

— Je suis désolé, j'ai perdu ma femme il y a sept mois et demi, elle n'est plus là pour me rappeler les bonnes manières. Adrian Franklin.

Les réflexes de pasteur de Carlo prirent aussitôt le dessus, et il confia à l'homme qu'il était veuf lui aussi. Je connaissais cette histoire par cœur, aussi je les laissai tous les deux. Je croisai le regard de Mallory, qui haussa un sourcil approbateur. Je ferais les présentations plus tard, si elle ne lui avait pas déjà mis le grappin dessus, mais, pour l'heure, je zappai à mon tour les bonnes manières, coupai la file pour prendre un café et me mis en quête de Gemma-Kate.

Les hautes fenêtres de la salle donnaient sur le terrain appartenant à la paroisse. De là, on distinguait une sorte de labyrinthe fait de rangées de cailloux qui menaient en cercles concentriques à une croix et, un peu plus loin sur la droite, les vestiges d'une construction en pisé dont il ne restait plus que les murs. Je n'étais jamais allée de ce côté.

Je l'aperçus dans le labyrinthe. Tournant le dos à l'agitation et aux bavardages, je me postai à la fenêtre avec mon café, fascinée par les allées et venues de Gemma-Kate. Elle semblait si seule, si différente. À proximité d'une église, la solitude ressemble à la tristesse.

— J'ai envoyé mon fils, fit une voix derrière moi.

Le ton était espiègle et vif, et me fit aussitôt penser à un petit écureuil. En me retournant, je découvris une femme plutôt petite, comme moi, mais beaucoup plus jeune.

— Bonjour, moi, c'est Ruth. Et là-bas, c'est mon fils. Peter.

Je revins à la fenêtre et vis Peter Salazar marcher d'un pas rapide vers le labyrinthe.

— Je l'ai déjà rencontré. Il est venu chercher Gemma-Kate pour une randonnée nocturne.

Apparemment, elle l'ignorait. C'était donc ça, être parent ? S'enorgueillir de connaître des détails que les autres parents n'ont pas ?

Réprimant sa surprise, Ruth préféra changer de sujet.

— Cela fait trois ans que nous venons à l'église. Il y a un groupe de jeunes. Je suis contente que Peter puisse fréquenter d'autres chrétiens. Tenez, voici Ken, le petit Manwaring.

Par politesse, je me retournai et aperçus un garçon épais et grognon qui semblait avoir l'âge requis et qui avait la même morphologie qu'Elias, en plus petit.

Ruth n'avait pas repris une seule fois sa respiration.

— Malheureusement, les enfants ne sont pas nombreux. Ils devraient faire venir plus de jeunes. C'est bien qu'il y ait enfin une fille. Nous avons plus de garçons que de filles.

— Je pense que…

— Et voilà. Vous voyez, il a rejoint votre fille dans le labyrinthe. J'étais sûre que c'était votre fille, il n'y a qu'à voir la façon dont vous la regardez. Un enfant sur le tard. Je me demande si ce n'est pas la meilleure solution, parfois. Nous avons eu quelques difficultés avec Peter. Rien de très grave, quand on y pense. Je veux dire, les enfants peuvent tellement mal tourner, de nos jours.

De toute évidence, Ruth n'avait pas besoin de moi pour poursuivre cette conversation et, tandis qu'elle déblatérait sur l'église, sur Peter, sur elle-même, sur son mari – qui n'était pas venu, comme c'est dommage, mais par la grâce de Dieu, on ne sait jamais –, j'observais Gemma-Kate et Peter dans le labyrinthe. Ils ne marchaient pas côte à côte ; le chemin était aménagé de telle sorte qu'ils ne cessaient de se rejoindre pour mieux s'éloigner, sans jamais se regarder, comme un véritable pas de deux spirituel. De là où je me tenais, je ne les voyais même pas parler.

— Tu es pratiquante ? demanda Peter.

— Non, je m'ennuie, répondit Gemma-Kate. À quoi sert ce truc ?

— C'est ce qu'on appelle un labyrinthe. C'est débile. Il n'y a qu'une seule entrée et qu'une seule sortie. Je ne vois pas l'intérêt.

— C'est peut-être pour nous éviter d'avoir à faire des choix. D'avoir à réfléchir. Voilà, j'ai trouvé le centre.

Elle désigna un mur blanc en pisé de l'autre côté de la cour.

— Et ça, qu'est-ce que c'est ?

— Je vais te montrer. Viens.

Mallory vint m'annoncer qu'elle devait rentrer pour s'occuper d'Owen et avisa Gemma-Kate et Peter.

— N'est-ce pas adorable, dit-elle lorsque Ruth et moi nous tournâmes vers elle. Oh ! inutile de me remercier. Carlo m'a chargée de te dire qu'il était prêt à partir, lui aussi.

Mallory n'eut pas le temps de faire un geste que Ruth fondait déjà sur elle. Elle essaya de s'en débarrasser, mais cette femme était une vraie sangsue. Je vins à son secours en lui demandant de dire à Carlo que je voulais rester encore un peu. Priant pour que Ruth cesse enfin de parler, je fis mine de me replonger dans la contemplation des enfants par la fenêtre, bien qu'ils soient hors de vue maintenant qu'ils avaient quitté le labyrinthe en direction du petit ensemble en pisé.

— C'est un columbarium, déclara Peter. Tu vois toutes ces petites cases de marbre ? Derrière chacune de ces plaques, il y a une personne. Des cendres, je veux dire.

— Je suis allée au cimetière quand on a enterré ma mère, mais elle était catholique, alors papa a refusé de l'incinérer, répondit Gemma-Kate. Je crois que je préférerais être incinérée. Tu connais quelqu'un, ici ?

— Lui. Joseph Neilsen. J'étais là quand on a déposé ses cendres. On les met dans une sorte de gobelet en métal, on dirait le shaker à cocktails de mon père.

Gemma-Kate fit le calcul.

— Quatorze ans. De quoi est-il mort ?

— Il s'est noyé.

— C'est un comble, dans la région. Même les rivières sont à sec.

— Il avait une piscine.

— Il s'est cogné la tête ?

Peter haussa les épaules mais ne répondit pas.

— Il n'avait pas beaucoup d'amis par ici. C'était un abruti. Au début, on en parlait tout le temps, mais ça fait un moment maintenant.

— Ça me revient. L'amie de ma tante en a parlé, l'autre jour, à la maison.

— Qu'est-ce qu'elle a dit ?

Gemma-Kate se retourna en entendant son nom. Sa tante était en train de remonter l'allée et lui faisait de grands signes de la main alors qu'elle n'avait même pas encore atteint le mur. Elle lui fit un signe en retour et s'excusa auprès de Peter.

Sur le chemin de la maison, assise à l'arrière de la voiture, Gemma-Kate ne cessa d'envoyer des messages depuis son portable.

— À qui parles-tu, Gemma ? Peter te manque déjà ?

— C'est papa.

— Tu lui diras bonjour de ma part. Dis-lui que je l'appellerai.

9

En début de semaine, Carlo emmena Gemma-Kate pour une visite guidée de l'université de l'Arizona. Après avoir rencontré le responsable du département de biologie, elle fut invitée à faire le tour des laboratoires. Gemma-Kate était euphorique, elle qui n'avait eu accès jusque-là qu'aux livres et à Internet. Sur le retour, ils entonnèrent en chœur des airs de Gilbert et Sullivan. Sachant que la musique m'incommode, Carlo fit taire Gemma-Kate dès qu'il referma la porte du garage.

Pendant le déjeuner, elle me raconta sa visite de long en large, sous le regard extatique de Carlo, qui se rengorgeait tel le professeur face à son élève préférée.

— J'ai vu une aile de mouche sous un microscope électronique. Et Oncle Père a discuté avec le responsable du département de biologie, le Dr Brogdon : ils vont donner une série de conférences croisées sur la science et la religion. Tu savais qu'à l'origine la philosophie antique était consacrée au monde physique et non au monde spirituel, tante Brigid ? Ce sont les philosophes présocratiques qui ont inventé le mot « atome ».

Je fis oui d'un air entendu, plus intéressée par les origines du terme « Oncle Père » que par les débuts de la philosophie antique. Ça sonnait comme une réplique de *South Park*.

En fin d'après-midi, habillés pour sortir, nous fîmes nos dernières recommandations à Gemma-Kate concernant les chiens, ce qui se résumait à leur ouvrir la porte s'ils demandaient à sortir. Elle demanda si Peter pouvait passer et eut une petite moue boudeuse lorsque je lui répondis que c'était un peu tôt à mon goût, mais elle ne chercha pas à argumenter. Nous descendîmes Oracle Avenue jusqu'au Hilton El Conquistador où avait lieu, comme chaque année, une grande soirée au profit de la Ligue de protection des animaux.

Après deux ans passés ici, j'avais le sentiment que Tucson était le cimetière des galeries marchandes. Mallory était plus indulgente.

— Ce n'est peut-être pas Manhattan, mais ce n'est pas non plus le Green Acres Mall.

Il faut savoir que j'avais fréquenté assez de riches au cours de ma carrière pour reconnaître un montrachet, la finesse de la soie sauvage thaïlandaise, la cocaïne pure ou la valeur d'un de Kooning, mais, pour autant, je n'enviais pas les riches. J'étais juste heureuse d'être en vie.

Ce n'était pas une façon de parler. Quand on vous a déjà tiré dessus, que vous avez pris un coup de lime à ongles dans l'abdomen, que vous êtes tombée de cheval, que vous avez dû recevoir une injection contre la rage après avoir été mordue par un rottweiler enragé, que vous avez servi d'appât pour un tueur en série..., ces mots prennent tout leur sens. J'étais *vraiment* heureuse d'être en vie.

Je passai sous une arche recouverte de lierre artificiel et m'arrêtai devant l'entrée. Rester en vie, c'est avant tout rester sur ses gardes. J'avais beau être sur mes gardes, le seul micro que je portais était mon soutien-gorge en microfibre, et je n'étais pas armée. Je balayai le site du regard pour voir si certains l'étaient parmi les invités. Je ne m'attendais pas à assister à une scène de carnage, mais les rassemblements publics ont une fâcheuse tendance à me crisper. Trop de monde, trop de paramètres inconnus, pas assez de contrôles. Je connaissais le résultat. Je fis un bref repérage pour évaluer les menaces potentielles.

Chez les plus âgés, hauts brodés de perles ou en soie, une douzaine de smokings, pas de renflement suspect. Parmi les plus jeunes, une préférence pour les tenues en lin noir, chemises à manches longues, sans cravate. J'avais moi-même opté pour une robe longue bleu marine, sans manches, assortie à un châle vert anis pour pallier la fraîcheur du soir.

La plupart des gens étaient debout, une flûte à champagne dans une main et une petite assiette dans l'autre, dédaignant les tables rondes recouvertes de nappes blanches disséminées sur la pelouse. Dans ce genre de soirées, le premier qui s'assoit a perdu ; les chaises musicales à l'envers. À l'intérieur de leurs stands, les restaurateurs locaux s'affairaient, tandis que les effluves d'ail, de sauce aigre-douce et de curry se livraient une compétition féroce. Un petit orchestre jouait du cool jazz en toile de fond, de ces musiques insipides impossibles à mémoriser. Un serveur, vêtu d'un smoking et portant un masque de chien en papier mâché, nous évita de justesse avec son plateau en argent chargé de flûtes à champagne. De toute évidence, il n'y voyait rien du tout.

— Ils ne savent même pas imiter les riches, glissai-je à Carlo.

— Ne fais pas ta snob. Laisse-leur quelques coquetteries, il n'y en a pas beaucoup à Tucson.

Je comptai environ trois cents personnes, trois cent cinquante maximum, sans les animaux, des chiens pour la plupart et un cochon nain tout rose attaché à une laisse de la même couleur.

Que faisait cet homme, là-bas, en short kaki et sandales ? Pas vraiment l'habit de gala, même pour une ville comme Tucson. Que faisait-il ici ? Il était seul, à l'écart. Nerveux ?

Je sentis des doigts se refermer sur ma nuque, une petite pression à la base du cou. Mon nerf tressaillit et je bondis, prête à me défendre.

— Désolé de t'avoir fait peur, dit Carlo, mais cesse de travailler, O'Hari.

Carlo me connaît mieux que quiconque. Parfois mieux que moi-même, comme s'il me voyait de l'intérieur. C'est plutôt agréable, je dois dire.

Ces derniers temps, je me confiais davantage sur mon passé, et il savait que j'avais fait un repérage en arrivant. Ce petit surnom, O'Hari, une version irlandaise de Mata Hari, c'était sa façon de me dire que je me prenais trop au sérieux.

Je vis Mallory, qui ne nous avait pas encore aperçus. Elle était trop occupée avec l'homme à la queue-de-cheval, celui que nous avions rencontré à St Martin, méconnaissable avec sa veste de costume et son pantalon. Il dit quelque chose qui la fit rire, et, même à distance, il me sembla la voir rougir. Tout à coup, elle trébucha sur le sol irrégulier. Il la retint fermement par le bras et l'attira à lui. Bien joué, Mallory. Elle était en grande forme ce soir. Je baissai la garde.

Mallory me repéra enfin dans la foule. Je la vis s'excuser auprès de l'homme et elle nous rejoignit au milieu de la pelouse. Elle en imposait avec son jupon ample, son chemisier blanc déboutonné juste ce qu'il faut et sa ceinture ethnique taille basse qui lui affinait la taille. Sur elle, on aurait dit du Ralph Lauren.

Je désignai l'homme à la queue-de-cheval.

— Je vois que tu connais Adrian Franklin.

— Je viens de faire sa connaissance. Apparemment, il m'avait déjà remarquée à l'église, dit-elle avec un regard digne de Mae West.

Mais elle n'était pas là pour parler de ses histoires de cœur. Elle se glissa entre Carlo et moi et nous prit tous les deux par la taille, claquant un baiser sur la joue qu'on lui offrait. Mais elle s'attarda plus que nécessaire, et je la connaissais suffisamment pour voir que, sous ses airs extravagants, elle était bouleversée. Je n'eus pas à attendre longtemps pour en connaître la raison.

— Je n'ai jamais été aussi heureuse de vous voir, murmura-t-elle d'une voix tendue avant de relâcher son étreinte. J'ai commis une lamentable erreur, et il n'y a que vous qui puissiez m'aider à me sortir de là.

Elle fit un signe de tête en direction de la table derrière elle.

— Regardez discrètement. Il y a un couple assis avec les Manwaring, les Neilsen.

Comme si j'étais de nouveau en mission, je jetai un rapide coup d'œil à la tablée.

D'un côté il y avait le père Manwaring, le dos voûté, l'air défait, et celle que Mallory m'avait désignée comme étant sa femme. Lulu Manwaring portait une tenue de lin blanc. Elle se tenait très droite, un peu en retrait de son mari, qui semblait avoir abandonné la partie. J'avais déjà aperçu cette femme à l'église, mais je n'avais pas fait le lien avec Elias.

Et de l'autre côté de la table, arc-boutés sur leurs chaises pour mettre le plus de distance possible entre eux et les Manwaring, un couple visiblement très mal à l'aise. Les Neilsen.

— J'ai cru bien faire en réunissant tout le monde en terrain neutre pour faire la paix, chuchota Mallory, son éternel sourire aux lèvres mais l'angoisse palpable dans sa voix. Comment aurais-je pu deviner qu'elle était toujours aussi barge ?

En apparence, nous avions l'air de papoter tranquillement à voix basse. J'étais la seule à savoir qu'elle bouillait intérieurement.

— Je ne peux pas tout te dire, ils vont finir par se douter qu'on parle d'eux. Suivez-moi.

— Ô joie !

Mallory prit ma main, le bras de Carlo, et nous entraîna d'un pas décidé vers ce qui promettait d'être une soirée mémorable.

Elle fit un rapide tour de table. *Mes chéris je vous présente Carlo et Brigid DiForenza vous connaissez le père Elias mais je ne sais pas si vous avez déjà eu l'occasion de rencontrer Lulu et voici Tim Neilsen, le Dr Neilsen, et Jacquie.*

Pendant que Mallory faisait les présentations, je m'attardai sur les Neilsen. Tim était à la fois mince et athlétique, légèrement dégarni, ce qui n'était pas très prononcé car il était à la fois blond et pâle, à tel point qu'il était difficile de dire où se situait la frontière entre le cuir chevelu et le cheveu. Je me demandai si cet air hostile était son air de tous les jours ou s'il était simplement furieux d'avoir été piégé avec des gens qu'il n'aimait pas.

Jacquie n'était pas difficile à cerner. Elle me fit penser au foyer pour femmes battues. La bretelle de sa robe avait glissé, laissant entrevoir l'échancrure de son soutien-gorge. N'importe quelle femme se serait empressée de la remettre en place. Ses dents semblaient recouvertes d'un film transparent, elle n'avait pas dû se les brosser avant de venir, peut-être même depuis la veille. Mais elle avait teint ses cheveux récemment, couleur bleu-noir. Je m'étonnai qu'avec une apparence et une hygiène si douteuses elle puisse se préoccuper de ses racines.

J'eus un élan de sympathie, puis je me blindai de nouveau, comme je l'avais fait avec la fille au foyer. J'avais vu trop de gens souffrir à la perte d'un proche, à commencer par moi, et je ne me sentais pas de taille à affronter cette douleur. Pas ce soir.

Mallory disparut sous prétexte d'aller nous chercher du vin, nous laissant, Carlo et moi, coincés entre le silence des Manwaring d'un côté et l'aigreur des Neilsen de l'autre.

À tour de rôle, nous posâmes les questions classiques, obtenant quelques murmures polis, chaque fois suivis d'un silence de plomb. J'étais en train de mettre au point les derniers détails de ma vengeance contre Mallory lorsque Carlo brandit la carte du « Vous avez toujours vécu à Tucson ? ».

Cela eut le mérite de permettre à Carlo de s'adresser aux Neilsen sans vexer les Manwaring. Tim nous raconta que Jacquie avait grandi à Tucson, mais que lui était arrivé plus tard pour intégrer un cabinet médical. C'est d'ailleurs là qu'il avait rencontré celle qui allait devenir sa femme. Tim posa un baiser sur le dos de sa main. Jacquie ne manifesta aucune réaction, en revanche, elle ponctuait le récit de son mari de petits « ah » et « hmm » approbateurs, comme si elle battait la mesure.

Carlo déclara que notre nièce était venue vivre avec nous et qu'elle envisageait de faire médecine. Ce n'était pas tout à fait la vérité, mais je ne pouvais qu'admirer la manœuvre. Tim répondit qu'il avait quelques contacts et lui glissa sa carte. Sous son nom figurait la mention « médecine interne ». Je me rappelai soudain qu'il s'agissait du médecin d'Owen, le mari de Mallory.

— Que faites-vous dans la vie ? demanda Tim, la seule question banale à n'avoir pas encore été posée.

— Je suis retraité, répondit Carlo. Avant, j'étais prof de philo à l'université de l'Arizona. Mais demandez plutôt à Brigid, sa carrière est beaucoup plus intéressante que la mienne.

Je déteste quand il fait ça.

— Il n'y a vraiment que Carlo pour trouver ça intéressant. J'étais dans la police fédérale. Infractions aux droits d'auteur.

Ils se seraient contentés de cette réponse, mais Carlo n'en démordait pas.

— Brigid est trop modeste. Elle était agent spécial au FBI. Elle traquait les criminels.

Les yeux s'écarquillèrent autour de la table.

— Maintenant, elle est détective privée.

« Détective... » fut le premier mot que prononça Jacquie depuis que nous étions arrivés. Elle me dévisagea de son air insondable, les yeux exorbités mais le regard tourné vers l'intérieur. Tout à coup, comme si elle avait oublié notre présence, Jacquie fouilla dans son sac à main, sortit un stylo et griffonna quelque chose au dos de la carte de Tim, posée entre nous sur la table. Tim fronça les sourcils, mais il se garda de faire un commentaire.

Alors, Jacquie se leva et se pencha en avant, prenant appui sur ses deux mains, paumes bien à plat sur la table. Tim posa une main sur la sienne, mais elle resta de marbre, incapable de détendre ses doigts ou d'esquisser le moindre geste à son intention. Son sourire trop large sonnait faux.

— Comment vont tes enfants, Lulu ? demanda-t-elle sans transition.

Entre sa voix stridente et ce sourire trop large, elle avait l'air d'une folle.

Lulu murmura que ses enfants se portaient bien, merci. C'est à peine si on entendit le « bien », tant elle le prononça à regret.

— Amanda va toujours en cours ? lança Jacquie avec défiance, comme si elle accusait ladite Amanda de torturer de petits animaux.

— Oui.

— Et Ken ? Peter était un peu voyou, d'après Joey, mais j'ai toujours aimé Ken.

Maintenant qu'elle était lancée, les mots fusaient.

— Le groupe est-il toujours actif, Lulu ? C'est toujours toi qui t'en occupes ?

— Oui, ils sont en train d'organiser un tournoi de...

Elle laissa sa phrase en suspens lorsqu'elle comprit que rien de ce qu'elle pourrait dire n'arrangerait les choses, que chaque mot sorti de sa bouche aurait l'effet d'une gifle. Alors elle se tut pour de bon, incapable de faire bonne figure plus longtemps.

Je crus que Lulu allait s'excuser, pour la souffrance de Jacquie, pour ses propres enfants, vivants et en bonne santé. Jacquie se tourna vers moi avec des yeux qui disaient : *Vous voyez ?* Mais je ne voyais absolument pas.

— Je suis... désolée, souffla-t-elle, sa colère s'effondrant tel un château de cartes.

Mais ses excuses ne semblaient destinées qu'à Carlo et à moi.

— Je... ne peux pas. Je... je pensais... y arriver.

Face à la douleur insoutenable de Jacquie, Lulu détourna le regard. C'est à ce moment-là que Mallory, qui croyait fermement au dicton selon lequel il n'y a pas de problème que le vin ne puisse résoudre, revint avec deux bouteilles, une dans chaque main.

— J'ai hésité à prendre du champagne, mais c'est le meilleur moyen d'avoir mal au...

Elle s'interrompit lorsqu'elle découvrit Tim et Jacquie debout alors que nous étions tous assis.

— Je regrette, nous devons rentrer, s'excusa Tim. Saluez Owen de ma part. Je passerai le voir la semaine prochaine.

— Mais..., commença Mallory.

D'un simple geste, Tim sembla lui imposer le silence.

— Je pensais que ce serait bon pour elle, pour nous, mais je me suis trompé.

Mallory posa les deux bouteilles et fit le tour de la table pour aller au-devant des Neilsen, mais elle s'arrêta net. Tim serra poliment la main de Carlo, puis celle d'Elias ; pétrifiée, Lulu se contenta de garder ses mains sur ses genoux. Jacquie avait repris ses petits bruits, « ah, ah », « hmm », mais ils claquaient désormais dans le vide comme autant de minuscules uppercuts verbaux.

Sans dire au revoir aux autres, Jacquie murmura encore une fois, « Je ne peux pas », puis elle fit volte-face et, cramponnée au bras de Tim, elle traversa la pelouse, trébuchant à chaque pas, peut-être à cause de ses talons ou de ses genoux qui se dérobaient sous elle.

Je pris la carte de visite de Tim abandonnée sur la table. Au dos, Jacquie avait griffonné un numéro de téléphone et, au-dessous, « Aidez-moi ».

10

Bras ballants, Mallory les regarda s'éloigner, puis, sans un mot, elle s'empara d'une bouteille et remplit nos verres à un niveau qu'elle-même aurait jugé indécent. Elle leva le sien pour porter un toast, et nous fîmes de même, curieux de voir ce qu'elle allait bien trouver à dire dans un moment pareil. Elle secoua la tête et, avec des tremblements incontrôlables du bras, elle lâcha :

— Putain de merde.

C'était à la fois grossier et égoïste, mais, croyez-moi, à cet instant, c'était la seule chose à dire, et nous poussâmes tous un soupir de soulagement. Lulu eut un rire amer, avala une gorgée de vin et, de sa main libre, elle se cacha le visage, premier geste sincère que je voyais depuis le début de la soirée. Elias leva son verre un peu plus haut.

— Sa peine me fend le cœur, ajouta-t-il gravement.

Plus qu'elle ne s'assit, Mallory s'écroula sur sa chaise.

— C'est affreux. Affreux. Comment ai-je pu être aussi stupide ? Je suis un monstre.

— Ils auraient pu refuser, Mallory, dis-je. Même eux pensaient que ça leur ferait du bien. Elle a juste besoin de temps.

Ils me racontèrent l'histoire à tour de rôle. Je me moquais de savoir s'ils croyaient agir en bons chrétiens ou si c'était par voyeurisme, mais les Manwaring avaient une longueur d'avance sur Mallory. Elias et Lulu se donnaient la réplique, Mallory venant en renfort à certains endroits du récit, heureuse que la conversation prenne enfin une tournure plus légère.

— Joe, leur fils, est mort il y a environ six mois. Une tragédie.

J'avais connu quelqu'un d'autre qui avait perdu un enfant et je savais que six mois, six ans, rien n'y ferait. Mais, à part avec Carlo, je préférais taire ce genre de détails plutôt que de devoir répondre à toutes sortes de questions sur le pourquoi du comment.

— Accident. Noyade. Piscine.

— Suicide.

— Accident ou suicide ? intervint Mallory. J'ai entendu les deux, je ne sais pas ce qu'ils ont décidé finalement.

— Non, c'était ce truc avec un jeu érotique.

— Ce n'est qu'une rumeur, rétorqua Lulu. Surtout, si vous recroisez Jacquie, ne lui dites jamais ça. Le jour de la cérémonie, elle a disjoncté devant tout le monde parce que quelqu'un a osé dire qu'il avait été retrouvé la braguette ouverte.

— Le déni, déclara Elias.

— Mais pourquoi vous ? Qu'avez-vous à voir avec tout cela ? questionna Mallory. Je pensais qu'ils avaient changé d'église parce qu'ils traversaient une sorte de crise spirituelle, j'ai cru pouvoir…

— Ça n'a rien à voir, l'interrompit Lulu.

— Le déni, répéta Elias. Tim Neilsen n'est qu'un sale homophobe.

Il tendit son verre à Mallory.

Lulu paraissait soulagée de pouvoir s'exprimer. Combien de temps avant qu'elle puisse réellement tourner la page ?

— Je suis responsable du groupe de jeunes, dit-elle. Les enfants me font confiance. Un jour, Joe est venu me dire qu'il voulait annoncer à son père qu'il était gay.

— Son beau-père.

— Joe était si jeune quand ils se sont mariés, Tim l'a élevé comme son fils. Je n'aurais jamais dû l'encourager à le faire. Je n'aurais pas dû m'en mêler.

— Nous avons deux enfants, reprit Elias, un garçon et une fille. Un au lycée, l'autre à l'université. Il y a deux ans, Amanda nous a annoncé qu'elle était homosexuelle. Et alors ? Au fond, on le savait déjà.

Désignant Lulu du menton, il ajouta :

— Comment aurait-elle pu imaginer que ce serait différent chez les Neilsen ?

— Tim et Jacquie, Tim en particulier, ont toujours refusé de voir la vérité en face.

— À notre époque ? fis-je. À Prescott ou encore à Yuma, je veux bien, mais pas à Tucson ! C'est une ville universitaire, nom de Dieu. Une ville…

Je baissai la voix, comme si je parlais d'une maladie honteuse.

— … libérale.

Mallory hocha la tête.

— C'est à croire qu'ici tout le monde est soit LGBT, soit écrivain. D'ailleurs, tu ne serais pas en train d'écrire un livre, mon chou ? demanda-t-elle à Carlo.

Il sourit en signe d'assentiment, mais il était très concentré sur un caniche croisé schnauzer qui s'était approché de lui et lui reniflait le pantalon.

Il était du genre à se mettre en retrait lorsque les esprits s'échauffaient.

— Je me fous de savoir d'où il vient ou s'il est bien le père de Joe. Tim est un putain d'homophobe, répéta Elias. Un vrai connard.

— Allons, tu sais comme moi que tu es furieux parce qu'il a annulé sa donation, fit Lulu d'un ton cassant.

Apparemment, elle ne tenait pas très bien l'alcool.

— Joe me faisait confiance, reprit-elle à mon intention. Je l'ai encouragé à leur parler, et c'est ce qu'il a fait.

Je répétai, incrédule :

— À notre époque ?

Lulu acquiesça.

— Les Neilsen sont tellement conservateurs qu'ils ont changé de paroisse.

— Ils sont partis pour Saint-Bede. Je leur souhaite bien du bonheur, ajouta Elias sobrement, mais ce qu'il voulait vraiment dire, c'était : *Qu'ils crèvent, ces chiens.*

Mallory sirotait son vin pensivement. Elle avait cru agir dans l'intérêt des Neilsen et des Manwaring, tout comme Lulu pour Joe et sa famille. À mon humble avis, le monde se porterait bien mieux si chacun se mêlait de ses oignons. Sauf moi, bien sûr.

— Tu n'étais pas au courant ? lui demandai-je.

Mallory fit non de la tête.

— On ne se connaissait que par l'église. Tu sais comment ça se passe.

Je tendis la carte de visite à Carlo.

— Brigid, tu devrais l'appeler, me dit-il. Peut-être trouveras-tu les mots pour l'aider à traverser cette épreuve.

— Elle a besoin d'un psychothérapeute, pas d'un détective, répondis-je, espérant que cela suffirait à clore le sujet.

Je me tournai vers Elias.

— Vous connaissez sûrement quelqu'un qui pourrait la prendre en charge ?

Carlo insista.

— Tu pourrais l'aider à comprendre et tu sais où chercher les informations. Tu connais du monde.

Lulu approuvait sans réserve.

— Vous devez l'appeler.

Mallory perçut ma gêne.

— Oh oui ! Brigid, tu dois l'appeler. Il le faut, ajouta-t-elle avec un clin d'œil.

— Je ne sais pas si c'est très…, commença Elias.

Lulu le coupa sèchement.

— Tu as dit toi-même qu'elle menaçait de nous faire un procès.

Ah ! nous y étions. La femme du pasteur n'avait pas que des bonnes intentions. Malheureusement pour la conversation, qui commençait à peine à prendre une tournure intéressante, Adrian Franklin fit irruption à notre table, précédé d'un labrador noir et de ce merveilleux sourire qui lui donnait vingt ans de moins.

— Regardez-moi ça ! s'exclama-t-il, heureux comme un gosse qui vient de recevoir un chiot à Noël.

Le chien et ses vingt kilos d'excitation bondirent sur Mallory. Il se prit les pattes avant dans sa blouse et, d'un coup de griffe, ce Don Juan canin manqua de déchirer son corsage. Dans d'autres circonstances, avec un autre homme, Mallory en aurait sans doute fait son miel, mais, pour l'heure, elle ne semblait pas amusée le moins du monde.

Carlo était coincé, Lulu était pétrifiée, Elias renversa sa chaise en voulant se porter au secours de la victime, et Adrian, plutôt que de risquer le moindre geste inconvenant sur la personne de Mallory, tenta de retenir le chien à grand renfort de « Descends, Ébène ! Descends ! ». Ébène n'en fit rien. C'est finalement Mallory qui eut le dernier mot, en empoignant les énormes pattes du chiot pour le repousser.

Une fois calmé, Ébène s'assit aux pieds de son maître, la queue frémissant encore d'excitation. Carlo fit les présentations au cas où et proposa à Adrian de prendre une des chaises que venaient de libérer les Neilsen.

— Je suis désolé, dit Adrian. Je voulais juste vous saluer car j'ai cru vous reconnaître, mais je vois bien que je vous ai interrompus. J'avais déjà envisagé de prendre un chien pour me tenir compagnie et je comptais me renseigner ce soir. Ils ont quelques animaux à placer, pour ceux que ça intéresse. Ébène n'a même pas un an. Comment peut-on abandonner une merveille pareille ?

Il n'y avait qu'à faire le calcul entre la masse de la « merveille » et son potentiel destructeur, mais je m'abstins de commenter.

— Il va falloir prendre le temps pour éduquer tout ça, n'est-ce pas ?

Il haussa les épaules.

— C'est l'avantage d'être à la retraite !

— Un peu de vin ? proposa Mallory tout en gardant un œil sur le chien.

Si adorables qu'ils fussent, Adrian et Ébène avaient malgré eux ramené la conversation à des platitudes sans intérêt, et je fus presque soulagée d'entendre mon téléphone sonner, même si je me demandais qui pouvait bien m'appeler. Je plongeai la main dans mon tote bag et repoussai bouteille d'eau, crème pour les mains, baume à lèvres, bref, tous ces accessoires indispensables quand l'humidité de l'air tourne autour des six pour cent.

Le temps que je trouve le téléphone, la sonnerie s'était éteinte. J'ouvris le clapet et reconnus le numéro de la maison. J'appuyai sur la touche rappel. Gemma-Kate décrocha avant la première tonalité.

— Est-ce que tout va bien ?

— Je ne sais pas trop, répondit-elle. Je ne sais pas si j'ai eu raison de vous déranger.

— Qu'est-ce qui se passe ?

— Je crois que l'un des chiens est malade.

— Qu'est-ce qu'il a ?

— Il vomit.

— Il vomit comment ? Parfois ils ont juste besoin de se purger, ils mangent un peu trop d'herbe, et paf, ils vomissent.

— Je sais, mais là c'est vert et mousseux… Tante Brigid… Il commence à respirer bizarrement.

— On n'est pas loin, on arrive.

J'avais à peine écarté le téléphone de mon oreille que j'entendis : « Oh ! mon Dieu, il convulse ! »

11

Le temps de dire au revoir à la volée, et nous nous précipitâmes à la maison. Gemma-Kate nous attendait, impuissante, au chevet de l'un des carlins, qui gisait dans une mare de vomi verdâtre. Avant que l'un de nous puisse réagir, le chien fut pris d'un nouveau spasme, puis convulsa. Gemma-Kate était incontrôlable.

— Oh ! mon Dieu, il n'arrête pas depuis tout à l'heure, je ne sais plus quoi faire !

Elle se balançait d'avant en arrière, serrant ses bras autour d'elle comme si elle avait peur de faire plus de dégâts si elle touchait quoi que ce soit.

Je me ruai à la cuisine et retrouvai l'adresse aimantée sur le côté du réfrigérateur.

— Au croisement de La Cañada Drive et River Road, me répétai-je tel un mantra.

Carlo prit le chien grelottant, l'enveloppa dans une serviette et me le tendit.

— Je prends le volant, dit-il.

Gemma-Kate nous regardait, démunie, faisant tout son possible pour se retenir d'éclater en sanglots devant nous. Mais je n'avais pas le temps de m'occuper d'elle, pas maintenant.

La femelle, assise à mes pieds, les yeux plus globuleux qu'Elsa Lanchester au moment d'épouser la créature de Frankenstein, était un autre problème.

— On ne peut pas la laisser, dis-je à Carlo.

Les carlins étaient inséparables.

Carlo la prit dans ses bras et nous partîmes, la femelle gémissant sur la banquette arrière, moi assise à l'avant, le mâle inerte sur les genoux. La bave avait maculé la serviette et coulait maintenant sur ma robe, comme s'il en vomissait. Je le caressai entre les yeux, là où le pelage est si doux, si doux, me répétant dans la tête : *Dépêche-toi, Carlo, il est en train de mourir*, mais je ne crois pas l'avoir dit à haute voix. Peut-être ai-je dit quelque chose du genre : « Ça va aller, mon bébé d'amour, tout va s'arranger. » Je sais, c'est ridicule.

Le trajet sembla durer une éternité ; j'avais l'impression qu'à chaque kilomètre au compteur le chien respirait de moins en moins bien. Carlo s'engagea sur Oracle Avenue vingt kilomètres-heure au-dessus des limites autorisées, et je me chargeai de maudire chaque feu rouge en priant pour que, si on se faisait arrêter, ce soit par un flic de ma connaissance. En arrivant sur le parking des urgences vétérinaires, le chien était à environ une respiration par minute et il pendait dans mes bras, amorphe, comme un corps désossé.

Nous franchîmes au pas de course les portes coulissantes et déboulâmes dans un hall d'accueil digne d'un véritable hôpital. La standardiste jeta un coup d'œil au chien, prit son téléphone et cria « Triage ! ». Pendant que Carlo signait les papiers d'admission, un assistant me poussa dans une petite pièce où je rencontrai la vétérinaire. Sans prendre la peine de se présenter, elle l'ausculta en tout et pour tout deux secondes et dit :

— Crapaud. Ça fait combien de temps ?

— Je ne sais pas exactement.

Elle avait déjà soulevé le chien et, voyant qu'elle l'emmenait ailleurs, je lui emboîtai le pas.

— Plus d'une demi-heure ?

— Je ne sais pas.

— Quel genre de crapaud ?

— Je ne l'ai pas vu.

— Vous l'avez rincé ?

— Je ne comprends pas.

— Trop tard pour le charbon actif, murmura-t-elle.

Je me demandai presque si elle parlait de moi ou du chien. Nous étions passées dans une petite salle avec un lavabo. Elle posa le chien à côté. Le robinet était relié à un tuyau, qu'elle lui enfonça dans la gorge. Horrifiée, je faillis lui hurler d'arrêter. Je dus me contrôler et suivis des yeux le circuit de l'eau, qui entrait d'un côté et ressortait de l'autre. Au passage, l'eau s'engouffra dans son estomac et dans ses poumons. Le carlin crachait et vomissait à n'en plus finir.

Quand elle eut fini de torturer mon chien, elle l'installa dans une autre pièce et, après lui avoir rasé les poils sur la patte, elle lui posa la perfusion que l'assistant lui tendait. Il ne réagit même pas à la piqûre. Elle l'observa un moment qui me parut interminable, le temps qu'il se stabilise, et c'est seulement alors qu'elle m'exposa la situation.

— Crapaud du Colorado, dit-elle lorsque nous pûmes enfin respirer. Leur venin est mortel, et, avec la pluie qui est tombée cet hiver, j'ai déjà eu plusieurs cas, même si c'est un peu tôt pour la saison.

Le chien était toujours inerte, seuls les mouvements de sa cage thoracique, qui se soulevait de loin en loin, nous signalaient qu'il respirait encore. Au moins, il avait cessé de baver et de trembler. Quel que soit le produit qu'on lui injectait, il semblait faire effet. Le vétérinaire souleva une des lourdes babines de velours et me montra ses gencives.

— Vous voyez comme elles sont pâles ? Il s'est déshydraté à force de vomir.

— Il va guérir ? demandai-je, la voix altérée.

— Espérons que les vomissements et le rinçage auront permis d'éliminer une bonne partie du poison.

— Quelles sont ses chances ? murmurai-je, soulevant une des pattes sans rencontrer la moindre résistance.

La vétérinaire passa un bras autour de mes épaules et me serra brièvement contre elle, un geste que je n'avais jamais connu de la part d'un médecin.

— Il a toutes ses chances. Voici ce que je vous propose : laissez-le ici cette nuit, pour qu'il puisse rester sous perfusion et se réhydrater.

— Il n'existe aucun antidote ?

— Aucun. Si nous étions intervenus plus tôt, nous aurions pu lui administrer une solution à base de charbon actif, qui permet de neutraliser les toxines avant qu'elles contaminent le sang. Mais il va s'en remettre.

Tandis que nous parlions, l'assistant avait fait entrer Carlo. Il vint se placer à côté de moi, la femelle carlin au creux de son bras et l'autre main posée sur ma hanche.

— Il ne va pas mourir, dis-je à Carlo.

Le simple fait de prononcer ces mots me rendit toute-puissante, et cela me redonna un peu de cette force sans laquelle je n'aurais jamais pu tenir dans mon métier. On ne peut pas sauver tout le monde, mais *ce chien ne va pas mourir*.

*

Gemma-Kate alluma l'ordinateur dans le bureau de Brigid et composa le numéro de Peter. Elle ne lui demanda même pas si elle l'avait réveillé.

— Viens sur Skype, Peter.

Peter bâilla.

— Pourquoi ?

— Je dois voir ton visage pendant que je te parle. C'est sérieux.

Elle attendit que son visage apparaisse avant de murmurer :

— Merci. Je ne peux pas dormir. Je crois que j'ai fait une bêtise, Peter.

— Qu'est-ce qui s'est passé ?

— Leur chien a été empoisonné.

— Il est mort ?

— Je ne crois pas. Il doit passer la nuit chez le vétérinaire.

— Alors, quel est le problème ? C'est toi qui as empoisonné le chien ?

— Pas exactement.

— Comment ça, pas exactement ?

— Il a mangé un crapaud du Colorado.

— Tu as filé à leur chien un crapaud du Colorado ?

Gemma-Kate scruta les traits de son visage.

— Bon, d'accord, j'ai empoisonné leur chien. Tu es content ?

— Parce qu'ils ont refusé que je vienne te voir ? C'est un peu extrême, tu ne trouves pas ?

Il parut presque flatté.

— Ce n'est pas comme ça que ça s'est passé.

Gemma-Kate se tut et le regarda fixement. Il écarquillait les yeux pour voir si elle portait un soutien-gorge sous sa chemise de nuit. Elle regretta de s'être confiée.

— N'en parle à personne, dit-elle.

12

Le lendemain matin, j'émergeai un peu avant le lever du soleil et découvris la femelle carlin allongée contre la porte du garage, les pattes agitées de soubresauts. Elle faisait de petits bruits dans son sommeil, *mouf, mouf*. Je la réveillai pour mettre fin à ce mauvais rêve, et elle m'emboîta le pas dans la cuisine.

Carlo avait laissé la facture du vétérinaire sur le comptoir. Il y en avait pour trois cent vingt-cinq dollars, ce qui couvrait la consultation de la veille et les trois jours de surveillance. D'après le formulaire, le chien avait un nom. Il s'appelait Al.

Je mis en route la cafetière, pris mon portable sur le comptoir et allai m'asseoir avec le chien sur le porche. Nous regardâmes le soleil se lever au son aigu des coyotes qui hurlaient dans les arroyos derrière la maison. Deux tasses de café plus tard, Carlo nous rejoignit. Comme toute adolescente normalement constituée, Gemma-Kate fit la grasse matinée. Cela nous permit de faire un petit bilan de la veille, une de ces conversations à deux où chaque phrase retombe comme le lancer paresseux d'un échange où personne ne cherche à marquer de points.

— J'ai appelé le vétérinaire, dis-je.

— Si tôt ?

— Ils sont ouverts vingt-quatre heures sur vingt-quatre, alors je les ai pris au mot. Ils m'ont dit que son état était stable.

Je caressai distraitement la femelle.

— Il lui manque. Je crois que je les aime bien, en fait.

— Moi aussi. À ce prix-là, encore heureux, fit Carlo en désignant la facture posée entre nous.

— Tu leur as dit que son nom était Al ?

— La fille m'a posé la question, et j'ai eu honte de reconnaître qu'il n'était pas baptisé. Et pendant que vous vous occupiez du mâle, elle m'a demandé le nom de la femelle.

— Je crains le pire…

Carlo baissa les yeux avec un sourire en coin, à la fois honteux et fier de sa trouvaille.

— Carla.

— Carla le carlin. Al et Carla.

— Ce n'est pas comme si on devait les déclarer à l'état civil. On peut toujours les appeler autrement. Est-ce que tu as prévu de téléphoner à Jacquie Neilsen ?

— Je n'en ai aucune envie.

— Pourquoi ?

— Parce que cette femme est folle.

— Elle n'est pas folle, elle est blessée.

— Et voilà, tu parles comme un prêtre.

Il fit mine de geindre.

— D'accord, d'accord, tu sais très bien que je ne supporte pas quand tu pleurniches. Je vais l'appeler. Je veux juste vérifier quelques trucs avant d'aller la voir.

Un peu plus tard, Gemma-Kate sortit de sa tanière en pyjama et demanda ce qu'il y avait pour le petit déjeuner.

— Comment ? Tu ne vas pas faire des crêpes ?

C'était bien le moins qu'elle puisse faire pour s'excuser d'avoir laissé notre chien manger un crapaud. Mais elle se contenta de fouiller sans un mot les placards à la recherche de ses céréales, sur la défensive, comme si elle redoutait de s'attirer les foudres divines.

13

Avant de me rendre chez les Neilsen, je passai un coup de fil au Dr George Manriquez, un homme charmant, au demeurant, mais surtout médecin légiste, capable de traiter les morts avec autant d'égards que les vivants. Il m'avait confié un jour que, à condition de savoir lui parler, un corps vous livrait bien plus de secrets que les vivants entre eux. Nous étions tous deux originaires de la Floride, ce qui nous avait tout de suite rapprochés. La Floride, ça crée des liens.

Il ne put prendre mon appel immédiatement car il était occupé avec les représentants de la banque des yeux, venus prélever des cornées en bon état, mais il finit par me rappeler, toujours aussi affable. Entre autres nouvelles, il me demanda comment j'allais depuis les événements particulièrement éprouvants qui avaient eu lieu six mois plus tôt, et comment se portait Laura Coleman. Je lui appris qu'elle était partie vivre dans les montagnes, chez son frère, en Caroline du Nord, pour se remettre à la fois physiquement et psychologiquement de cette affaire qui nous avait réunies. Elle continuait de m'envoyer des e-mails ; elle ne m'avait jamais tenue pour responsable, mais je ne voyais pas les choses ainsi. Je lui demandai s'il avait croisé Max Coyote récemment ; j'espérais qu'il n'avait pas gardé de séquelles. Je m'abstins de demander si Max avait transmis mon échantillon d'ADN au labo, et Manriquez n'y fit aucune allusion. Puis j'en vins à la raison de mon appel.

— J'enquête sur la mort d'un gamin de quatorze ans du nom de Joseph Neilsen. Noyade.

Je lui donnai tous les détails dont je disposais.

— Vous avez quelque chose ?

Il faut reconnaître que les ordinateurs nous ont considérablement simplifié la vie. Il n'eut même pas besoin de se lever pour aller chercher le dossier.

— Pas grand-chose, dit-il au bout de quelques minutes. J'ai un certificat de décès.

— C'est vous qui l'avez signé ?

— Non, il a été signé avant le dépôt du corps à la morgue. Par le Dr Lari Paunchese.

— Vous le connaissez ?

— Non, mais il n'est pas nécessaire d'être légiste ou coroner pour signer un certificat de décès.

— Je sais, simple curiosité.

— J'ai confirmé la cause et les circonstances de la mort.

— Qui était chargé de l'enquête ?

— Sam Humphries. Nous avons travaillé ensemble à une ou deux reprises. C'était un bleu à l'époque.

— C'était il y a à peine six mois. C'est toujours un bleu. Comment se fait-il qu'il y ait si peu d'informations ? Vous n'avez pas pratiqué d'autopsie ?

— Pas approfondie. Notez que je n'ai fait que répondre à la demande du père. Il craignait que l'autopsie ne soit trop éprouvante pour la mère, alors je me suis contenté d'un examen externe.

Mais j'ai fait un prélèvement dans ses poumons pour confirmer la cause du décès.

— Pas d'ecchymoses ? Il ne s'est pas cogné la tête sur le plongeoir, par exemple ?

— J'ai relevé une légère éraflure sur le zygomatique droit.

— Le quoi… ?

— La pommette. Rien qui indique un choc assez fort pour lui faire perdre connaissance, j'ai vérifié.

— Aucun signe d'autoérotisme ?

— Non, pourquoi ?

— Une simple rumeur.

— Juste de l'eau dans ses poumons périmortem, confirmant la thèse de la noyade.

— Rien dans le sang ?

— Je n'ai aucun compte rendu toxicologique. S'il y a eu des analyses, je n'ai pas encore reçu les résultats. Cela arrive. Ils sont débordés au labo, et personne n'a fait de forcing.

— Vous trouvez ça normal ?

— Vous savez comment ça marche, Brigid, je ne suis pas inspecteur et encore moins Quincy. Je me contente de déterminer les causes de la mort, je rédige un rapport et, quand il y a lieu, je fais part de mes doutes aux enquêteurs. Je sais ce que vous vous dites : les causes sont indéterminées tant qu'on n'a pas écarté toutes les autres possibilités. Quant à l'inspecteur…, je crois que c'était sa première affaire. Il n'avait pas droit à l'erreur, il a tout fait dans les règles. Mais tout ce que vous avez, c'est une noyade dans une piscine, et il y a une chance sur trois mille pour que ce ne soit pas un accident, à moins de retrouver des traces de béton sous les pieds. Même s'il avait effectivement abusé de certaines substances, ça ne change rien au résultat. Tout indique une mort accidentelle.

À ma décharge, j'ai toujours entretenu des rapports particuliers avec les parents qui ont perdu un enfant. Au moins, j'avais une information pour la mère de Joseph : son fils avait été entre de bonnes mains. J'insistai une dernière fois pour que George vérifie les analyses auprès du labo, puis je composai le numéro de Jacquie.

Une voix fluette me répondit.

— Tim ?

Je reconnus Jacquie. Soit mon numéro ne s'était pas affiché, soit elle n'avait même pas regardé avant de décrocher.

— Madame Neilsen, nous nous sommes rencontrées hier soir. Brigid Quinn à l'appareil.

— Oui. Ah oui !

— Je viens de parler au médecin légiste.

— Vous avez *parlé* à un médecin légiste ?

— C'est un ami.

— Oh ! Vous pouvez venir ? Je vous attends.

14

De la voiture, je passai un coup de fil à Mallory pour lui raconter mon échange avec George Manriquez et la remercier de cette *merveilleuse* soirée. Elle rit de bon cœur.

— T'ai-je dit que j'ai reçu le prix Nobel de la paix ? Je suis encore en train de lécher mes plaies. À propos, comment va le chien ?

— D'après le vétérinaire, il aurait avalé un crapaud.

Elle redevint sérieuse, passant en un instant du rire à l'empathie.

— Oh ! c'est affreux. Je connais des gens qui ont perdu leur… Où l'a-t-il déniché ?

— Je ne sais pas exactement.

— Gemma-Kate ne l'a pas vu creuser ? Les crapauds s'enterrent pour hiberner. À moins qu'il n'ait sauté par-dessus la clôture et que le chien ne l'ait touché avant qu'elle puisse l'en empêcher. Elle doit s'en vouloir terriblement, pauvre petite.

Je revis Gemma-Kate, ce matin, dans la cuisine.

Y eut-il un blanc dans la conversation, une question qui resta en suspens avant d'avoir été posée ? Ou est-ce ma mémoire qui me trahit encore ? Ai-je laissé entendre à Mallory que Gemma-Kate ne semblait pas culpabiliser le moins du monde, qu'elle ne s'était même pas excusée ? Ou était-ce dans ma tête ?

S'il y eut un blanc, aucun doute, Mallory l'entendit. Je sais que nous pensions la même chose, mais elle reprit le fil de la conversation avec son aplomb habituel, me disant tout ce que je voulais entendre, qu'il n'y avait plus qu'à attendre, que notre chien serait bientôt de nouveau sur pattes.

— Et Jacquie ? demanda Mallory.

— Je suis en train d'y aller.

— Tu sais que je plaisantais, hier, quand je t'ai dit que tu devrais l'appeler ?

— Merci, j'avais compris. Mais j'ai parlé avec le médecin légiste, et il y a quelques points que j'aimerais vérifier. C'est comme ça qu'en un rien de temps tu te retrouves avec une mort suspecte. Le type qui pousse sa femme dans l'escalier, la fille qui emmène son vieux père faire un tour et qui revient seule en disant qu'il s'est perdu…

— « Mort suspecte. » C'est ta façon polie de parler d'un meurtre ? Fascinant. J'en ai la chair de poule.

— Je te rappelle après, dis-je en riant.

Je consultai ma montre et décidai de faire un crochet par le vétérinaire. Les Neilsen attendraient.

Je n'avais pas remarqué la veille à quel point le hall était lumineux et moderne, jusque dans les tuyaux apparents au niveau du plafond, caractéristiques de l'architecture contemporaine, et les derniers numéros d'*Animal Magazine* plutôt que les éditions passées de *Public* ou de *Closer*.

La réceptionniste était en train de finir avec une femme venue chercher les cendres de son chien. La femme souleva la boîte telle une relique et sortit, hébétée, la serrant religieusement contre son vieux tee-shirt.

— Puis-je vous aider ? me demanda la secrétaire, plus chaleureuse que dans certaines unités de soins intensifs.

Sa longue queue-de-cheval lui donnait un air strict, comme moi, sauf que mes cheveux étaient blancs. Ce n'était sans doute pas celle que nous avions vue la veille. Je ne me souvenais pas d'elle.

— Brigid DiForenza. Je viens voir… Al.

Ils ne devaient pas avoir eu d'autres petits pensionnaires cette nuit-là, car elle identifia tout de suite le carlin. Elle fit signe à une assistante, qui me conduisit à une pièce spacieuse, bien éclairée, où dormait mon chien. Les autres cages étaient vides. Il ne semblait pas perturbé d'être seul, ni même d'être enfermé.

— Voulez-vous que je le sorte ? proposa poliment l'assistante.

Je sentis, à son attitude et à sa voix, qu'elle désapprouvait de toutes ses forces.

— Non, il a l'air très bien comme ça, dis-je. Quelles sont les nouvelles ?

Elle consulta son calepin.

— Il n'a plus vomi depuis son arrivée, et nous continuons de le surveiller et de le réhydrater. Je pense que, d'ici vingt-quatre heures, il pourra rentrer à la maison. Mais il faudra garder un œil sur lui à l'avenir. Parfois, ils deviennent accros aux crapauds.

Elle me désigna une chaise.

— Restez aussi longtemps que vous le souhaitez.

Elle referma derrière elle. Je tirai la chaise en plastique et restai quelques minutes assise à côté de mon chien, glissant mes doigts à travers les barreaux de la cage. Il ne réagit pas quand je lui caressai l'oreille, épaisse et douce comme un pétale de rose fané. Sa petite langue rose dépassait d'entre ses babines noires.

Je tentai un vague « Salut, Al », puis je me tus. Je n'ai pas l'habitude de parler aux animaux, et je n'avais rien à dire. Le carlin ne réagit pas non plus lorsque je me levai pour partir. Je m'éclipsai discrètement et fermai la porte sans un bruit, comme si cela pouvait faire une différence, hébétée, pareille à la femme qui était venue chercher les cendres de son animal.

Depuis deux ans que j'avais quitté le FBI, j'avais enfin appris à baisser ma garde et à m'attacher. Parfois, je me demandais si j'avais vraiment gagné au change.

Après un rapide détour par un Starbucks Drive, je me rendis chez les Neilsen.

15

Bâti tout en longueur, Tucson s'étend tel un fleuve au pied des monts Catalina, qui surplombent la ville par le nord. Il n'est pas rare de choisir ses amis en fonction de leur quartier. Selon les endroits, il faut parfois plus d'une heure pour traverser la ville. Et c'est ainsi qu'une belle amitié naissante s'éteint lorsque, au cours de la conversation, l'un dit « est » et l'autre « nord-ouest ». Chacun songe que le trajet de retour après le dîner n'en vaut pas la peine.

La majeure partie de la ville s'étale à travers la vallée, mais on trouve quelques maisons disséminées sur les hauteurs, dans le quartier dit des Foothills. C'est là qu'est concentré l'argent.

Au volant de ma Toyota Camry blanche spéciale troisième âge, assez poussiéreuse pour passer inaperçue et se fondre dans la circulation, je m'engageai sur une longue route sinueuse qui se trouvait être l'allée des Neilsen.

La porte cochère, digne d'un Holiday Inn, donnait déjà le ton, mais, plus révélateurs encore étaient les saguaros dressés dans la cour. Le saguaro, ce fameux cactus dont les branches ressemblent à des bras, pousse d'environ deux centimètres et demi par an. Pour en acheter un déjà grand, il vous en coûtera environ trois mille dollars le mètre. Les Neilsen en possédaient cinq, d'au moins six mètres de haut chacun. L'un d'eux, qui ne possédait pas encore de bras mais qui s'élançait tout droit vers le ciel, était agrémenté de deux gros rochers à sa base. Timothy avait peut-être un petit complexe d'infériorité.

La sonnette retentit faiblement, tel un caillou jeté au fond d'un puits. Je dus patienter un moment pour que l'on vienne m'ouvrir, mais ça ne me dérangeait pas d'attendre. Vous aurez peut-être remarqué que je ne me suis pas encore plainte de la chaleur. La température maximale, en ce jour printanier, ne dépasserait pas les vingt-six degrés, avec une humidité de vingt pour cent. Le bonheur.

Jacquie ouvrit les lourds battants de la porte aux bas-reliefs sculptés d'arums. Elle sentait la bière à plein nez. J'avais moi-même eu des problèmes avec l'alcool par le passé et j'étais capable de savoir si l'odeur datait de la veille ou du matin. Celle-ci était fraîche du matin.

Jacquie s'effaça pour me laisser entrer, puis elle me précéda à travers le salon d'apparat sans même s'arrêter pour voir ma réaction. Après des kilomètres de couloirs, nous arrivâmes enfin à une vaste pièce ouverte sur la cuisine, ce qu'on appelait autrefois une pièce à vivre et qui était aujourd'hui une véritable salle de loisirs. Elle se rencogna dans le canapé, les jambes repliées sous elle, et me fit signe de prendre place à l'autre extrémité.

Elle n'avait pas touché à son maquillage ni à sa coiffure depuis la veille. Je remarquai qu'elle ne s'était pas non plus brossé les dents correctement. À ses cheveux aplatis d'un côté, je pouvais dire qu'elle dormait sur la gauche. N'allez pas croire que ce sont là des critiques gratuites.

À force de voir des parents dévastés par la perte d'un enfant, j'avais fini par repérer les signes.

— Je suis désolée, dit-elle.

Elle n'avait pas prononcé un mot depuis l'instant où elle était venue m'ouvrir.

— J'ai l'esprit embrouillé... J'aurais dû... vous proposer...

Sa phrase était singulièrement hachée, comme si, tous les trois mots, elle voulait parler d'autre chose mais qu'elle avait perdu le fil.

— De l'eau ? suggérai-je.

Dans le désert, on commence toujours par offrir de l'eau.

— Un café ? proposa-t-elle.

J'eus une pensée émue pour mon café Starbucks, abandonné dans la voiture.

— Volontiers, répondis-je.

Elle se releva et en mit un en route, avec une capsule individuelle. Elle ne me proposa ni lait ni sucre, mais cela me convenait. Dans le silence de la maison, je détectai un bruit d'eau, probablement un CD de relaxation, ce qui me donna aussitôt envie de faire pipi. Je suis de celles qui ont besoin d'aller aux toilettes rien que d'y penser. Plutôt que de trahir mon âge en demandant où était la salle de bains, je me concentrai sur quelques exercices de Kegel.

Elle ne prit rien pour elle, ce qui n'était pas surprenant. Une bière aurait fait mauvais genre, et la caféine neutralisait les effets de l'alcool. Elle se rassit sans un mot.

— Je suis là pour vous écouter, dis-je.

La plupart des gens parlent. Rares sont ceux qui proposent d'écouter et, généralement, il faut les payer pour le faire. Cette phrase m'avait plus d'une fois servi aux débuts d'une enquête.

Jacquie ne fit pas exception. Elle partit au quart de tour et parla sans discontinuer pendant une vingtaine de minutes. Pour autant, elle ne prit pas le chemin le plus direct. Elle fonctionnait un peu comme un rongeur : elle suivait une voie, se laissait distraire par un bout d'information qui n'avait rien à voir, s'engageait dans une nouvelle direction, puis, sans crier gare, revenait au point de départ. Je lui posai quelques questions ciblées pour essayer de comprendre où elle voulait en venir, mais, dans l'ensemble, il en ressortait qu'elle aimait énormément son fils et qu'elle aurait tant voulu qu'il ne meure pas.

Et qu'il y avait forcément un fautif. Lulu ne s'était pas trompée, c'était bien là le nœud du problème. Si encore c'était un accident, une bagarre avec un camarade qui aurait mal tourné. Ou même un suicide, à la suite de violences à l'école ou du rejet de son beau-père à cause de son orientation sexuelle. Ce que Jacquie ne pouvait tolérer, c'était l'absurdité de cette noyade parce que Joey se serait masturbé au bord de la piscine. Pas son fils. Non, non et non.

Petit à petit, en cercles concentriques, son discours se résuma à ce « non ». Elle se leva d'un bond et se dirigea vers la cheminée, assez large pour y rôtir un élan tout entier. Elle en avait fait un véritable autel à la mémoire de Joe. Ses photos de classe étaient toutes alignées sur le manteau, du petit blond souriant au CP à l'adolescent boudeur et boutonneux en quatrième. Tout autour étaient disposées ses œuvres d'art : un saladier en terre cuite verni, rempli de petits fruits peints à la main. Une sorte de gecko en coquillages. Un galet avec un dessin de bonhomme dessus. Un cadre avec une aquarelle représentant une maison et les trois membres d'une famille. Une décoration qui jurait un peu dans cette maison où tout était d'un goût irréprochable.

Jacquie revint avec une boîte en forme de coffret de pirate et l'ouvrit sous mes yeux comme si elle contenait réellement un trésor.

— Il a eu une enfance heureuse. Regardez, toutes ces cartes, c'est pour moi qu'il les a faites…

Elle les sortit une à une. Une carte de la Saint-Valentin recouverte d'œillets en tissu. Un figuier de Barbarie entouré de fleurs roses dessiné à l'aquarelle.

— Joey a toujours eu beaucoup d'imagination, dit-elle.

J'eus ainsi droit à toutes ses cartes faites main, œuvres d'art et autres menus objets glanés au fil du temps jusqu'à sa mort, même à l'adolescence, à l'âge où l'on s'attend à ce que les enfants prennent des distances avec maman.

— Avez-vous gardé quelques-uns de ses effets personnels ? demandai-je. Portefeuille, photos, agenda, téléphone portable ?

Elle n'eut pas le temps de me répondre. La maison était trop vaste pour entendre la porte d'entrée s'ouvrir, mais nous entendîmes toutes deux résonner des pas décidés sur le carrelage. Je crus voir Jacquie sursauter légèrement, comme si papa l'avait surprise en train de faire une bêtise. Je repensai à l'autre femme, celle du foyer. Je me promis de faire plus attention à l'avenir pour détecter chez Jacquie d'autres signes de peur. Pour l'heure, je vis le même sourire trop large que la veille s'étirer sur ses lèvres lorsque Timothy entra et me tendit la main. Il n'eut pas un regard pour sa femme et son magnifique sourire.

16

— Brigid, quelle surprise, lança-t-il.

Il s'abstint de préciser si la surprise était bonne ou pas.

— Docteur Neilsen.

— Vous pouvez m'appeler Tim, dit-il avec un sourire forcé qui ressemblait à une grimace.

D'un bref coup d'œil à la table basse, il constata que ma tasse était vide.

— Brigid voudrait peut-être un autre café, glissa-t-il à Jacquie.

Il l'embrassa sur la joue en même temps qu'elle marmonnait de vagues excuses. Le sourire avait disparu, car elle ne pouvait le maintenir si longtemps sans avoir l'air folle à lier.

— Laisse, je m'en charge.

Il prit ma tasse et se dirigea vers la cuisine, à l'angle de la pièce.

— J'en prendrai un aussi, ajouta-t-il sans demander quel parfum je voulais, se contentant de glisser une nouvelle capsule dans la machine et d'appuyer sur le bouton.

Jacquie avait rentré la tête et ne semblait plus disposée à parler. Je reportai mon attention sur Tim, qui s'affairait dans la cuisine. Sans savoir qu'il était observé, il ouvrit un placard, sortit une boîte de médicaments et regarda à l'intérieur. Devait-il compter les comprimés de Jacquie pour connaître son état ? Je détournai le regard. Un instant plus tard, les deux cafés étaient prêts. Il ajouta une cuillerée de crème dans le sien, me tendit ma tasse et prit une chaise à côté de nous. Il était arrivé détendu, mais ce n'était déjà plus qu'un lointain souvenir.

Pendant tout ce temps, Jacquie avait gardé la tête baissée, plongée dans la contemplation des œuvres de Joe. Son passe-temps favori, sans doute. Lorsqu'elle releva les yeux, elle avait les lèvres serrées et le menton relevé en signe de défi.

— Et ton golf ? finit-elle par demander, un peu tard pour témoigner d'un intérêt sincère.

Tim fit semblant de n'avoir rien remarqué.

— C'était du squash. Lari m'a mis une belle déculottée.

Tim ne se faisait aucune illusion sur les raisons de ma présence, et je voyais bien qu'il se serait volontiers passé de mes services. Un mur invisible les séparait, chacun campant sur ses positions et mettant l'autre au défi de le franchir le premier. L'un de nous devait mettre fin à ce supplice, et ce fut moi.

— Mme Neilsen a souhaité me rencontrer en ma qualité de détective privée pour me parler de votre fils, dis-je. Je connais du monde, et je peux obtenir les réponses qui vous manquent.

Un éclair fugace, de lucidité plus que de joie, traversa les yeux de Tim. Il répliqua sèchement :

— Vous voulez dire, comme à la télévision ?

— Brigid est agente du FBI.

— À la retraite, précisai-je.

— Je me souviens, dit Tim.

— Elle veut découvrir ce qui est réellement arrivé à Joey.

Je n'avais jamais rien dit de tel. À l'entendre, ce rendez-vous était de mon fait. Elle ne le défiait plus à présent, elle l'implorait.

Je pris une gorgée de café pendant qu'ils s'engageaient dans un bras de fer silencieux. Je n'étais pas en couple depuis longtemps, mais je connaissais les signes de cette guerre psychologique qui va souvent de pair avec le mariage. J'aurais parié que Tim aurait le dernier mot, que Jacquie n'aurait pas la force de tenir tête à son mari, mais j'avais tort.

Tim posa sa tasse à côté de lui, sur la table. Il ferma les yeux. Quand il les rouvrit, ils étaient légèrement voilés. Elle avait gagné le premier round. Qui l'eût cru ? Je n'avais pas remarqué, la veille, à quel point ses yeux étaient bleus, d'un bleu liquide à présent, comme la glace au dégel. Mais il ne la toucha pas. C'est à peine s'il eut un regard pour elle. Je repensai au gala, à sa délicatesse, son baiser sur sa main lorsqu'il l'avait prise entre les siennes... Une mise en scène pour leurs apparitions publiques ? À l'abri des regards, certains hommes se révélaient avares de tendresse.

— Jaq, dit-il, avant de se tourner vers moi. Nous avons déjà parlé de ça. Plusieurs fois.

— Eh bien, puisque je suis là et que je n'ai pas encore fini mon café, pourquoi ne pas le faire une fois de plus ?

Jacquie leva les yeux vers Timothy pour qu'il me parle, mais il se rassit en serrant les dents, refusant de coopérer. Elle reprit donc du début, comme ils avaient dû le faire avec la police six mois plus tôt. C'était, à quelques détails près, le même récit que précédemment. La vie relativement heureuse de Joey, jusqu'à l'adolescence. Leur joie lorsqu'ils avaient intégré la paroisse de St Martin in the Fields et son groupe de jeunes, Joey ayant du mal à se faire des amis à l'école. Tout comme Gemma-Kate, me dis-je, curieuse de savoir s'ils avaient d'autres points communs. Apparemment, oui : l'amour de la science.

— Joseph voulait faire médecine, intervint Tim, incapable de résister plus longtemps. Il voulait connaître les différentes spécialités. Il s'orientait vers la neurologie, peut-être la recherche.

Tim cherchait-il à me convaincre qu'il s'était impliqué dans la vie de son beau-fils ? Qu'il avait essayé d'être un vrai père pour lui ?

— Il se moquait complètement de médecine, rétorqua Jacquie. Il t'a dit ça pour se racheter après t'avoir annoncé qu'il était gay.

Vas-y, enfonce le clou, Jacquie. Pauvre idiote, ce n'est pas comme ça que tu obtiendras gain de cause.

Tim ne cilla pas, préférant répondre à l'accusation de sa femme par un silence obstiné. Que savaient-ils réellement du fils de Jacquie, que savaient-ils sur eux-mêmes ? Il eut un sourire avant de reprendre la parole, mais ce sourire ne s'adressait pas à Jacquie. Ce qu'il dit par la suite me fit l'effet d'une douche froide.

— Est-ce que Jacquie vous a dit que c'était moi qui avais découvert le corps de Joe dans la piscine ? Est-ce qu'elle vous a raconté comment je l'ai sorti de l'eau, avant d'appeler les secours ? Est-ce qu'elle vous a dit que l'un des enquêteurs m'avait littéralement harcelé, comme si j'étais soupçonné d'avoir tué mon beau-fils ? Vous ne savez pas ce que c'est que d'être de l'autre côté de la barrière, Brigid. Vous ne savez pas ce que c'est que d'être soupçonné de meurtre.

— En effet, dis-je.

Tout le monde ment.

— Est-ce qu'elle vous a dit aussi qu'ils m'avaient confisqué les vêtements que je portais ce soir-là, à titre de preuves ? Non, Brigid. Nous avons fait ce qu'il fallait. Nous avons suivi la procédure. Nous avons coopéré, lâcha Tim piteusement.

À l'entendre, la vie était faite de codes et de règles, et il y avait une bonne et une mauvaise façon de gérer la mort d'un enfant. Tout était une question de logique.

Il avait fait sa part du travail ; à l'univers de jouer son rôle et de lui renvoyer l'ascenseur. J'aurais pu lui rappeler qu'à aucun moment je n'avais mis en doute leurs actes ou leur bonne foi, mais je ne voulais pas risquer de l'interrompre.

— Puisque vous êtes si curieuse – visiblement, ce n'était pas un compliment –, pourquoi ne pas lire les comptes rendus officiels ? L'enquêteur a dû faire un rapport, qui doit traîner dans un coin. Avec vos références, vous n'aurez aucun mal à l'obtenir. Franchement, quand vous aurez vu le dossier, vous conviendrez qu'il n'y a plus rien à faire, conclut Tim.

— Brigid n'est pas du tout de cet avis, déclara Jacquie, croisant les bras sur sa poitrine.

— On n'a pas besoin de ça, reprit Tim.

Il avait détaché chaque mot, comme si le simple fait de l'énoncer devait suffire à nous convaincre. Y avait-il des choses qu'il ne pouvait pas dire devant moi, ou qu'il ne pouvait dire tout court ?

— Et pourquoi ? insista Jacquie, qui se posait la même question que moi. Tu as peur de devoir rembourser l'assurance vie si on découvre que Joey s'est suicidé ?

Vlan, prends ça. Jacquie aurait pu faire un carton dans *Qui a peur de Virginia Woolf ?*, à n'en pas douter. Tim lui lança un regard furieux. Il était à bout.

— Sincèrement ? Parce que j'ai dit que nous avions fait le maximum.

Il se tourna vers moi. Les gens prennent souvent les détectives pour des confesseurs. Tout à coup, ils vous déballent des choses qu'ils n'auraient jamais pensé confier à personne.

— Nous avons tout essayé, l'Église, les psychologues… Elle a même consulté des voyants, nom de Dieu !

— On dit médiums, rectifia Jacquie.

— C'est pire que de la superstition. Elle a insisté pour que je finance le changement de climatiseur dans notre nouvelle paroisse. Comme si ça pouvait ramener Joe. C'est bien connu, Dieu est un chauffagiste adepte du troc, avec Lui c'est donnant-donnant !

Il se retourna vers sa femme.

— Honnêtement, est-ce que ça t'a fait du bien ?

Il était en train de perdre son sang-froid. Je n'aimais pas la tournure que prenaient les événements. Je fis une brève évaluation des lieux : il y avait un tisonnier devant la cheminée, mais pas de couteaux en vue.

— J'ai besoin de savoir ce qu'il s'est vraiment passé.

Jacquie tendit ses deux mains vers moi comme si j'étais sa bouée de sauvetage.

— J'ai été tellement stupide. Il est arrivé quelque chose à Joey et je n'ai rien vu, si j'avais su, j'aurais pu le protéger, j'aurais pu intervenir. Mais il y a quelque chose qui m'échappe. Une mère sent ces choses-là. Peut-être que vous pouvez m'aider à découvrir de quoi il s'agit.

Elle retint son souffle, suspendue à mes lèvres.

Tim fit de même, et, pour une raison que j'ignore, cela me mit en rogne.

— Voici ce que je vous propose, répondis-je finalement. Je sais quelles questions poser et à qui. Avec un peu de chance, j'obtiendrai de vraies réponses. Si on vous a caché quelque chose, je le saurai. Il faut aussi envisager la possibilité qu'il n'y ait rien de plus à découvrir. Auquel cas, je pourrai vous orienter vers un groupe de soutien. Pour vous aider à faire votre deuil.

Mais Jacquie n'avait pas dit son dernier mot.

— Vous savez, il n'y a jamais eu la moindre analyse. Pour voir s'il avait été empoisonné.

— J'ai parlé avec le médecin légiste. Il a effectué un prélèvement, qu'il a envoyé au laboratoire, mais il n'a pas encore eu les résultats.

— C'est exactement ce que je veux dire ! Rien en six mois ! Vous ne trouvez pas cela étrange ?

— Ce n'est pas ce que vous voulez entendre, mais ça peut arriver. Il ne s'agit pas d'un complot.

Je n'évoquai pas le fait que Tim avait demandé à Manriquez de ne pas pratiquer d'autopsie, soi-disant pour ménager sa femme. Elle ne me semblait pas du genre à avoir besoin d'être ménagée. Non seulement Jacquie aurait tenu le coup, mais elle en aurait probablement fait la demande elle-même si on lui en avait laissé l'occasion. À défaut, je décidai de jouer franc jeu avec elle.

— Même si votre fils était sous l'emprise d'alcool ou de stupéfiants, le légiste aurait conclu à une mort accidentelle. Ils ont peut-être conservé les échantillons, mais, si les tests tardent trop, le sang métabolise les substances étrangères ; il les absorbe, en quelque sorte. Faire des analyses aujourd'hui ne serait plus d'aucune utilité.

— Et si on exhumait le corps ? On pourrait faire de nouvelles analyses ?

Je lui expliquai que seuls certains poisons, par exemple l'arsenic, imprégnaient les tissus, les os et les cheveux ; qui plus est, pour embaumer le défunt, on devait d'abord drainer tout le sang, si bien que, métabolisme ou pas, on éliminait toute trace de médicaments, de drogues ou d'alcool.

— Et si c'était de l'arsenic ? fit Jacquie en hochant vigoureusement la tête, comme si, par son seul mouvement, elle espérait me convaincre d'en faire autant.

Je jetai un bref coup d'œil à Tim pour observer sa réaction. Il avait beau être de taille moyenne, je le vis se redresser de toute sa hauteur. Jacquie se leva à son tour et vint se placer entre lui et moi. Pas besoin d'être mère pour savoir qu'une femme, même la plus soumise, tiendrait tête à un puma pour protéger son enfant. Tim sortit ses clés de voiture de la poche de son short.

— Ma femme a toujours été fan des *Experts*, dit-il. Je déclare forfait. Veuillez m'excuser, j'ai des choses à faire.

Et il tourna les talons.

C'est vrai qu'on se serait cru dans une série télé. Un mauvais film dont ils étaient les malheureux héros. Avant, on me demandait tout le temps comment je faisais pour tenir le coup dans mon métier, pour rester indemne face à tant d'horreurs. Pour être honnête, personne n'en sort indemne. Nous sommes tous en sursis, à chercher refuge dans la drogue, l'alcool, le sexe ou les psychiatres. Heureusement, j'avais trouvé Carlo. Sinon, j'aurais probablement fini comme les Neilsen. Et leur douleur ordinaire m'affectait bien plus que les crimes abominables d'un quelconque tueur en série. Elle est partout, juste sous la surface. Et vous avez beau savoir que c'est la condition humaine, elle vous prend toujours par surprise.

17

Jacquie se tourna vers moi, plus abattue que victorieuse, mais, quand elle prit la parole, sa voix était sereine.

— Je n'arrive pas à comprendre qu'ils n'aient pas fait les tests. C'est l'affaire de quoi, vingt-quatre heures ?

— Oh ! Jacquie...

À la voir chercher désespérément des informations là où il n'y en avait pas, à la voir si solitaire dans sa douleur, je n'avais que d'autant plus envie de l'aider.

— Ce n'est pas comme à la télé. Il ne suffit pas d'appuyer sur le bouton « Poison » pour avoir une liste de résultats. Ils doivent soumettre les prélèvements à toutes sortes de tests.

— Je sais bien, protesta-t-elle.

— Et ils ont trop de demandes. Dans certaines juridictions, il y a des milliers de prélèvements en attente. Même ici, à Tucson, il faut établir des priorités. Or, le médecin légiste a certifié qu'il s'agissait d'un accident.

— Je peux vous payer, murmura-t-elle. Tim me laisse de l'argent sur un compte à mon nom.

Je lui dis que ce n'était pas le problème, mais si elle insistait pour que je me penche sur l'affaire, je facturais cent cinquante dollars de l'heure, avec une avance de cinq cents dollars. De quoi couvrir les recherches préliminaires, vérifier que l'enquête avait été correctement menée, établir une liste de personnes qui auraient dû être interrogées et lui dire si je découvrais quoi que ce soit. Je lui demandai si elle avait trouvé un groupe de soutien, mais elle ignora la question encore une fois.

Jacquie s'absenta quelques instants et revint avec un chèque de mille dollars et une photo plus récente d'eux trois, en pied. Joe était particulièrement mince et, sur cette photo, il avait les cheveux foncés, de la même couleur que ceux de sa mère et presque de la même longueur. Aucune ressemblance avec son beau-père, bien entendu ; Tim était au second plan, sa pâleur lui donnant un air fantomatique. Joe faisait mine de trinquer avec une bouteille en plastique, arborant un sourire en coin. Le soleil éblouissant lui plissait les paupières. Debout au centre, il avait un bras passé autour de la taille de sa mère ; un rai de lumière le séparait de son beau-père.

— Un bien beau jeune homme, dis-je.

— C'était environ cinq mois avant sa mort. Nous venions de le déposer pour une randonnée avec les autres à Sabino Canyon, quand la météo le permettait encore. Les photos ont été postées sur la page Facebook de St Martin. J'ai gardé celle-ci pour l'imprimer.

— Est-ce que c'est la lumière, ou ses cheveux sont plus foncés que sur les autres photos ? Je pensais qu'il était blond, mais parfois les cheveux foncent en grandissant.

Jacquie regarda la photo avec tendresse.

— Non, il venait de se teindre de la même couleur que moi. C'était son cadeau pour la fête des mères. Il voulait montrer à tout le monde qu'il était fier d'être mon fils.

Ou qu'il n'était pas le fils de son beau-père, ajoutai-je *in petto*.

— Son père biologique est blond ?

Jacquie acquiesça d'un air triste, sans pouvoir détacher ses yeux de la photo.

— Vous voulez bien me la laisser ? demandai-je.

Elle fit oui de la tête.

Nous revînmes une fois encore sur les menus détails de la vie de Joe Neilsen, avait-il de bonnes notes, était-il du genre à s'attirer des ennuis, avait-il des amis proches, garçons ou filles, avait-il un petit boulot, possédait-il une carte de crédit, un permis de conduire. À toutes ces questions, Jacquie répondit par la négative.

— Nous l'encouragions à sortir, notamment avec le groupe de jeunes à St Martin, mais c'était un garçon solitaire. Il a toujours préféré rester à la maison.

— Son orientation sexuelle ne vous gênait pas ? Et Joe, comment le vivait-il ?

— Les Manwaring vous ont tout dit, à ce que je vois, déclara Jacquie avec un froncement de sourcils. Je m'en doutais, vous n'avez eu aucune réaction lorsque j'ai confronté Tim à ce sujet. Vous savez, c'était peut-être juste une phase, une expérience. Il aurait pu changer d'avis.

Elle n'avait pas vraiment répondu à ma question. Je déposai un questionnaire sur la table en lui demandant de le regarder lorsqu'elle aurait le temps, pour me noter quelques numéros ou toute autre chose qui lui reviendrait en mémoire. Je pouvais perdre beaucoup de temps là-dessus, mais il y a des façons d'être à la fois rapide et efficace.

— Qui s'est chargé de l'affaire ?

— Vous voulez dire dans la police ? Il m'a donné sa carte. Mais je ne l'ai vu qu'une seule fois. Il n'a pas fait grand-chose. Il n'y a jamais eu d'enquête.

Jacquie me l'avait déjà mise de côté, au cas où. Je jetai un coup d'œil au nom figurant sur la carte. Sam Humphries.

— J'irai lui parler, dis-je.

Je saurais si George Manriquez avait vu juste concernant Humphries.

— Le légiste m'a dit qu'il n'y avait pas eu d'autopsie.

— Pas une autopsie... complète. Tim a dit que ce n'était pas nécessaire et que le médecin était d'accord avec lui.

Jacquie se frotta énergiquement le visage des deux mains.

— Ils ont emporté son corps, ils l'ont déclaré mort tout de suite. Les funérailles ont eu lieu à St Martin. C'est la dernière fois que j'y ai mis les pieds. Tout est allé si vite, j'ai du mal à me rappeler les détails. Comme si...

— ... Vous n'aviez pas encore eu le temps d'assimiler son absence, dis-je pour l'aider, puisant dans mes souvenirs d'autres fois, d'autres parents.

Jacquie ouvrit la bouche et expulsa d'un coup tout l'air contenu dans ses poumons, assommée par mes mots. J'aurais voulu les ravaler, mais il n'y avait rien que je puisse faire à cet instant pour soulager sa douleur. Elle hocha la tête.

— Il est dans sa chambre, chuchota-t-elle, comme s'il risquait de nous entendre.

— Vous voulez bien m'y conduire ?

Jacquie se leva et je lui emboîtai le pas. Nous repartîmes pour des kilomètres de galeries, puis à travers un escalier monumental et enfin un autre long couloir. De part et d'autre, le mur était tapissé de photos encadrées, mais l'une d'elles attira particulièrement mon attention. C'était une photo des Neilsen déguisés en Marx Brothers. Joe n'était autre que Groucho, un petit bonhomme avec les lunettes, le nez et la moustache de l'acteur. Il avait même un cigare à la bouche. Tim était Chico, sourire gêné et perruque brune sous le fameux chapeau en cône. Et Jacquie, parfaite Harpo, avec sa perruque blonde frisée et son large sourire, qui faisait mine de donner un coup de klaxon à l'oreille de Joey. Inutile de chercher plus loin ce que Tim aimait – ou avait aimé – chez cette femme.

Nous arrivâmes devant une porte close. Jacquie se força à l'ouvrir, révélant une chambre de garçon typique, dans les tons marron et vert sapin. Du matériel électronique partout. Je n'aurais su dire si Joe était du genre enfant gâté ou si c'était la norme chez les jeunes, de nos jours.

De sous le couvre-lit en velours dépassait un drap orné de bottes de cow-boy et d'éperons. Soit Jacquie achetait encore des imprimés cow-boy pour son fils de quatorze ans, soit elle était particulièrement économe, et les draps de trop bonne qualité. Dans l'ensemble, c'était une jolie chambre de garçon. Je franchis le seuil et passai la pièce au crible, à la recherche d'un détail qui aurait pu échapper au regard des enquêteurs. Le seul que je relevai était l'absence de détails. Quelqu'un avait fait le ménage. J'aurais parié que, même sous le lit, je n'aurais pas pu trouver le moindre emballage de bonbon.

Je me retournai et vis que Jacquie ne m'avait pas suivie. Elle était restée à la porte et elle m'indiqua sans conviction la salle de bains attenante.

— Est-ce que la police est venue jusqu'ici ? Voir s'il manquait des serviettes qui auraient pu être utilisées pour nettoyer ?

Jacquie hocha la tête.

— L'inspecteur est monté à l'étage. Pour le reste, je ne sais pas. J'étais assise en bas, sur le canapé.

Je ne pouvais donc pas me fier à ses souvenirs.

Le carrelage sombre de la salle de bains masquait judicieusement la poussière, mais pas les traces de calcaire. Pas de serviette accrochée au porte-serviettes, ni de vieux restes de savon au bord de l'évier. Le solide montant de la douche offrait une armature parfaite pour se pendre. J'ouvris la porte de verre, je m'agrippai des deux mains au portant et me suspendis de tout mon poids. C'est la seule chose que je touchai dans la pièce. Pas de doute, parfait pour se pendre. Si je devais me suicider, je le ferais ici, avec des médocs. Pas dans la piscine.

Dans le silence, le claquement de la porte de douche sembla résonner dans toute la maison. Lorsque je sortis de la salle de bains, Jacquie était toujours sur le seuil, les yeux baissés vers la gauche, rivés sur la moquette. Je lui demandai :

— Vous l'avez vu ? Après ?

— Vous voulez dire, dans la piscine ? Non, Tim est rentré le premier cette nuit-là.

Jacquie se tut et prit une profonde inspiration.

— Je suis partie tard de mon club de lecture.

— Tim vous a prévenue par téléphone ?

— Il pensait que j'étais au cinéma, que mon portable serait éteint. Il a dit qu'il était en état de choc et qu'il n'arrivait pas à réfléchir. Lorsque je suis rentrée, Joey était déjà à la morgue. Tim est si efficace. C'est toujours lui qui sort les poubelles, vous savez. Et il n'oublie jamais quand la collecte est décalée au lendemain, à cause des jours fériés.

Anéantie par ces considérations triviales, elle prit une nouvelle inspiration et laissa échapper un sanglot. Je tendis une main vers elle pour la réconforter, mais elle eut un geste de recul, comme si elle ne méritait pas qu'on la touche. Je la vis vaciller contre le chambranle de la porte.

— Le père de Joey est venu à l'enterrement. Il n'a jamais levé le petit doigt pour son fils, mais il tenait à me dire en face que tout était ma faute.

Je compris alors qu'elle cherchait à tout prix un coupable pour soulager sa propre conscience. La faute à ce putain de club de lecture, à ce putain de troisième verre de vin… Ces satanés « et si », qui n'avaient pas fini de la hanter.

— Le père de Joseph vous versait-il une pension ?

— Pas grand-chose. Il gagne moins bien sa vie que Tim.

— Qu'est-ce qu'il fait ?

— Je crois qu'il vend des voitures.

Elle avait troqué un vendeur de voitures contre un médecin et se retrouvait avec un fils mort. Je ne portais aucun jugement sur Tim, je me contentais d'énoncer les faits. Elle parut lire dans mes pensées.

— Au début, je faisais tout pour que ça marche, vous savez. Je me pliais à toutes ses attentes. Mais je me rends compte en vous parlant que, si je n'ai pas Joey, je me moque de garder Tim.

Tim n'était pas dupe, peut-être même l'avait-il compris avant Jacquie. Bien sûr, il n'était pas difficile de partir du principe que Jacquie Neilsen était juste folle de chagrin. C'était ce que tout le monde avait fait, à commencer par son mari et l'inspecteur Sam Humphries, celui qui avait enquêté sur la mort de son fils.

Que l'on perde patience face à quelqu'un qui refuse d'accepter la vérité, je pouvais l'admettre ; mais je ne pouvais reprocher à Jacquie Neilsen de se poser des questions auxquelles personne ne daignait répondre. Et s'il n'y avait rien de plus à en dire, peut-être voulait-elle juste l'entendre, une bonne fois pour toutes. Elle avait besoin de temps, de beaucoup de temps, et d'être certaine qu'elle avait fait tout son possible et qu'elle avait posé les bonnes questions.

— Depuis combien de temps êtes-vous mariés ? demandai-je.

— Douze ans. Le père de Joey nous a quittés quand il avait deux ans. J'ai commencé à avoir des douleurs musculaires et je suis allée consulter Tim. Fibromyalgie. Au début de notre histoire, j'ai vraiment cru qu'il nous voulait, tous les deux.

— Vous avez cru ?

Jacquie secoua la tête avec amertume. Elle était au bord des larmes, voire de la crise de nerfs, et c'était la dernière chose dont nous avions besoin l'une et l'autre.

— Où en êtes-vous de la fibromyalgie ? demandai-je pour changer de sujet.

— Elle a disparu pendant un temps, mais elle est revenue.

Je repensai au flacon de médicaments que Tim avait sorti du placard.

— Vous voulez bien me montrer la piscine ?

Elle acquiesça. Nous regagnâmes la pièce à vivre-salle de loisirs au rez-de-chaussée et sortîmes par la baie vitrée.

La piscine était grande, en haricot, avec une sorte de rocaille sur le pourtour qui lui donnait un air faussement naturel. Un toboggan serpentait au milieu.

— C'est incroyable le rendu de ces pierres artificielles, dis-je.

Elle bondit.

— Ce sont des vraies.

On ne plaisante pas avec les cailloux en Arizona, même chez quelqu'un qui a perdu un enfant.

— Tim a fait construire la piscine quand nous nous sommes mariés. Il prétendait que c'était pour Joey, mais je crois qu'il ne l'a jamais aimé.

Je revis la photo des trois Neilsen déguisés en Marx Brothers. Si Tim n'avait jamais aimé Joey, du moins avait-il joué le jeu. Je tâtai du bout de ma chaussure le revêtement de la terrasse, de belles dalles qui absorbaient l'eau sans devenir glissantes. Le bord de la piscine, en revanche, était en mosaïque, descendant en pente douce jusqu'au niveau de l'eau. Une vraie patinoire.

— Et vous n'avez rien vu, insistai-je.

— Non. Comme je vous l'ai dit, il était déjà à la morgue quand je suis rentrée.

— Jacquie, je vais devoir vous poser une question difficile. Savez-vous si Joe buvait de l'alcool ?

Je crus lire dans ses yeux, non sans surprise, une lueur de haine.

— L'inspecteur m'a posé la même question.

Mais elle ne répondit pas pour autant.

En me raccompagnant vers la sortie, elle ajouta :

— Joey ne se masturbait pas, vous savez.

C'était une curieuse façon de me donner congé, un au revoir aurait suffi. Avait-elle entendu les rumeurs selon lesquelles son fils serait tombé dans la piscine pour un orgasme ? Elle m'avait tendu la perche. Je dus me retenir pour ne pas dire ce que je pensais tout bas, *tout le monde se masturbe, ma bonne dame*.

— Comment pouvez-vous en être sûre ?

— Je… j'aurais vu quelque chose, marmonna Jacquie. Ses sous-vêtements. Ses draps. J'aurais compris.

Je la crus sur parole. Elle était du genre à ne rien laisser au hasard concernant les parties intimes de son fils, et j'aurais parié qu'elle inspectait elle-même à la loupe le panier de linge sale. Et il y avait d'autres raisons de baisser son pantalon, par exemple pour pisser dans la piscine en l'absence de ses parents, mais je gardai ces pensées pour moi.

Je partis avec la photo de Joe, Joey, Joseph et une copie du certificat de décès, le seul document officiel dont disposait Jacquie avec le livret de l'office des funérailles. La récolte était maigre, mais je connaissais ce léger frémissement, cette montée d'adrénaline qui accompagne le début d'une enquête, lorsqu'il y a tant de questions ouvertes et si peu de réponses. Vous êtes vierge d'à priori, toutes les pistes sont ouvertes, et il ne faut écarter aucune possibilité. J'aurais pu me contenter des mêmes conclusions que tout le monde, mais cela n'aurait été d'aucune utilité pour Jacquie.

« Honnêtement », « franchement », « sincèrement »… Tim utilisait un peu trop d'adverbes à mon goût. Dans un interrogatoire, plus un suspect se retranche derrière sa bonne foi, plus il est suspect. Tim avait-il menti ? Savait-il quelque chose sur son fils qu'il préférait cacher à Jacquie ? Était-ce un hasard s'il était repassé par la maison pendant que j'étais là ? Et, s'il était au courant de ma visite, qui l'avait prévenu ?

Les grands buveurs de café le savent, à force, la caféine n'est plus une question de plaisir, elle devient un besoin. J'étais déjà fébrile, mais je savais que j'avais encore de la marge. Arrêtée à un feu rouge devant Einstein Bros. Bagels, j'appelai Mallory et lui proposai de m'y rejoindre. Elle me répondit qu'elle ne pouvait pas laisser Owen, mais j'étais la bienvenue chez eux.

— Alors, rien de croustillant ? demanda-t-elle.

— J'ai accepté l'affaire, je vais enquêter sur la mort de Joe Neilsen. Je veux que tu me dises tout ce que tu sais.

— Je ne vois pas ce qu'il y aurait à en dire.

— Juste un pressentiment. Les Neilsen me donnent la chair de poule.

— Un pressentiment ? Allons, Madame Irma, tu devrais faire réviser ta boule de cristal.

J'éclatai de rire en remontant Oracle Avenue, puis tournai à droite sur Hardy Road.

18

Plus chaleureuse que celle des Neilsen, la résidence des Hollinger était aussi plus isolée. Suspendue aux pentes vertigineuses de Pusch Ridge, elle était bâtie de plain-pied, juste au niveau d'un sentier de randonnée qui partait de la route et traversait pour ainsi dire le jardin.

Encore fallait-il gravir les quelque soixante mètres de raidillon qui menaient à la maison. Avec un petit virage à, sans exagérer, quarante-cinq degrés, le frein moteur était indispensable en descente. Une fois en haut, on avait l'impression d'être seul au monde ; même le voisin le plus proche, au sud de la propriété, était habilement camouflé en contrebas du promontoire sur lequel étaient perchés les Hollinger. De la terrasse, la vallée s'étendait à vos pieds, immense, avec une vue parfaitement dégagée jusqu'aux monts Tortolita, à vingt-cinq kilomètres de là.

À l'intérieur, les goûts de luxe de Mallory s'affichaient dans toutes les pièces. Large baie vitrée avec vue sur les montagnes. Portes coulissantes en verre de trois mètres de haut dans la suite parentale, dont la salle de bains pouvait s'ouvrir sur la terrasse quand on prenait un bain. Piscine agrémentée d'une petite cascade, à défaut d'un toboggan comme chez les Neilsen. Vous voyez le genre.

Les parents de Mallory avaient fait fortune en Angleterre, à l'âge d'or des tabloïds. Leur fille s'était ensuite lancée dans le commerce de l'art, autant par passion que pour les bonnes fréquentations que lui offrait ce milieu, et elle semblait prédestinée à amasser de l'argent. Elle avait ouvert une galerie à New York, puis une autre à Boca Raton, et enfin une troisième à Shaker Heights. Elle avait vendu la dernière lorsqu'elle s'était installée à Tucson avec Owen, mais elle avait conservé certaines de ses œuvres. Ici, le Nouveau-Mexique n'était pas à l'honneur, pas de meubles en bois blond ou d'influences amérindiennes. Outre son mobilier design et épuré, digne d'un appartement de standing sur Park Avenue, elle donnait plutôt dans le moderne. Rien qu'entre l'entrée et la cuisine, vous aviez déjà des toiles de Picasso, de Rothko ou de Miró. Je ne les connaissais pas tous, mais les signatures étaient de premier ordre.

Mallory Hollinger avait vite fait son trou dans la bonne société de Tucson. Elle appartenait à l'Association de l'orchestre symphonique et du théâtre régional de Tucson ; elle connaissait sûrement des gens susceptibles de fréquenter les Neilsen. Rien de tel qu'une bonne séance de commérages pour m'aider à démarrer mon enquête, et j'avais bien besoin de passer un moment entre filles. Mais, comme je devais le découvrir, elle n'en savait guère plus sur les Neilsen.

C'est Annette, l'infirmière à domicile d'Owen, qui vint m'ouvrir. Avec ses cheveux bruns et sa coupe au bol, parfaite pour les sportives ou les femmes qui ont une vie bien remplie, elle était bâtie comme un chapiteau de cirque, plus tendue qu'un lit de camp. Des mains d'homme. Il fallait au moins ça pour manipuler ses patients à longueur de journée. J'appréciais son attitude face à Owen et Mallory, qui ne cédait jamais à la complaisance.

— Salut, Brigid, comment ça va ?

— Bien, merci. Comment va Owen aujourd'hui ?

— On allait justement le retourner et lui donner à déjeuner. Entrez, entrez.

Je la suivis jusqu'à la chambre des propriétaires, qui était devenue une véritable chambre d'hôpital. Dans les couloirs flottaient déjà les effluves de désodorisant, qui se mêlaient aux relents de désinfectant censé masquer l'odeur de la maladie.

La pièce était de belles dimensions, comme le reste de la maison, avec un matelas king-size posé sur une structure assez basse. Tout l'équipement nécessaire était à disposition sur des rayonnages. À gauche du lit, contre le mur, un scope dernier cri affichait les constantes vitales d'Owen. Sur une petite étagère s'entassaient des piles d'articles piochés sur Internet, des pages de revues arrachées et d'épais volumes usés aux titres évocateurs, *Neurologie, neuvième édition*, comme si l'auteur savait absolument tout ce qu'il y avait à savoir sur son sujet, et sur le reste aussi. Parmi les livres aux couvertures noires, bleu marine ou bordeaux, un ouvrage, orange vif, sortait du lot. Mais à part ça, la bibliothèque était digne d'un cabinet médical.

Mallory partageait chaque nuit le lit d'Owen. Comme à l'hôpital, le matelas médicalisé pouvait se mettre dans différentes positions. Owen avait le dos relevé, les genoux légèrement repliés. Il avait les yeux fixés sur les cadres photo accrochés au mur en face du lit, souvenirs d'un passé heureux. Un superbe cliché d'eux en train de danser lors d'un « circuit tango » en Argentine, du temps où Mallory était plus mince, offrant au photographe un cou gracieux digne d'une Audrey Hepburn. Mallory et Owen au milieu d'un groupe de pingouins. Une autre où on les voyait sur une large coulée de lave noire, si minuscules qu'ils étaient à peine reconnaissables.

Mallory était face à Owen et lui massait le pied en lui faisant la lecture. Il ne sentait probablement pas le contact de sa main. Cela faisait quelque temps qu'ils avaient entamé la lecture de *Moby Dick*. Lequel des deux avait choisi ce livre et pourquoi, je l'ignorais. Mallory devina ma présence derrière elle, mais elle me fit signe d'attendre quelques minutes, le temps de finir son chapitre. Le seul autre bruit dans la pièce était le vrombissement régulier du respirateur.

Je n'avais que rarement eu l'occasion de les voir tous les deux seuls. De là où je me tenais, je me sentais presque privilégiée de partager quelque chose de si intime. Ils semblaient former un couple complexe, mais chaque mariage n'est-il pas unique en son genre ? Autrefois, ils voyageaient et dansaient, avant ce terrible accident sur un passage à niveau qui avait failli coûter sa vie à Mallory et détruit le tronc cérébral d'Owen, ne lui laissant que ses organes et ses yeux, qui émergeaient de ce corps prisonnier d'une pathologie au nom fleuri plus connue sous le nom de locked-in syndrome, ou syndrome d'enfermement.

Mallory adorait Owen, mais elle aimait jouer de ses charmes. Cela m'avait frappée dès le début, à la façon qu'elle avait de regarder Carlo, qu'elle venait de rencontrer, et au gala, l'autre soir, lorsqu'elle était tombée dans les bras d'Adrian Franklin et s'était agrippée à lui pour se relever. Hommes, femmes, enfants, animaux, ses quelques kilos en trop s'envolaient dès qu'elle s'adonnait à son sport préféré.

Je lui avais posé la question une fois, au cours d'une de ces conversations à bâtons rompus où nous pouvions parler de tout.

— Est-ce que tu te rends compte que tu flirtes avec tout le monde ? lui avais-je demandé.

— Ah ça ! Je suis plutôt douée, n'est-ce pas ?

Elle prit un air un peu triste. Sans doute pensait-elle à ce que serait sa vie après Owen.

— C'est juste un jeu. Pour ne pas perdre la main.

Au début, je la prenais pour une sainte, et puis j'avais découvert cet autre aspect de sa personnalité, ce besoin de plaire à tout prix. Je pensais avoir enfin rencontré mon modèle, une femme qui pouvait me servir d'exemple dans ma quête spirituelle.

— Regarde, mon chéri, c'est Brigid !

Mallory se redressa, referma le livre et le posa sur la table de nuit. Owen m'avait déjà repérée, et battit des paupières en signe de bienvenue.

— Vous voulez le retourner maintenant, ou plus tard ? demanda Annette.

J'étais si captivée par le spectacle que m'offraient les Hollinger que je ne l'avais pas entendue arriver. Je sursautai, ce qui ne me ressemblait pas. Cela m'arrivait de plus en plus, dernièrement.

— Brigid a l'habitude.

Mallory se tourna vers moi.

— Fais comme chez toi.

J'étais suffisamment familière des lieux pour me mettre aussitôt à l'aise dans un fauteuil rembourré, à une distance respectueuse du lit. Au

— C'est le café. Parfois, j'ai l'impression de n'être qu'un vulgaire entonnoir.

Nous parlâmes de Joe, et elle insista sur le fait qu'elle ne savait rien sur lui. Si, une chose. Une ou deux fois avant de mourir, il était venu faire la lecture à Owen.

Mallory releva la tête et fit mine de souffler sur le côté. Elle avait arrêté de fumer quelques années auparavant, mais cette habitude lui était restée, le signe chez elle qu'elle était en pleine réflexion.

— Dans un sens, c'était assez déplaisant parce que j'avais l'impression que l'Église utilisait Owen pour faire une bonne action (elle fit une grimace), une sorte de *projet*, et que Joe était envoyé de force. Sinon, ça me convenait. Tout le monde y trouvait son compte. Même Tim Neilsen, qui avait tous ses mardis en tête à tête avec Jacquie.

Elle se tourna vers Owen. Elle ne se permettait jamais de parler de lui comme s'il n'était pas là.

— Quant à toi, ça te faisait du bien d'entendre une voix nouvelle, n'est-ce pas ?

Owen cligna des yeux une fois. Une pour oui. Deux pour non.

Annette apporta deux cafés, un pour moi et un pour Mallory. Mallory lui fit signe de poser sa tasse sur la table à côté du lit. Annette vérifia les constantes d'Owen et déclara que la pression artérielle était un peu élevée.

— Tu préfères que je sorte ? demandai-je. Est-ce que ma présence te fatigue ?

Je m'adressai directement à Owen, comme le faisaient Mallory et Annette, et il cligna des yeux deux fois. Des clignements appuyés : un non ferme. Annette injecta un produit dans le cathéter, puis elle lui mit quelques gouttes dans les yeux. Elle reprit nos bols vides. Annette était comme ça, elle savait disparaître et faire oublier sa présence, mais elle n'était jamais loin quand on avait besoin d'elle. Elle avait sa propre chambre à côté, dans la maison, si bien qu'elle était là en permanence.

Mon regard fut tout à coup attiré par une des photos accrochées au mur, sans doute prise par Owen. Il s'agissait d'une photo de Mallory dans une posture particulièrement audacieuse. Je m'étais souvent posé la question, sans jamais penser à lui demander.

— C'est un vrai crocodile ?

— Un alligator, en fait, précisa-t-elle sans même regarder. Mais parle-nous un peu de ton boulot. Par quoi commences-tu une enquête ?

Je sentis qu'elle était préoccupée par Owen. Il était temps que je parte. Je lui fis la réponse courte :

— Jacquie est bouleversée. Je veux juste lui montrer que quelqu'un se soucie de ce qui est arrivé à son fils. Ça ne devrait pas être trop difficile : j'ai l'impression que tout a été bâclé. Pas d'autopsie. Elle parle d'exhumer le corps. Je n'en vois pas l'intérêt et je préférerais éviter d'en arriver là.

Interdite, Mallory cessa de regarder le va-et-vient de la poitrine d'Owen à mesure que la machine insufflait de l'air dans ses poumons.

— Exhumer le corps ? Quand je te dis qu'elle est folle.

— Qu'est-ce que tu veux dire ?

— J'étais là aux funérailles. Joe a été incinéré. J'ai vu l'urne de mes propres yeux.

Ainsi, il n'y avait plus rien à exhumer. Le corps de Joe resterait muet à jamais, il ne livrerait pas ses derniers secrets à George Manriquez. Pas étonnant que Tim ait disparu si brusquement.

Je pouvais désormais rivaliser avec *Les Experts* : j'allais devoir expliquer qu'on ne pouvait pas faire analyser des cendres.

19

Après avoir déblatéré tout notre soûl sur Jacquie Neilsen et sa folie, je rentrai à la maison et j'abandonnai mon tote bag sur le comptoir de la cuisine. Je n'aspirais qu'à passer une soirée au calme, avec un petit dîner et un bon livre. J'étais plongée dans une aventure de Jack Reacher ; Carlo lisait *Je et Tu*, de Martin Buber, pour la quatrième fois. Quand je lui demandai pourquoi, il me répondit simplement qu'il n'avait pas tout assimilé lors des trois premières lectures.

— Où est Gemma-Kate ? demandai-je, dans l'idée de lui proposer mon aide pour le repas.

— Dans ton bureau. Avec Peter, ajouta Carlo.

— Peter. Dans mon bureau.

Et en effet, je les surpris de dos, à moitié avachis devant mon ordinateur.

— Salut, fis-je.

Peter sursauta, comme un adolescent pris en faute, mais Gemma-Kate m'offrit le sourire poli que l'on réserve aux adultes d'une autre génération.

— Tu te souviens de Peter ? demanda-t-elle.

Je lui adressai moi aussi mon plus beau sourire, vexée de voir qu'elle me prenait de haut.

— Bien sûr que je me souviens ! Peter, roucoulai-je. Gemma-Kate, je peux te voir une minute ? Tu veux bien nous excuser, Peter ?

Décontenancé par tant de courtoisie, il hocha la tête comme si je lui demandais vraiment la permission. Gemma-Kate me suivit dans le couloir. De là où je me tenais, je pouvais garder un œil sur le jeune homme assis à mon bureau.

— Bien. Cette pièce est réservée à mon travail. Il y a des choses que je préfère garder pour moi, même si tout n'est pas rangé sous clé. Zone interdite, d'accord ?

— Pas de problème. On s'en va.

Je la retins par le bras et l'entraînai un peu plus loin, hors de portée des oreilles de Peter.

— Qu'est-ce que vous faites ?

— On cherche des trucs sur Internet.

— Quel genre de trucs ?

— Un projet pour le lycée. Je lui donne un coup de main sur un devoir de biologie. Il n'est pas nul, mais j'ai quelques points d'avance sur lui niveau QI.

Gemma-Kate semblait amusée.

— Si tu ne me crois pas, tu n'as qu'à lui poser la question, ajouta-t-elle.

— Pourquoi pas, répondis-je.

Je revins dans le bureau ; le garçon s'était relevé. Était-ce pour masquer l'écran ? Je tirai la chaise que Gemma-Kate avait prise dans la salle à manger et m'assis, invitant Peter à faire de même.

— Peut-on t'offrir à boire, Peter ?

Je m'efforçais de rester aimable sans pour autant prendre cet air condescendant que la plupart des adultes adoptent en présence d'adolescents.

Il fit non de la tête, sans un merci. Mais il n'avait pas l'air pressé de partir.

— J'ai rencontré ta mère à l'église, dis-je.

Ce n'était pas vraiment une question, et il ne jugea pas nécessaire d'avouer que oui, il avait bien une mère.

— Tu vas à quelle école ?

— Au lycée de Pima, répondit-il.

— Sur La Cholla ?

— Ouais.

— C'est un gros établissement, il me semble, non ?

— Peut-être. J'ai toujours été là-bas.

— Tu es en quelle classe ?

— Dernière année.

— Tu connais certains élèves de troisième ?

— Pas vraiment.

— Et à St Martin ? Tu connaissais Joe Neilsen ?

Il me jeta un regard méfiant, plissant les paupières comme s'il cherchait à deviner où je voulais en venir.

— Non. Pas vraiment.

Il avait répondu un peu trop précipitamment.

— Non ? Ou pas vraiment ?

— Pas vraiment.

Je le tenais.

— Je croyais que vous étiez ensemble dans le groupe de jeunes ?

— Tante Brigid, intervint Gemma-Kate.

Peter ne répondit pas, laissant Gemma prendre sa défense. Décidément, ce garçon ne me revenait pas. Je repensai à ce que sa mère m'avait dit sur ces enfants qui « tournaient mal ». Ne jamais laisser un gosse de flic seul avec un autre gosse de flic. Il y avait peut-être une réaction chimique, un effet boule de neige, et bonjour les emmerdes.

Pour aujourd'hui, j'étais tranquille. Peter partit sans rechigner et Gemma-Kate me rejoignit à la cuisine pour préparer un pain de viande germanisé – cette recette ne figurait pas dans mes classiques –, à base de choucroute et de fromage suisse. Moi qui ne maîtrisais qu'une dizaine de plats avec lesquels je jonglais toute l'année, je ne pouvais que l'encourager. Après le dîner, elle m'aida à remettre la cuisine en ordre, récurant la poêle de sa couche de fromage carbonisé.

Je me sentais comblée. Je peux le dire aujourd'hui, j'étais absolument euphorique, au point de fredonner une petite mélodie dans ma tête. Confiante autant pour le chien que pour Gemma-Kate, je me risquai même à lui faire un petit câlin après avoir séché et rangé la vaisselle. Chacun s'installa dans son fauteuil, et Gemma consulta le programme télé. Je lui proposai de commander un film à la demande. Quand j'entendis des hurlements provenant de sa chambre, je lui demandai de baisser un peu le son. Visiblement, elle était adepte des films d'horreur, et ils ne lui faisaient ni chaud ni froid. Cela n'avait rien d'étonnant, pour peu qu'elle ait eu accès aux livres de Todd quand il passait les concours pour devenir inspecteur. La réalité dépasse toujours la fiction.

Todd. Il n'osait sans doute pas téléphoner, de peur d'avoir de mauvaises nouvelles. Je décidai de l'appeler pour le rassurer. Il décrocha à la seconde sonnerie.

— Qu'est-ce qui ne va pas ?

Au moins, il avait l'option présentation du numéro.

— Rien ! Tout se passe très bien, au contraire, répondis-je. Gemma-Kate m'apprend à faire la cuisine, et Carlo lui fait découvrir les environs. Elle ne t'a pas dit ?

— Je n'ai aucune nouvelle d'elle. Je m'inquiétais un peu.

Je la revis avec son portable, sur la banquette arrière de la voiture, au retour de l'église quelques jours plus tôt. Elle avait dit que c'était son père.

— J'aurais cru.

— Quoi ?

— Non, rien. Comment ça va, toi ?

— Ça va.

— Bien.

Une conversation typique entre mon frère et moi. Je me demandai un instant ce qui avait pu pousser Gemma-Kate à raconter ce mensonge inutile, mais je le rangeai dans la case « secret d'ado » et n'y pensai plus.

La soirée avait été très agréable, mais j'eus du mal à me détendre, même après un verre ou deux. Je refusais de mélanger alcool et somnifères, ce qui me valut de rester éveillée plusieurs heures, le cœur battant la chamade comme quand j'étais en mission. Je dus m'endormir à un moment donné, mais je me réveillai avec des crampes à l'estomac.

Prise d'une soudaine envie de vomir, je repoussai les couvertures et me précipitai à la salle de bains. Je n'eus que des haut-le-cœur.

— Qu'est-ce qui ne va pas ?

La voix de Carlo émergea de l'obscurité quand je revins dans la chambre.

— Désolée de t'avoir réveillé. Rien de grave, je suis juste un peu patraque. Je crois que je ne suis pas faite pour la choucroute.

— C'est peut-être une forme de déshydratation. Tu devrais ralentir sur la caféine.

— Et puis quoi encore.

Je me traînai jusqu'à la cuisine pour prendre un Alka-Seltzer. Je pouvais voir les bulles remonter à la surface à la lueur de la veilleuse branchée près de la cuisinière. Quand il faisait chaud, les carlins dormaient dans la cuisine et, quand il faisait froid, ils dormaient dans notre lit. Les fenêtres étaient restées ouvertes. Faisait-il chaud ou froid cette nuit ? J'imaginais le carlin resté seul à la clinique, inerte, tel que je l'avais laissé le matin. Les chiens ont-ils peur du noir ? Je voulais croire qu'ils lui avaient laissé une veilleuse pour lui tenir compagnie.

La femelle n'était pas dans la cuisine, mais je crus entendre un gémissement quelque part. L'état de nervosité dans lequel j'étais monta d'un cran. Je revins sur mes pas pour voir si elle était avec nous dans notre chambre.

Elle n'y était pas. De plus en plus inquiète, sans raison apparente – n'oublions pas que les faits ont eu lieu il y a déjà un moment et qu'il est difficile de se rappeler avec exactitude les émotions que l'on a pu ressentir par le passé, et avec quel degré d'intensité, et pourquoi –, je partis à sa recherche à travers la maison. J'allumai même la lumière dans la cour pour voir si nous l'avions enfermée dehors par mégarde. Je scrutai l'obscurité. Aucune trace du chien.

Il ne restait qu'un seul endroit : derrière les portes closes de la chambre de Gemma-Kate. Je courus chercher mon peignoir, en retenant le cintre pour qu'il ne cogne pas contre le mur. Je l'enfilai et parcourus sans bruit le salon en sens inverse. Une fois parvenue à l'autre extrémité de la maison, aussi discrètement que possible – je ne voulais pas la déranger, vous comprenez –, j'entrouvris la porte pour jeter un coup d'œil à l'intérieur. À la clarté de la lune, je distinguai les silhouettes sur le lit. Gemma-Kate était allongée sur le ventre, serrant son oreiller. Le chien était couché entre ses jambes. Sur la pointe des pieds, je m'avançai jusqu'au lit et posai mon index sur ses côtes. Elle respirait. Elle était endormie et elle avait cessé de gémir.

— Bonsoir, tante Brigid, fit Gemma-Kate dans l'obscurité.

Le petit nerf dans mon cou qui m'avertit du danger se mit à tressauter. Je n'aurais pas été plus surprise si je m'étais retrouvée face à un homme armé d'un couteau. D'une certaine façon, on s'attend toujours à voir surgir un homme armé d'un couteau.

— Tu n'arrives pas à dormir ? demanda-t-elle, tout à fait réveillée.

Je toussotai pour m'assurer que je n'avais pas perdu ma voix.

— Je suis un peu patraque. Je viens de prendre un Alka-Seltzer et j'en ai profité pour vérifier que tout allait bien. Pour toi.

— Je vois ça.

— J'ai cru entendre le chien pleurer.

— Non.

— Tu as aussi du mal à dormir ?

— Un peu.

— Tu veux m'en parler ?

— Non.

— Bonne nuit, alors.

— Bonne nuit, tante Brigid. Je t'aime.

Son monde avait basculé à cent quatre-vingts degrés, pensai-je. Je me raclai de nouveau la gorge.

— Eh bien. Je t'aime aussi, Gemma-Kate.

Après cela, impossible de lui prendre le chien. Ce serait lui montrer que je ne lui faisais pas confiance. Je le laissai sur son lit et retournai me recoucher.

— Tout va bien ? demanda Carlo dans l'obscurité.

Je bondis une fois de plus.

— Bonté divine. Personne ne dort dans cette maison ? Oui, ça va, répondis-je, agréablement surprise.

Et pourtant. Cette angoisse qui me comprimait la poitrine. Mon cœur battait toujours la chamade, et je ne comprenais pas ce qui m'empêchait de dormir après cette journée bien remplie. Je lui fis part de mes réflexions.

— C'est peut-être le vin, suggéra-t-il. Trop de caféine et de vin. Tu devrais prendre un grand verre d'eau.

Depuis qu'il avait découvert, un an après notre mariage, que j'étais capable de tuer des gens à mains nues et que cela m'était arrivé à plusieurs reprises, Carlo se révélait plus protecteur que jamais. Il semblait avoir deviné que mon passé violent m'avait rendue plus vulnérable.

— Tu t'inquiètes trop pour moi, chéri. Rendors-toi.

Il s'était déjà retourné, et je lui caressai le dos comme si c'était lui qui avait besoin de réconfort. Puis je me tournai de l'autre côté et me tortillai juste assez pour coller mes fesses nues contre les siennes, un contact apaisant.

20

Sept heures du matin au mois de mars : le soleil se lève à peine et vous offre sept bons degrés d'air sec. La femelle carlin avait l'air abattue et restait assise, collée à moi, les yeux pleins d'espoir chaque fois que je m'asseyais. Gemma-Kate avait laissé sur la cuisinière un reste d'omelette au cheddar et au poivron vert qu'elle avait faite le matin même. Je finis le plat et, après un autre Alka-Seltzer, je me sentis un peu mieux. Une promenade soulagerait peut-être mon estomac en vrac et mes nerfs en pelote. Je pris la nouvelle canne de marche que Carlo m'avait fabriquée, pourvue d'une lame à sa pointe pour repousser les bestioles sur mon chemin, attachai le chien à la laisse et sortis dans le jardin.

On compte environ cinq mille sentiers de randonnée autour de Tucson, peut-être plus, qui quadrillent la région d'une montagne à l'autre, tel un réseau de veines et d'artères. J'avais repéré une succession de trois sentiers qui, à condition de savoir lire une carte et d'accepter de marcher six kilomètres, reliaient notre maison à celle des Hollinger. Mallory s'était toujours refusée à le faire, même pour me retrouver à mi-chemin. Elle préférait arpenter les galeries marchandes.

J'avais beau ne pas être une grande adepte du shopping, je comprenais sa position. Quand je travaillais au Bureau, je n'avais pas le temps de mettre le nez dehors. Mes seuls contacts avec la nature se limitaient à mes allées et venues d'un bâtiment à un autre. Et voilà que j'avais le temps et la disponibilité d'esprit pour observer le monde qui m'entourait, mais également pour nommer les choses qui le composaient. Or, rien de tel que le désert au printemps. Vous pensiez aimer le violet ? Imaginez un cactus violet couvert de fleurs roses grandes comme des soucoupes. L'hiver avait été pluvieux ; pas ces brusques pluies de mousson qui gonflent le lit des rivières asséchées et creusent des ornières si profondes qu'on ne peut plus passer, mais ce petit crachin froid qui dure toute la journée, détrempe les sols et prépare le terrain pour les fleurs de pavot qui surgissent tout à coup et tapissent les arroyos d'une épaisse couche de moutarde.

J'étais fière de voir de la moutarde quand, il n'y a pas si longtemps, j'aurais eu quelque vision apocalyptique surgie des tréfonds de mon passé violent. Je me souvins d'une promenade en montagne, lorsque la glace commençait à fondre sur les hauteurs et que les rayons du soleil miroitaient sur les sommets enneigés ; Carlo avait aussitôt évoqué une cascade de diamants ou quelque chose de ce genre ; pour moi, ce n'étaient que des milliers d'éclats de verre brisé par un géant en colère. Je faisais des progrès, avec mes visions de moutarde. Bientôt, je verrais des papillons et des lapins dans les nuages. Je cesserais de voir le mal partout.

Je n'étais pas pressée, ce qui tombait bien puisque la femelle aimait s'arrêter pour tout renifler. Marcher m'aide à réfléchir, et j'en profitai pour faire le point sur Joseph Joe Joey Neilsen.

Élevé entre une mère poule et un beau-père qui n'était peut-être pas ravi à l'idée d'avoir son beau-fils à demeure, homo ou pas.

Peu d'activités, en dehors de ses petits cadeaux pour maman et de sa pratique masturbatoire. Dans la piscine, pour ne pas laisser de traces sur les draps ?

Traîné de force à l'église, obligé d'intégrer le groupe de jeunes. Les meilleures fréquentations, les bienfaits de la « socialisation », comme on dit de nos jours. Dimanche, je parlerais au fils d'Elias et Lulu – comment s'appelait-il déjà ? Ken ?

Contacter l'inspecteur Sam Humphries et passer voir George Manriquez, qui était toujours au labo en journée, à moins d'avoir été appelé sur une scène ; mais les homicides, présumés ou non, étaient plutôt rares à Tucson.

Dire à Jacquie Neilsen qu'on ne pouvait pas faire analyser des cendres.

Plongée dans mes pensées, je pris tout à coup conscience que j'étais en train de marteler le sol en cadence avec ma canne en scandant : « Joe. Joey. Joseph. Joe. Joey. Joseph. »

J'étais tellement accaparée par mon enquête que je ne pensais plus au chien. La femelle était en train de renifler un tas de cailloux – probablement attirée par une odeur d'urine de coyote, rien d'inquiétant – lorsqu'elle se mit à gratter furieusement le petit monticule. Je la regardais faire, obnubilée par Joe Joey Joseph, lorsque quelque chose retint mon attention, une petite excroissance à trois branches qui sortait de terre. Sûrement un os de poulet, pensai-je par réflexe, et je tirai sur la laisse pour l'éloigner.

Mais ce n'était pas un os de poulet. Une patte d'oiseau ? Intriguée, je me penchai pour l'observer de plus près. Ce tas de cailloux n'avait rien de naturel. Quelqu'un l'avait placé là. Tenant fermement la laisse du chien, qui semblait tout aussi fasciné que moi, je repoussai les cailloux du bout de ma chaussure et creusai la terre en dessous. Il s'agissait d'une patte de grenouille séchée.

Plus gros qu'une grenouille. Un crapaud mort, et pas n'importe quel crapaud. Il était énorme, de la taille d'un ballon. Enterré sur le dos dans un trou peu profond. Je regardai de plus près et le touchai du bout de ma canne.

Le crapaud était éventré sur toute sa longueur. La coupe était trop nette pour être le fait d'un autre animal. Les organes internes avaient disparu.

J'ai toujours un sac à crottes sur moi, même pour promener les chiens à l'écart des habitations : inutile d'attirer davantage de mouches. Je couvris ma main et, veillant à tenir le carlin à distance avec la laisse et mon pied droit, je ramassai le crapaud.

Je fis le chemin en sens inverse, le carlin sur les talons. Il avait l'air de dire, *Donne-le-moi, il est à moi*. Les chiens aussi ont des pulsions suicidaires.

— Non, méchant chien, dis-je sans grande conviction, tentant vainement de remettre mon cerveau en marche.

Une fois à la maison, je partis chercher un sac à provisions, le posai à plat sur la table de verre dans le jardin avant de transférer le crapaud dessus. Je pris le tuyau d'arrosage et passai le jet sur le corps, juste assez pour rincer la poussière sans le faire tomber de la table. Je regardai le crapaud plus attentivement. La fente qui zébrait son ventre était très nette à présent. Une coupure franche, trop précise pour une denture animale. Ses organes internes avaient été soigneusement prélevés. De retour dans le salon, j'ouvris le tiroir du secrétaire où étaient rangés stylos, timbres et autres. Le cutter, bien utile lorsqu'il s'agissait de venir à bout d'un de ces fichus emballages impossibles à ouvrir, était à sa place habituelle, mais il avait été lavé.

Le chien, obsédé par son crapaud, pleurnichait toujours et grattait à la porte.

La colère avait cédé la place à l'incrédulité.

— Gemma-Kate, appelai-je.

Pas de réponse. J'entendis des cris en provenance de sa chambre. Je la trouvai là, plantée devant un film, tripotant son iPhone. Je crois qu'elle regardait *Saw*, mais je n'aurais su dire lequel car je ne les ai pas vus.

— Gemma-Kate, répétai-je.

Elle me lança un regard dénué d'expression, mais j'aurais juré qu'elle savait.

— Suis-moi.

Je tournai les talons et m'éloignai.

21

Elle me suivit au salon.

— Quoi ? lança-t-elle dans mon dos.

Dès que je me tournai pour lui faire face, elle se forgea un sourire timide.

— Dehors. Tout de suite, dis-je d'une voix rauque, sous l'effet d'une nouvelle bouffée de colère.

J'ouvris la porte et, la prenant sans ménagement, je la poussai à l'extérieur. Je refermai la porte derrière moi et lui désignai le crapaud mort sur la table ruisselante.

— C'est toi qui as fait ça ?

Elle regarda le crapaud, puis moi. Elle ne cherchait pas à se défendre, elle n'avait même pas l'air surprise. Je sondai son visage et n'y décelai ni peur, ni doute, ni culpabilité : seulement ses grands yeux écarquillés et son sourire timide, dépourvus de la moindre empathie. À cet instant, je sus pourquoi ces yeux me terrifiaient. Je ne les avais que trop rencontrés par le passé. Carlo appellerait cela une « épiphanie ».

— Tu as empoisonné mon chien, dis-je.

La porte s'ouvrit derrière elle.

— Ne laisse pas le chien sortir, dis-je, mais le chien avait déjà bondi, Carlo sur ses talons.

Gemma-Kate profita de ce moment de distraction pour évaluer la situation et chercher une échappatoire. Elle s'écroula sur une chaise et enfouit son visage dans ses mains. L'incarnation du désespoir.

— Que se passe-t-il ? demanda Carlo, avant de remarquer le crapaud mort.

— Elle a empoisonné mon chien, répétai-je.

— Eh bien, explique-toi, Gemma-Kate, insista Carlo.

Sans relever la tête pour ne pas avoir à affronter nos regards, elle dit :

— Le soir du gala, j'ai découvert ce crapaud au fond du jardin. J'allais le jeter par-dessus la clôture, mais je me suis dit qu'il pouvait revenir et qu'il valait mieux le tuer. Alors j'ai pensé, après tout, c'est de la biologie, et j'ai déjà disséqué des crapauds, mais ils n'étaient pas aussi gros. Pourquoi ne pas en profiter ? Je n'avais rien d'autre à faire. Alors je l'ai fait.

— Comment t'y es-tu prise ? demanda Carlo.

Ce n'était pas vraiment le problème, à mon sens, mais passons.

— J'ai emprunté des trucs, répondit Gemma-Kate. Un cutter dans le tiroir du bureau, une vieille casserole sous la cuisinière. Elle était poussiéreuse, elle ne servait plus depuis longtemps. Et une pince à épiler dans votre salle de bains.

— Ma pince à épiler ! m'écriai-je, essayant de me rappeler si j'avais arraché mon poil sous le menton avant ou après la soirée de bienfaisance.

Elle poursuivit, les lèvres légèrement tremblantes.

— Le chien a dû s'approcher de trop près et avaler un des bouts que j'avais disséqués. Il est rentré dans la maison, et c'est là qu'il a commencé à vomir et à avoir des convulsions.

— Pourquoi ne pas nous en avoir parlé quand nous sommes rentrés ? demandai-je.

— Je ne sais pas.

Gemma-Kate détourna le regard comme si elle venait de penser à quelque chose qui n'avait rien à voir avec nous.

— Tout est allé si vite. Je n'étais même pas certaine qu'il y ait un lien. Quand vous êtes partis chez le vétérinaire, je suis allée sur Internet et j'ai tapé « poison crapaud ». C'est là que j'ai compris ce qui était arrivé. Je crois que je le savais, en vrai, mais je ne voulais pas me l'avouer. J'ai eu peur que vous ne me renvoyiez chez moi, alors j'ai emporté le crapaud derrière la maison et je l'ai enterré pendant que vous étiez chez le vétérinaire. Ensuite, quand vous êtes rentrés, vous saviez déjà ce qu'il avait, ça n'aurait rien changé que je vous le dise.

On aurait dit qu'elle voulait se mettre à pleurer, sans y parvenir.

— Et le chien va bien.

Doux Jésus, elle était presque aussi bonne menteuse que moi.

— Ce n'était pas très malin de ta part, dit Carlo.

Il parlait d'un ton sévère, mais je n'étais pas dupe.

Gemma-Kate se cacha le visage et secoua la tête. Qu'allait-elle nous jouer à présent ?

Carlo me regarda, sur le point de dire quelque chose. Je me demandai quoi. Nous étions censés être du même côté. J'aurais voulu lui confier ce que je pensais, mais pas en présence de Gemma-Kate.

— Je vais le mettre dans la benne, dit-il. Les éboueurs passeront demain matin à la première heure, et, de toute façon, il ne sent plus rien.

— Lave-toi les mains après, dis-je.

Il me regarda d'un air incrédule, ce qui est rare chez Carlo, enveloppa le crapaud dans le sac en plastique et le rapporta à l'intérieur. Je revins à Gemma-Kate.

— Qu'as-tu fait des restes, ceux que tu n'as pas donnés au chien ? demandai-je.

— Je les ai mis dans le broyeur, dit-elle.

Elle aurait parlé de relever le courrier qu'elle ne l'aurait pas prononcé avec plus de naturel.

Je fais partie de ceux qui ont le cœur bien accroché. Je n'ai pas sourcillé le jour où l'on a sorti sous mes yeux une voiture des Everglades, avec un cadavre vieux de deux semaines. Mettons cela sur le compte de la nausée, mais à l'idée que des entrailles de crapaud venimeux aient baigné dans mon évier, j'eus un nouveau haut-le-cœur. La colère avait laissé la place à l'appréhension, qui s'était logée tel un bloc en béton armé dans mes intestins. Je tentai de contenir la nausée en pressant une main sur mon ventre.

— Attention, dit Gemma-Kate. Tu saignes du doigt. Tu vas tacher ton tee-shirt.

Carlo me rejoignit dans la salle de bains, où je nettoyais mon tee-shirt tout en examinant mes cuticules. Je les avais arrachées sans m'en rendre compte. Mais étaient-ce vraiment mes mains ? Avec un étrange détachement, je constatai aussi qu'elles tremblaient.

J'attendis que Carlo ait fini de se laver les mains pour fermer la porte du couloir.

— Il faut qu'on parle, dis-je.

Il me conduisit au bord du lit et s'assit à côté de moi. Depuis que nous étions allés au parc en pleine nuit pour parler, côte à côte dans la voiture, sans nous faire face, c'était devenu notre rituel pour aborder les sujets sérieux, notre propre confessionnal. Carlo prit ma main et la posa sur sa cuisse, la couvrant de la sienne.

— Dis-moi tout.

— Gemma-Kate doit rentrer chez elle. Je ne pense pas être celle dont elle a besoin.

— C'est un peu radical…

— Laisse-moi t'expliquer. J'ai vu des… choses. Ce sont des détails, mais…

— Je me demande si nous n'avons pas fait une erreur. Je vois bien que tu es contrariée. Pas étonnant que tu te sois sentie mal cette nuit. Tu es en train de te rendre malade pour rien. Ça n'en vaut pas la peine, même pour la famille.

— *Me rendre malade pour rien* ? C'est tout ce que tu trouves à dire ? Que je suis *contrariée* ? On est contrarié quand… quand les toilettes sont bouchées. Carlo, mon instinct me dit que cette fille n'est pas nette, elle est dangereuse.

Il secoua la tête en signe d'incrédulité.

— Parce qu'elle a disséqué un crapaud ?

— Parce qu'elle a empoisonné notre chien. Tu ferais confiance à quelqu'un qui empoisonne ton chien et ne te dit rien ?

— Mais elle s'est expliquée : elle n'a rien dit parce qu'elle avait peur que tu te fâches. Et c'est ce qui est en train de se passer.

Carlo posa sa grosse main sur ma joue et releva mon visage vers le sien.

— Chérie, regarde-moi. Je suis avec toi. Maintenant, réfléchis bien. C'est l'affaire de quelques mois. Même si tu avais raison, qu'est-ce qui pourrait arriver ?

— Hum, voyons. Il y a trois signes qui peuvent indiquer une personnalité dangereuse : torturer des animaux, faire pipi au lit et déclencher des feux. Nous avons déjà un chien à l'hôpital. Tu veux vraiment attendre de voir la suite ?

— J'ai vraiment du mal à imaginer que cette jeune fille ait pu empoisonner volontairement notre chien.

— Partons du principe que tu as très peu d'imagination. Admettons qu'elle l'ait fait exprès.

Carlo prit le temps d'y réfléchir.

— Si elle l'a fait exprès, elle vient de recevoir un avertissement. C'est bien que tu aies découvert le crapaud. Je pense qu'elle fera tout pour ne pas retourner en Floride. Elle devra veiller à se montrer plus vigilante à l'avenir.

— Pour se tenir à carreau ? Ou pour ne pas se faire prendre ?

— Tu ne crois quand même pas que ta nièce voudrait faire du mal à Carla ?

Je le dévisageai sans comprendre.

— L'autre chien.

Je ne répondis pas.

— Brigid… Tu n'es pas sérieuse ?

— Oh ! tu as raison. Tant que nous ne faisons rien pour la contrarier et qu'elle garde le contrôle, tout ira bien. Il suffit de rester sur nos gardes.

— Chérie, je vais être franc avec toi. Tu n'as pas l'air dans ton état normal. Je dois dire que je me fais plus de souci pour toi que pour Gemma-Kate. Je trouve ta réaction excessive. Et puis pense à Todd. On ne peut pas lui faire ça. Tu te vois lui expliquer pourquoi tu lui renvoies sa fille ? Il a déjà assez à faire avec la disparition de sa femme.

Je dus me répéter plusieurs fois que Carlo était de mon côté et, à force, je parvins à faire taire un peu ma colère. Peut-être était-ce de la paranoïa. D'accord, je sais aujourd'hui que c'était de la paranoïa. Et pourtant, je sais aussi que je n'étais pas complètement à côté de la plaque.

— Très bien, mais promets-moi de vérifier les détecteurs de fumée.

— Tu es seul ? demanda Gemma-Kate.

— Tu vois quelqu'un d'autre dans la pièce ? répondit Peter.

— Baisse au moins le volume, au cas où quelqu'un entendrait. Écoute, ma tante a trouvé le crapaud.

— Comment c'est possible ?

— C'est l'autre chien qui l'a repéré. Brigid a compris que c'était ma faute et que j'avais menti.

— Comment va le chien ?

— Il est toujours chez le vétérinaire.

— Pourquoi ?

— Il n'arrêtait pas de vomir et de convulser.

— Je n'en reviens pas que tu aies fait ça. Tu n'as vraiment pas froid aux yeux.

— Je ne sais pas pourquoi tout le monde en fait tout un plat.

— Tu as été punie ?

— Pas encore. Ma tante réagit bizarrement. Je l'ai entendue parler à son mari. Je crois qu'elle veut se débarrasser de moi.

— Elle pourrait te dénoncer à la police ?

— Ben voyons, pour tentative de meurtre sur un chien ? Je pense qu'elle veut me renvoyer en Floride. Il n'est pas question que je rentre.

— La plage, les cocotiers…

— Je déteste la Floride. Je jure que je ne la laisserai pas me renvoyer dans ce trou, dit Gemma-Kate.

— Et comment tu comptes t'y prendre ? Tu vas lui faire bouffer un crapaud ?

Peter éclata de rire.

22

Je lui avais ouvert ma porte. J'avais voulu faire mon devoir, tenir la promesse que j'avais faite à Marylin, mais je n'aurais jamais dû ouvrir ma porte à Gemma-Kate. Une discussion que j'avais eue autrefois avec un jeune agent me revint en mémoire : le seul moyen d'attraper les tueurs en série est de faire parler le tueur qui est en nous. Bon, tout le monde n'a peut-être pas une âme de tueur. Peut-être que c'était juste dans ma famille.

Pour la énième fois, je me demandai si tous les Quinn étaient maudits, si nous souffrions tous, à différents niveaux, d'un profond manque d'humanité et s'il suffisait d'un seul coup de dés cosmique pour nous placer du bon ou du mauvais côté de la ligne.

Après avoir pris ses dispositions avec Annette pour qu'Owen ne manque de rien, Mallory accepta de me retrouver pour une réunion de crise. Je lui donnai rendez-vous au Blanco, un restaurant mexicain à mille lieues des attrape-touristes avec leurs haricots frits et leurs enchiladas. Une des bonnes adresses de Mallory, où l'on vous servait une délicieuse salade pastèque et mozzarella et où le guacamole était préparé à la minute dans un mortier en pierre de lave.

C'était une de ces belles journées de printemps durant lesquelles les températures sont encore assez douces pour profiter de la terrasse et de la vue sur la vallée de Tucson. L'air était déjà sec mais les brumisateurs apportaient une touche de fraîcheur supplémentaire, même si les gouttes s'évaporaient avant même de se déposer sur la peau.

Mallory était déjà installée à notre table, avec d'un côté un seau à glace dans lequel une bouteille de blanc attendait d'être servie et, de l'autre, une assiette d'amuse-bouche où se disputaient gousses d'ail éléphant grillées, bouchées au bleu et tartines de pain. Elle la poussa vers moi lorsqu'elle me vit arriver. Son verre était presque vide, mais un garçon vint aussitôt me servir et remplit son verre au passage. Elle lui offrit un sourire ravageur, avant de le renvoyer gentiment quand il demanda si nous avions fait notre choix. Je pris une tranche de pain, que je tartinai de bleu, et pressai une gousse d'ail délicieusement fondante. C'était exactement ce qu'il me fallait. Je renouvelai l'opération. Pris une gorgée. Puis une autre.

Quand je relevai enfin les yeux, je vis Mallory de l'autre côté de la table qui m'observait en fronçant les sourcils. Elle n'était pas du genre à froncer les sourcils. À quoi bon faire un tant soit peu appel à la chirurgie esthétique pour tout gâcher ensuite ? disait-elle.

— Depuis quand boites-tu ?

— Je ne boite pas.

— Si, tu boites. Je t'ai vue arriver. Ce n'est pas très prononcé, mais tu traînes un peu la patte.

— Génial. Il ne manquait plus que ça.

Elle me regarda plus attentivement et me demanda brusquement :

— Brigid, tu te sens bien ?

Je voulus lui répondre, mais je ne pouvais plus parler. J'avais la mâchoire contractée, la langue collée au palais. Je dus faire un effort pour que ma bouche se relâche, le temps de lui demander ce qu'elle voulait dire.

— Tu as l'air agitée. Ça ne te ressemble pas.

Je pris conscience que je pouvais sentir mon pouls battre dans mon cou. Par curiosité, je pressai un doigt sur ma veine et comptai ; j'étais à environ cent vingt pulsations par minute.

— Je... suis... si... stressssée.

— Moi qui te croyais toujours calme, presque trop... C'est pour ça que ça m'a frappée.

— À qui le dis-tu ! m'exclamai-je. J'ai l'impression que la seule chose qui me maintient encore debout, ce sont mes nerfs !

— Dis-moi tout, et elle fit mine d'appuyer sur un chronomètre imaginaire avec son pouce.

C'était un code entre nous pour éviter de parler à longueur de journée de nos petits bobos, comme on peut être tenté de le faire à notre âge. Pas de ça entre nous, c'était bien trop ennuyeux. Chez moi, c'était insomnies à répétition, douleurs lombaires et allergies. Chez Mallory, c'était constipation, arthrite de saison et dix kilos de trop.

— Je ne sais plus si ça a commencé cette nuit ou encore avant. J'ai eu des nausées la nuit dernière et des bouffées d'angoisse. Depuis ce matin, j'ai l'esprit embrouillé, l'impression d'avoir le cerveau dans du coton. Peut-être que c'est parce que j'ai mal dormi. Carlo pense que c'est lié au stress. Moi, stressée. Pour tout te dire, je suis toujours un peu barbouillée.

Elle reprit son chronomètre invisible et fit mine de l'éteindre. Nous étions au-delà du simple rhume des foins ou de la crise d'hémorroïdes.

— Déséquilibre électrolytique ? Trop d'eau ou pas assez.

Quand on a un mari malade, on devient vite un spécialiste. Je secouai la tête.

— Je n'ai rien changé à mes habitudes.

— Ce n'est sans doute pas grand-chose, mais quand as-tu consulté un médecin pour la dernière fois ?

— Je ne sais plus. L'année dernière, je crois, pour me faire vacciner contre la grippe.

Elle se retourna pour attraper son sac, suspendu au dossier de sa chaise, une de ces pochettes à mille dollars que vous regardez dans la vitrine sans imaginer qu'il y a des gens assez fous pour mettre ce prix-là dans un sac à main. Elle sortit son portable.

— Je ne sais pas qui est ton médecin habituel, mais il est temps que tu consultes un vrai spécialiste.

— Ce n'est pas la peine, je t'assure.

— Oh si, c'est la peine.

Le numéro devait figurer dans les raccourcis, à cause d'Owen. Je la vis faire les gros yeux. Elle coupa court au sempiternel message, « si vous souhaitez un renseignement concernant le..., appuyez sur la touche... » : elle savait déjà sur quelle touche appuyer pour être mise en relation avec une secrétaire.

— Mme Hollinger à l'appareil, dit-elle. Pouvez-vous dire au Dr Neilsen de me rappeler dès que possible ?

Un silence.

— Oh non ! M. Hollinger va bien. Dites simplement au Dr Neilsen de me rappeler.

Elle raccrocha sans dire au revoir.

— Je crains que Tim Neilsen ne me porte pas dans son cœur.

— Et alors ? Moi non plus, depuis que je l'ai poussé à venir à cette soirée avec Jacquie. N'oublie pas que c'est moi qui vous ai présentés. Mais tu es là pour te faire soigner, pas pour lui plaire. Tout ce qui l'intéresse, c'est qu'on lui paye ses honoraires.

Je cessai de protester. Après lui avoir avoué tout ce que j'avais sur le cœur, je n'avais plus la force de résister. Je décidai de m'en remettre à Mallory.

Elle rangea son portable et sortit de son sac un pilulier en forme d'œuf de Fabergé. Je suis quasi certaine que ce n'était pas un vrai Fabergé.

— Je dois avoir ce qu'il te faut, dit-elle.

Elle ouvrit le pilulier et versa plusieurs capsules et comprimés de formes différentes au creux de sa main.

— Qu'est-ce que c'est que tout ça ?

Elle les sortit un à un.

— Millepertuis, Valium, régime, régime, calcium, régime, Valium, huile de foie de morue. Tiens, prends un Valium.

J'hésitai ; je connaissais les effets pour en avoir déjà pris, mais j'avais promis à Carlo de faire attention.

— Tu ne sais pas à quoi tu t'exposes si je me laisse aller.

— Je prends le risque. Tu n'as qu'à l'avaler avec du vin, dit-elle. C'est du deux milligrammes. Tim me les a prescrits pour mes coups de blues avec Owen.

— J'ai les mêmes à la maison. Je devrais pouvoir survivre jusque-là. En attendant, ceci fera l'affaire, fis-je en levant mon verre de vin.

À peine avais-je enroulé mes doigts autour du pied que je fus interrompue par une crampe. Je parvins à avaler une bonne rasade et à reposer le verre sans le renverser, puis je pliai et dépliai ma main sous la table pour dissiper la douleur.

— Tu n'en as pas marre de tous ces régimes ? demandai-je pour changer de sujet. Tu es très bien comme tu es.

Mallory leva un bras et se pinça le gras d'un air entendu.

— *Dixit* celle qui porte encore des débardeurs à son âge, ajouta-t-elle. Je te hais.

Si elle savait que, il n'y a pas si longtemps, j'avais mis au tapis un jeune militaire qui aurait pu être mon petit-fils…

— Je déteste être comme ça. Je ne me reconnais pas moi-même. Tu penses que c'est les hormones ?

Mallory sourit.

— Tu as passé l'âge pour les hormones ! Je ne sais pas pourquoi tu boites, mais on est rarement stressé sans raison.

Selon celle qui avait un mari invalide à la maison et qui trouvait quand même le moyen de s'inquiéter pour moi.

— Gemma-Kate ? suggéra Mallory.

À force, nous n'avions même plus besoin de formuler les choses.

— Gemma-Kate, répondis-je. Oh ! Gemma-Kate.

— Tu en as parlé à Carlo ?

— Carlo est sous le charme.

— Et ça te pose un problème ?

Maintenant que j'y pensais… C'était donc à cela que servaient les amis ? À vous retourner le cerveau ? Dans ce cas, à quoi bon payer un psy ?

— Es-tu en train de suggérer que je soupçonne Carlo d'avoir une liaison ?

Mallory Hollinger n'avait pas les oreilles sensibles, mais cette idée la fit frémir d'horreur.

— Avec Gemma-Kate ?

— Non, non. Avec quelqu'un de son âge.

Je pensais qu'elle allait me rire au nez, au lieu de quoi elle me répondit simplement :

— Autant les femmes sont capables d'entretenir des amitiés platoniques, autant je reste persuadée que, chez les hommes, il y a toujours une part de séduction, même si cela reste purement théorique. Tu sais si Carlo a des amies femmes ?

Je réfléchis un instant.

— À part toi ? répondis-je en riant.

— Je ne vois pas ce qu'il y a de drôle.

Dans son esprit, il ne faisait aucun doute qu'un homme puisse avoir le béguin pour elle. Elle fit mine de se pincer les lèvres, mais elle sembla considérer que cela ne valait pas le coup.

Autre principe que Mallory m'avait confié à l'occasion : peu importe comment les gens vous traitent, la vraie bonté de quelqu'un se mesure à sa façon de traiter un serveur. Et au fait de finir le vin. Le garçon avait surgi pour débarrasser l'assiette d'amuse-bouche, qui s'était vidée en un éclair.

— Mon chou, ne partez pas, l'interpella Mallory, lui effleurant le bras du bout des doigts. À force de papoter, nous ne voyons pas le temps passer. Vous pouvez prendre la commande ?

Elle opta pour une salade de poulet à la mexicaine, avec la vinaigrette à part.

Je pris la même chose pour ne pas avoir à consulter la carte, une autre source de stress que je préférais éviter. Moi qui avais travaillé infiltrée dans un cartel de drogue mexicain, voilà que je me laissais intimider par le menu d'un restaurant. Lorsque le serveur s'éloigna, Mallory reprit :

— Ça devrait te faire du bien de manger. Bon, dis-moi ce que tu as sur le cœur.

Je lui racontai tout, depuis la découverte du crapaud jusqu'au moment où Gemma-Kate avait nié être à l'origine de l'empoisonnement du chien, alors que je la soupçonnais de l'avoir fait à dessein.

— Elle a prétendu ne pas savoir que le crapaud était toxique avant de vérifier sur Internet.

Mallory haussa les épaules.

— Je pensais que tout le monde savait.

— Je ne savais pas non plus. Mais j'ai tout de même du mal à la croire.

Je m'attendais à ce que Mallory me rabroue, me dise que j'avais regardé trop de films d'horreur avec des adolescents psychopathes ; mais elle se contenta de hocher la tête en m'écoutant déblatérer sur Gemma-Kate et les mille et une petites choses qui m'avaient mise dans cet état de nervosité. J'en venais presque à espérer qu'elle me rabroue. Mais ses seuls commentaires se bornaient à des « hum », des « ah, oui » et des « je vois ». Elle était pire que Carlo : elle savait écouter, certes, mais elle n'avait pas beaucoup de solutions.

— Qu'en pense Carlo ?

Je lui résumai notre conversation en concluant que, même s'il prétendait me soutenir, il ne voyait pas les choses comme moi.

— Il est beaucoup trop rationnel, dis-je.

— Tu ne peux pas le lui reprocher, rétorqua Mallory. Tu sais ce qu'on dit aux infos, quand on apprend que le gars au coin de la rue est en fait un tueur en série ?

Je ris.

— « Il était si *discret*. Toujours serviable. » Et c'est à ce moment-là qu'on retrouve les cadavres dans le congélateur.

— Peut-être devrais-tu prendre l'avis d'un spécialiste, reprit Mallory. Tu ne connais personne ici à qui tu pourrais en parler ? Qui pourrait poser un diagnostic ? Autant je suis assez calée en médecine, autant la psychologie, ce n'est pas mon rayon. Owen et moi sommes terriblement normaux.

J'eus tout à coup une illumination.

— J'ai un vieux copain du FBI... Il n'a pas encore pris sa retraite, je n'aurai pas de mal à le joindre. Il a même rencontré Gemma-Kate une fois, du temps où je vivais à Washington, elle était venue me rendre visite. Je vais voir ce qu'il me conseille.

— Commence par respirer, ma chérie. Tu es en apnée.

Je respirai profondément avant d'accueillir le serveur, qui revenait avec nos deux salades. Il nous resservit en vidant la bouteille. Mallory attendit qu'il se fût éloigné avant de demander :

— Tu as pensé à une dépression ? Tu sais, l'impression de perdre le contrôle, ce genre de chose.

Je balayai cette idée d'un revers de main, mais, au moment de prendre ma fourchette pour attaquer ma salade, une nouvelle crampe m'empêcha de la tenir correctement. Je la reposai discrètement et, sous la table, je pliai et dépliai mes doigts jusqu'à ce que la crampe passe.

Il y eut un blanc dans la conversation, le temps pour chacune de piocher avec avidité dans sa salade à la recherche des meilleurs morceaux, olives kalamata, poulet poché, poivron rouge. Mes doigts se crispèrent de nouveau, et je dus attendre que la crampe passe. Si tout cela était lié au stress, le vin ne faisait aucun effet.

Mallory piqua les dents de sa fourchette dans la vinaigrette avant de la planter dans un dé d'avocat : moins de calories, selon elle. Si elle avait remarqué mon manège avec ma main, elle fit comme si de rien n'était.

— Je peux te donner un conseil ?

— Quoi ?

— Si tu penses que Gemma-Kate a des problèmes, tu devrais songer à l'éloigner de Peter. Ce n'était peut-être pas l'idée du siècle de les présenter.

— Tu sais quelque chose sur lui ?

— Rien d'alarmant. Tu avais l'air tellement inquiète quand il est venu chercher Gemma-Kate, j'ai mené ma petite enquête auprès de Lulu. Je n'avais pas de raison de t'en parler avant aujourd'hui. Soirées arrosées, accrochages en voiture… Il faut voir sa mère. Elle a l'air presque aussi tendue que toi. C'est ce qui arrive quand on fréquente trop d'ados. Ils vous mettent les nerfs en pelote.

Je revis la femme-écureuil. Mallory n'avait pas tort, Ruth semblait particulièrement à cran.

— Ils ne se sont pas revus à l'extérieur depuis, mais je les ai entendus parler au téléphone. Elle est si différente avec nous… On a du mal à la reconnaître.

— Ça ne m'étonne pas. Souviens-toi, le personnage dans la série *Leave It to Beaver* : « Oh ! quel beau tablier que voilà, madame Cleaver. » Elle est probablement plus nature avec un jeune homme de son âge, quelle que soit cette « nature ». J'imagine qu'on est tous pareils. Cela dit, je tâcherais de décourager… Oh !

La fourchette de Mallory semblait soudain peser une tonne.

— Qu'y a-t-il ?

— Rien. Je déraille.

— Et depuis quand est-ce que ça t'empêche de me dire ce que tu penses ?

— C'est ta façon de… Non, crois-moi, je dis n'importe quoi. Je regarde trop la télé.

— On appelle ça l'« incidence des *Experts* », dis-je. Parles-en à Jacquie Neilsen.

Mon téléphone sonna et, pensant qu'il s'agissait du vétérinaire, je décrochai sans regarder le numéro qui s'affichait.

— Brigid ? C'est Jacquie Neilsen.

— Bonjour, Jacquie.

Quand on parle du loup, articula Mallory en silence.

— Vous avez du nouveau ? demanda Jacquie.

— Ma belle, ça ne fait même pas vingt-quatre heures. Je n'ai rien à vous dire pour le moment, mais je vais rendre visite à l'inspecteur cet après-midi. Je vous appelle après, d'accord ?

— D'accord.

Elle raccrocha.

— Où en étions-nous ? demandai-je.

— Nous parlions de ton mari, de tes problèmes de santé et de ta nièce psychopathe. Mais trêve de bavardages, si on disait du mal des Neilsen ?

Je lui répondis que je n'en savais guère plus que la veille, mais que je la tiendrais au courant après avoir parlé avec l'inspecteur et le médecin légiste.

— Tout cela est *si* excitant. Qu'est-ce que je peux faire pour aider ?

— À quel niveau ?

— Sérieusement, nous pourrions former une équipe, entre nanas.

C'était une plaisanterie, mais je pensai à mes autres partenaires, qui avaient trouvé la mort à mes côtés, et je n'avais pas envie de rire.

— Non, répondis-je.

— D'accord, on est un peu rouillées, mais n'empêche.

— Je vais y réfléchir.

Non.

Nous finîmes nos salades avant de partager l'addition. En signant mon reçu, je me sentis observée et je la vis qui me regardait avec insistance. Était-ce pour voir combien je laissais au serveur ? Alors que nous marchions vers la sortie, elle se mit derrière moi pour observer ma démarche et me proposa de rentrer avec elle, « j'ai quelque chose qui pourrait te faire du bien ».

Je repris ma voiture, pour pouvoir rentrer directement après. La route jusqu'à chez elle était raide et sinueuse. Tout à coup, dans un virage, je dus piler pour laisser passer un homme qui traversait la route.

Ce n'était pas n'importe qui. L'homme s'arrêta au beau milieu de la route, à une dizaine de mètres devant moi, et me fit face. C'était Carlo. Je vis son sourire rebelle. Soudain, je vis sa peau s'étioler, et son sourire disparut derrière une grimace macabre. J'avais beau être formée pour savoir réagir au danger, j'étais totalement impuissante. Je le regardais, entre horreur et fascination, à mesure qu'il se transformait en squelette, puis il se fondit dans l'asphalte et disparut totalement.

J'ai toujours eu une imagination féroce et j'ai tendance à envisager le pire. Parfois à raison. Mais cette vision était plus réaliste que tout ce que j'avais pu imaginer jusque-là. Pourtant, j'étais fermement convaincue qu'il ne s'agissait que d'une vision. Une vision, répétai-je dans ma tête. Un effet de lumière. Un sinistre effet de lumière.

Les doigts crispés sur le volant, en hyperventilation, le cœur battant si fort que je pouvais presque le sentir sur ma langue, je mis du temps à me ressaisir. J'étais en nage, ce qui n'est pas anodin par dix pour cent d'humidité dans l'air. Il me fallut plusieurs minutes pour me calmer, puis je repartis très lentement, essayant de me convaincre que cette vision n'était en rien prémonitoire.

23

À mon arrivée chez les Hollinger, la porte était grande ouverte et je ne trouvai personne. Personne pour me demander ce qui m'avait pris tant de temps, ce qui me convenait très bien car je ne voulais en aucun cas raviver le souvenir du squelette de Carlo. J'allais partir en quête de Mallory lorsque je fus prise d'une soudaine crampe intestinale, et c'est à peine si j'eus le temps de me ruer dans la salle de bains des invités.

Il ne s'agissait plus de vomissements. La dernière fois que j'avais été dans cet état, j'avais mis des laxatifs dans ma vodka parce que j'avais l'impression que l'alcool me constipait. Était-ce un nouveau symptôme ? Je vous accorde que parler de la courante n'a rien de très glamour, mais j'essaye de rapporter les faits tels qu'ils se sont déroulés, même ceux qui ne semblaient pas importants sur le coup. Je me lavai les mains et ouvris la porte du placard sous l'évier à la recherche d'une bombe de désodorisant. Je tombai sur un produit appelé « neutralisant », conditionné dans un flacon élaboré : de toute évidence, il n'avait pas été acheté chez Walmart. Je retournai la bouteille ; quelqu'un avait oublié d'enlever l'étiquette de prix. Soixante-dix-neuf dollars et quatre-vingt-quinze cents. Puisque ce nectar était plus cher que mon propre parfum, je décidai de m'en mettre avant de vaporiser la pièce.

Je remis la bombe à sa place et inspectai le reste du placard. Je remarquai les rouleaux de papier toilette parfaitement alignés, un nettoyant spécial salle de bains, une pierre ponce pour éliminer les dépôts de calcaire, et un petit assortiment de shampoings et d'après-shampoings piochés dans des hôtels de luxe. Comme quoi, il n'y a pas que les pauvres qui se servent. J'aurais voulu savoir de quand ils dataient et à quand remontait le dernier voyage des Hollinger.

Je refermai le placard et, curieuse pour curieuse, je me tournai vers l'armoire à pharmacie. J'y trouvai le lot habituel de médicaments sans ordonnance, antihistaminiques, aspirine, tube de dentifrice entamé et, dans la catégorie « l'espoir fait vivre », un tube d'œstrogènes en gel bientôt périmé. Pour celles qui ne connaissent pas encore les joies de la ménopause, il faut savoir que c'est ce que l'on prescrit en cas de sécheresse vaginale. Même si nous parlions très souvent de nos maris respectifs, Mallory et moi abordions rarement la question du sexe. La plupart du temps, j'évitais volontairement le sujet pour ne pas mettre Mallory mal à l'aise, partant du principe qu'Owen ne pouvait plus grand-chose de ce côté-là. Je doutais que cela change d'ici à la date d'expiration. Mallory pourrait-elle envisager de prendre un amant ? J'eus une pensée pour Adrian Franklin.

Il y avait aussi un flacon d'antidépresseurs, prescrits récemment par Tim Neilsen. Il semblait qu'elle y avait recours. Antidépresseurs *versus* œstrogènes, les sédatifs à la place du sexe.

Sans doute voulait-elle préserver un peu son intimité, avec Annette qui pouvait aller et venir à sa guise dans leur salle de bains. Si ça peut te faire du bien, ma belle.

La cuisine était déserte. Je n'avais plus qu'à aller voir dans la chambre d'Owen.

En approchant, je découvris Mallory penchée au-dessus du lit, plaquant un ballon sur le nez et la bouche d'Owen. Annette était de l'autre côté et injectait un produit dans le cathéter. Mais, plus que tout le reste, c'est le regard d'Owen qui me reste en mémoire. Les yeux rivés aux miens, il m'ouvrait les portes de son âme, celle d'un homme paniqué mais impuissant. Sa trachéotomie émettait une sorte de sifflement qui me fit penser à un aspirateur bouché.

Les deux femmes parlaient sur un ton pressant ; il n'y avait pas de panique dans leurs voix, juste une intensité palpable. Annette donnait les ordres et Mallory exécutait, mais la conversation dénotait une certaine habitude ; elles connaissaient leurs rôles par cœur. Pendant qu'elles se concentraient sur Owen, Owen se concentrait sur moi, comme si j'étais sa bouée de secours. Je sentis que j'avais aussi mon rôle à jouer, et je fis tout mon possible pour suivre les questions et les réponses qui fusaient dans la pièce.

— ... nettoyer la trachéo...

— ... l'aspirer ?

— Rien, il commence à lutter contre le respirateur.

— ... contre le ballon aussi.

— Continuez. Si c'est une crise d'angoisse, ça ne peut que le soulager.

— Bon sang, Owen, calme-toi.

— Tension ?

Mallory jeta un bref coup d'œil à l'écran, comme si le fait de quitter Owen des yeux une seconde devait le condamner à une mort certaine.

— 184/116.

— Calmez-vous, Owen, vous pouvez y arriver.

— Quand avez-vous lavé…

Annette commença à lui répondre, « J'étais juste en train de… », avant de s'interrompre, jugeant probablement la question inutile, et de se concentrer sur le produit qu'elle injectait dans le cathéter.

— Tension ?

Mallory consulta de nouveau l'écran.

— 196/121.

Le chuintement se fit plus fort.

— Pouls ?

— 126.

— Allez, Owen. Ne luttez pas. Passez-moi le ballon.

Mallory recula et Annette reprit la ventilation manuelle. Après une éternité, alors que nous le pensions toutes mort, Owen battit des paupières et ferma les yeux. Le chuintement se fit plus faible, puis cessa tout à fait.

— Je vais le ventiler encore quelques secondes avant de rebrancher le respirateur.

Impuissantes, nous regardâmes Annette ventiler Owen, puis, d'un geste sûr, elle le remit sous respirateur artificiel.

Alors seulement, après une dernière vérification de ses constantes, elle annonça :

— Il est tiré d'affaire.

Annette avait beau être du métier, elle dut s'asseoir un instant au bord du lit pour reprendre son souffle. Mallory, elle, chancela jusqu'à la salle de bains. Je lui emboîtai le pas, juste à temps pour la voir sortir un flacon de l'armoire à pharmacie et se bagarrer avec la sécurité enfant.

— Et merde, lâcha-t-elle.

Je le pris de ses mains tremblantes. Je constatai avec un certain détachement que les miennes manquaient de force, elles fonctionnaient au ralenti, comme si mes doigts ne m'appartenaient plus, mais je finis par venir à bout du couvercle et sortis un comprimé.

— De l'eau, fis-je en attrapant un verre.

— Oh ! donne-moi ça.

Elle me prit le flacon des mains et avala deux comprimés cul sec.

— Nom de Dieu, murmura Mallory.

Elle s'assit sur la cuvette des toilettes et se cacha le visage.

— Ferme la porte.

Je m'exécutai. Je m'agenouillai devant elle et posai mes mains sur ses épaules.

— Ma belle. Tu as le droit de le laisser partir. Personne ne pourrait te le reprocher.

— Je n'ai besoin de personne pour ça. La nuit de l'accident, nous étions à Phoenix, pour une soirée caritative. Nous avions bu. Deux heures de route pour rentrer, et Owen était endormi – bon, d'accord, il était raide – pendant que je conduisais. La voiture a calé sur le passage à niveau. Je me suis précipitée hors de la voiture quand j'ai vu les phares. J'ai fait le tour pour détacher Owen. Je l'ai tiré de toutes mes forces. Il est tombé au pied de la voiture. J'ai essayé de le réveiller. Au dernier moment, j'ai flanché, dit-elle horrifiée, sa bouche se figeant en un O muet. Mais je ne peux pas le laisser comme ça. Pas comme ça.

Elle avait les yeux rivés sur la porte, comme si elle pouvait voir son mari en transparence.

— Est-ce que tu pries ?

Alors ça ! Moi qui croyais que pour les épiscopaliens, même en cas d'urgence, la prière était comme le sexe oral : vous pouviez le pratiquer, à condition de ne pas en parler.

— Pourquoi ?

— Je ne t'ai jamais posé la question.

— Je ne suis même pas sûre de croire en Dieu.

Elle me dévisagea un moment, sans avoir l'air de me juger pour autant.

— Moi, je prie. Oh ! mon Dieu, Brigid, parfois j'ai peur de ne pas tenir le coup et je prie pour qu'il meure. Mais chaque fois, je me rappelle que c'est moi qui devrais être là, dans ce lit.

Mallory se frottait le cou, effrayée de ce qui pouvait sortir de sa gorge.

— Je n'avais jamais dit ça à qui que ce soit. Je devrais arrêter de boire au déjeuner.

Elle fut interrompue par la sonnerie de son téléphone dans sa poche. Je ne m'étais jamais demandé pourquoi elle avait choisi *Some Enchanted Evening*, ce que ce morceau représentait pour elle. Mais ce n'était pas le moment de lui poser la question.

— Excusez-moi, dit-elle en sortant de la salle de bains pour passer au salon, me laissant seule avec Annette, qui venait d'entrer.

J'avais toujours le flacon en main. Je pris enfin le temps de lire l'étiquette : Valium, dix milligrammes.

— Comment va-t-il ? demandai-je.

— Il dort, déclara Annette en louchant sur le flacon que je rangeai dans l'armoire à pharmacie.

Je faillis lui en proposer un aussi, mais cela cadrait mal avec ses responsabilités professionnelles.

— Que s'est-il passé ?

— Parfois, les patients paniquent et ils rejettent l'appareil qui leur permet de respirer. On dit qu'ils luttent contre le respirateur.

— C'est dû à quoi ?

— Son état exige des soins de nursing réguliers. Autrement dit, je nettoie sa trachéo toutes les quatre heures, y compris la nuit. C'est toujours un peu traumatisant, mais parfois sa réaction est due à un dysfonctionnement du respirateur. C'est pour ça qu'on le ventile manuellement, je veux dire, qu'on lui donne de l'oxygène avec un ballon. Sa place est à l'hôpital, en soins intensifs. Je pense que c'est pour se punir elle-même qu'elle le garde ici.

Je songeai à quel point mon métier était proche de celui d'Annette, avec une différence : les patients dont je m'occupais étaient rarement à quatre heures près.

— Et vous ? Vous passez votre vie dans cette maison.

— Oh ! j'ai aussi du temps libre. Mallory peut le gérer toute seule un moment, et il y a une autre infirmière qui prend le relais en mon absence. Je vous le dis, Brigid, ça reste entre nous, mais, si j'étais dans cet état, je crois que je préférerais tirer ma révérence.

Elle fit un signe du menton en direction de Mallory.

— Mais pas eux. Ils sont toujours si positifs. Vous vous demandez peut-être comment je le sais ? Je le sais, c'est tout. Il suffit de lire dans leurs yeux. C'est d'autant plus vrai quand ils sont dans cet état.

J'acquiesçai.

Mallory réapparut et nous changeâmes de sujet. Elle avait retrouvé son calme. Envolée, cette Mallory qui avalait un Valium dans sa salle de bains.

— Tu as rendez-vous avec Neilsen demain matin à dix heures. Est-ce que ça te convient ?

— C'était du rapide, dis-je.

— C'est une fleur qu'il me fait. Il pousse un peu à la consommation, comme tous les médecins. Mais c'est un brillant diagnosticien. J'ai déjà signalé à l'infirmière les symptômes que j'ai remarqués ce midi.

Mais elle ne pensait déjà plus à moi. Elle s'assit à côté d'Owen et posa sa main sur son cœur, puis sur le sien. Elle se tourna vers Annette et proposa de faire venir un pneumologue et un technicien pour vérifier le respirateur à la recherche de dysfonctionnements, de fuite, de problème de pression ou de mécanisme, et d'autres choses que j'ai oubliées. Mallory était vraiment devenue une spécialiste de la question. Après quoi, elle sembla se rappeler que j'étais là et elle demanda à Annette :

— Ma belle, savez-vous où est rangé le coussin à la lavande ?

Annette avait l'air de savoir et elle partit le chercher. Mallory la suivit des yeux.

— Annette est tellement compétente.

Connaissant Mallory, je crus sentir un soupçon de défiance derrière le compliment. Qu'aurait-elle à me révéler sur Annette le moment venu ? Je me demandais ce qu'elle me cachait d'autre.

— Je crois qu'elle t'admire beaucoup.

Annette revint avec un coussin blanc en forme de lapin.

— Tenez, je l'ai passé au micro-ondes.

Elle enroula le lapin autour de mes épaules. C'était réconfortant et chaud et ça sentait bon la lavande. Ce n'est que lorsque mes muscles commencèrent à se détendre que je me rendis compte à quel point j'étais crispée. Si seulement il pouvait chasser mes visions aussi bien que mes tensions.

24

Je tenais à peine sur mes jambes, passablement secouée par la scène à laquelle je venais d'assister, une scène sans doute plus fréquente qu'il n'y paraissait, mais je devais me rendre dans le centre-ville pour mon rendez-vous avec l'inspecteur Sam Humphries.

Il disposait de son propre petit bureau au commissariat de Tucson. Je profitai de ce qu'il sorte me chercher un café pour m'asseoir sur la chaise invité et observer les lieux. Tout était impeccablement rangé, sans objets personnels ni désordre apparent, comme s'il venait d'arriver. Une épaisse chemise en papier kraft barrée de la mention « NEILSEN » était posée sur la table. En le voyant revenir, avec un café et une barre de céréales que quelqu'un lui aurait donnée au passage (délicate attention), je me fis la réflexion qu'il était assorti à son bureau.

Sam Humphries. Il avait tout juste raccroché l'uniforme de flic et semblait encore mal à l'aise dans son costume d'inspecteur. Il s'assit en écartant les jambes pour ne pas froisser son pantalon. J'avais presque envie de l'appeler « fiston », alors même que je n'ai pas d'enfants.

Je pris ma voix la plus douce avec juste ce qu'il fallait de flagornerie pour ne pas lui donner l'impression de le prendre de haut. La mamie inoffensive par excellence.

— Merci de m'accorder un peu de votre temps, inspecteur. J'ai moi-même été dans la police, je connais bien les deux côtés de la barrière. Je vous serais infiniment reconnaissante de me dire ce que vous savez.

Il resta un moment silencieux, le temps peut-être de savourer le mot « inspecteur ».

— Appelez-moi Sam, dit-il enfin.

— Brigid, répondis-je.

Jusqu'ici, pas de problème. J'évoquai sans détour ma conversation avec Jacquie Neilsen.

— Je l'ai rencontrée à une soirée et nous avons un peu discuté. Elle a du mal à accepter la mort de son fils.

— Elle m'a appelé plusieurs fois, en effet. J'aurais voulu l'aider, mais que pouvais-je lui dire de plus ? Nous avons eu la même conversation, encore et encore, jusqu'au moment où j'ai arrêté de prendre ses appels. Elle a besoin d'un psychologue, vous savez.

Je hochai la tête d'un air entendu. *Toi et moi, on se comprend.*

— Comprenez-moi bien, cela n'a rien à voir avec vous. Les souvenirs de Jacquie sont un peu emmêlés, et elle ne se satisfait pas des informations dont elle dispose. Ce n'est pas votre faute. Je ne fais que réexaminer l'affaire pour essayer de trouver les mots, une explication, vous savez, entre femmes…

Je laissai ces mots en suspens.

Il me dit tout de go que cette affaire avait été sa première en tant qu'inspecteur. Il me confia même en riant qu'il avait caché une checklist plastifiée dans sa poche pour être sûr de ne rien négliger.

— Ce n'était pas compliqué, dit-il. Tout est là.

Je pris la chemise qu'il me tendait, essayant d'empêcher le tremblement de mes mains. Il y avait des photos de la terrasse et de chacune des chambres à l'étage et au rez-de-chaussée, mais pas de photos du corps. Parfois, on croit connaître la réponse avant même de poser la question mais on la pose quand même et, parfois, la réponse n'est pas celle que l'on attendait.

— Vous n'avez pas vu le corps sur les lieux ?

Sam fit non de la tête.

— Ils auraient mieux fait de le laisser là, mais ils l'ont embarqué dans une ambulance.

Il fouilla parmi les photos et en sortit une.

— Voici le corps à la morgue. Prise par le médecin légiste. Je m'y suis rendu juste après.

— Dans la nuit ?

— Oui.

— Vous avez fouillé la maison ?

— Bien sûr, voici les photos. Ils ont une sacrée salle de télé. À elle seule, elle est plus grande que ma maison tout entière. Et vous avez vu la cheminée ?

— Très impressionnante.

Je pris l'air impressionnée.

— J'ai discuté avec mon supérieur. La difficulté, avec les noyades, c'est de reconstituer ce qui s'est passé. Je veux dire… c'est de l'eau et, même si la victime se débat, au bout du compte, ce n'est jamais que de l'eau, vous comprenez ? Pas de tôle froissée ou de traces de pneus comme pour un accident de voiture. J'ai même cherché des traces de sang, comme c'est écrit dans le manuel, mais je n'ai rien trouvé. Il faut dire, avec ce taux d'humidité, même les dalles au bord de la piscine, là où le père a essayé de le ranimer, étaient sèches à mon arrivée.

— Le père, le Dr Timothy Neilsen, prétend que vous l'avez passé sur le gril.

Je fis un signe de tête pour appuyer la fin de ma phrase.

Il prit cela pour un compliment.

— Puisque c'était lui le « sauveteur », j'ai pris le temps de repasser la scène avec lui plusieurs fois, vous savez, en mode : « Montrez-moi. » Nous sommes entrés ensemble, et il a essayé de reproduire fidèlement tous ses faits et gestes. Il a commencé par allumer les lumières de la terrasse, parce qu'il faisait tout noir, à part celles qu'il avait déjà allumées depuis son Smartphone.

Parfois, il suffit de balancer une question qui n'a rien à voir pour couper court à une histoire toute faite et glaner des informations intéressantes au passage.

— Pas d'accessoires, d'attaches qui pourraient suggérer une pratique érotique ? demandai-je.

— Rien de tel, non. Mais quand on est motivé, il suffit de retenir sa respiration sous l'eau, non ?

Il apprenait vite, pour un bleu.

— Pas faux.

Humphries jeta un coup d'œil à la photo de la piscine de l'autre côté du bureau.

— Qui sait, c'était peut-être sa première fois, et il s'est dit que c'était l'endroit idéal ?

Je fis défiler les photos jusqu'à celles prises à la morgue. La braguette était ouverte mais Joe avait encore son pantalon, et il portait un caleçon. Que s'était-il passé entre le moment où il avait baissé la fermeture éclair et le moment où il s'était noyé ? Qu'est-ce qui l'avait empêché d'aller plus loin ? Cela restait un mystère.

— Avez-vous demandé si la scène avait été modifiée ? Pas pour dissimuler des preuves, mais par gêne, pour préserver sa dignité ? Remonter son pantalon, par exemple ?

Sam semblait prendre un certain plaisir à mes questions, comme si je lui faisais passer un examen et qu'il répondait juste à chaque fois.

— Le manuel… Bien sûr, j'ai posé la question, et son père a affirmé que non.

— Son beau-père, rectifiai-je.

— Exact.

J'essayai de déceler dans sa voix le signe qu'il doutait, qu'il était sur la défensive, mais il semblait parfaitement détendu. En revanche, mes genoux se mirent à tressauter et je dus poser mes mains dessus pour les contenir.

Je revins aux faits.

— J'ai déjà eu la version des parents. Ce qui m'intéresse, c'est votre point de vue de professionnel sur ce qui s'est passé cette nuit-là.

Humphries prit quelques instants pour parcourir le rapport ; les conclusions étaient si évidentes, il avait oublié les détails. Un jeune homme si bien élevé. Il se souvenait de certaines choses, mais il dut lire en partie le rapport qu'il avait tapé à la suite de l'enquête.

— Le père, le beau-père, étant médecin, il connaissait la procédure. Il a tenté de le ranimer. Puis il a appelé les secours et leur a affirmé que le garçon était déjà décédé à son arrivée, vers 20 h 30.

— À quelle heure a-t-il appelé les secours ?

Humphries consulta de nouveau ses notes.

— À 20 h 50, apparemment.

— Il lui a donc fallu vingt minutes pour appeler le 911 après avoir découvert le corps de son fils.

Je haussai un sourcil interrogateur.

— Je sais, je l'ai interrogé à ce sujet. Il a justifié chaque minute. Il est allé vers les marches, il est entré dans l'eau…

— Il n'a pas plongé ? En mode « Oh ! mon Dieu, il est en train de se noyer » ?

— Difficile de savoir à quoi pensent les gens dans un moment pareil, mais non, il m'a montré comment il était entré dans la piscine. Il avait enlevé ses chaussures, qui le gênaient pour nager. Il a atteint le corps, qui n'opposait déjà plus aucune résistance, il l'a tiré vers le bord, l'a hissé dans l'escalier… La tête a cogné contre les marches, d'où quelques ecchymoses visibles à l'autopsie, mais nous n'en avons pas vues par ailleurs. Il a commencé à lui faire un massage cardiaque, mais le garçon avait déjà les lèvres bleues et il avait de la mousse au coin des lèvres.

— Le Dr Neilsen a l'air de s'y connaître, en noyades.

— On dirait bien.

— Bon, on arrive à dix minutes maximum. Et les dix minutes restantes ?

— Il prétend qu'il est allé à l'eau avec son portable, qu'il a paniqué. Quand il a voulu appeler, le téléphone ne marchait plus.

— Avez-vous pu vérifier ?

— Oui. Ils n'ont pas de téléphone fixe. Il a utilisé l'ordinateur sur le comptoir de la cuisine et il a envoyé un SMS à son ami qui l'avait déposé. C'est cet ami qui a appelé les secours, et ils sont arrivés sur les lieux environ sept minutes plus tard.

— Donc l'heure du décès remonte à…

Sam consulta de nouveau ses notes.

— La température du corps à la morgue indique que le décès a dû survenir aux alentours de 19 heures, 19 h 30.

— En tenant compte de la température de l'eau ?

— Bien sûr.

— Donc, même si le père a tardé à prévenir les secours, l'enfant était mort depuis une heure au moins.

Humphries acquiesça, et son hochement de tête me donna le tournis. Je l'entendis me demander :

— Madame Quinn, tout va bien ?

J'avais l'impression d'avoir perdu connaissance l'espace d'une seconde.

— Bien sûr.

— Pardon d'insister mais… vous avez l'air ailleurs.

— Je vais très bien. Quelle est l'heure du décès ?

Il me regarda d'un drôle d'air.

— Vers 19 heures, 19 h 30.

— Et la journée ? C'était en semaine ? Le week-end ?

— Un lundi de septembre. Le jour de la Fête du travail. Joseph n'avait pas école. Il a passé l'après-midi chez lui. Ses parents sont partis à peu près en même temps, chacun de son côté.

— Et ses amis ? Est-ce qu'il a vu des amis ce jour-là ?

— Il n'avait pas d'amis. Il n'était pas très… populaire.

Mon cerveau sembla redémarrer d'un coup.

— Qu'en savez-vous ?

Humphries bafouilla. Il en savait plus qu'il ne voulait le dire et il s'était grillé. C'était exactement ce genre de dérapages que j'étais venue chercher, mais ce n'était pas le moment de le pousser dans ses retranchements. Je n'insistai pas et il embraya aussitôt, en se répétant.

— Le père va dans un bar regarder le match avec un ami, un praticien du même cabinet. La mère est à son club de lecture. Le gosse meurt seul à son domicile. Le père rentre le premier, découvre le corps sur le ventre, dans la piscine.

— Avez-vous vu la mère cette nuit-là ?

— Le beau-père a essayé de la joindre, mais son portable était éteint. Le corps a été transféré à la morgue. Il avait l'air soulagé qu'elle n'ait pas à le voir ainsi. Il n'arrêtait pas de dire, « Dieu merci, je suis rentré le premier ». J'ai attendu qu'elle revienne, je l'ai interrogée, mais elle n'était bonne à rien. Ce qui est tout à fait normal, bien sûr, ajouta-t-il, essayant de se montrer empathique. Elle n'arrêtait pas de dire à son mari, « Qu'est-ce que tu as fait ? Qu'est-ce que tu as fait ? », mais, de mon point de vue, il n'avait rien fait de mal. C'était la douleur qui parlait.

— Il s'est écoulé combien de temps avant son retour ?

— Je suis resté jusqu'à 23 heures. Elle est rentrée vers 22 heures.

— Le père a-t-il dit si les portes étaient verrouillées à son arrivée ?

— Je lui ai posé la question.

Voyant que je n'avais pas relevé sa bourde, Sam n'avait pas mis longtemps à redevenir l'élève modèle qui a toutes les bonnes réponses. Il prenait son pied. Il semblait me dire : *Vas-y, balance.*

— À part la porte de la terrasse, elles étaient toutes fermées de l'intérieur. Le père est entré par la porte du garage.

Je revis Gemma-Kate inquiète de savoir si d'autres personnes connaissaient le code du garage. Je posai la même question à Humphries.

— À priori, non, répondit Sam, mais ses yeux déviérent un instant.

Un point en moins.

— Et vous êtes certain qu'il ne s'agissait pas d'un suicide ?

— J'ai discuté avec les ambulanciers et le médecin légiste. S'il avait voulu se suicider, il aurait fait en sorte de ne pas pouvoir remonter à la surface : il se serait attaché des poids autour de la taille, se serait lié les poignets ou je ne sais quoi. Personne n'aurait assez de volonté pour rester sous l'eau jusqu'à son dernier souffle.

— Et si on avait voulu faire passer un homicide pour un accident ?

Juste à temps pour épargner à Humphries une réponse douteuse de sa bouche molle, un homme apparut dans l'encadrement de la porte du bureau. En costume-cravate, l'air autoritaire, il en imposait. Il ne demanda pas qui j'étais. N'eut même pas un regard pour la chemise posée sur mes genoux, comme n'importe qui l'aurait fait, par simple curiosité. Il n'était là que pour Humphries.

— Il faut que je vous voie, dit-il.

Puis il s'éloigna.

— Oui, monsieur, lança Humphries dans son dos.

— C'est votre boss ? demandai-je.

Humphries acquiesça. Il suivit le sergent, ce qui me laissa le temps de parcourir le dossier et de lire le reste du rapport. Pour sa première enquête, Humphries n'avait effectivement rien laissé au hasard. En plus de prendre en photo toutes les pièces de la maison et la piscine sous différents angles, il avait fait des schémas détaillés des allées et venues de Tim et de la zone où il avait pratiqué le massage cardiaque. Adorable. Un peu plus et je les aurais mis sur mon frigo.

Quelques minutes plus tard, Humphries revint en s'excusant : il avait du travail. Il tendit la main pour récupérer le dossier. Il ne fit aucun commentaire, mais nous ne pouvions faire semblant d'ignorer que j'avais laissé une trace de sang sur la chemise. J'avais encore arraché mes cuticules sans m'en rendre compte.

— Vous devriez changer de pochette, il y a un peu de sang sur celle-ci.

J'allais lui serrer la main avec chaleur quand je me ravisai, songeant que ce n'était sans doute pas son truc. J'enfouis ma main dans ma poche pour essuyer discrètement mon pouce en sang et je sortis une carte de visite, que je déposai sur son bureau.

— Auriez-vous la gentillesse de m'appeler si vous vous rappelez autre chose ?

Il s'engagea à le faire. J'étais à peu près persuadée que je n'aurais plus jamais de ses nouvelles, à moins d'en prendre moi-même.

Je quittai le commissariat et restai un moment assise dans ma voiture, contractant les mâchoires pour me retenir de claquer des dents. C'était décidé, j'arrêtais le café. Au moins pour quelques jours. Déjà, cet après-midi. Mes absences étaient plus problématiques, et elles étaient de plus en plus fréquentes. Mais, pour l'heure, la sénilité me laissait un bref répit. Mon cerveau fonctionnait à plein régime.

Le beau-père rentre à la maison. Il découvre le corps de son beau-fils dans la piscine, il tente un massage cardiaque, il appelle les secours et, malgré cela, il prend le temps de constater que toutes les portes sont verrouillées.

Sam n'était pas sûr de lui lorsqu'il avait affirmé que personne d'autre n'avait le code du garage.

Jacquie n'avait pas évoqué un appel en absence de Tim. Avait-il vraiment cherché à la joindre ? Son téléphone était-il vraiment coupé ?

Joe Joseph Joey avait-il passé la soirée seul, comme l'indiquait le rapport ? Qui avait été interrogé dans son entourage ? Et qu'avait-il fait de sa journée ?

D'où Humphries tenait-il que Joe était impopulaire ? Était-ce une raison suffisante pour négliger un enfant en détresse et le laisser couler ?

Ce n'étaient que les préliminaires, des petites questions que ce jeune inspecteur sérieux mais inexpérimenté n'avait jamais pensé à poser pour sa première affaire, rendue plus difficile encore par les conditions si particulières d'une mort par noyade. Bien sûr, il y avait toutes les chances pour que l'affaire soit limpide et qu'elle corresponde en tout point à leurs conclusions, mort accidentelle par asphyxie potentiellement liée à une pratique sexuelle. Il ne semblait y avoir ni mobile ni occasion qui justifient une enquête plus poussée. Mais je commençais à partager les doutes de Jacquie et je comprenais son sentiment de culpabilité. On ne pouvait se contenter de balayer les zones d'ombre d'un revers de main. Quelqu'un s'était donné beaucoup de mal pour préserver Jacquie. Dans l'intérêt de qui ?

Je l'appelai dans la foulée.

— Jacquie, je viens de parler avec Sam Humphries.

— Qui ?

— L'inspecteur Sam Humphries. Je voudrais vérifier quelques détails, mais, globalement, l'enquête a été menée dans les règles. Il a bien fait les choses.

— Quels détails ?

— Joseph avait-il des amis ? À l'école ? Qui étaient les garçons que vous avez mentionnés le soir où nous avons fait connaissance ?

Jacquie ignora la partie sur ses amis de classe et répondit directement à la seconde question.

— Ceux du groupe de jeunes du temps où nous allions encore à St Martin. Ken était sympa, Joey disait qu'il était gentil avec lui. Peter l'embêtait un peu. Vous pensez qu'ils sont impliqués ?

— Je n'écarte aucune piste pour le moment. Je ne cherche que des faits. Vous connaissiez bien ces garçons ?

Elle me dit que non, Joey ne passait pas beaucoup de temps avec eux, il préférait rester tranquille à la maison. Rêveur, inventif, créatif. Peut-être un peu introverti.

Je lui promis de la rappeler dès que j'aurais du nouveau, et elle me remercia. Je sentis toute sa solitude dans ces remerciements, comme s'il n'y avait plus de place que pour moi dans son monde. Un seul monde, deux sortes de folie. Ce genre de coïncidences me fascinait.

25

Le commissariat n'était pas très loin du bureau du légiste. Je décidai d'y faire un saut pour voir si George Manriquez avait pu obtenir les résultats des analyses toxicologiques de Joseph Neilsen. Vous l'aurez compris, Manriquez comptait parmi les personnes qui m'étaient les plus chères au monde, aussi délicat avec les proches des victimes qu'avec ses patients, quand bien même ces derniers ne devaient pas voir la différence. Si je devais mourir, je voudrais que ce soit lui qui fasse mon autopsie. Pour l'heure, j'avais beau me sentir un tout petit peu mieux, j'avais tout de même eu du mal à me traîner jusqu'à son bureau.

— Bonjour, George. Merci de me recevoir.

— Vous passez beaucoup de temps dans le coin, pour une retraitée.

Il me dévisagea.

— Vous n'avez pas l'air en forme. Vous vous sentez bien ?

Je m'abstins de répondre, mais je cessai aussitôt de me mordre l'intérieur de la joue, ce qui pouvait laisser penser que je faisais un AVC. Je laissai ma joue tranquille et dis :

— Ça faisait longtemps, n'est-ce pas ? Août dernier ?

Il était venu me chercher à l'accueil et m'avait emmenée dans son bureau plutôt que dans la salle d'autopsie, où j'avais passé tant de temps avec lui. J'étais déjà venue dans ce bureau ; à l'époque, j'étais plus stressée mais en meilleure forme. Je lui expliquai qu'après avoir vu l'inspecteur chargé de l'affaire, je voulais revenir avec lui sur la mort de Joseph Neilsen.

— Comme je vous l'ai dit, il n'y avait rien de spécial ou d'anormal. On m'a demandé d'examiner rapidement le corps du défunt. Un jeune homme en bonne condition physique.

— Vous avez dit qu'il n'y avait pas eu d'autopsie.

— C'est exact.

— Pourquoi ?

— Pourquoi me reposez-vous la question ? Nous en avons déjà parlé.

— Faites-moi plaisir. Je suis une pauvre vieille femme qui perd la mémoire.

George me jeta un regard de biais.

— Ne me faites pas le coup de la vieille dame, nous savons tous les deux ce qu'il en est. À la question « pourquoi ne pas avoir fait d'autopsie », je vous répondrai : à quoi bon en faire une ? J'en fais au moins une par jour, vous comprendrez donc que ce n'est pas le travail qui manque. Vous savez comment ça se passe, Brigid. Dans les films, on vous balance une autopsie chaque fois que quelqu'un meurt ailleurs que dans un lit d'hôpital. Vous savez combien de corps en décomposition arrivent ici chaque année après avoir pourri dans leur maison pendant des jours ? Dans la plupart des cas, il s'agit d'une crise cardiaque, et il n'est pas nécessaire de les ouvrir en deux pour le savoir.

Il était sur la défensive, mais je n'abandonnais pas aussi facilement.

— Je comprends, mais là nous parlons d'un gamin qui n'avait pas vingt ans. Vous êtes sûr que cette décision n'a rien à voir avec un certain beau-père, éminent médecin ?

— Non. Mais, comme je vous l'ai dit, le corps avait déjà été transféré à l'hôpital et je n'ai pas vu la scène. J'ai examiné le corps, j'ai eu un entretien avec l'inspecteur et j'ai regardé ses photos et la description de la maison. C'était ma décision, Brigid. Et je me souviens que le père voulait en finir au plus vite. Je crois qu'il avait honte.

— Son beau-père, donc. Honte. Ça vous paraît normal, à vous ?

— Honte, culpabilité, colère, rire… Quand on a pu observer autant de réactions différentes, plus rien ne nous étonne.

— Et la mère ?

— Je n'ai eu affaire qu'à Tim Neilsen. La mère ne s'en est pas mêlée. J'ai entendu dire qu'elle était dans tous ses états et qu'on l'avait mise sous tranquillisants. J'ai pratiqué un examen externe et je n'ai trouvé aucune trace de défense ou de lutte. Alors j'ai prélevé un peu de sang…

— Justement, vous deviez vérifier auprès du laboratoire.

— J'ai appelé le labo. Tenez, on va voir s'ils ont trouvé quelque chose.

Il s'installa devant son ordinateur et le mit en marche.

— Bientôt nous n'utiliserons plus du tout de papier, ce qui est une bonne nouvelle en soi, mais l'ordinateur qu'ils m'ont refourgué est si vieux qu'il faut toujours… Voilà.

Le dossier Neilsen s'afficha ; il ne fallut que quelques instants à George pour trouver ce qu'il cherchait.

— Eh bien, ils ont mis les résultats en ligne, mais personne ne m'a prévenu. Typique.

— Ça signifie que les analyses ont été faites ?

— Oui.

— Au bout de combien de temps ?

— Comme je vous le disais, ils sont surchargés de travail. Sans compter qu'ils viennent de déménager dans de nouveaux locaux à la pointe de la technologie, une subvention du gouvernement.

Tout en me parlant, il parcourait le rapport sans quitter l'écran des yeux.

— Hum.

— Qu'y a-t-il ?

— Rien de suspect, je ne vois aucune des substances habituelles que l'on recherche de nos jours, opiacés, stimulants ou antidépresseurs. Il y a de l'éthanol, par contre. C'est le genre d'informations que vous cherchez ?

— Possible. Combien d'éthanol ?

— Plus que la dose raisonnable chez un adulte. Autrement dit, bien trop pour un gamin de quatorze ans.

— Comment se fait-il que vous n'ayez les résultats que maintenant ?

— Je vous l'ai dit, trop de travail, déménagement… Je n'y ai plus pensé. Il faut savoir que la présence d'alcool confirme d'autant plus la thèse de l'accident. Mais il est écrit ici que le rapport a été transmis aux parents, à leur demande.

— Pardon ? Vous voulez rire ? De mon côté, moi, j'ai une mère hystérique qui attend toujours les résultats.

— Elle vous a menti. Apparemment, les résultats ont été envoyés au Dr Timothy Neilsen environ trois semaines après la mort. Le laboratoire ne m'a pas envoyé de copie, mais les analyses ont bien été faites. Comme je vous l'ai dit, il y a un peu d'alcool, mais rien qui permette de croire à un suicide ou à un homicide. Tout concorde avec la thèse de l'accident. Le gamin pioche dans les alcools de ses parents, pique une tête et meurt. C'est bête à pleurer.

Et dire qu'il n'était même pas sarcastique.

— Attendez. Ordre de renoncer à l'autopsie : Timothy Neilsen. Analyses toxicologiques envoyées à… Timothy Neilsen. Les questions de la mère, au placard. Vous ne trouvez pas cela étonnant ?

— Intéressant, mais de là à rouvrir l'enquête… Vous voulez que je vous imprime tout ça ?

Sans attendre ma réponse, il imprima les rapports sur l'imprimante de son bureau. Ainsi que le certificat de décès.

— Je serais curieuse de savoir qui est ce Lari Paunchese, dis-je en parcourant le document.

— Je n'en sais rien. Un médecin. J'ai discuté avec lui le lendemain matin, il était avec Tim Neilsen. En dehors de ça, je ne sais pas quel est son lien avec l'affaire.

— George, vous êtes le meilleur légiste que je connaisse. Mais de vous à moi, vous ne trouvez pas qu'il y a quelque chose de louche ?

Il en fallait plus pour froisser les sentiments de George. Il avait fréquenté assez d'inspecteurs, de familles de victimes et d'avocats pour ne pas se laisser démonter par mes insinuations.

— Brigid. Cessez de voir le mal partout. Cette histoire ne fait pas un pli. Et, comme je vous l'ai dit, l'inspecteur et la famille…

— Le beau-père.

— Si vous voulez. Mais c'est un homme honnête et respectable. Je maintiens qu'il s'agit d'un accident.

Je sentis quelque chose me chatouiller les neurones, un vague souvenir qui m'échappait. Comme lorsque vous cherchez le nom d'un acteur et que vous l'avez sur le bout de la langue. C'est exaspérant.

Alors, les murs se mirent à vaciller autour de moi, me faisant oublier la sensation même de l'oubli. Je pris congé, me précipitai aux toilettes des dames où je vomis tout mon soûl, et tentai de retrouver mes esprits.

Mes vomissements me firent penser au chien. Avant de rentrer, je décidai de faire un détour par la clinique. Cela faisait deux jours qu'il était là-bas, mais il était encore très faible, même si l'assistante m'assura qu'il avait mangé. Elle me proposa de le ramener à la maison, à condition de garder un œil sur lui et de revenir aussitôt s'il recommençait à vomir. Est-ce que je voulais qu'elle prépare les papiers pour sa sortie ? Vu les circonstances, il me paraissait plus en sécurité ici, en attendant qu'il reprenne des forces. Je demandai à ce qu'ils le gardent encore quelques jours, le temps pour moi de prendre mes dispositions.

Je m'installai à côté. Il me lécha les doigts ; peut-être était-ce sa façon de me remercier de prendre soin de lui. Il avait un air un peu triste, mais tous les carlins ont l'air dépressifs sur les bords.

— Tu nous manques, Al, lui murmurai-je. Les coyotes ont revendiqué le quartier, il est temps que tu rentres pour leur dire qui est le chef. Ta sœur n'est pas foutue de marquer son territoire.

26

Le lendemain, je me présentai comme convenu au cabinet de Timothy Neilsen, d'abord parce que j'avais réellement la trouille, mais aussi parce que je voulais lui parler seule à seul, lui dire que j'avais rencontré l'inspecteur Humphries et voir sa réaction. Je lui révélai aussi ce que j'avais appris dans le bureau de George Manriquez, à savoir que Joseph était ivre le soir de sa mort et qu'il était au courant, puisqu'il avait reçu les résultats d'analyse. Je ne cherchai pas à avoir l'air accusatrice, je me contentai de rester calme et interrogative, mais cela jeta quand même un froid.

— Je crois qu'il y a erreur. Mallory Hollinger m'a dit que vous vouliez me voir pour un problème de santé, dit-il.

— C'est le cas. Bien sûr, je me dois d'informer Jacquie de ce que j'ai découvert. Mais, puisque je suis là, je me suis dit que cela vous intéresserait aussi…

— Brigid, vous ignorez une chose, à moins que cela ne vous soit revenu aux oreilles, vu les commérages de cette basse-cour qui fait office d'église. Le soir où vous avez vu ma femme, c'était la première fois depuis des mois qu'elle quittait la maison. Elle est persuadée que si elle sort, quelque chose de terrible va se produire, comme la dernière fois. Ce soir-là, elle n'est venue que dans le but de régler ses comptes avec les Manwaring, parce qu'elle les hait. Elle a perdu son sang-froid. Voilà ce qu'elle voulait dire, quand elle a dit qu'elle n'y arrivait pas.

J'étais venue pour observer les réactions de Neilsen, et c'est finalement lui qui observait la mienne. Espérant que le message était passé, il embraya :

— Bien. Maintenant, vous savez ce qui m'intéresse. Je suis vraiment navré que mon beau-fils ait trouvé la mort dans la piscine. Si je pouvais couler une chape de béton pour ne plus avoir à la regarder tous les jours, je le ferais. À présent, tout ce que je veux, c'est retrouver la femme que j'ai épousée, et je ne crois pas que vos démarches aillent dans ce sens. Si vous lui dites que Joe était ivre au moment de sa mort et que je le lui ai caché, vous n'allez faire qu'aggraver la situation. Je vous le demande du fond du cœur : ne lui dites pas.

Neilsen se pencha vers moi, à la limite de mon espace vital, et me regarda droit dans les yeux, me clouant à ma chaise.

— Écoutez-moi bien. Tout ce que vous allez faire, c'est aggraver la situation, vous comprenez ? C'est ça que vous voulez ? Bon, occuponsnous de votre cas maintenant.

En temps normal, il m'aurait fallu moins d'une demi-seconde pour trouver une dizaine de réponses possibles et choisir la meilleure. Mais lorsque Neilsen évoqua mon « cas », je me rappelai brusquement la vraie raison de ma présence ici. Mon corps était en train de me lâcher, et mon cerveau suivait le même chemin. Docile, j'énumérai les symptômes déjà décrits à Mallory ; je lui parlai de mon malaise en pleine nuit et de cette fébrilité irrationnelle qui me prenait à la gorge. Je gardai pour moi le squelette de Carlo. Il me demanda si je prenais des amphétamines, et je lui répondis que non. De l'alcool ? Un verre de vin par jour environ. Il n'avait pas besoin de savoir que le verre faisait vingt-six centilitres. Tout le monde ment, non ? Du Valium pour me détendre. Du Zolpidem pour dormir. Il fronça les sourcils. Pas tous les soirs, précisai-je. Tout à coup, je sentis un petit picotement au visage et me grattai la joue furieusement.

— Bon sang, quoi encore ? m'exclamai-je en regardant ma main humide.

Je ne pus m'empêcher de penser à Todd, qui transpirait dès qu'il était stressé.

— Vous pleurez, dit Neilsen.

Je me tus, effarée de voir que je ne m'en étais même pas rendu compte. Qui était cette femme et qu'avait-elle fait de Brigid Quinn ?

Après avoir vérifié mes constantes, Neilsen me fit une prise de sang. Peut-être voulait-il vérifier mes dires concernant les amphétamines ou l'alcool.

— Avez-vous été triste dernièrement ? demanda-t-il.

Je songeai à Gemma-Kate et, de fait, la réponse était oui.

— Dormez-vous plus ou moins que d'habitude ?

Moins.

— Avez-vous été agitée dernièrement ? Avez-vous éprouvé un sentiment d'anxiété, de peur ? Des difficultés à vous concentrer ? L'impression que de petites douleurs, comme des courbatures, sont des symptômes d'une maladie grave ?

Je répondis le plus honnêtement possible, mais je savais parfaitement où il voulait en venir. J'avais déjà connu ça avec les psys du Bureau, lorsque j'avais abattu un suspect désarmé, ce qui m'avait valu de finir ma carrière ici, à Tucson, avec une réputation qui me précédait désormais partout.

— Je ne suis pas en dépression, dis-je. Je ne peux pas être dépressive.

Tim Neilsen se rapprocha de l'écran de l'ordinateur sur lequel il avait tapé mes réponses, histoire de garder une trace écrite. Dans son regard, la froideur avait cédé la place à une douceur et une autorité dignes du Dr Kildare.

— Et pourtant, tous les symptômes concordent. Vous avez répondu par l'affirmative à cinq des critères du questionnaire d'évaluation.

Si tant est que cela fût possible, son regard se fit encore plus doux et autoritaire.

— Êtes-vous certaine qu'il n'y a pas eu de changement majeur dans votre vie dernièrement ? Quelque chose que vous ne parvenez pas à gérer ?

J'avais l'impression d'avoir Mallory en face de moi. Je songeai à Gemma-Kate. Elle était de l'ordre de l'ingérable. Or, j'aimais garder un certain contrôle sur les événements. J'étais en train de réfléchir à cela quand il dit :

— La dépression ne se manifeste pas toujours comme on le croit. Certains deviennent hyperactifs, d'autres vont devenir insomniaques et d'autres encore vont se mettre à dormir. Cela peut même provoquer des nausées. On peut faire des analyses plus poussées, mais si vous voulez vérifier mon diagnostic, je peux vous faire une ordonnance.

C'est alors que ma main droite, posée sur l'accoudoir en plastique de ma chaise, fit un bond en avant. Le geste n'échappa pas à Neilsen.

— Ça vous arrive souvent ?

— C'est la première fois.

Neilsen prit un air soucieux. Il me tendit un bout de papier et un stylo et me demanda d'écrire une phrase. J'écrivis : *Je m'appelle Brigid Quinn*.

Neilsen observa le résultat.

— Votre écriture a-t-elle toujours été aussi petite et nerveuse ?

— Non, avouai-je.

Je repensai à ma signature sur l'addition, au restaurant.

— Je l'ai remarqué moi aussi.

— C'est un phénomène connu sous le nom de « micrographie ». Levez-vous, s'il vous plaît.

Je commençai à me relever.

— Non, dit-il. Sans utiliser les bras.

Je m'exécutai, non sans éprouver une certaine difficulté.

Neilsen fronça les sourcils.

— Bien. Avancez-vous un peu dans le couloir, voulez-vous ?

— Pourquoi ? Qu'est-ce qui cloche ?

— Faites-moi plaisir.

Nous sortîmes de la salle d'examen et il me regarda marcher vers la réception, puis revenir face à lui.

— Hum, fit-il.

— Quoi, « hum » ? insistai-je.

— C'est votre démarche. Vous avez le pied droit à la traîne. Depuis combien de temps avez-vous ces symptômes ?

Mallory avait donc vu juste quand elle avait dit que je boitais ?

Je lui répondis que je n'en savais rien.

— Hum.

Nous étions au beau milieu du couloir, et non à l'abri d'une salle d'examen, mais j'avais eu ma dose de « hum » pour aujourd'hui.

— Qu'est-ce que ça signifie ?

— Je ne suis pas sûr. J'aimerais que vous consultiez un spécialiste.

— Quel genre de spécialiste ? Vous voulez bien me dire ce que cela signifie ? Je suis une grande fille, j'ai le droit de savoir.

Un assistant passa à notre hauteur en me dévisageant. Neilsen le suivit des yeux et me reconduisit à son bureau. Lorsqu'il me fit signe de me rasseoir, je refusai et croisai les bras sur ma poitrine, une attitude qui, pour la première fois depuis longtemps, m'était familière.

— Alors, à quelle sauce vais-je être mangée ? lançai-je.

J'imaginais déjà le pire, en repensant à ma belle-sœur, à Owen, à tous ceux dans mon entourage qui souffraient ou avaient souffert de maladies dégénératives.

— Sclérose en plaques ? Maladie de Charcot ?

C'est à peu près tout ce qui me vint à l'esprit, alors je m'en tins là.

— Je ne peux pas poser un diagnostic définitif. Personne ne le peut, à vrai dire. Avec ce genre de maladies, il faut attendre et voir…

— Allez-vous cesser de jouer aux devinettes et me dire ce qui m'arrive, bon sang ?

— Il n'y a pas lieu de s'inquiéter pour le moment, répondit-il avec un calme étudié. Mais certains de vos symptômes laissent penser que nous avons peut-être affaire à la maladie de Parkinson.

Mon univers vacilla.

Malgré tous mes efforts pour garder mon calme, mon corps fut secoué de spasmes. Puis, comme chaque fois que j'étais face au danger et que je pouvais soit me transformer en machine, soit me laisser mourir, j'entrai dans la peau de quelqu'un d'autre. Je ne peux pas le formuler autrement. Je ne reconnaissais pas ma propre voix, froide et dure.

— Quelles sont mes chances ? Je veux dire, je ne suis pas très calée en médecine, mais…

Il y eut un silence, ce qui n'était pas de nature à me rassurer. Pour Neilsen, ma réaction était le signe que je savais encaisser, et il se contenta de me regarder avec bienveillance, sans dire un mot. Je n'étais plus la mouche du coche ; j'étais redevenue une simple patiente.

— À quoi dois-je m'attendre ? Perte d'autonomie ? Au bout de combien de temps ?

Il secoua la tête.

— Tout cela est prématuré. Je n'aurais sans doute pas dû vous le dire, mais vous avez insisté. Je vous assure, Brigid, c'est probablement une erreur. Mais je préférerais tout de même que vous consultiez un confrère qui serait en mesure d'écarter cette possibilité.

Il m'expliqua que l'autre médecin demanderait peut-être des examens complémentaires, comme un PET scan, qui ne permettait pas toujours d'exclure la maladie de Parkinson mais qui permettrait de vérifier qu'il n'y avait rien d'autre derrière. Ce *rien-d'autre-derrière* était encore plus terrifiant que tout le reste. Génial, pensai-je, les tripes nouées ; allons faire quelques examens complémentaires. Avec un peu de chance, mon corps va me lâcher pile au moment où je commence à profiter un peu de la vie.

— Ne vous inquiétez pas, ce sont de simples précautions. Et qui sait si l'antidépresseur n'aura pas un effet bénéfique sur les autres symptômes ?

Il entra dans son ordinateur une ordonnance pour vingt milligrammes d'un médicament générique que j'avais aperçu dans l'armoire à pharmacie de Mallory. Plus question de toucher au Valium, qui pouvait interagir avec l'antidépresseur. Et éviter le Zolpidem, qui pouvait provoquer ces pensées irrationnelles. *Pensées irrationnelles*. Et arrêter de boire. Lorsque je quittai son bureau, il m'avait presque convaincue. Je ne pouvais pas nier que le Valium et le vin, deux dépresseurs connus, n'avaient fait jusque-là qu'aggraver la situation.

Mes mains tremblaient encore quand je signai mon reçu pour la franchise de l'assurance. Moi d'ordinaire si tenace, toujours la première à remarquer les failles de l'autre et à les utiliser à mon avantage, je ne pouvais croire à cette faiblesse. Mais je devais reconnaître une chose à Mallory : quoi qu'il ait pu faire par le passé, quoi qu'il ait pu cacher à sa femme, Neilsen était un médecin remarquable.

Je changeai d'avis à l'accueil lorsque, en attendant que la secrétaire me sorte ma facture, je jetai un coup d'œil aux présentoirs contenant les cartes de visite de tous les médecins du cabinet. C'était un gros cabinet : il comptait six médecins, tous bardés de spécialités, médecine du sport, orthopédie, rhumatologie… Parmi eux, le Dr Lari Paunchese. Celui-là même qui avait signé le certificat de décès de Joe. Il était dermatologue.

Timothy Neilsen avait donné l'ordre de renoncer à l'autopsie.

Timothy Neilsen avait demandé les analyses toxicologiques et avait omis de montrer les résultats à Jacquie.

Le médecin qui avait apposé sa signature sur le certificat de décès travaillait dans le même cabinet que… Timothy Neilsen.

J'étais à deux doigts de faire demi-tour pour dire à Tim Neilsen ses quatre vérités et lui demander pourquoi c'était un de ses copains qui avait signé le certificat de décès de son beau-fils. Mais on ne m'aurait probablement pas laissée entrer dans son bureau. Je pris la carte de Paunchese et la conservai précieusement pour des jours meilleurs.

27

Je déposai l'ordonnance à la pharmacie, incapable de me résoudre à entrer. J'avais besoin de m'entraîner sur quelqu'un d'autre avant de parler à Carlo. J'appelai Mallory du parking.

— Je peux passer ?

— Ta nièce a encore fait des siennes ?

— Non, pire.

— C'est grave ?

— Disons que j'ai gravement besoin d'un martini. Chargé, le martini. Et plein d'olives fourrées au fromage.

— Je suis à court de vodka. Je ne pourrai pas rester longtemps, mais je te rejoins chez Ramone.

Ramone était un bar chic situé dans le lobby de l'hôtel Westin, sur Ina Road : le bar du coin, pour Mallory.

Elle était arrivée avant moi, assise sur un tabouret de manière à me voir arriver. Le barman, qu'elle connaissait sans doute, était en train de nous servir deux martinis avec tellement d'olives fourrées que nos cocktails prenaient des allures de salade. Au sourire qu'il m'adressa, il avait deviné que c'était grave. Ou alors Mallory avait flirté avec lui en m'attendant.

— Ce charmant jeune homme se prénomme William, dit-elle. Il fait des études pour devenir ingénieur en mécanique.

Je saluai William, qui s'éclipsa aussitôt. Mallory avait dû lui demander de nous laisser un peu d'intimité.

Mallory leva son verre et je trinquai avec elle, plus par réflexe que par plaisir. Elle prit une gorgée et dit :

— Je suppose que c'est Neilsen ? Que s'est-il passé ?

Je bottai en touche.

— Il m'a mise sous antidépresseurs, répondis-je en piquant une olive.

— C'est une manie, de nos jours. Surtout avec les femmes.

Elle inclina la tête, l'air de dire : *Tout ça pour ça ?*

— Rextal, à libération prolongée, vingt milligrammes ? finit-elle par demander.

— Celui-là même.

Je décidai de jouer franc jeu.

— J'ai fouillé dans ton armoire à pharmacie. Il te l'a prescrit, à toi aussi.

— Je l'ai déjà pris, oui. Comme tu sais, j'ai une préférence pour le Valium. Mais peut-être es-tu *vraiment* déprimée de voir ta vie chamboulée comme ça. Il faut généralement une ou deux semaines pour que les antidépresseurs fassent effet, alors arme-toi de patience. Et l'alcool, évite.

Elle loucha sur mon martini ; je fis mine de l'ignorer.

— C'est tout ce qu'il t'a dit ?

— Il m'a demandé de faire quelques analyses. Et il m'a renvoyée vers un neurologue. Un spécialiste des troubles du mouvement.

Elle ne posa pas plus de questions, se contenta de cligner des yeux. Elle en savait assez sur les troubles du mouvement pour avoir déjà deviné.

Je ravalai ma salive. J'étais en train de me confier à mon amie plutôt qu'à mon mari. Mais j'avais atteint le point de non-retour.

— Il a évoqué la maladie de Parkinson.

Même si elle s'en doutait, Mallory eut un léger frisson.

— Oh ! mon Dieu.

— Voilà, c'est exactement pour cette raison que je ne peux pas en parler à Carlo. Il va réagir comme toi, et ça me fait peur. D'ailleurs, puisqu'on en parle, tu dois me promettre de ne rien lui dire. Je ne veux pas qu'il s'inquiète tant que je n'ai pas les résultats.

— Bien sûr. Mais tu dois en parler à Carlo et tu devrais le faire au plus vite. Ce qui compte, c'est toi. Les frasques de Gemma-Kate, tes petites enquêtes… Tu mets tout ça de côté et tu te recentres sur toi. Tu es censée être à la retraite, bon sang de bois ! Je ne sais pas si on te l'a déjà dit, mais tu es un peu… têtue.

— Je ne peux pas m'en empêcher, répondis-je.

Mallory rit.

— Je vois déjà ton épitaphe : « Elle n'a jamais pris le temps de déjeuner. »

Cela me fit rire moi aussi, et Dieu sait que j'en avais besoin.

— Toi non plus tu n'arrêtes pas, avec toutes tes associations caritatives, protestai-je.

— Oui, je dois reconnaître que c'est *mon* antidépresseur. C'est une question de survie pour moi.

Même si je n'étais pas convaincue d'en avoir besoin, je retournai à la pharmacie chercher mes médicaments. Je pris au passage une bouteille de Pepto-Bismol, que j'ouvris dans la voiture.

Je pensai au dîner qui m'attendait à la maison. Avec les olives, je n'avais plus très faim et je me sentais encore un peu barbouillée, mais il fallait bien manger. Carlo aurait faim. Toujours furieuse à propos du crapaud, je ne me souciai pas de Gemma-Kate. Je m'arrêtai dans un restaurant chinois et pris une portion de porc moo shu. L'odeur suffit à me soulever le cœur, mais elle serait sans doute au goût des deux autres.

Je n'avais plus qu'à ajouter la perte d'appétit à la longue liste de mes symptômes.

En arrivant, j'entendis de la musique à plein volume. Le bruit provenait de la chambre de Gemma-Kate. Ce n'était pas elle qui chantait, elle regardait la télévision, un Coca à la main. Elle leva vers moi des yeux légèrement troubles, mais pas de joie. Elle ne chercha pas à réfréner un froncement de sourcils. Sans détourner le regard, elle prit la télécommande d'un geste automatique et baissa le son.

Je me dirigeai droit vers la cuisine et ouvris la porte du placard où nous rangions les alcools que nous ne buvions pas. Carlo insistait pour les avoir en stock au cas où un invité demanderait une margarita. Les bouteilles étaient toutes entamées et le niveau avait baissé. Gemma-Kate était passée par là, je connaissais bien ce mode opératoire. Un petit peu de ci, un petit peu de ça, et personne ne se rend compte de rien. Maintenant qu'elle avait montré sa vraie nature, elle n'essayait même plus de se cacher.

Neilsen et Mallory avaient raison sur un point. Gemma-Kate était devenue un poids. J'aurais dû être capable d'analyser mes options, de reprendre le contrôle, mais j'étais totalement démunie et, chaque fois que j'essayais d'y réfléchir, mon cerveau se heurtait à un mur. Je me sentais impuissante. Gemma-Kate ne devait pas peser plus de quarante-cinq kilos, mais c'étaient quarante-cinq kilos de trop, et je luttais pied à pied contre un mur qui ne bougeait pas d'un iota.

Je me résolus à prendre un médicament.

Gemma-Kate eut la gentillesse de mettre la table et d'apporter les plats.

28

Le médicament ne me fit aucun effet sur le moment, mais, une fois au lit, je m'endormis rapidement. Je sombrai alors dans un rêve que je n'avais pas fait depuis longtemps. Je me vois en train de frapper quelqu'un à mains nues, je le frappe jusqu'à ce que son visage soit réduit en bouillie. Je suspends mon geste et je le regarde de plus près ; l'autre est couvert de sang, méconnaissable. Et cette personne n'est autre que moi-même. Je n'aime pas ce rêve. Je me réveillai avec l'impression d'entendre un sifflement dans mon oreille, côté oreiller. Le réveil indiquait 3 h 07.

Bien sûr, je voulais faire pipi. Par cette nuit sans lune, la pièce était particulièrement sombre. Plus sombre que d'ordinaire. La veilleuse dans la salle de bains était éteinte, de même que le petit témoin du détecteur de fumée au plafond. Même les chiffres lumineux de mon réveil avaient disparu. Peut-être que les plombs avaient sauté.

Un peu sonnée, je ne m'en inquiétai pas plus que ça et tendis les mains pour trouver le mur. Je n'aurais plus qu'à le longer pour arriver à la salle de bains, un peu plus loin dans le couloir. Je fis les quelques pas censés me séparer du mur. Pas de mur. Quelques pas de plus. Toujours rien sous mes doigts, rien que l'obscurité.

Tous les sens en éveil désormais, je fis encore quelques pas. Je sentais la douceur familière de la moquette bouclée sous mes pieds nus. Voilà une certitude. Je recroquevillai mes orteils, puisant un peu de réconfort dans ce contact. Je l'avais fait installer il y a peu. Elle est beige, me répétai-je. Une autre certitude. Mais, en dehors de cela, je n'avais pas plus de repères que perdue, seule, dans les confins de l'espace.

Je fis un quart de tour, pensant me diriger vers le lit. Le noir total. Aucune lumière ne filtrait à travers les stores, si tant est que je regardais bien du côté des stores. Je n'aurais su le dire.

Je revins sur mes pas pour retrouver le lit, reprendre mes marques et repartir du bon pied. J'avançais à tâtons. Le lit avait disparu.

— Carlo..., chuchotai-je avant qu'il découvre sa femme en pleine crise de somnambulisme, à deux pas du lit. Carlo...

Je n'entendais même pas le son de ma voix. Aussi embarrassant que cela puisse paraître, j'étais terrorisée, pétrifiée à l'idée de parler ou de bouger, puisque je n'étais plus capable de faire ni l'un ni l'autre.

Tout à coup, je crus entendre quelque chose. Un gémissement. Un gémissement de chien, le même que dans la chambre de Gemma-Kate l'autre soir. J'avais perdu la vue et le toucher, mais au moins j'entendais. Je me fiai au bruit, terrorisée à l'idée que celui ou celle qui faisait pleurer mon chien puisse l'atteindre avant moi.

Avec pour seuls repères les gémissements du chien et le contact de la moquette sous mes pieds, j'avançai aussi vite que possible dans l'obscurité, à grand renfort de moulinets des bras pour éviter d'entrer en collision avec un objet dur ou dangereux. Je marchai ainsi pendant... Je sais que cela peut paraître dément, mais j'eus l'impression qu'il s'était écoulé des heures. Je ne marchais pas, je tâtonnais précautionneusement dans le noir, de plus en plus stressée pour le chien, qui gémissait toujours avec la même intensité sans jamais se rapprocher.

Je devrais être arrivée dans le salon, pensai-je. J'avais marché si longtemps. Je continuai.

Mais quelque chose avait changé. Au lieu de la moquette, je sentais à présent le gravier de la cour crisser sous mes pieds. Je ne me rappelais pas avoir ouvert la porte. Et, si j'étais bel et bien dans la cour, j'étais toujours dans le noir et le silence complets. En face, de l'autre côté de la Cañada del Oro, les maisons, d'ordinaire éclairées à toute heure de la nuit, étaient invisibles ce soir. Ni lumières ni étoiles.

Pas de voitures sur Golder Ranch Road, qui allait d'est en ouest à quelques rues de chez nous. Aucun oiseau de nuit. Aucun bruissement dans les branches de paloverde. Pas même le bruit de ma propre respiration. J'ouvris la bouche et tentai de formuler un son, n'importe lequel. Je sentis l'air remonter le long de mes poumons, ma gorge et ma langue tendus par l'effort, mais rien.

Même le chien semblait s'être tu.

J'étais clouée sur place, pétrifiée par la peur. En même temps, j'éprouvais une sorte d'étonnement circonspect. Si je n'étais pas dans le noir, je me serais probablement vue de haut, attendant de voir ce que j'allais faire ensuite. Comme lorsque je suis confrontée au danger, comme si c'était devenu ma seconde nature. Comme si j'étais réellement devenue quelqu'un d'autre, condamnée à être le témoin de ma propre existence.

Je restai là, refusant de faire un pas de plus sur les graviers coupants de la cour, ne sachant pas quelle direction prendre pour rentrer.

L'obscurité fondit sur moi tel un immense oiseau tout droit sorti d'un cauchemar. Elle me cogna de son aile invisible. Je me voyais, de loin, lutter contre elle. Sans succès. J'avais beau me débattre, j'étais clouée au sol, écrasée par cet ennemi imaginaire. Je sentais un poids qui me comprimait la poitrine, je suffoquais sous le ciel nocturne. Je voulus hurler, mais l'obscurité s'engouffra dans ma gorge et étouffa mon cri.

La lampe sur le porche s'alluma.

La nuit s'évanouit dans l'instant. Je tournai la tête sur le côté et me retrouvai nez à nez avec le pied de la statue grandeur nature de saint François. *Et quel pied,* pensai-je. Puis je vis Gemma-Kate qui me surplombait de toute sa hauteur. Elle n'avait pas de lampe sur elle, il n'y avait que la lumière du porche dans son dos, mais mes yeux devaient s'être accoutumés à l'obscurité et je distinguai sa silhouette se découpant dans un ciel de nouveau rempli d'étoiles. Mieux valait ne rien dire ; j'avais déjà assez à faire pour revenir au réel.

— J'ai vu que la porte était ouverte, lâcha-t-elle enfin. Je t'ai entendue crier.

J'avais crié ? Je n'en avais aucun souvenir. Je m'agrippai sans réfléchir à la main que ma nièce me tendait, trop heureuse du contact avec un autre être humain, fût-il mon agresseur. Je ne me relevai pas tout de suite, serrant juste sa main dans la mienne.

— Qu'est-ce qui m'arrive ?

Je n'avais pas la force de lui poser la seule vraie question : « Qu'as-tu fait de moi ? »

— Aucune idée, dit-elle en me hissant vers elle.

Je me laissai faire. Elle me remit debout, et je m'appuyai piteusement sur elle tandis qu'elle me reconduisait à l'intérieur, abandonnant derrière nous les étoiles, mais aussi les mille feux des maisons qui brillaient dans le lointain. Une voiture descendit la colline sur Golder Ranch et nous éclaira un instant de ses phares, disparut dans un virage et réapparut un peu plus loin.

Dans la maison, le même phénomène se produisit. Le minuteur du micro-ondes était en marche, ainsi que le témoin sur le détecteur de fumée dans le salon et une demi-douzaine d'autres voyants lumineux que je ne verrais plus jamais du même œil. Même sans lumière, la maison n'était pas plongée dans le noir, déjà parce que mes yeux s'étaient habitués à l'obscurité, mais surtout parce que je voyais de nouveau normalement et non à travers le filtre cauchemardesque de la vision ou de l'hallucination qui s'était emparée de moi. Dans la pénombre, je vis le carlin allongé sur le carrelage de la cuisine à côté de sa gamelle d'eau. Je m'approchai d'elle. Elle dormait profondément, respirant calmement et sans un bruit. Je la pris dans mes bras. C'est à peine si elle ouvrit un œil. Elle n'aurait pas agi différemment si elle avait été droguée.

Gemma-Kate me toucha l'épaule.

— Tu veux que je te raccompagne jusqu'à ta chambre ?

Elle parlait d'une voix douce et mesurée. Comme si elle avait affaire à une folle.

Je peinai à reconnaître ce faible « non » qui sortit de ma gorge.

— Je vais me débrouiller. Ce n'était qu'un rêve, dis-je.

Je pris le chien avec moi dans la chambre et je fermai à double tour.

Ici aussi tous les petits voyants lumineux étaient de nouveau visibles, de même que dans la salle de bains. Je retrouvai le lit sans peine et me recouchai. J'étais heureuse que ce soit ma nièce qui m'ait retrouvée et que Carlo soit toujours endormi. Je regardai le réveil.

Il était 3 h 19.

Dans d'autres circonstances, j'aurais sans doute été horrifiée de voir le peu de temps qui s'était écoulé, et la terreur qui m'avait saisie quelques minutes plus tôt n'aurait fait que croître. Mais j'étais épuisée et je m'endormis aussitôt, une main posée sur le ventre chaud du chien, qui, lui, était bien réel.

29

Je dus m'assoupir pour de bon car, à 5 heures du matin, je me réveillai d'un coup avec le sentiment que mon cœur battait la chamade depuis un certain temps. J'étais toujours un peu barbouillée, peut-être au souvenir de ce qui s'était passé la veille, ou plutôt de ce qui ne s'était pas passé.

Neilsen m'avait prévenue que les antidépresseurs pouvaient mettre trois semaines à agir et que je devais continuer à les prendre en attendant. Il voulait me revoir après les trois semaines pour faire le point. En attendant, si mes analyses révélaient quoi que ce soit, il m'appellerait. J'avalai un autre comprimé le matin et, une heure plus tard, je rendais mon petit déjeuner.

De l'extérieur, tout cela peut sembler d'une simplicité enfantine mais, à ce moment-là, je ne parvenais toujours pas à faire le lien entre mon état et l'empoisonnement du chien. Nous savions maintenant de quoi souffrait le carlin, et j'étais à peu près certaine de ne pas avoir avalé de crapaud. Mes symptômes ne correspondaient pas à un empoisonnement. Les vomissements, à la rigueur, mais pas cet état d'agitation. Pas ces… hallucinations. Quand on ingère une substance toxique, on est d'abord léthargique. Moi, j'avais l'impression d'être une gerbille avec la gueule de bois, à mi-chemin entre la nausée et l'hyperexcitation. Et Carlo avait l'air en pleine forme. Tout ça pour dire que non, je n'imaginais pas que Gemma-Kate ait pu glisser quelque chose dans la nourriture au dîner. J'étais à mille lieues de penser à un empoisonnement.

Je pris mon portable sur la table de nuit et composai le numéro de Tim Neilsen. C'est l'infirmière qui décrocha. Elle me confirma que les antidépresseurs pouvaient provoquer des nausées en début de traitement et qu'elle me ferait prescrire un antiémétique. Antiémétique, antidépresseur, antibiotique. À quand un médicament *pro*-quelque chose ? J'aurais voulu la questionner sur les hallucinations, mais je ne le fis pas.

Non, la goutte d'eau qui fit déborder le vase fut le moment où je passai devant mon bureau, et où je vis Gemma-Kate assise à ma table de travail, avec entre ses mains la recommandation de Neilsen pour son confrère, spécialiste des troubles du mouvement.

J'étais sûre et certaine de l'avoir rangée en lieu sûr, sous un livre ou autre. Si j'avais mieux dormi, peut-être aurais-je pu garder mon calme. Mais comment réagir face à quelqu'un qui lit votre courrier privé, en sachant pertinemment qu'il n'est pas arrivé là par hasard ?

— Pose ce papier tout de suite et sors de là, sifflai-je.

Carlo apparut juste derrière moi.

— Tout va bien ?

Est-ce qu'il me suivait ? Ou avais-je parlé un peu fort ?

Je fermai les yeux, essayant de dissiper ma mauvaise humeur mêlée de stress et de cette colère sourde que j'étais parvenue à surmonter ces derniers mois.

— Je t'avais interdit d'entrer dans mon bureau, dis-je en lui indiquant la sortie.

— Désolée, dit-elle mollement.

Elle se leva de mon fauteuil, se dirigea vers sa chambre sans dire un mot et ferma la porte.

Cette porte resta close tel un mur de reproches jusqu'en milieu de matinée environ. À aucun moment nous n'avions reparlé de mes aventures nocturnes.

Je dus me recoucher et je restai au lit pour de bon. Encore un des symptômes de la dépression, mais je savais que les médicaments ne feraient pas effet avant un moment. J'étais incapable de bouger, et pourtant mon cerveau était en pleine ébullition. C'était comme si je vivais dans deux corps à la fois : l'un était immobile, et l'autre infatigable. Je devenais folle. Je n'arrêtais pas de penser à ce que Tim Neilsen m'avait dit, à la maladie de Parkinson, sans pouvoir me résoudre à prendre rendez-vous pour faire les examens nécessaires ou à regarder sur Internet pour savoir exactement à qui j'avais affaire et le sort qu'elle allait me réserver.

Dès que je me sentis un peu mieux, je pris mon ordinateur portable pour taper quelques notes sur l'affaire Joe Neilsen et je fixai un rendez-vous avec Elias Manwaring le lundi suivant pour lui demander qui était à l'origine du groupe de jeunes. Je n'étais pas en état de faire plus.

J'avais prétexté une sorte de grippe devant Carlo et je l'envoyai me chercher des médicaments. Carlo était le plus attentionné des hommes, mais ça ne faisait pas de lui un bon infirmier. Même Gemma-Kate savait mieux y faire et elle vint me voir dans la chambre avec le carlin qu'elle déposa à côté de moi pour me remonter le moral. Je respirai seulement lorsqu'elle eut reposé le chien.

Les médicaments calmèrent un peu mon estomac et, pour le déjeuner, Gemma-Kate me prépara une tartine de fromage grillé avec des oignons émincés et des tomates, étonnamment bonne et que je digérai sans encombre.

Les attentions de Gemma-Kate me rappelèrent sa sollicitude la veille, quand elle m'avait découverte par terre dans la cour. Se comportait-elle avec moi comme avec sa mère ? Je me posai la question. Maman avait déjà vanté ses talents d'infirmière. Elle était peut-être plus à l'aise avec les malades, pensai-je. Plus douce avec les invalides qu'avec les bien portants.

J'aurais voulu pouvoir oublier les épisodes de la veille, oublier que j'étais peut-être malade et que j'avais besoin de quelqu'un pour s'occuper de moi.

30

Je connus un certain répit jusqu'au dimanche matin, à l'exception de quelques délires sans conséquence : je rêvai par exemple que ma sœur Ariel était chez nous et que je me demandais où elle allait dormir. Rien de plus que des rêves éveillés. Grâce aux antinauséeux, je pus aller à l'église avec Carlo. Il parvint à convaincre Gemma-Kate de nous accompagner. Elle commença par refuser, puis elle alla se changer pour une robe que je n'avais jamais vue, qui dévoilait ses courbes sans être vulgaire pour autant.

L'office était toujours aussi ennuyeux, mais, d'après, Carlo, c'est fait exprès : l'ennui mène à la spiritualité. Pas pour tout le monde, apparemment. Je me postai ensuite à l'entrée de la salle paroissiale et fis une rapide vérification des lieux, comme chaque fois qu'il y a plus de trois personnes dans une pièce.

Je souris en reconnaissant la queue-de-cheval d'Adrian Franklin, qui soulignait la courbure de sa nuque. Il était en grande conversation avec Mallory, un café à la main ; elle était acculée contre le mur, tel un animal pris au piège. Elle était peut-être plus à l'aise lorsqu'elle faisait le premier pas. Je revis le tube d'œstrogènes inutilisé dans son armoire à pharmacie. Quel mal ferait-elle à prendre un amant ?

Mes pensées furent interrompues par Gemma-Kate, qui vint m'offrir un café et un beignet au sucre. D'humeur charitable après l'office, je commençais à envisager l'épisode du crapaud autrement. S'il s'agissait d'un accident, il était possible que, Gemma-Kate ne me connaissant pas encore bien, elle ait pris peur et dissimulé les preuves. Mais peut-être était-elle juste en train de me lécher les bottes, et je me demandai ce qu'elle me voulait.

Puis ce fut au tour de Lulu, qui voulait savoir où j'en étais sur l'affaire Neilsen. Un couple qui se présenta comme les McClay vint se joindre à nous ; la femme me proposa de rejoindre la Guilde de l'autel. Ruth se mêla aussitôt à la conversation. Au moment où je pensais ne plus pouvoir supporter la moindre politesse supplémentaire, Mallory vola à mon secours. Elle prit une gorgée de mon café sans me demander la permission, normal entre nous, et annonça qu'elle avait quelqu'un à me présenter, bien que ce fût un mensonge.

Quand nous fûmes débarrassées des autres, je démarrai au quart de tour.

— Comment va le chien d'Adrian ?

— Il dit qu'il a mangé un gant de handball. J'ai l'impression qu'il me suit partout.

— Reste modeste, certaines personnes viennent juste pour l'office… Tu devrais répondre à ses avances, ajoutai-je alors, assez bas pour que personne ne nous entende. C'est le mec inaccessible sur lequel on craquait toutes au lycée. Ce n'est pas parce que vous avez quelques années de plus que…

— Je suis très touchée de ton intérêt soudain pour ma vie sexuelle, mais c'est de moi qu'il s'agit, fit-elle platement.

Puis, sans me laisser le temps de m'apitoyer sur son sort, elle ajouta :

— D'ailleurs, je préfère le look Clint Eastwood. Et toi, c'est quoi ton type ?

Je pensai à Carlo ; je n'osai pas lui dire que j'avais toujours eu une préférence pour les hommes bien réels aux canons sur papier glacé.

— L'acteur qui bégayait dans *Cent filles à marier*, répondis-je par politesse.

Mallory écarquilla les yeux.

— Tu sais que je t'adore, ma chérie, mais tu es vraiment bizarre.

Elle embraya aussitôt.

— Tu as parlé à Carlo ?

— Pas encore. Tu veux mon beignet ?

Elle mordit dedans, essuya le sucre qui s'était déposé sur ses lèvres et reprit une gorgée de café.

— Tu mets du sucre dans ton café, maintenant ?

— C'est Gemma-Kate qui me l'a fait.

J'allais d'ailleurs poser mon gobelet sur la table, pour masquer le fait que mes mains tremblaient chaque fois que je le portais à mes lèvres, mais Mallory me fit signe de le lui donner.

— Laisse, je vais le boire. Est-ce qu'au moins tu as pris rendez-vous avec le spécialiste ?

— Tu sais ce qu'on dit, un conseil, passe encore, deux conseils, passe ton chemin.

Mallory prit une gorgée de café et sourit.

— Débrouille-toi, alors. Je vais rentrer, au moins, Owen m'apprécie à ma juste valeur, lui.

Elle commença à s'éloigner, mais tout à coup je la vis chanceler. Le gobelet lui échappa des mains et se renversa au sol.

— Tout va bien ? demandai-je en me précipitant avec des serviettes pour éponger.

— Je ne me sens pas très bien, dit-elle. J'ai mal au cœur. Je crois que je vais filer aux…

Je n'eus pas le temps de lui dire que je m'occupais de nettoyer qu'elle avait déjà disparu. Je pris la pile de serviettes et me baissai pour ramasser le gobelet et éponger le café ; avec toute la bonne éducation épiscopalienne dont ils étaient capables, les gens autour faisaient semblant de n'avoir rien vu. Je me relevais pour jeter le tout lorsqu'un cri aigu retentit de l'autre côté de la salle, près de la petite table où étaient disposés quelques livres, captant mon attention ainsi que celle de tous les autres.

La vieille Mme Covington avait trébuché sur son déambulateur ; elle était allongée par terre, la jambe gauche pliée en deux selon un angle impossible. Je laissai aussitôt serviettes souillées et gobelet sur la table et me précipitai vers elle.

Je ne fis pas tout de suite le lien entre le malaise de Mallory et l'accident de Mme Covington.

Elle gémissait à présent, et je m'agenouillai près d'elle pour la tenir immobile jusqu'à ce que les secours arrivent. Carlo était à côté de moi et tentait de la rassurer. Elle leva les yeux et lui demanda :

— Valerie ?

Puis elle roula des yeux et perdit connaissance. Elle était en état de choc. Carlo dut penser la même chose, et il la tenait de manière à ce qu'elle ne puisse pas se mordre la langue. Je n'avais pas mon tote bag sous la main et Carlo n'avait pas de portable, mais avant que j'aie le temps de le dire plusieurs personnes s'étaient jetées sur le leur pour appeler le 911.

Pendant que je me concentrais sur Mme Covington, deux personnes donnèrent des instructions aux secours pour faire venir une ambulance à l'église. Une troisième fouillait dans son sac pour chercher son téléphone, qui tomba sur le carrelage à côté de moi. Elle ne se baissa pas pour le ramasser.

Nervosité, pensai-je. Je ne parvenais toujours pas à faire le lien.

Laissant Mme Covington aux bons soins de Carlo, je pris le téléphone et le tendis d'une main à la femme qui l'avait perdu. Ce n'était pas de la nervosité. Elle se balançait d'avant en arrière, titubant comme un ivrogne.

Je parcourus des yeux la salle et je compris. Cela n'avait aucun sens, mais il existait un lien entre toutes ces personnes.

Vous avez tous déjà vu des reportages sur les suites d'un attentat. La fumée, les visages noircis, les blessures et le sang, les regards hagards, les larmes. La quête désespérée d'un être cher.

Cette scène ressemblait à une attaque terroriste au ralenti, sans les cris, le sang et la fumée. Les gens hébétés, ceux qui se prennent la tête entre les mains, les regards perdus. L'esprit encore un peu embrouillé, je commençais néanmoins à percevoir certains détails. Une femme essayait frénétiquement d'enlever sa jupe longue, couverte de café bouillant provenant du percolateur renversé sur la table tandis que le liquide dégoulinait sur la nappe blanche. Un homme que je ne connaissais pas était étendu sur le sol, agrippé à une femme penchée sur lui, et articulait avec difficulté, « Lulu, Lulu ». La femme au-dessus de lui n'était pas Lulu. Lulu était à l'opposé et vomissait tripes et boyaux.

J'eus une soudaine bouffée d'adrénaline, qui me fit basculer en mode gestion de crise. Mes réflexes commençaient à revenir.

Primo : m'assurer que Carlo était en sécurité.

Lorsque je me retournai, il était toujours agenouillé à côté de Mme Covington. Je l'observai une seconde. Il dut sentir mon regard et me le rendit, puis il revint à Mme Covington parce qu'elle s'était remise à crier. Il ne semblait pas atteint par le mal qui avait affecté tous les autres.

Deuzio : je retrouvai l'un de ceux qui avaient appelé les secours. Il n'avait pas bougé, son portable à la main, bouche ouverte.

— Hé ! mon gars, dis-je en lui secouant le bras, il faut rappeler les urgences. Dites-leur qu'il nous faut plusieurs bus, en fin de compte.

Quand il se retourna vers moi d'un air ahuri, je crus qu'il faisait un malaise à son tour. Mais il dit simplement :

— Des bus ?

— Des ambulances. Dites-leur que nous avons au moins…

J'effectuai un calcul rapide, en comptant tous ceux qui avaient une démarche hésitante et qui pouvaient être les prochains sur la liste.

— … seize victimes.

Je m'agenouillai à côté d'un vieil homme, contrôlai sa respiration et le regardai droit dans les yeux, qui roulaient dans leurs orbites comme ceux de Mme Covington.

— Votre nom ? demandai-je.

Il me dévisagea sans répondre.

Mallory revint des toilettes en titubant et se dirigea vers moi, la tête entre les mains.

— Que se passe-t-il ?

— Tu devrais t'allonger si tu ne te sens pas bien.

— Ça va. Qu'est-ce que je peux faire ?

— Il y a une femme, là-bas, je crois qu'elle s'est brûlée. Va chercher de la glace dans les cuisines.

Mallory s'éloigna, chancelante.

Tertio, et cela aurait dû être mon premier réflexe, il était peut-être déjà trop tard : analyser la scène et chercher tout individu suspect.

Je parcourus de nouveau la pièce du regard. Sans compter ceux qui avaient appelé les secours, je repérai trois personnes qui n'étaient ni malades, ni allongées, ni en train d'aider les autres : Gemma-Kate, Peter et la mère de Peter, Ruth, chacun d'un côté de la salle, tous figés dans la même posture.

Ruth paraissait nerveuse, plus encore que le dimanche précédent. Elle ne regardait même pas autour d'elle. Plutôt que de suivre la scène, comme l'aurait fait n'importe quel être humain normalement constitué, elle fixait le carrelage. Surtout, elle semblait vouloir éviter d'affronter le regard de son fils. Gemma-Kate assistait aux événements en spectatrice, emmagasinant toutes sortes d'images : un homme étendu sur le sol, une femme s'agrippant à une chaise pliante, une vieille femme avec la jambe cassée. Peter, lui, n'avait d'yeux que pour Gemma-Kate. Alors, mon regard croisa celui de ma nièce, et je compris.

À grand renfort de sirènes et de gyrophares, les brancardiers déboulèrent en trombe, avant de piler net à la porte pour observer l'intérieur de la salle, comme s'ils redoutaient une explosion imminente. Je les rassurai en leur disant que ce n'était pas une fuite de gaz. Je les assistai comme je pouvais et leur indiquai Mme Covington avec sa jambe cassée, la première à être évacuée. J'accompagnai un des ambulanciers à l'extérieur.

— Ils sont une quinzaine, peut-être seize. Tout le monde n'a pas eu de réaction, mais je crois qu'ils devraient tous aller passer un contrôle à l'hôpital.

— Je n'ai jamais vu ça. Qu'est-ce qui s'est passé ?

Il semblait avoir deviné que je n'étais pas une citoyenne lambda et que j'étais assez familière de ce genre de situations.

— Nausées et vomissements, perte de repères, étourdissements… Comme s'ils avaient tous ingéré des quantités massives d'alcool, sauf que l'alcool n'aurait pas agi aussi vite. Ah ! plusieurs se sont mis à rouler des yeux, aussi.

— Nystagmus ?

— Si vous le dites.

— Vous avez une théorie ? demanda-t-il.

— Aucune. C'est plutôt à vous de me dire

Je lui tendis un gobelet de café.

— Mais vous devriez emporter ceci.

— Merci, mais…

— Ne le buvez pas. C'est tout ce qu'ils avaient en commun. Je pense que vous tenez votre coupable.

Un autre ambulancier nous dépassa en courant, comme si nous faisions une course de brancards. Il évacuait le père Elias Manwaring en personne. Dans la panique générale, j'avais perdu sa trace.

L'ambulancier dit encore :

— Je n'ai jamais vu ça. J'ai appelé du renfort. Vous venez à l'hôpital ?

— Je ne pense pas, répondis-je.

Si le café était en cause, je n'en avais bu qu'une gorgée. Carlo allait bien lui aussi parce qu'il n'en prenait jamais ici, estimant que le café épiscopalien était, à l'image de sa religion, un ersatz de café. Mallory se sentait mieux depuis qu'elle avait vomi, mais elle me promit de se rendre à l'hôpital pour se faire examiner. Avec ce que je savais, et bien décidée à ne pas parler à la police avant d'avoir discuté avec Gemma-Kate, je les poussai tous deux dans la voiture dès que cela me fut permis sans avoir l'air de filer à l'anglaise. Carlo prit le volant et je lui commandai de démarrer.

Il s'exécuta sur-le-champ.

— Qu'est-ce que tu as mis dans le café, Gemma-Kate ?

— Comment ça, qu'est-ce que j'ai mis dans le café ? Je n'ai rien mis dans le café.

— Pardon ? dit Carlo.

— Arrête tes conneries, poursuivis-je. Tu n'es pas assez idiote pour avoir mis un produit mortel, mais doit-on s'attendre à ce que les effets empirent ?

— Comment veux-tu que je le sache ?

Je défis ma ceinture de sécurité et me retournai pour empoigner le bras de Gemma-Kate.

— À ta place, je ferais très attention à ce que je dis. Je te jure que je n'hésiterai pas à te dénoncer à la police.

Elle essaya de se dégager.

— Aïe ! Tante Brigid, tu me fais mal ! Je n'ai rien fait !

Carlo roulait toujours, mais je sentis qu'il me regardait. Je lâchai Gemma-Kate et me rassis à ma place.

— Brigid, tu ne penses pas ce que tu dis, souffla Carlo.

— Laisse-moi réfléchir, s'il te plaît. S'il y a la moindre chance qu'elle n'ait rien…

— Hé ! je suis là, vous savez ? Je vous entends !

— La ferme. S'il y a la moindre chance qu'elle n'ait rien fait, je dois prendre toutes mes précautions.

— Mais tu ne feras rien sans m'en parler, n'est-ce pas ? demanda Carlo.

Il était en droit de se poser la question. Je lui avais caché des choses par le passé, et cela avait failli briser notre couple.

— Promis. Mais pour l'instant, je dois suivre mon intuition. Laisse-moi vérifier deux ou trois trucs. Et prendre contact avec un avocat, au cas où.

Je me retins d'ajouter que Gemma-Kate était une Quinn, ce qui était une raison suffisante pour la dénoncer et en même temps un frein. D'un côté, il y avait la famille et la promesse qui me liait à Marylin. De l'autre côté, il y avait cette tare qui nous venait de mon père, Fergus. Pas tellement du côté de maman. Si maman laissait une cuillère en bois dans la voiture et nous flanquait régulièrement un bon coup au feu rouge, sans même regarder en arrière, c'était parce que Ariel et moi étions des têtes à claque. Elle ne nous battait pas, non… C'était de la frustration. Mais pour nous autres, porteurs du gène « Quinn », c'était différent. Nous ne parlions jamais de ce gène en plus, ou en moins, qui faisait de nous des êtres à part, indéfinissables.

De retour à la maison, j'appelai Mallory. On lui avait administré un antidote dont elle n'avait pas demandé le nom et elle était rentrée chez elle. Mme Covington allait bien. Elle ajouta qu'elle avait trouvé cette petite expérience détestable et quelle chance que personne n'ait été gravement atteint. C'était la dernière fois qu'elle buvait dans ma tasse.

Mon cerveau, lui, me répétait en boucle : *personne n'est mort au moins personne n'est mort nom de Dieu personne n'est mort*.

— C'était l'halluuuu ! Pourquoi vous êtes partis aussi vite ? Comment ça se fait que vous ne soyez pas allés à l'hôpital ? demanda Peter.

— Aucun de nous n'avait bu de café. Ils pensent que ça venait du café.

— Tu ne trouves pas ça louche, qu'aucun des membres de ta famille n'ait bu de café ? Je t'ai vue près de la table…

— Arrête de jouer les détectives, fit Gemma-Kate. Toi non plus, tu n'as rien bu.

— Je ne bois jamais de café. Mais je suis quand même allé à l'hôpital. Ils m'ont donné du whisky.

— N'importe quoi.

— Si, apparemment il y avait de l'antigel dans le café, et il y avait tellement de monde aux urgences qu'ils n'avaient plus assez d'antidote. Ils ont dit que le whisky avait le même effet. Je parie que tu ne savais pas ça.

Gemma-Kate ne répondit pas, elle détestait être prise en faute.

— Alors dis-moi, pourquoi tu l'as fait ? demanda Peter. Pour le fun ?

— Je n'ai rien fait du tout. Qui me dit que ce n'était pas toi ?

Peter sourit. Gemma-Kate voulait mettre fin à la conversation, mais elle ne parvenait pas à détacher les yeux de l'écran.

— Je ne sais pas, Gemma-Kate. D'abord le chien, puis une église tout entière… Tu disais aussi que ta tante n'avait pas l'air dans son assiette…

— Je n'ai jamais dit ça. J'ai dit qu'elle n'était pas dans son état normal.

— C'est pareil. Tu débarques à peine et tout le monde se met à vomir.

— Si tu dis ça à qui que ce soit, je te jure que je te le ferai payer, siffla Gemma-Kate.

Le sourire de Peter s'effaça d'un coup. Avant que Gemma-Kate ait pu lui dire qu'elle ne voulait plus le voir, la fenêtre se ferma et l'écran devint noir.

31

Le lendemain, je trouvai le père Manwaring seul dans son bureau. J'entendais le *clic clic, clic, clic, clic clic* de sa souris.

Il leva les yeux de son ordinateur.

— Je suis en train de préparer mon sermon, dit-il.

— Je ne vous crois pas. Vous êtes en train de jouer au solitaire. Vous n'arrêtez pas de cliquer avec votre souris.

Il se renfonça dans son fauteuil, qui manqua céder sous son poids. Il avait ce regard que l'on retrouve chez tous les hommes d'Église, un regard qui semblait porter le poids du monde, aujourd'hui plus encore que d'habitude.

— Ça me détend, dit-il.

Pas assez, pensai-je.

— Mallory m'a dit que tout le monde avait pu être traité à temps et renvoyé chez lui.

— Grâce à vous. Heureusement, vous avez deviné qu'il y avait quelque chose dans le café. Ils n'étaient pas sûrs de ce qu'ils devaient chercher, mais lorsque l'ambulancier a énoncé les symptômes, ils ont procédé par élimination. Chapeau au responsable, qui a dû travailler très vite au cas où le produit serait mortel. Il s'avère que c'était de l'éthylène glycol.

— De l'antigel.

Un jour, j'avais entendu parler d'une fille qui avait servi à sa mère un smoothie protéiné bourré d'antigel. La mère était morte. Les chiens en sont particulièrement friands, paraît-il.

Manwaring hocha la tête. J'essayai de prendre un air à la fois innocent et intéressé.

— Ils ont un coupable en vue ?

— Pas si j'en crois les questions qu'ils m'ont posées. Ils voulaient les noms de toutes les personnes présentes à l'église ce jour-là, pas uniquement celles qui étaient dans la salle. Ce n'est pas une grande paroisse, me direz-vous, mais je ne peux tout de même pas me rappeler une centaine de noms ! Tout ce que j'ai pu leur dire, c'est que Vicki Bergesen s'est éclipsée pendant la lecture des Psaumes, mais je crois que cette dame a toujours un besoin pressant à ce moment-là. Ils ont fait le tour de toutes les entrées et sorties de la salle, et ils voulaient savoir si quelqu'un aurait pu se faufiler par la porte de service qui mène directement aux cuisines.

— Comment va cette pauvre dame qui s'est cassé la jambe ?

— Mme Covington, soupira Manwaring. Elle est toujours à l'hôpital, mais elle va bien. Je lui ai rendu visite avant de venir au bureau ce matin.

Il se pencha en avant et me parla sur le ton de la confidence.

— Il y a un ruban marqué « scène de crime » tout autour de la salle. Je vous le dis, Brigid, j'ai un mauvais karma. Nous avons connu beaucoup de drames pour une seule église, et voilà que la moitié de ma paroisse est sous le coup d'un empoisonnement… Vous ne trouvez pas cela étrange ?

Il semblait en faire une affaire personnelle.

— Peut-être que je devrais m'offrir vos services pour tirer cette histoire au clair.

— Je ne prends qu'une seule affaire à la fois, répondis-je. Si j'ai voulu m'entretenir avec vous, c'est pour parler de Joey Neilsen.

— Quelle tragédie. Je pense parfois à ce que disait Bertrand Russell, que pour atteindre le bonheur, il faut commencer par admettre que le monde est horrible, horrible, horrible.

Ses envolées philosophiques me détournèrent un instant de la vraie raison de ma présence.

— C'est ce que vous dites aux gens ? Vous êtes prêtre, où sont passées la bonté, la paix dans le monde et la vie éternelle ?

Elias haussa les épaules et éteignit son jeu d'un clic, sans enregistrer la partie.

— C'est ce que vous êtes venue chercher ici ?

J'eus une pensée fugace pour ma maladie présumée, mais je n'avais aucunement l'intention d'en parler avec lui. Cela ne m'apporterait rien.

— Non, je suis vraiment venue pour vous parler de Joe Neilsen.

— Je ne sais pas en quoi je peux aider, dit-il. Cela fait longtemps que les Neilsen ont quitté St Martin. Juste après l'enterrement, ils ont intégré la paroisse de St Bede. Joseph repose dans notre columbarium.

— Votre columbarium ?

— C'est là qu'on dépose les cendres des défunts.

— Le bâtiment au fond, avec les murs blancs ?

— C'est ça.

Il me regarda par-dessous, comme s'il venait de comprendre quelque chose qui lui avait échappé jusqu'alors, accaparé qu'il était par ses propres soucis.

— Vous allez bien ? Vous êtes toute pâle et vous avez de vilains cernes sous les yeux. Vous n'êtes pas en train de faire une allergie ?

— Les Neilsen, insistai-je. Rappelez-moi pourquoi ils ont quitté St Martin ?

— C'est à cause de son connard de mari. Jacquie avait tout le soutien dont elle avait besoin avec nous, avant la mort de Joe, quand il leur a annoncé son homosexualité, vous savez. À sa mort aussi. La seule chose que Tim lui a accordée a été d'enterrer Joe ici. Après, ils sont partis et ne sont jamais revenus.

— Et Joe ? J'ai cru comprendre qu'il n'était pas très apprécié.

— *Pas très apprécié ?* C'était une saloperie d'enfant gâté.

— Vous savez, vous avez un sacré syndrome de la Tourette pour un prêtre.

Il prit un air interloqué.

— Vous êtes comme ça avec tout le monde, repris-je, ou j'ai droit à un traitement de faveur ?

Elias grimaça.

— Seulement avec vous. Vous donnez l'impression que vous pouvez tout entendre, et ça fait du bien de dire le fond de sa pensée. Vous ne pouvez pas savoir à quel point c'est difficile de répondre aux attentes de tout le monde, vingt-quatre heures sur vingt-quatre, sept jours sur sept.

J'aurais voulu lui dire que j'en avais une vague idée, au contraire, après des années en infiltration. Elias Manwaring avait peut-être quelques cadavres dans son placard, mais je ne parvenais pas à imaginer que son passé ait pu être aussi difficile que le mien. Après tout, mes cadavres à moi n'étaient pas une image, ils étaient bien réels.

— Revenons-en à Joey. Quel était son problème ?

— Vous êtes dans une église. Nous sommes obligés d'aimer tout le monde. Parfois, certains s'en rendent compte et veulent en tirer profit.

Finalement, je me demandai si les choses n'étaient pas beaucoup plus simples avec la mafia qu'à l'église. Au moins, dans la mafia, on jouait franc jeu.

— Comment Joe aurait-il pu en tirer profit ?

— Oh ! il n'était pas le seul. C'était surtout Jacquie. Joseph posait de sérieux problèmes à ses parents : il n'en faisait qu'à sa tête, il s'attirait des ennuis, il sortait en cachette le soir ou buvait de temps à autre... Jacquie croyait que nous pourrions le remettre dans le droit chemin, mais si nous avions le malheur de lui dire quoi que ce soit, elle rétorquait que son fils était parfait.

— Vous l'avez déjà surpris en train de boire ?

— C'est mon fils qui m'a signalé que Joey s'en vantait.

— Comment était-il avec les autres enfants ?

— Je pense que les autres le toléraient, comme moi.

Elias me regarda, songeur.

— Je ne suis pas assez objectif. Vous devriez en parler à Ken.

— Ken ?

— Mon fils. Il était dans le même groupe que Joey.

Elias attrapa son portable à côté de son ordinateur et appuya sur un numéro préenregistré. Il attendit.

— Lu ? Je suis avec Brigid Quinn, elle aurait des questions sur Joe Neilsen et le groupe de jeunes. Peux-tu me faire signe quand tu rentres avec Ken ?

Il raccrocha et redirigea son attention vers moi.

— Ils ne vont pas tarder à rentrer de l'école. Je ne crois pas qu'il avait son club photo aujourd'hui.

Il y eut alors un gros blanc dans la conversation, de ceux où chacun se demande qui va prendre la parole en premier et pour dire quoi.

— Un café ?

— Volontiers.

Elias fronça les sourcils.

— Oh ! mince, je crois qu'il n'en reste plus de ce matin.

Apparemment, il n'était pas envisageable d'en refaire.

— De l'eau ?

— Parfait.

Tout plutôt que d'avoir à attendre en silence que Lulu rappelle. Il sortit et revint quelques instants plus tard avec un verre d'eau, sans glaçons.

— Désolé, nous essayons de faire attention et de limiter notre consommation de bouteilles en plastique.

Je pris le verre qu'il me tendait et bus une gorgée.

— C'est très bien. Exactement ce qu'il me fallait.

En son absence, j'avais eu une autre idée.

— Parlez-moi du groupe de jeunes. J'ai cru comprendre que Ken avait beaucoup d'activités, comme la plupart des enfants aujourd'hui.

— On essaye, mais c'est parfois difficile de lui faire faire du sport ou quoi que ce soit d'autre pour se remuer les fesses. Je vais vous dire,

Brigid : je déteste les enfants. Et les EP sont les pires.

— Les EP ?

— Désolé. Les enfants de pasteur. Ils sont capables de devenir de vrais petits merdeux juste pour ne pas ressembler à des enfants de chœur. Cela dit, ce n'est pas le cas de Ken.

— Il est allé à l'hôpital hier ? Ou il ne fait pas partie des buveurs de café ?

— Il n'est pas venu à l'office. On ne peut pas l'y obliger. Je ne sais pas s'il cherche à attirer mon attention, mais c'est un peu comme le plombier quand il rentre chez lui, vous voyez ? Il n'a pas très envie de refaire toute la tuyauterie.

— Y a-t-il quoi que ce soit que vous aimez dans votre boulot ?

Elias se passa les mains sur le visage. Il avait des mains délicates.

— Désolé, je dévie. Qu'est-ce que vous voulez savoir ?

— Hum, que pourriez-vous me dire sur les activités de ce groupe de jeunes ?

— Rando, projection de films à caractère pédagogique, rédaction de prières…

Il se frotta de nouveau le visage, puis tira sur ses joues comme pour se forcer à sourire.

— Ils s'éclatent. C'est ce que dit Lulu, en tout cas. Elle est chargée du groupe.

— Lulu disait que les Neilsen menaçaient de faire un procès à l'église ?

La sonnerie du téléphone l'interrompit avant qu'il puisse répondre. La mélodie d'*Amazing Grace*. Sérieusement.

— Oh ! dit Elias. Qu'est-ce qu'il a encore fait ?

Il écouta.

— OK, on arrive.

— Je tombe mal ? demandai-je.

Je n'avais aucune envie de me retrouver en plein psychodrame familial.

— Bienvenue chez nous ! Lulu dit qu'ils sont rentrés, Ken a écouté le message sur le répondeur et il s'est mis à pleurer.

32

Le presbytère n'était qu'à quelques minutes à pied de l'église. Il fallait suivre un chemin de gravier qui descendait à flanc de colline et passait à travers un champ de cactus. Plus rapide qu'en voiture, m'expliqua Elias. Sans un mot, il se dirigea d'un pas lourd vers l'endroit qu'il avait désigné, plongé dans ses pensées. Je le suivis comme je pus, d'un pas mal assuré, surprise de voir que je peinais à suivre cet homme corpulent.

Lulu nous guettait à travers la moustiquaire décorée d'une découpe de coyote en métal. Elle ouvrit la porte avant même que nous l'atteignions. À ses pieds se tenait un épagneul qui léchait le dessus de sa chaussure. De toute évidence, l'affaire était sérieuse car elle n'avait pas sorti de cookies.

— Ne sois pas trop dur avec lui, Elias, supplia-t-elle.

Elias n'écoutait pas. Il bouillonnait de rage depuis que nous avions quitté l'église, et la vapeur accumulée cherchait désespérément une issue. Dans le salon bien rangé, la décoration désuète avait de quoi vous réchauffer le cœur. Ken était assis au milieu d'un canapé en tissu synthétique à motif tartan qui détonnait dans cet intérieur aux accents coloniaux. Je ne pouvais me résoudre à croire que les Manwaring l'avaient acheté neuf.

Je pris place à côté de lui sans qu'on m'y ait invitée, non par un quelconque besoin fulgurant de réconforter Ken, mais je me sentais à la fois essoufflée et étourdie, et, fatigué de notre petite promenade, mon cerveau avait de nouveau des ratés.

Presque aussi gros que son père malgré son âge, Ken semblait avoir déjà pâti de la vocation paternelle. Trop de buffets et de larges tablées avec pour plat principal des petits fours à la crème de champignons. Il se mouchait, remontait ses lunettes qui avaient glissé et recommençait à se moucher.

Elias ne perdit pas une minute. En tant que prêtre, il savait reconnaître les signes d'une confession imminente. Ses mains de velours, que j'avais découvertes à l'église, se métamorphosèrent en gants de fer, et nous le vîmes secouer son fils d'une petite tape, légère mais ferme, sur la tempe.

— Dis-nous ce qu'il s'est passé, éructa-t-il.

À compter de cet instant, il n'y eut plus qu'à écouter pendant que Ken faisait les réponses et qu'Elias posait toutes les questions. Cet homme aurait fait des merveilles à Guantanamo. D'ailleurs, ne dit-on pas que, fondamentalement, les gens veulent dire la vérité, et que l'interrogatoire n'est qu'une façon de les aider à accoucher avec dignité ? C'était le cas de Ken. Il semblait porter un véritable fardeau sur ses épaules depuis la mort de Joe.

Ponctuant son récit de hoquets et de reniflements, Ken décrivit ce phénomène dont j'avais entendu parler sans jamais y avoir été confrontée directement : le fameux jeu du foulard.

Le nom suffit à affoler Lulu.

— Qu'est-ce que c'est ? demanda-t-elle.

— On y joue à plusieurs. Le but est de se faire tomber dans les pommes. Certains disent qu'on peut ressentir une sorte d'euphorie juste avant de s'évanouir mais je n'ai jamais…

— J'espère bien que tu n'as jamais…, le coupa Elias.

— Ça suffit, Elias, fit Lulu. Explique-nous, Ken.

Ken appuya les paumes de ses mains de chaque côté de son cou.

— Il faut appuyer ici…

— Pas trop fort, dit Lulu.

— Ce n'est rien, intervint Elias. Où as-tu appris ça ?

— À l'école. Certains enfants…

— Qui d'autre joue à ce jeu ? Quels enfants ?

Ken secoua la tête.

— Quels enfants ?

— Il va me tuer…, souffla Ken.

— Je me demande si je ne devrais pas en faire autant, tonna Elias, empoignant le tee-shirt de Ken.

— Elias ! cria Lulu.

Je retenais ma respiration. Elias me regarda de biais et relâcha son fils. Je n'aurais su dire s'il était rouge de honte ou de colère. Ma présence avait peut-être du bon, finalement.

— Vous ne comprenez pas, gémit Ken. Je ne veux pas lui attirer d'ennuis…

— Pour l'instant, c'est toi qui as des ennuis, mon ami.

Le ton était menaçant mais mesuré. Au bout d'un moment, Elias plissa les paupières comme s'il cherchait à voir son fils autrement.

— C'est Pete, n'est-ce pas ?

Le silence de Ken suffit à le confirmer.

— Je connais Peter, dis-je. Il a une mauvaise influence ?

Après un silence, Elias me répondit :

— C'est un autre jeune du groupe ; il a l'âge de Ken. Son père est flic, un type très strict. Ken a raison, il risque de se prendre une belle raclée si son père apprend ce qu'il a fait.

Il revint à son fils.

— Tu as recommencé depuis la mort de Joe ?

— Non ! s'écria Ken.

— Maintenant, dis-moi : quel est le rapport avec la mort de Joe ?

— Il disait qu'on pouvait le faire tout seul, qu'au moment où le corps tombe, la corde se détache d'elle-même si on a fait le nœud correctement, et après on tombe et on reprend connaissance.

— Quand l'as-tu fait pour la dernière fois ?

— Après la sortie aux bassins de Romero, quand on est rentrés à l'église. Tout le monde était parti, et on attendait que tu viennes nous chercher. Dans la bibliothèque.

— Vous l'avez fait dans l'enceinte de l'église ?

Elias manqua de s'étouffer.

— Ils peuvent vraiment nous coller un procès s'ils veulent. Je te félicite.

Lulu foudroya son mari du regard et dit :

— Pourquoi lui ? Tu n'étais même pas proche de ce garçon.

— Tu sais, il était toujours… en train de se vanter. Ses parents ne partaient pas en vacances dans les White Mountains, ils faisaient la Thaïlande à dos d'éléphant ou un truc dans le genre. C'était toujours pareil, le home cinéma, la salle de sport, la piscine avec toboggan… Des conneries de ce genre. C'était sans fin. Il ne nous a jamais invités chez lui pour autant.

— Dans l'église, répéta Elias.

— Pete s'amusait à lui lancer des défis. Il lui a dit que s'il était capable de traverser la jungle à dos d'éléphant, il n'aurait pas de mal à faire ça. Pete se moquait ouvertement de Joe, et Joe ne se rendait compte de rien. Tout à coup, Pete nous a parlé d'un truc que son père lui avait montré, la « compression de la carotide », une méthode utilisée par la police pour neutraliser les criminels. On a regardé des vidéos sur Internet. Pete a demandé à Joe s'il se sentait cap, et Joe a répondu oui, bien sûr.

— Quel genre de vidéos ? demandai-je.

Ken soupira.

— Il y en a plein sur YouTube.

— Vous avez posté une vidéo de Joey sur YouTube ? demanda Elias, dont le visage s'empourpra de nouveau.

Ken semblait plus bas que terre.

— Montre-nous, fis-je.

Il parvint à s'extraire du canapé et nous conduisit à l'alcôve où était installé son ordinateur, visible d'à peu près tous les angles de la maison. Au moins ses parents avaient veillé à le laisser sous surveillance, mais on ne pouvait pas en dire autant de tout le monde. J'avais connu assez de cas de pornographie infantile pour le savoir.

Ken reniflait encore lorsqu'il alluma son ordinateur, sous le regard appuyé des trois adultes qui avaient pris place dans son dos. Je m'adossai au mur derrière moi et cachai mes mains tremblantes dans mes poches. L'épagneul léchait consciencieusement la basket de Lulu, si bien qu'une auréole sombre et humide se formait autour de son gros orteil. Lulu sembla soudain se rappeler les bonnes manières.

— Je peux vous proposer quelque chose à boire ? Un verre d'eau ?

— Merci, ça ira.

Nous n'avions pas échangé un regard, comme si le simple fait de quitter l'écran des yeux pouvait avoir des conséquences dramatiques.

Ken ouvrit son moteur de recherche et tapa : « YouTube jeu du foulard ». Il obtint plus de quatre mille résultats. Sur la première page, il y avait surtout des articles et des sites officiels de mise en garde contre les dangers de cette pratique. Ken suspendit son geste, effrayé à l'idée de cliquer sur le lien.

— Fais-le, commanda Elias.

— Chéri, dit Lulu.

Je ne sais pas auquel des deux cela s'adressait.

Ken tapa un mot de passe et appuya sur « Entrée ».

— Est-ce que tu apparais sur la vidéo ? demanda Elias.

— Non ! se défendit Ken aussi fort que son père, puis il reprit d'une voix plus calme : Je filmais. Avec mon portable.

La vidéo s'afficha et Ken appuya sur « Lecture ». Gros plan sur une bibliothèque. Elias se pencha vers l'écran pour tenter de déchiffrer les titres des ouvrages.

— Tillich… Bonhoeffer… C'est bien ma putain de bibliothèque.

— La ferme ! dit Lulu.

La caméra glissa sur la gauche, et le garçon, que je reconnus d'après la photographie que sa mère m'avait donnée, apparut. Il se tenait debout devant les livres, mince et gauche, pas très grand, et, comme la plupart des adolescents, il masquait son manque d'assurance par une exubérance de façade. Pour l'adulte que j'étais, cela ne faisait aucun doute, mais ni Ken ni Pete n'avaient la moindre idée de la souffrance contenue derrière ce masque. Joe se mit à rire, un rire qui m'aurait probablement hérissée de son vivant, puis il prit la parole avec une solennité voulue.

« Astronaute Joseph M. Neilsen au rapport. Lancement du module Space Monkey. Un petit pas pour l'homme, mais un… »

Une voix, sans doute celle de Peter Salazar, le coupa.

« Tu n'es vraiment qu'une pauvre merde. »

Joe rit bravement, soit parce qu'il était convaincu qu'entre hommes ce genre de langage était normal, soit parce qu'il avait un tel besoin d'attention qu'elle pouvait prendre toutes les formes.

« Commandant Peter Salazar, êtes-vous prêt ? »

Le garçon qui répondait à ce nom apparut dans le champ, face à Joe. Je ne le voyais que de dos, mais je reconnus sans peine le petit copain de Gemma-Kate. Peter était plus grand que Joe, mais ils se ressemblaient en tout point avec l'uniforme typique de l'adolescent, jean et tee-shirt.

On entendit la voix de Ken.

« Il faut que tu te décales, sinon je ne le vois plus. »

Peter se décala légèrement sur la droite et posa ses mains sur le cou de Joe. Silence.

« Il faut vraiment que je le touche ? demanda-t-il.

— Attendez. »

La voix de Ken encore.

« Vous devriez vous mettre à côté de cette chaise, pour quand il tombera…

— Fait chier, soupira Peter en tirant Joe par le tee-shirt pour l'amener jusqu'à un fauteuil.

— C'est bon, là ?

— Ça va aller », fit Joe, moins assuré que tout à l'heure, peut-être un peu nerveux à l'idée de tomber pour de vrai.

« Allez-y. »

Peter replaça ses mains autour de son cou.

« Un peu plus à droite », dit Ken.

Peter fit un pas vers la droite.

« C'est bon ? »

L'image vacilla tandis que Ken se déplaçait sur la gauche. Peter tendit de nouveau les mains et, paumes en avant, il se mit à serrer le cou de Joe.

« C'est comme ça ?

— Je suppose », dit Ken.

Joe ne dit rien. Il ferma les yeux. Tous, derrière l'ordinateur, nous retînmes notre souffle. Cela prit plus de temps que je n'aurais cru. Enfin, ses genoux se dérobèrent et Joe s'effondra dans le fauteuil. Sa tête roula sur le coussin.

Peter bondit en arrière.

« Waouh ! » firent Peter et Ken en même temps.

Joe était immobile.

« Il ne devrait pas être déjà réveillé ? » demanda Peter à Ken, face à la caméra.

Le corps de Joe fut pris de convulsions. Ses bras se raidirent et il se donna plusieurs coups au visage, comme une marionnette incontrôlable. Ses pieds furent propulsés vers l'arrière et il se recroquevilla sous le fauteuil, le dos cambré, dans ce qui ressemblait fort à une crise d'épilepsie.

Le téléphone tomba à terre et nous ne vîmes plus que le bas des étagères.

« Appelle les secours !

— Non ! Joe ? Hé ! Joe !

— Attends, descends-le de la chaise. Couche-le à plat. »

Il y eut du remue-ménage, nous entendîmes des bruits sourds, peut-être la tête de Joe heurtant le plancher. Je regardais défiler les secondes sur la vidéo, une, deux, trois, quatre…

« Ah ! bordel, mec ! On a bien cru qu'on t'avait perdu ! C'était trop géant !

— Chut, quelqu'un pourrait nous entendre.

— Les mecs, c'était in-croy-able ! »

La voix de Joe.

« On recommence ? »

Le jour où il n'était pas mort.

À la fin de la vidéo, nous restâmes tous figés devant l'ordinateur. J'entendis Lulu murmurer :

— Oh ! mon Dieu.

Ken se remit à sangloter.

— C'est moi qui ai tué Joe, dit-il.

— Qu'est-ce qui te fait croire que tu es responsable de sa mort ? demanda Lulu en le prenant par les épaules.

— Si nous n'avions pas insisté avec Pete, Joe n'aurait jamais eu l'idée de recommencer tout seul. Parce qu'on a refusé de le refaire. Je suis sûr que c'est ce qu'il a fait. Il a plongé sous l'eau et il a retenu sa respiration. C'est sûrement ce qui s'est passé.

— Même Joey Neilsen n'aurait pas fait une chose aussi stupide.

Elias s'en voulut d'avoir parlé trop vite et il posa un bras sur les épaules de son fils.

— Tu crois que c'est ce qui s'est passé, mais ce n'est peut-être pas le cas, dit-il d'une voix rassurante.

— Ou alors on lui a détraqué le cerveau et c'est pour ça qu'il s'est noyé, reprit Ken.

De toute évidence, il n'était pas réceptif aux sages paroles de son père, et la patience n'était pas le fort d'Elias.

— Tu n'as pas tué Joe, dit-il sèchement. N'est-ce pas, Brigid ?

— Bien sûr que non, il n'a pas tué Joe, confirmai-je, comme si ma parole faisait foi.

Le nom de Manwaring était un fardeau assez lourd à porter, inutile de l'accabler davantage.

— Avez-vous l'adresse de Peter Salazar ?

— Dans mon bureau. Juste là, répondit Elias, un peu sonné par ce que nous venions de voir.

Il s'éclipsa une minute et revint avec un petit livret agrafé intitulé « Annuaire St Martin ». Il l'amena à la cuisine ; je le suivis et le regardai feuilleter le répertoire. Il inscrivit l'adresse sur un bout de papier.

— J'ai cru voir quelques photos. Il y en a de sa famille ?

— Je pense que oui.

Il sauta plusieurs pages et parcourut les photos à la fin du livret, une par une. Des photos en couleur de familles endimanchées, arborant toutes le même sourire. Je reconnus plusieurs personnes, des gens que j'avais croisés avec Carlo lorsque nous allions à l'office, mais je ne vis pas Mallory à la page *H*. Elias arriva jusqu'aux *S*, où Peter Salazar apparut avec sa petite sœur, sa mère et son père. Je n'eus aucun mal à reconnaître Ruth et Peter, ce garçon qui avait fait ami-amie avec Gemma-Kate. Puis je reconnus le père, avec sa tête de bouledogue et sa poitrine de taureau, le torse bombé comme pour intimider le photographe lui-même.

— Nom d'un pétard.

Je surveillais mon langage, même si cela passa inaperçu.

— Qu'y a-t-il ? demanda Lulu dans notre dos.

— Je connais ce type.

— Vous avez dû le croiser à l'église. De bons chrétiens, dit Elias. Et généreux, qui plus est.

Non, je ne l'avais pas croisé à St Martin. L'homme qui me faisait face était celui qui nous avait interrompus avec Sam Humphries. Anthony Salazar, d'après la légende au bas de la photo, était le supérieur de Sam, le sergent. J'étais prête à parier qu'il péterait un plomb s'il découvrait cette vidéo. Sauf s'il l'avait déjà visionnée et que c'était la raison pour laquelle il avait confié à Sam le Bleu l'enquête sur la mort de Joe Neilsen. Ken avait peut-être raison.

Je laissai les Manwaring régler leurs petits problèmes en famille et refis le trajet jusqu'à l'église. Tant que j'y étais, j'avais dans l'idée de faire un crochet au columbarium dont Elias m'avait parlé pour voir où reposaient les cendres de Joey. Sur le chemin, je téléphonai au commissariat de Tucson en expliquant que j'aidais Anthony Salazar sur une enquête, et demandai son mail professionnel. Je lançai YouTube sur mon portable, entrai le nom d'utilisateur de Ken et envoyai à Salazar le lien de la vidéo où son fils étranglait le regretté Joseph Neilsen. Je lui écrivis dans mon message que je souhaitais le rencontrer. Mon numéro de téléphone s'affichait automatiquement avec ma signature, mais j'ajoutai mon adresse mail par sécurité. La soirée promettait d'être riche chez les Salazar.

J'étais en train de réfléchir à tout cela lorsque j'atteignis le portail en fer forgé qui s'élevait, noir, au milieu des hauts murs en pisé blancs, et pénétrai dans le columbarium. Je vis d'abord les quatre croix en marbre poli composées de carreaux de vingt centimètres par vingt, dont la plupart étaient gravés. Sous chaque carreau reposait sans doute une urne contenant les cendres d'une personne disparue.

Ce n'est qu'alors que je découvris, recroquevillé au pied d'un banc en mosaïque bordant le mur d'enceinte, tout près de l'entrée, Adrian Franklin. À côté de lui, un gobelet renversé et, baignant dans une mare de café, des dizaines de cadavres de fourmis. Les secours n'avaient pas pensé à venir jusque-là.

Pauvre Adrian, si adorable, si plein d'enthousiasme. La mort avait effacé son sourire rebelle, son sourire lumineux. Lui qui voulait juste changer de décor, faire le deuil de sa femme et retrouver des amis qui ne la lui rappelleraient pas constamment. Il avait fait tout le chemin jusqu'en Arizona, jusqu'à St Martin, pour trouver la paix. Il n'avait trouvé que le repos éternel.

33

J'avais appelé le 911, puis Elias et enfin Carlo, pour lui expliquer que j'allais rentrer un peu plus tard que prévu. Heureusement, ce n'était pas Gemma-Kate qui avait décroché. Je n'aurais pas supporté d'entendre sa voix.

Manriquez était arrivé sur les lieux, suivi de peu par l'homme dont je connaissais le nom depuis une heure à peine, Tony Salazar, père de Peter, mari de Ruth. Elias était là aussi, au bord de la crise de nerfs, empêchant tout le monde de faire son travail.

— Oh ! mon Dieu, c'est donc lui, dit Elias.

J'avais pris le parti de ne rien dire à moins qu'on ne me pose une question directe. Elias donna aux autorités le nom de la victime, Adrian Franklin.

— Je me souviens de son nom parce qu'il m'avait demandé de lui faire un badge.

Salazar lui avait demandé de rentrer chez lui avec sa femme plutôt que de compromettre sa scène de crime en détruisant des empreintes, mais Lulu et lui restèrent postés à l'entrée du columbarium, cramponnés au portail comme si leur vie en dépendait.

— Qu'est-ce qui nous arrive ? fit Elias à la cantonade. Tous ces accidents. Quelqu'un qui empoisonne mes paroissiens. Et maintenant, ça.

Ça semblait désigner ce nouveau potentiel donateur assassiné sur sa propriété.

— Est-ce un crime de haine ? Qui peut bien en vouloir aux épiscopaliens ? À un hymne près, vous êtes chez les unitariens, nom de Dieu !

De toute évidence, Tony Salazar n'avait pas encore reçu le lien vers la vidéo de son fils en train d'étrangler Joey Neilsen. Il se contenta de me jeter un regard, me signifiant par là que je ne lui étais pas inconnue. Et, si mon visage ne lui disait rien lors de ma conversation avec Humphries quelques jours plus tôt, mon nom, en revanche, lui était tout à fait familier.

— Ah ! la formidable Quinn, dit-il avec un clin d'œil.

— En personne, répondis-je.

Il me demanda de gérer Elias pendant qu'il analysait la scène avec Manriquez.

— Heureusement que vous avez pu l'identifier, dit Salazar. Il n'a aucun papier sur lui.

— Il faut absolument retrouver son adresse. Il disait qu'il avait un chien, et cela fait peut-être des heures que l'animal est enfermé.

Nous savions tous que cette mort n'était qu'un dommage collatéral de l'empoisonnement de la veille, et la fourmi qui sortit d'une de ses narines vint confirmer que le décès remontait à plus de vingt-quatre heures, mais c'était le boulot de Manriquez et il le fit jusqu'au bout.

— Je ne vois pas d'autres signes de violence. Nous allons le transporter à la morgue et le tester pour l'éthylène glycol. Je me demande pourquoi celui-ci a ingéré une dose mortelle et pas les autres.

— Il sort boire son café tranquille, fait un malaise, les secours ne le voient pas, suggéra Salazar.

Manriquez hocha la tête.

— Le scénario se tient. Sans un traitement approprié, quinze grammes d'antigel auraient suffi à le tuer en deux heures à peine. Peut-être que je trouverai autre chose.

Je gardai le silence. Je n'avais même pas appelé Manriquez ce matin pour ne pas avoir l'air de poser trop de questions, vu que je soupçonnais ma nièce de…

Et maintenant, Marylin ?

Son esprit dut m'entendre, car je repensai à la vidéo de Ken Manwaring, et à la façon dont Peter Salazar regardait Gemma-Kate à l'église la veille. Que signifiait ce regard ? *Je peux faire mieux que toi ?* C'étaient peut-être de faux espoirs, mais j'avais accusé Gemma-Kate un peu vite. Si seulement.

Le corps d'Adrian Franklin fut transféré dans une housse mortuaire et installé à l'arrière d'une ambulance. Je pris Manriquez à part ; bien sûr, je cherchais des réponses, mais je voulais aussi commencer à semer le doute sur Peter, au cas où.

— Vous connaissez le jeu du foulard ? commençai-je.

— Autrement dit Le jeu de l'évanouissement ? *Space Monkey* ? Bien sûr.

— Qu'est-ce que vous pouvez me dire ?

— Épidémiologie ? Mécanisme ? Qu'est-ce que vous voulez savoir ?

— Dites-moi ce qui vous vient à l'esprit, je vous dirai si ça me parle.

— Il y avait une campagne d'affichage à la conférence NAME, à Baltimore, l'an dernier. Ce sont environ mille enfants qui meurent chaque année à cause de ce jeu, et les chiffres sont sans doute très loin de la réalité puisqu'on ne compte pas les cas assimilés à des suicides. J'en ai eu un l'année dernière, il n'a pu être élucidé que parce qu'il y avait un autre enfant impliqué et qu'il a fini par avouer.

— Je les ai vus faire sur une vidéo. Qu'est-ce qui se passe exactement sur le plan physique ?

— En comprimant la carotide, on comprime également des barorécepteurs qui génèrent un…

— Vous me parlez chinois, George.

— Quand vous venez de faire du sport, vous ne prenez pas votre pouls sur la carotide, n'est-ce pas ? Parce que vous risquez de vous évanouir.

— Oui.

— Eh bien, c'est la même chose.

— Est-ce qu'on peut tuer quelqu'un comme ça ?

— Bien sûr.

— Et ça laisse des traces ?

— Non. Il est souvent difficile de déterminer la cause du décès dans ces cas-là.

J'avais obtenu les réponses que je voulais. Je passai à la phase deux.

— Je peux vous poser une dernière question ? Vous connaissez bien le sergent Salazar ?

— Un peu. C'est un type bien. Pourquoi ?

— Vous vous rappelez que j'enquête sur l'affaire Joe Neilsen ? Je viens de voir une vidéo du fils du sergent en train de jouer au jeu du foulard avec Neilsen. Il prétend que c'est son père qui le lui a appris.

Manriquez siffla entre ses dents.

— Eh bien, voilà qui est étrange.

34

Ma nouvelle théorie sur Peter était fondée sur du vent et, à peine partie, je sus que j'avais pris mes désirs pour la réalité. Ce n'était pas un hasard si l'empoisonnement à l'église avait eu lieu après l'arrivée de Gemma-Kate. Sans compter l'épisode du crapaud. J'avais de nouveau le moral au plus bas.

Je trouvai Carlo et Gemma-Kate au salon, en train de discuter calmement. Carlo était installé dans son fauteuil de lecture, son livre ouvert sur l'accoudoir là où il s'était arrêté. Gemma-Kate était assise en tailleur à ses pieds, tel le disciple devant son maître. Carlo me sourit en me voyant arriver ; Gemma-Kate se retourna et me sourit elle aussi, se calquant sur lui. Je sentis une bouffée de colère me monter au visage.

— Qu'est-ce qui ne va pas ? demanda Carlo.

J'étais persuadée qu'ils discutaient de ce qui était arrivé la veille à l'église ; Carlo baissa les yeux mais je soutins son regard. Je finis par me détourner et allai m'enfermer dans mon bureau pour chercher « Adrian Franklin » sur Google. Quelques pages s'affichèrent, mais je ne trouvai aucune mention d'un propriétaire de restaurant à Gainesville en Floride. Cela ne voulait rien dire, certaines personnes restent toute leur vie dans l'anonymat.

Carlo m'avait suivie.

— Dis-moi ce qui ne va pas, insista-t-il.

Je retournai au salon. Ils m'observaient tous les deux, guettant ma réaction. Si j'avais été dans mon état normal, j'aurais sûrement fait preuve de plus de subtilité quant à mes techniques d'interrogatoire.

— Bon, la situation vient de prendre un cours nouveau. Il ne s'agit plus d'une de ces blagues potaches où tout le monde a gagné un verre de whisky gratos avant de rentrer à la maison, à part cette pauvre femme qui s'est cassé la jambe : quelqu'un est mort.

— Qui ? demanda Carlo, à la fois choqué et soulagé qu'il ne s'agisse pas de moi. Cette adorable vieille dame ?

— Adrian Franklin.

— Oh ! mon Dieu.

— J'ai découvert son corps à l'extérieur, là où on met les cendres des personnes incinérées.

Je regardai Gemma-Kate droit dans les yeux.

— Je t'ai vue traîner là-bas avec Peter.

Gemma-Kate était toujours assise par terre. Elle ne dit rien, mais toute bienveillance avait disparu de son visage. Ses yeux n'étaient plus que deux trous noirs, deux gouffres prêts à tout encaisser. Elle n'essaya même pas de clamer son innocence. Comme moi à l'église un peu plus tôt, elle ne desserrait pas les lèvres et attendait que l'orage passe.

— Est-ce que c'est toi ? demandai-je.

— Il faut appeler un avocat, déclara Carlo.

— Pour dire quoi ? lançai-je sans même dévier du regard. Est-ce que c'est toi ?

— Non !

— Debout.

Elle se releva. Je pris son visage entre mes deux mains pour l'empêcher de se détourner et je me pris à espérer, pour une fois, de lire la vérité dans ses yeux. Je tentai de me maîtriser.

— Ma chérie, écoute-moi bien. C'était un chic type. Un homme qui avait perdu sa femme, et qui était venu ici pour prendre un nouveau départ. Il venait d'adopter un labrador. Il jouait au handball. Cet homme a perdu la vie. Tu comprends ce que je dis ? Je sais que c'était un accident, et je serai toujours à tes côtés, quoi qu'il arrive. Je ne veux pas te dénoncer, mais je jure que je le ferai si tu ne me dis pas la vérité maintenant.

Elle essaya de se dégager, mais je resserrai encore mon emprise. Je tiendrais bon, dussé-je lui briser la mâchoire.

Quand elle comprit que je ne la lâcherais pas, elle cessa de lutter et me répondit froidement :

— Tu ne sais rien du tout, et je refuse de payer pour un crime que je n'ai pas commis.

Carlo posa une main sur mon épaule. Le geste était presque hésitant : je savais ce que je faisais, mais il ne pouvait rester à côté les bras ballants.

Mon téléphone sonna. Gemma-Kate en profita pour se dégager et je retournai dans l'entrée, où j'avais laissé tomber mon tote bag en arrivant. Je me penchai pour attraper mon portable mais, lorsque je voulus me relever, je fus prise d'un vertige. Des taches noires et blanches dansèrent devant mes yeux, avec une soudaine sensation de chaud-froid. Voilà qui m'apprendrait à aller trop vite. Je décrochai juste avant que le répondeur ne s'enclenche.

— Anthony Salazar, fit la voix au bout du fil sans un bonjour. Je vous attends dans mon bureau demain matin, à 10 heures.

— À quel sujet ?

— Je ne sais pas ce que vous manigancez avec cette putain de vidéo, mais nous en parlerons une autre fois, ce n'est pas pour ça que je vous fais venir.

Je n'aurais pas dû lui envoyer la vidéo de Peter en train d'étrangler Joey ; ce n'était pas le moment de me mettre Salazar à dos. J'annonçai à Carlo et à Gemma-Kate que je devais me rendre au commissariat le lendemain.

— Tu n'as vraiment rien d'autre à me dire, Cupkate ?

— C'est ça, va leur dire que j'ai enterré un putain de crapaud et que tu en as déduit que c'est forcément moi qui ai empoisonné tout le monde à l'église. Va leur montrer à quel point tu déraillles.

Ses grands yeux se plissèrent en quartiers de lune et elle disparut dans sa chambre. Je lui lançai, assez fort pour qu'elle m'entende à travers la porte fermée :

— Et que je ne te reprenne plus à voir ce Peter Salazar, maintenant que je sais qui est son père !

Gemma-Kate hurla de l'autre côté de la porte :

— Déjà tu me prends pour une folle, mais en plus pour une idiote ? Va te faire foutre !

La guerre des Quinn était déclarée, et nul ne pouvait en deviner l'issue.

35

Gemma-Kate finit par s'excuser de m'avoir dit d'aller me faire foutre, et nous passâmes le reste de la soirée en silence, autour d'un saumon poché à la crème de sésame. En avalant mon médicament, je désespérai d'être un jour capable de ressentir ce bonheur chimique. Pour ne rien changer à nos habitudes, Carlo et moi sortîmes le chien pour une petite promenade du soir. La laisse dans une main, je demandai à Carlo s'il pensait que son frère lui manquait.

Il me répondit par un silence pesant.

— Qu'y a-t-il ? demandai-je.

Comme il ne répondait toujours rien, je répétai :

— Qu'y a-t-il ?

— On s'est mis dans un sacré pétrin, lâcha Carlo.

— Nous avons cru bien faire en l'accueillant chez nous. Tu as cru bien faire en prenant sa défense. Cela aurait tout aussi bien pu arriver là-bas, à Fort Lauderdale.

— Je ne sais plus quoi faire. Tu as une idée ?

Il n'y a pas si longtemps, j'étais persuadée que Carlo n'était pas assez solide pour affronter la dure réalité. Mais ce soir, au cœur de la tourmente, je l'aimais plus que jamais. Je pouvais tout lui dire. Je n'étais pas seule. Je n'avais jamais eu de partenaire d'aucune sorte auparavant. Je lui avouai à quel point Marylin était importante pour moi et que, par amour pour elle, je ne pouvais pas laisser tomber Gemma-Kate.

— Je n'arrive pas à croire qu'elle ait pu agir volontairement, dit-il.

— Moi non plus. Même si c'est un accident, les faits sont graves ; elle pourrait faire de la prison. Elle a dix-sept ans, elle est adulte au regard de la loi. Mais, comme elle le dit si bien, il n'y a aucune preuve, uniquement mes soupçons. Et, s'il existe une seule preuve quelque part, je veux être la première à la trouver.

» Le problème, Perfesser, c'est que j'espère me tromper. J'espère de tout cœur que Gemma-Kate n'a pas mis cet antigel dans le café. Non seulement il s'agit de ma famille, mais en plus je connais les conséquences. Une famille va être détruite à jamais, et je donnerais tout pour que ce soit celle de Peter Salazar plutôt que la mienne.

Carlo n'avait aucune idée de ce dont je parlais.

— Peter ?

J'acquiesçai sans lui expliquer tout de suite.

— Je le souhaite, plus que tout au monde. Mais chaque chose en son temps. Heureusement que j'ai découvert le corps ; je vais pouvoir me renseigner au commissariat demain. Je suis ravie que Salazar ait demandé lui-même à me voir : les interrogatoires peuvent aller dans les deux sens. Et ensemble, nous prendrons la meilleure décision.

J'insistai sur *ensemble*. Il pouvait me faire confiance. J'avais appris à vivre à deux après une longue traversée en solitaire et je saurais me fier à son instinct si le mien me faisait défaut.

— L'air est encore frais.

Je resserrai les pans de mon pull, sans succès.

— Tiens, j'allais dire qu'il faisait moins froid que ces dernières nuits…, fit Carlo.

Nous étions presque en vue de la maison lorsque je me figeai sur place. Moins par un effet de ma propre volonté que parce que mon corps s'était tout à coup métamorphosé en pierre. Je voulus lever mon pied droit pour faire un pas, mais il en avait décidé autrement. Alors que la minute précédente je frissonnais à peine, je m'étais brusquement mise à claquer des dents. C'était d'ailleurs la dernière partie de mon corps encore mobile, mais je n'avais pas plus de contrôle sur mes dents que sur le reste.

Carlo fit encore quelques pas avant de s'apercevoir que j'étais restée en arrière. Il voulut se retourner pour me dire quelque chose et s'aperçut que je n'étais plus à ses côtés. Il attendit que je le rattrape, pensant sans doute que j'étais retenue par le chien, puis il dut remarquer que la femelle tirait sur sa laisse, impatiente, langue pendante. Il attendit patiemment, comme si j'avais forcément une bonne raison de m'arrêter.

— Carlo, dis-je.

Mes cordes vocales, elles, répondaient encore.

Carlo sentit la peur dans ma voix. Il revint à ma hauteur, sans pour autant m'offrir son aide. Il tentait de sonder mon visage, mais, avec les frontales, impossible de déchiffrer quoi que ce soit de si près. Il éteignit la mienne.

— Quelque chose ne va pas ?

J'avais beau frissonner de l'intérieur et être paralysée sur place, je ne voulais pas l'inquiéter.

— Pourrais-tu me donner le bras ?

Il me l'offrit plaisamment, pensant peut-être qu'il s'agissait d'un jeu.

Grâce à cet appui – physique ou psychologique, je n'aurais su dire –, je fis un pas, puis un autre, et ainsi de suite jusqu'à la maison. Carlo me laissa seule le temps d'aller ranger la laisse et les frontales dans la buanderie. Je restai debout dans le salon, écoutant le son de la télévision qui me semblait provenir de loin, de très loin. Le volume avait des à-coups comme si quelqu'un s'amusait à tripoter le bouton, ou mes tympans.

Je me souviens de m'être dit que Gemma-Kate devait regarder la télévision. Je ne parvenais pas à reconnaître le programme diffusé. J'aurais voulu lui parler, mais, quand j'ouvris la bouche, aucun son ne sortit. La dernière chose dont je me souviens est d'avoir eu un vertige avant que mes jambes ne se dérobent sous moi. Sombres ténèbres.

36

Le néant a du bon, quand on y pense. On l'appelle de ses vœux le soir avant de s'endormir, on le guette avant de subir une anesthésie… Pourquoi alors nous effraie-t-il autant ? Est-ce l'assurance de se réveiller le lendemain, pour le meilleur ou pour le pire, qui fait la différence ?

Mais n'est-ce pas réconfortant de se dire qu'un jour viendra où les regrets, les doutes et les peurs, ainsi que d'autres aspects plus agréables de la vie, ne pourront plus nous atteindre ? N'est-ce pas pour cela que certaines personnes décident de mettre fin à leurs jours ? J'avais connu un cas où la justice avait rendu une petite fille à son père qui abusait d'elle, une de ces failles du système qui vous feraient presque espérer un second Déluge. Mon collègue chargé de l'affaire avait du mal à accepter son incapacité à sauver cette enfant. Il m'avait dit alors : « Dieu ne permet pas que l'on soit mis à l'épreuve au-delà de nos forces. » Je pensais qu'il parlait de la fillette.

J'étais énervée ce jour-là, impossible de me souvenir pourquoi, bref, je n'étais pas disponible. « Si c'était vraiment le cas, le suicide n'existerait pas », avais-je répondu sans réfléchir.

Trois jours plus tard, mon collègue s'était tiré une balle dans la tête. J'aurais dû être plus attentive ce jour-là, j'aurais au moins dû lui demander s'il parlait de l'enfant ou de lui-même.

Quand je revins de ma propre petite mort, j'étais allongée dans la baignoire, habillée mais trempée. Ce n'était pas très agréable. Carlo et Gemma-Kate étaient agenouillés côte à côte devant la baignoire et me fixaient. Carlo était visiblement soucieux, tandis que Gemma-Kate me donnait l'impression d'être un extraterrestre tombé d'une autre planète.

Je ne pus m'empêcher de constater une fois de plus qu'elle ne semblait intéressée que lorsque j'étais malade. J'étais revenue du néant, mais la paranoïa avait repris ses droits. Je les observai tous deux avec une certaine méfiance.

— Que s'est-il passé ? demandai-je.

— Tu es tombée par terre dans le salon, tu avais perdu connaissance, répondit Carlo. Gemma-Kate a tout de suite accouru de sa chambre. J'allais prévenir les secours, mais tu t'es mise à avoir des convulsions. Elle a dit qu'on n'avait pas le temps. Elle a pris ta température, tu étais brûlante. Il fallait prévenir les secours, bien sûr, mais elle a dit qu'il fallait d'abord faire baisser la fièvre. Alors on t'a portée jusqu'ici et on a fait couler un bain.

Les souvenirs commencèrent à affluer, même si je ne pouvais dire à quand ils remontaient. Les tremblements, la paralysie quand j'avais essayé de bouger. Et le volume de la télévision qui ne cessait de baisser et d'augmenter dans mes tympans.

Carlo parlait sans s'arrêter, inquiet de voir que je ne répondais pas.

— J'ai appelé une ambulance. Elle partait de la caserne de Golder Ranch, elle devrait arriver d'une minute à l'autre. Si on te sortait de là et qu'on allait enfiler des vêtements secs, hein ?

J'ai horreur de ce « on » collectif. « Alors, on a bien dormi, madame DiForenza ? » me demanderaient les infirmiers. Dès lors, il n'était plus question que Carlo apprenne que j'étais malade. Je sentais refluer en moi des peurs obscures, ouvrant les vannes d'un passé que je cherchais désespérément à verrouiller. Je ne voulais pas que Carlo sache que j'étais malade. Et Dieu sait ce qu'on trouverait si je commençais à faire des examens. Que lui diraient les médecins ? Je devais m'en charger personnellement, prendre le temps de faire une petite recherche Google, taper « fièvre » et « Parkinson » et voir si cela pouvait être un des symptômes, ainsi que la difficulté à marcher.

Dans l'immédiat, Carlo ne devait pas savoir que j'étais malade.

— Je n'irai pas à l'hôpital, dis-je finalement.

— Mais….

Y avait-il un soupçon d'hésitation dans sa voix ? Un certain soulagement à l'idée d'en rester là, plutôt que de devoir admettre que sa seconde femme était malade ? Ce « mais » n'était pas très convaincant. Vous me direz que j'étais sous le coup de la paranoïa et que je viens de vous décrire en long et en large cette belle confiance renouvelée entre Carlo et moi, mais j'ai promis de vous faire le récit exact de ce qui s'est passé, et cela implique d'être honnête quant à ce que j'ai ressenti sur le moment. Je sais que Carlo chercha l'approbation de Gemma-Kate avant de dire :

— Et si tu faisais une réaction tardive à l'empoisonnement ? Tu as dit que tu avais bu une gorgée de café.

— C'est impossible. Peut-être cette fameuse grippe dont je t'ai parlé l'autre jour. Je me sens déjà beaucoup mieux.

La sonnette retentit.

— Tu vas à l'hôpital.

— Non.

— C'est ce qu'on va voir.

Gemma-Kate nous laissa nous chamailler et alla ouvrir la porte. J'entendis le bruit d'un brancard qu'on dépliait dans l'entrée, et deux urgentistes firent irruption derrière Carlo dans la petite salle de bains. Gemma-Kate passa une tête. Ils me regardaient tous les quatre avec une seule question en tête : comment me déplacer dans cet espace exigu ? Encore un peu faible, je m'extirpai de la baignoire en m'accrochant au porte-serviettes.

— Vous êtes venus pour rien, dis-je aux urgentistes. Si vous voulez bien attendre une minute, le temps que j'enfile des vêtements secs, je vous rejoins à l'ambulance et vous pourrez vérifier mes constantes.

— À vous de voir, fit un des ambulanciers en haussant les épaules.

— Vous n'essayez même pas de la convaincre ? s'étrangla Carlo.

— C'est elle qui décide, répondit l'autre. Ça arrive très souvent.

Ils me déclarèrent stable dans la foulée et je promis à Carlo de prendre rendez-vous chez le médecin dès que possible.

37

Le lendemain matin, j'avais un nouveau message de Jacquie sur mon répondeur, me demandant si j'avais du nouveau. Je prenais de l'aspirine en plus du reste pour faire baisser la fièvre et je commençais à me sentir mieux. Pas d'autre crise à signaler.

J'avais des problèmes plus urgents à régler, mais je ne pouvais pas laisser tomber Jacquie. Sans compter qu'elle n'était pas vraiment du genre à se voir reléguer au second plan. Elle décrocha avec un « Oui ? », et j'embrayai sans préambule.

— C'est Brigid. Est-ce que je peux passer vous voir ?

— Non.

— Tim est là ?

— Oui.

— Vous pouvez me retrouver quelque part ?

— Oui.

— Chez Beyond Bread, sur Ina Road, dans quinze minutes.

La conversation prenait doucement la tournure d'un scénario de film d'espionnage, ce qui m'agaçait toujours.

Elle murmura :

— Vous avez trouvé quelque chose ?

— Oui.

Ah ! c'est elle qui avait commencé.

Je ne lui en tenais pas rigueur ; voilà ce qui arrive quand on passe son temps à ménager la chèvre et le chou entre son fils et son mari pour essayer de sauver les apparences.

Elle m'attendait déjà lorsque je me garai devant Beyond Bread. Je pris un café et une barre au citron pour me caler l'estomac, et m'assis à la table qu'elle nous avait choisie.

En réponse à son pressant « Vous avez du nouveau ? », je lui fis le compte rendu de mes conversations avec l'inspecteur Humphries, le Dr Manriquez et les Manwaring. Je lui expliquai qu'en fin de compte les analyses toxicologiques avaient été faites et que rien ne suggérait que Joe avait pu être empoisonné. J'amenai en douceur la vidéo où l'on voyait son fils jouer au jeu du foulard sur YouTube, et je lui expliquai comment y accéder si elle souhaitait la visionner. Mais je lui déconseillai de le faire seule. Bref, je cessai de la traiter comme une enfant.

— Oh oh oh oh oh, murmura-t-elle, les lèvres tremblantes.

Et elle fondit en larmes.

Je fouillai dans mon sac et lui tendis des mouchoirs, puis j'attendis. Elle retrouva ses esprits assez vite. Je lui avais donné rendez-vous dans un restaurant parce que les gens préfèrent éviter d'avoir des réactions excessives dans les lieux publics. Ce n'est pas pour rien que les patrons virent leurs employés devant tout le monde.

— Cela explique peut-être que vous ayez eu des doutes sur la mort de Joe, que vous ayez eu du mal à croire qu'il était tombé dans la piscine. Avez-vous eu l'impression qu'il avait changé récemment ?

— Comment ça ?

Je me remémorai ce que j'avais vu sur Google.

— Joe vous paraissait-il désorienté parfois ?

Jacquie pencha la tête de côté sans comprendre.

— Peut-être avez-vous remarqué des détails plus précis. Avait-il les yeux rouges ? Est-ce qu'il se plaignait de maux de tête ?

Voilà qui était davantage à sa portée. Elle fit non de la tête, mais son cerveau se mit à courir plus vite qu'un lemming dépressif.

— Vous pensez que ce jeu lui a détraqué le cerveau ? C'est la faute de ces garçons, n'est-ce pas ? C'est à cause de Lulu Manwaring. Elle n'a jamais été fichue de les surveiller. Je le savais.

Je tentai de mettre le holà.

— Calmez-vous, je n'ai pas fini. Il y a encore quelques irrégularités concernant la mort de votre fils dont je souhaiterais vous entretenir.

J'attendrais un peu avant de lui dire que le gamin en train d'étouffer Joe sur la vidéo se trouvait être le fils du supérieur hiérarchique de l'inspecteur chargé de l'affaire, et que ce même gamin était peut-être impliqué dans un autre meurtre plus récent. Vu sa réaction face à ce que j'avais dit plus tôt, je devais assurer mes arrières avant de lui révéler ces « irrégularités ». En revanche, je voulais lui parler de Lari Paunchese.

— Vous le connaissez ?

Jacquie fit oui de la tête.

— Lari. Il travaille dans le même cabinet que Tim. Ils jouent au squash tous les deux. Il nous arrive de passer le réveillon ensemble.

— Étiez-vous au courant que c'était lui qui avait signé le certificat de décès de Joe ?

— Non. Comment est-ce possible ?

— Je ne sais pas. C'est bien lui qui se trouvait avec Tim le soir où Joe est décédé ?

— Oui. Je crois qu'ils avaient prévu de se retrouver dans un bar pour regarder un match de basket, ou de foot, ou je ne sais quoi. Tim a dit une fois que ce serait sympa si Joe aimait le football, mais c'était inutile d'essayer.

Ces souvenirs étaient douloureux. Ils étaient encore douloureux et le resteraient probablement toute sa vie.

— Est-ce que c'est légal, au moins, alors qu'il y a conflit d'intérêts ?

— Légal, oui ; éthique, je ne sais pas.

Nous sortîmes ensemble du restaurant, et je la raccompagnai jusqu'à sa voiture. Elle semblait encore sous le choc. J'hésitai à lui poser une dernière question.

— Jacquie, vous étiez au courant que… Joseph buvait ? demandai-je malgré tout.

Elle me regarda d'un air horrifié.

— Voyons, il n'avait que quatorze ans !

Puis elle boucla sa ceinture et lança le moteur pour mettre fin à la conversation. Je retins la portière d'une main.

— Vous savez, les analyses toxicologiques dont je vous ai parlé ? Joey avait de l'alcool dans le sang le soir où il s'est noyé.

Elle claqua la portière sans me regarder et sortit en marche arrière. J'avais bien fait de ne pas lui poser la question qui me taraudait depuis le début de notre conversation : *Pensez-vous que Tim ait pu faire du mal à votre fils ?*

38

De Beyond Bread, je rejoignis le commissariat de Tucson sans difficulté. Ce n'est qu'en sortant de la voiture, lorsque je m'avançai sur le parking, que j'eus un nouvel « épisode », comme je les appelais désormais. Une voiture de patrouille arriva en même temps que moi et le policier s'arrêta pour me laisser traverser. Je fis à peine deux pas avant de m'immobiliser. *Tu n'as qu'à mettre un pied devant l'autre,* me répétais-je. Mon cerveau envoyait des signaux à ma jambe. Je pouvais, je devais marcher. Mais rien n'y fit, je ne bougeai pas d'un pouce.

J'étais là, tétanisée, à me demander si la fièvre était revenue et si je risquais de m'effondrer sur la chaussée.

Le policier sortit de son véhicule. Il fit le tour et se dirigea vers moi avec douceur.

— Je peux vous aider ?

Ressaisis-toi, Brigid Quinn, me hurlait mon cerveau.

— Ce n'est rien, ça va passer, répondis-je.

Voyant que je ne bougeais toujours pas, le policier voulut m'éloigner de la route et me prit le bras.

— Il y a un banc sur le trottoir, juste là, dit-il. Laissez-moi vous accompagner.

Mon Dieu. J'étais devenue une de ces vieilles dames que les jeunes gens s'empressent de venir aider à traverser la route. Je n'aurais su dire si j'étais terrifiée ou juste blasée. Mais je n'allais pas laisser passer l'occasion de rencontrer Salazar. Je suivis docilement l'agent, en m'appuyant sur son bras. Je lui tendis mes clés de voiture en lui désignant ma Toyota et lui demandai s'il voulait bien aller me chercher ma canne dans le coffre. Elle me serait utile, une fois seule.

Il revint avec et, miracle, mes muscles se remirent en mouvement. Je n'étais plus tétanisée, mais jusqu'à quand ?

Je ne passerais pas les contrôles de sécurité avec ma canne, qui possédait une lame à sa pointe, ce qui en faisait une arme potentielle. Je la laissai donc à l'entrée et m'appuyai contre les murs des couloirs pour assurer mon équilibre.

Je fus introduite dans le bureau d'Anthony Salazar, où Sam Humphries m'avait précédée. Les rapports hiérarchiques étaient plus marqués que lors de notre précédente rencontre. Salazar était assis derrière un bureau imposant, en face de la porte ; Humphries, qui avait pris une des chaises en vis-à-vis, se retourna lorsque j'entrai. Le sergent faisait encore plus bouledogue en vrai que sur la photo dans l'annuaire de l'église. Je pris l'autre chaise sans qu'on m'y ait invitée. Je voulus glisser mes mains dans mes poches pour masquer mes tremblements, mais mon pantalon n'avait pas de poches. Je m'assis sur mes mains.

Au début, ils me laissèrent là sans rien dire, un classique pour me montrer qu'ils étaient en position de force. J'observai Humphries. Je n'avais rien à craindre de lui. S'il était là pour couvrir les arrières de Salazar, ce n'était pas maintenant que j'aurais une chance de le découvrir. Humphries calquait son attitude sur celle de son patron. Leurs lèvres serrées dessinaient deux fentes sur leurs visages fermés.

Ils se mirent à discuter sans m'adresser la parole, comme si je n'étais pas là. La totale.

— Voie de fait, dit Humphries. Homicide involontaire.

Comme s'ils n'avaient pas déjà passé tout ça en revue après la découverte du corps.

— Tentative d'homicide multiple, répliqua Salazar. Voilà ce que va demander le procureur. Sans compter le meurtre au premier degré.

Je décidai de rentrer dans leur jeu. Si cela pouvait me permettre de détourner les soupçons de Gemma-Kate…

— Et si la victime n'était pas qu'un dommage collatéral ? suggérai-je, alors que je n'en croyais pas un mot. L'empoisonnement général n'était peut-être qu'une manœuvre de diversion pour cacher la vraie cible.

Salazar daigna enfin poser les yeux sur moi, mais il ne réagit pas à mon hypothèse.

— J'ai beaucoup entendu parler de vous. Vous avez une sacrée réputation au Bureau. On dit que vous n'avez pas l'esprit d'équipe. Expliquez-moi un peu, comment se fait-il que tous les flics vous fuient comme la peste ?

Peut-être parce qu'à force de fréquenter des criminels je finissais par leur ressembler ? Parce que plus personne, à commencer par moi, ne savait de quel côté de la ligne je me situais ? Mais tout ce cirque n'était qu'un prétexte. Salazar était juste vexé que je lui aie envoyé cette vidéo sur YouTube. Il lui fallait un bouc émissaire.

— Permettez-moi de vous rappeler que c'est vous qui avez demandé à me voir, répliquai-je. Vous êtes sûr de vouloir partir sur ces bases avec moi ?

Je ne lui ferais pas le plaisir de me comporter en vulgaire suspect, comme n'importe quel civil interrogé.

— L'un des ambulanciers a évoqué une femme qui leur avait fourni une aide précieuse, à l'église, l'autre jour. Le père Manwaring dit que ce doit être vous.

— Je leur ai décrit les différents symptômes, je les ai orientés vers une vieille femme qui avait besoin de soins en urgence et j'ai émis l'idée qu'il y avait quelque chose dans le café. Voilà à peu près tout ce que j'ai fait.

Salazar tendit une main vers Humphries, qui s'empressa de lui remettre un bloc-notes.

— Et, juste pour confirmer la liste des personnes présentes, vous étiez sur les lieux avec votre mari…

— Carlo DiForenza.

— Je croyais que c'était votre mari.

— C'est le cas.

— Vous n'avez pas le même nom.

— Parfois j'utilise son nom, parfois pas.

— Et votre fille…

— Ma nièce. Gemma-Kate Quinn.

Il fit semblant de consulter de nouveau son calepin.

— Et aucun de vous n'a eu de symptômes.

J'aurais pu lui servir une belle histoire sur le pourquoi du comment, ce que font tous les menteurs quand ils sont sous pression, mais, même si j'étais effectivement un peu nerveuse, je savais comment le dissimuler.

— Exact.

— Et vous avez quitté la scène avant mon arrivée.

— Exact.

— Avez-vous remarqué une activité suspecte autour des cuisines ?

— Vous savez, il y a tant d'allées et venues. Cette église est une vraie volière ! Et puis, il y a une autre porte à l'arrière des cuisines. N'importe qui aurait pu entrer, verser une bouteille d'antigel dans le café et s'éclipser discrètement.

— Vous savez qui a servi le café ?

— Chacun se sert, vous êtes bien placé pour le savoir.

— Je laisse ça à ma femme.

— Vous ne lui avez pas demandé si c'était elle qui avait fait le coup, par hasard ?

Salazar s'empourpra. Je m'empressai de rectifier le tir.

— Je suis désolée, je n'ai pas pu m'en empêcher. Mais je crois savoir qu'elle non plus n'est pas allée à l'hôpital.

— Ainsi donc, vous avez découvert le corps de Frank Ganim le lendemain, dans le columbarium. Sacrée coïncidence. Que faisiez-vous là ?

— Frank Ganim ?

— Exact. Il ne s'appelait pas Adrian Franklin. Il n'y a pas d'Adrian Franklin qui corresponde à la description de ce type.

Un si gentil garçon. Pourquoi avoir donné un faux nom ? Je n'en croyais pas mes oreilles.

— Comment avez-vous découvert son vrai nom ? Je pensais qu'il n'avait pas de papiers sur lui.

— Le Dr Manriquez a pratiqué une autopsie ce matin pour confirmer l'empoisonnement à l'éthylène glycol. Le gars portait un pacemaker.

— C'est à cause de ça qu'il est mort ? Un arrêt cardiaque dû à l'antigel ?

— Ce n'est pas ce qu'a l'air de penser Manriquez. Mais le pacemaker porte un numéro de série qui nous a permis de remonter à un certain Francis Ganim. Il a été implanté par un médecin de Cleveland.

Il semblait content de lui ; j'avais mordu à l'hameçon. Le grand Tony Salazar qui révèle un secret à la pauvre Brigid Quinn pour lui faire croire qu'il la traite en collègue, qu'il lui fait confiance. Attention les yeux.

— Et le chien ? demandai-je.

— Quel chien ?

— Un labrador noir. Il avait adopté un labrador noir.

Salazar se tourna vers Humphries.

— Vous avez vu un chien au motel ?

— Aucune trace de chien. Les animaux ne sont pas acceptés de toute façon, répondit Humphries.

— Il logeait dans un motel ? l'interrompis-je.

— Un petit motel miteux à côté de l'aéroport. Nous avons trouvé un reçu dans sa voiture de location, dans le parking à côté de l'église, confirma Salazar. Nous avons commencé à remonter la piste de Cleveland. Soit il avait quelque chose à cacher, soit il s'est trouvé au mauvais endroit au mauvais moment. Si Ganim n'était pas directement visé, vous savez si quelqu'un pouvait en vouloir à l'église dans son ensemble ?

Je me retins d'évoquer Tim et Jacquie Neilsen. Ce ne serait pas très fair-play, même si cela me permettait de gagner du temps dans l'hypothèse où Gemma-Kate serait innocente. Et Gemma-Kate ne connaissait pas Frank Ganim. C'était impossible. Impossible ? Je voulais encore croire qu'il s'agissait d'un accident, d'une farce de mauvais goût qui avait mal tourné. J'en voulais à Adrian Franklin et à son chien, qui nous avaient menés en bateau de A à Z, mais je voulais surtout quitter ce bureau avant de faire une bourde et d'incriminer ma nièce malgré moi.

Mais Salazar n'avait pas dit son dernier mot, ou du moins pensait-il que je n'avais pas dit le mien.

— À présent, revenons-en à cette fameuse vidéo. J'ai eu une petite discussion avec mon fils hier soir. Joe Neilsen était en train de mal tourner. Il buvait, il volait des médicaments dans les placards de ses parents… J'ai examiné le dossier. Je refuse de mêler mon fils à tout ça, et je veux que vous sachiez que je m'en tiendrai aux conclusions de l'inspecteur Humphries : mort accidentelle. Voilà. À vous. Avez-vous des questions ?

Sa cage thoracique enflait à mesure qu'il parlait, au point que je commençais à me sentir presque claustrophobe dans ce petit bureau. Je fis non de la tête, pas parce qu'il m'intimidait, mais, avec un mort sur les bras et le risque que Gemma-Kate en soit à l'origine, je n'étais pas d'humeur à creuser cette piste fragile dans l'enquête sur la mort de Joe Neilsen. Au moins mon intuition était la bonne : ce type irait chercher son fils jusqu'en enfer s'il le fallait.

— Tant mieux, car c'est nous qui posons les questions, d'habitude, reprit Salazar.

Sam proposa de me raccompagner, mais je refusai, arguant que je saurais retrouver mon chemin. Je voulais surtout sortir du bureau et écouter à la porte, le temps d'y voir plus clair.

Sam, avec douceur : « Je ne pense pas qu'elle soit une menace, patron. »

Salazar : « Chhh… » Un silence, puis : « Si vous voulez mon avis, cette femme ne ferait qu'une bouchée de vous. »

39

L'e-mail de Mallory disait : « Pas le moral. Amène-toi avec Carlo. » J'étais toujours un peu patraque, mais je savais que c'était le prix de l'amitié. Quand l'autre a besoin de vous, vous devez répondre à l'appel. Nous fîmes monter la chienne dans la voiture, laissant Gemma-Kate seule à la maison, et nous allâmes bruncher chez Mallory.

Je lui fis le compte rendu de tout ce que j'avais appris sur l'homme qui lui avait fait du gringue autant à la soirée de charité qu'à l'église, Frank Ganim. Je lui révélai également comment j'avais fait cette découverte.

Elle n'en revenait pas, moins parce qu'il avait menti sur son nom que parce qu'elle avait failli subir le même sort.

— Ça aurait pu tomber sur n'importe qui, dit-elle en se retenant au comptoir de la cuisine. Nous aurions pu y passer ce jour-là.

Carlo devait rester le seul à savoir que je soupçonnais Gemma-Kate d'être impliquée dans l'empoisonnement.

— Je suis là pour toi, rappelai-je pour changer de sujet.

— N'empêche.

— Qu'est-ce qu'on mange ?

Mallory secoua la tête et sortit du réfrigérateur un artichaut, des morilles et une quiche à base de fromage suisse.

— Annette a préparé ça ce matin, dit-elle.

— Tu ne fais jamais la cuisine ?

— Pas à moins d'y être obligée. Mais je me suis chargée du dessert, dit-elle en montrant une grosse boîte de conserve avec une sorte de génoise parsemée de raisins secs. Je te présente le « Poudingue ». Véridique. Je l'ai trouvé chez World Market. La dernière fois que j'en ai mangé, j'étais petite.

Perdue dans ses souvenirs, elle rompit un morceau de gâteau sans même s'en rendre compte.

— Stop. Éloignez-vous de ce gâteau. Tout de suite, fis-je dans une grotesque parodie de flic.

À « stop », elle avait déjà fait un bond, et j'éprouvai un petit plaisir cruel à voir que j'étais encore capable de produire autant d'effet.

— Ma culotte de cheval te bénit, dit-elle avec une pointe de regret. Tu n'auras qu'à le manger avec Carlo. J'ai du lemon curd pour aller avec.

Elle nous servit trois verres d'un rosé incroyablement sec, en porta un dans la chambre, où Carlo avait déjà rejoint Owen pour un de leurs rendez-vous en tête-à-tête, et nous prîmes les nôtres sur la terrasse, accompagnés d'une assiette de bleu et d'ail rôti, en souvenir de cette délicieuse entrée au Blanco.

Elle se garda de faire un commentaire sur les claquements marqués de mon pied droit sur les carreaux de la terrasse, un déséquilibre qui s'était accentué depuis mes derniers « épisodes ».

J'attendis que nous soyons installées sur les chaises longues au bord de la piscine pour l'encourager à parler.

— Comment va Owen ? demandai-je.

— Aucune évolution.

Puis, fidèle à elle-même, elle me retourna la question :

— Mais *toi*, dis-moi comment tu te sens.

— Toujours à cran. Je n'ai pas les idées claires. J'ai eu une poussée de fièvre l'autre soir. Moins de nausées, mais j'ai toujours la courante… C'est sans doute dû au stress.

J'appuyai sur notre chronomètre imaginaire.

— À ton tour.

— Tiens, dit-elle en me tendant un petit morceau de baguette recouvert d'une généreuse couche de fromage avec un peu d'ail pressé sur le dessus. C'est bon pour l'estomac.

Mon Dieu, c'était donc ça de vieillir ? Parler de nos intestins avec tant de naturel ? Mais je ne me fis pas prier pour autant et j'attendis que Mallory s'en tartine un, plus petit, pour m'en faire un deuxième.

Quelques minutes passèrent ainsi en silence. Je la laissais venir à moi, savourant le soleil qui culminait au-dessus de la montagne à notre droite et toutes ces merveilleuses sensations que l'on ne connaît que dans le désert, lorsqu'un bras chauffe au soleil et que l'autre est à l'ombre. Le temps que je me retourne vers la table basse pour me refaire une tartine, Mallory pleurait, si discrètement que je ne m'étais rendu compte de rien.

— Hé ! ma belle… Pourquoi nous as-tu demandé de venir ?

— La vie est une garce, dit-elle. J'ai tellement peur, parfois. Je ne sais pas de quoi…

Elle se tut avant de dire ce qu'elle ne savait pas. *De quoi l'avenir serait fait*, pensai-je.

— Je suis désolée, je n'ai pas le droit de me plaindre. Je casse un peu l'ambiance.

— Casser l'ambiance ? Tu plaisantes, tu es un dieu vivant pour moi !

— Le plus important, c'est que tu es mon amie, non ?

— C'est une question ?

— Voilà ma question : si jamais il m'arrivait quelque chose, est-ce que tu pourrais prendre soin d'Owen ?

— Pourquoi ? Que pourrait-il t'arriver ?

— Il ne s'agit pas d'un pressentiment, je ne marche pas à ce genre de conneries, tu le sais bien. C'est juste que, certains soirs, je n'arrive pas à dormir parce que je pense à ce qu'il deviendrait si je tombais malade ou si je mourais dans un accident de voiture.

Sa bouche se tordit lorsqu'elle repensa au train qui avait détruit sa vie.

— Nous avons prévu un fonds au cas où, Owen ne manquera de rien, mais nous sommes un peu seuls au monde. Je serais rassurée de savoir que quelqu'un veille sur lui, en plus de son gestionnaire de fonds et d'une infirmière à domicile, même si Annette est formidable.

J'étais émue. Je lui en fis la promesse avec toute la solennité requise, mais les grandes effusions me mettent toujours mal à l'aise et je ne pus m'empêcher de finir sur une pirouette.

— Et toi, tu veux bien prendre soin de mes chiens le jour où il m'arrivera quelque chose ?

Elle sourit.

— Bien sûr. Et de Carlo.

— Ah non ! dis-je. Même si je meurs, pas touche à mon mari. Tu prends les carlins si tu veux, mais pas Carlo.

Mallory éclata de rire.

— Je vois. Mais dis-toi bien que, si tu meurs, en moins de vingt-quatre heures ces grenouilles de bénitier feront déjà la queue devant chez vous pour le consoler !

Elle aussi avait besoin de passer à des choses plus légères. J'en rajoutai une couche.

— Rassure-moi, ça ne veut pas dire qu'on va devoir regarder *Au fil de la vie* ensemble ?

Elle posa une main sur mon bras.

— Et puis quoi encore. Je refuse d'être « le vent sous tes ailes ». Toi et moi, nous sommes des aigles, sinon rien. Allez, à table.

Au cours du déjeuner, la conversation dériva lentement sur Joe Neilsen. Je confiai à Mallory ce que j'avais découvert sur le jeu du foulard. Mallory m'écoutait avec attention lorsque je la vis poser sa fourchette, pour m'écouter encore plus sérieusement. Elle se renfonça contre le dossier de sa chaise, pâle comme la mort.

— Il n'a pas fait ça, souffla-t-elle.

— Quoi donc ?

— Les rares fois où il est venu faire la lecture à Owen, nous avons bavardé un peu autour d'un Coca. Bon, d'accord, il avait un Coca et moi un verre de vin. Tu me connais, Brigid, tu l'as dit toi-même : je flirte avec tout ce qui bouge, hommes, femmes, enfants, et même les animaux. Et ça marche. Joe m'a parlé de ce jeu.

— Tu étais au courant ?

— Oui. Il m'a dit qu'ils faisaient ça avec les autres garçons du groupe. Tel qu'il me l'a décrit, tout le monde le faisait et c'était sans danger ; c'était même une technique de la police pour neutraliser les criminels violents. Il se confiait à moi sur des sujets dont il ne pouvait sans doute pas parler avec grand monde, j'ai dû me sentir flattée. J'ai voulu jouer les Tante Mame, une fois de plus, et je lui ai dit qu'il fallait profiter de la vie et faire des expériences. C'est ma faute s'il a voulu le refaire tout seul. J'aurais dû en parler à Lulu, mais je pensais que c'était un jeu innocent, comme à l'époque de nos soirées pyjamas, et qu'il fallait essayer de soulever quelqu'un tout en plaquant les bras au sol… Mon Dieu, comment ai-je pu être aussi stupide ?

Lulu se sentait responsable de la mort de Joe parce qu'elle l'avait encouragé à avouer son homosexualité. Ken pensait qu'il avait tué Joe parce qu'il y avait un lien entre le jeu du foulard et sa noyade. Maintenant, c'était au tour de Mallory de porter le poids de la culpabilité. Je comprenais mieux le personnage d'Hercule Poirot dans *Le Crime de l'Orient-Express*, ce roman où tous les passagers du train sont coupables d'avoir poignardé la victime (attention, *spoiler*). Dans mon cas, c'était un peu plus compliqué que ça. Tout le monde se sentait *responsable*, mais chacun avait eu sa part d'*irresponsabilité*.

Nous eûmes beau tenter de réconforter Mallory pendant tout le déjeuner, cette visite, censée lui remonter le moral, était un échec monumental. Elle était effondrée par ce qu'elle venait d'apprendre. Elle parvint à nous servir une part de dessert, le fameux poudingue, agrémenté d'une généreuse cuillerée de lemon curd, mais le cœur n'y était plus. Elle aurait sans doute préféré être seule.

Je fis un saut par les toilettes avant de partir, la laissant aux mains de Carlo qui, dans un dernier effort, essayait encore de la consoler. À mon retour, je reconnus ce silence embarrassé qui suit le moment où deux êtres sont en train de parler de vous, ou de quelque chose qu'ils ne veulent pas vous dire.

Mallory retira prestement sa main, posée sur l'avant-bras de Carlo. Qui consolait qui, au juste ?

Elle se leva de table, se dirigea vers le comptoir de la cuisine et rassembla une liasse de papiers imprimés à partir d'Internet. Elle avait fait quelques recherches sur les crapauds, et pensait que cela pouvait aussi m'intéresser.

Je n'avais pas la moindre idée de ce qu'ils s'étaient dit avec Carlo, mais, à priori, cela ne concernait ni Joe, ni Owen, ni des histoires de carlins goinfres et de crapauds. Alors, ce fut une évidence.

40

De nous deux, j'ai toujours été la plus à l'aise au volant. Carlo a tendance à réfléchir en conduisant et, quand il réfléchit, il ralentit tellement que les conducteurs derrière nous s'échauffent et le klaxonnent à grand renfort de gestes obscènes. C'est donc moi qui avais pris le volant pour rentrer. Cela dit, ce n'est pas parce que je conduis qu'il se prive de me faire ses commentaires, par exemple :

— Dis donc, chérie, tu viens de faire une queue de poisson à ce type.

— Absolument pas, répondis-je, faisant abstraction du type en question, qui avait ouvert sa fenêtre et me hurlait dessus, comme si son klaxon n'avait pas suffi.

Nous avions pris La Cañada Drive en direction du nord, une route toute droite qui traverse la ville d'Oro Valley. Ce n'était pas le chemin le plus direct pour rentrer, mais on finit par se lasser d'Oracle Avenue. Je n'avais bu qu'un verre de vin – allez, un verre et demi ; bon, trente centilitres maximum –, mais je me sentais étrangement soûle.

— Tu pourrais me lire les documents que Mallory nous a donnés ? Ils sont derrière, dans mon sac.

Carlo glissa un bras en arrière, fit une caresse à la chienne, qui n'aurait pas compris qu'il en soit autrement, et passa mon tote bag à l'avant. Il farfouilla dedans et finit par mettre la main sur les documents, pliés en deux.

— « Bufoténine », dit-il. Je ne sais pas comment ça se prononce. « Substance toxique que l'on retrouve dans la glande parotide, dans le venin et sur la peau de plusieurs espèces de crapauds. »

— Tu peux sauter les passages chiants ? demandai-je.

Il s'exécuta et reprit quelques lignes plus loin à :

— « En 1994, un guide spécialisé dans la vie animale en Californie a été arrêté en possession de… peau séchée »… euh, « fumer le crapaud ». « Abondance de salive, convulsions, arythmie », ah ! nous y voilà : « mortel pour les chiens. »

— Tu vas trop vite. Il faudrait être fou pour provoquer ces symptômes volontairement.

Il poursuivit.

— C'est un hallucinogène. Euphorie. Visions. Altération de la perception du temps. Comment peut-on savoir si un chien a des hallucinations ?

Le cerveau en compote, je ne faisais toujours pas le rapprochement.

— Ça me touche que Mallory se fasse autant de souci pour notre chien, dis-je.

— Mallory se fait du souci pour toi, lâcha Carlo.

Je savais que ce n'était qu'une question de temps. En plus d'être mauvais conducteur, Carlo est incapable de garder un secret ou de mentir.

— J'étais sûre que vous parliez de moi quand je suis revenue.

Je frappai le volant du plat de la main.

— Je lui avais demandé de ne pas t'en parler.

— J'estime que je suis en droit de savoir et je compte bien veiller à ce que tu prennes rendez-vous avec ce médecin que t'a conseillé Neilsen.

— Je vois que tu es bien informé. Peut-être en sais-tu plus que moi ? Qu'est-ce qu'elle t'a dit d'autre ?

Les disputes sont plutôt rares dans notre couple. J'en ai connu assez dans ma vie, et lui aucune. Il changea de stratégie et, plutôt que de me prendre de front, il tenta de jouer sur la corde sensible.

— Chérie, nous nous faisons du souci pour toi.

— « Nous » ? Tu vois quelqu'un d'autre que nous ici ? J'en ai ras le bol de ce « nous ». Tu parles peut-être de ton ami imaginaire ?

— Laisse ces mains sur le volant, dit-il, voyant que je m'échauffais.

— Il est calé avec mon genou.

— Calme-toi.

— Je n'aime pas qu'on parle de ma santé dans mon dos. Je n'aime pas qu'on me dise de me calmer alors que vous faites tout pour m'énerver.

— Tu es sur la ligne, répondit Carlo avec une pointe d'agressivité dans la voix.

J'étais sur le point d'exploser sans même lui demander de quelle ligne il parlait lorsque je pris conscience que je roulais sur la voie de gauche et braquai le volant vers la droite. Ce n'était pas de l'agressivité, c'était un cri d'alarme. Au même instant, je crus voir un amas grouillant de taches marron-rouge sur la route.

— Serpents ! hurlai-je en faisant une embardée pour tenter de les contourner.

La voiture partit dans un tête-à-queue, et un véhicule qui arrivait en face nous évita de justesse. La suivante n'aurait peut-être pas cette chance.

Mes réflexes me revinrent en un éclair. Plutôt que de freiner, j'appuyai sur l'accélérateur, ce qui eut pour effet d'enrayer la vrille. La voiture repartit tout droit, malheureusement, tout droit, il y avait un cactus. Un beau saguaro, très ancien, ses six bras fièrement dressés vers le ciel. La voiture percuta le cactus de plein fouet. Nous percutâmes les airbags.

Bon, j'étais peut-être de nouveau sous l'emprise d'une hallucination lorsque j'avais parlé de plusieurs serpents. Mais je suis sûre qu'il y en avait au moins un. Aujourd'hui encore, Carlo ne se souvient pas d'avoir vu un quelconque serpent, mais je vous assure qu'il l'aurait vu si l'airbag ne lui avait pas cassé le nez. Les deux airbags se dégonflèrent aussitôt telles des vessies crevées, mais nous restâmes un moment à gémir sans bouger, sous le choc. La chienne avait fait un vol plané et fini sa course à califourchon sur l'accoudoir central. Elle avait dû se cogner au levier de vitesse, mais elle ne semblait pas blessée pour autant. Lorsque les flics d'Oro Valley arrivèrent sur les lieux, je leur expliquai la situation, que j'avais essayé d'éviter les serpents. *Le* serpent, rectifiai-je. Un seul serpent. C'était plus crédible. Je bégayai peut-être un peu, tant à cause de mon état de fatigue générale que du choc frontal entre mon visage et ce monstre de plastique sous pression projeté à plus de trois cents kilomètres-heure.

Le flic me regarda dans les yeux.

— Comment vous sentez-vous, madame ? demanda-t-il.

Cette question en cachait généralement une autre. Je lui certifiai que je n'avais pas bu d'alcool. Peut-être avait-il détecté quelques effluves de rosé dans mon haleine, toujours est-il qu'il eut l'air de douter de ma réponse et qu'il m'ordonna de ne pas bouger, ce dont, du reste, je n'aurais pas été capable. Lorsqu'il revint de sa voiture, il nous annonça qu'il avait appelé une ambulance.

Il me demanda de bien vouloir sortir du véhicule, ce que je fis, un peu chancelante. Il voulait savoir où était le serpent. Je lui jetai mon regard le plus dédaigneux, assorti d'un vague geste de la main, et répondis :

— Envolé.

Il désigna un vieux bout de pneu sur la route. Est-ce que, par hasard, ce n'était pas ça que j'avais pris pour un serpent ?

— Vous trouvez que ça ressemble à un serpent, vous ? rétorquai-je. Parce que pour moi, ça ne ressemble pas du tout à un serpent.

— Madame, vous semblez en colère. Je ne fais que mon travail.

Il retourna à sa voiture, revint avec un éthylotest et me demanda de souffler dedans. Je lui dis d'aller se faire voir avec son éthylotest. Je dois reconnaître que cela ne joua pas en ma faveur, le policier commençait à être passablement énervé lui aussi. Lorsque l'ambulance arriva, je l'entendis parler avec le chauffeur du prétendu serpent. Un petit serpent vert, disait-il. Ou peut-être un petit éléphant. Un éléphant rose.

En montant dans l'ambulance, j'eus un dernier regard pour ma voiture et le cactus qui avait interrompu sa course. La Toyota était complètement emboutie à l'avant, et le cactus penchait à quarante degrés, retenu dans sa chute par un mur en béton qui délimitait des terrains d'habitation. Quelqu'un déclara qu'ils allaient remorquer la voiture jusqu'au garage le plus proche.

Ils nous conduisirent à l'hôpital d'Oro Valley, sur Tangerine Road, et nous escortèrent jusqu'aux urgences, où nous fûmes redirigés chacun dans une zone différente. La secrétaire prit le carlin sur ses genoux. Ils nous firent une prise de sang. À tous les deux. C'est la routine, précisèrent-ils. Nous étions couverts d'éraflures à cause des airbags, Carlo avait une fracture du nez, et il fallut nous examiner encore pour vérifier que nous n'avions pas d'autre fracture au visage. En nous libérant, ils nous mirent en garde pour le lendemain : nous risquions d'avoir un réveil difficile et de garder le visage bleu-noir pendant quelques jours.

Apparemment, mon taux d'alcoolémie était normal, mais c'est avec une satisfaction non dissimulée que le flic me colla une amende pour avoir tué le saguaro. Je lui demandai comment il savait que le cactus était mort. Il se borna à sourire.

Je composai le numéro de Gemma-Kate pour lui demander de venir nous chercher avec l'autre voiture. Elle demanda où étaient les clés et nota l'adresse. Parfaite. À aucun moment elle ne s'enquit de notre état.

— Qu'est-ce que c'est que cette histoire de serpents ? demanda Carlo pendant que nous attendions Gemma-Kate dans la salle d'attente.

Il était sous antidouleurs, avec un gros pansement sur le nez. D'ici peu, je ferais sans doute une plaisanterie sur le fait que les airbags n'étaient pas prévus pour des nez de cette taille, mais ce n'était pas le moment.

— Tu ne les a pas vus ?

— Non. Le policier m'a posé la même question.

J'étais sûre et certaine qu'il y avait au moins un serpent. Il était rouge. Disons brun, sinon vous allez encore me dire que c'était une hallucination.

Mais je repensai à Carlo se transformant en squelette sur la route lorsque je me rendais chez Mallory, je repensai à la nuit où je m'étais perdue dans ma propre maison, et je n'insistai pas davantage.

Assise là, en attendant Gemma-Kate, je n'avais pas d'autre choix que de laisser libre cours à mes pensées.

Chien, pensai-je en caressant la femelle lovée sur mes genoux. Une infirmière lui avait apporté une gamelle d'eau, et elle dormait pour tenter d'oublier qu'elle venait de faire un vol plané dans la voiture.

Serpents sur la route.

Sûrement une hallucination.

Pourquoi avais-je des hallucinations ?

Visions. Altération dans ma perception du temps.

Crapaud. Peau de crapaud qui provoque des hallucinations.

Poison. Un chien empoisonné par un crapaud.

Gemma-Kate.

Autant vous dire que, lorsqu'elle apparut à l'entrée des urgences, j'étais déjà dans un état d'agitation avancé, extrêmement perturbée et prête à en découdre.

41

Dans le jargon de la police, on a coutume de dire : Vise, verrouille et tire. Vous tenez un suspect crédible : vous visez. Si vous creusez un peu et que vous trouvez des preuves tangibles, vous verrouillez la cible. Et lorsque tout concorde et que le reste s'élimine de lui-même, vous tirez. Cela peut sembler un peu simpliste, mais cette méthode a plus d'une fois fait ses preuves.

Admettons que l'empoisonnement du carlin soit le fruit d'un accident. Admettons même que la mort de Frank Ganim ne soit que la conséquence tragique d'une mauvaise blague qui aurait mal tourné. Si j'étais à mon tour victime d'un empoisonnement, on ne pouvait plus parler d'accident. Et, si Gemma-Kate avait décidé de m'empoisonner, il devenait difficile de la disculper pour l'épisode du café et le meurtre de Frank Ganim.

Le seul dénominateur commun était Gemma-Kate.

Je n'avais plus qu'à me mettre en quête d'une poudre ou d'une peau sèche, et je savais où chercher. Je ne décrochai pas un mot sur le trajet du retour, ruminant en silence. Mais, à peine arrivés, Carlo partit s'allonger quelques minutes et je me rendis tout droit dans la chambre d'amis, où nous avions installé Gemma-Kate. Je n'avais pas ouvert cette porte depuis le soir où j'étais venue chercher le carlin.

Gemma-Kate n'était pas une adolescente comme les autres, mais la pièce, elle, avait tout de celle de l'ado typique. C'était un véritable dépotoir : jean en boule à même le sol, les sous-vêtements encore entortillés dedans ; un paquet de chips à moitié vide sur une assiette avec des restes de sauce salsa sèche ; une pile bancale de livres contre un mur, certains appartenant à Carlo, autrefois rangés sur des étagères. C'était d'ailleurs la seule chose qui détonnait : je pensais que les jeunes ne lisaient plus de livres. Le lit était défait.

— Qu'est-ce que tu fais dans ma chambre ? protesta-t-elle en me voyant ouvrir les tiroirs de sa commode et fouiller parmi tee-shirts, sous-vêtements et trousses de maquillage.

J'ouvris une petite boîte de blush, qui contenait effectivement du blush. Je le vidai sur la commode pour voir si elle avait caché quelque chose en dessous. J'avais fait assez de perquisitions pour savoir où les gens pouvaient cacher de la drogue. Mais rien.

J'ignorai sa question, et elle me suivit jusqu'à la salle de bains. Je regardai sous l'évier et dans l'armoire à pharmacie, rien. Je soulevai le couvercle de la chasse d'eau : pas de petit sachet en plastique retenu par du Scotch sur le rabat. Où irait-elle planquer quelque chose qu'elle ne voulait pas que je découvre ?

La cuisine. Cela prit un peu plus de temps car il y avait une douzaine de placards. Peut-être s'était-elle dit que, comme c'était elle qui cuisinait, je surveillais moins l'arrière-cuisine et le placard aux épices.

Gemma-Kate me suivait et me regardait faire, mais, voyant que je n'avais pas répondu à sa première question, elle avait cessé d'en poser.

Les épices. Je sortis les petits flacons, les ouvris un par un pour les renifler. Coriandre, origan, piment de Cayenne, qui me fit éternuer. Rien d'anormal.

— Où est-elle ? demandai-je finalement. Avec quoi l'as-tu mélangée ? Est-ce que tu l'as broyée ?

— Je ne sais pas de quoi tu parles, dit Gemma-Kate, parfaitement convaincante dans son rôle d'innocente effarouchée. Je n'ai pas la moindre idée de ce que tu cherches.

Un gros pot de persil déshydraté dans une main, je le renversai sur le comptoir. Au passage, je heurtai accidentellement une assiette en céramique, qui tomba sur le carrelage et se brisa en une demi-douzaine de morceaux. Cela ne fit qu'accroître ma fureur. Je me baissai pour ramasser l'un des plus gros éclats et fis face à Gemma-Kate, dont le regard se posa d'abord sur le tesson, comme si c'était une arme, puis sur moi, comme si c'était moi qui avais perdu la tête.

Et, je peux vous le dire aujourd'hui, cela me mit hors de moi.

Ma petite perquisition dans la cuisine avait dû réveiller Carlo, qui avait lui aussi les yeux rivés sur le tesson de céramique entre mes doigts. Pauvre Carlo, il ne me connaissait pas encore sous ce jour. Il voulut s'approcher pour me maîtriser, mais c'était peine perdue. Je ne vous ferai pas le récit exact de ce que j'ai dit à ce moment-là, c'est trop embarrassant, mais disons, pour résumer, que j'ai accusé Gemma-Kate d'avoir délibérément empoisonné mon chien, d'avoir délibérément tué Frank Ganim pour une plaisanterie de mauvais goût et enfin d'essayer de me tuer moi aussi, même si je ne comprenais pas pourquoi, ni comment.

Rien de tel que d'accuser quelqu'un de meurtre pour obtenir le silence. Carlo retint sa respiration en découvrant l'ampleur de mes soupçons. Gemma-Kate, toujours très convaincante, fit de même. Plus difficile à simuler, elle pâlit brutalement. Je la tenais.

Vous devez vous dire que j'avais perdu la boule. Une bonne dose de folie avec un soupçon de paranoïa. Eh bien, puisque vous voulez tout savoir, il se trouve que les jours précédents, avant d'avoir franchi la ligne blanche, comme dirait Mallory, je n'étais pas si folle que ça.

Lorsque Gemma-Kate retrouva ses esprits, elle sortit de la pièce, revint avec son portable et composa un numéro devant nous.

— Ne t'avise pas d'aller embêter ton père avec ça, dis-je.

Je savais que ma petite crise aurait des répercussions désagréables.

Gemma-Kate le savait aussi bien que moi et elle comptait précisément là-dessus.

Lorsque Todd décrocha, elle lui expliqua la situation d'une voix calme, mesurée, avec ce ton de petite fille qu'elle savait utiliser à bon escient.

— Papa, je ne reconnais plus tante Brigid. Je crois qu'elle se drogue.

Je n'avais pas d'autre choix que de rester là, les bras ballants, sans même entendre ce que Todd lui disait. J'aurais pu lui arracher le téléphone des mains, mais cela n'aurait fait que confirmer ses dires. Je reposai le tesson de céramique sur le comptoir sans faire de bruit, au cas où Todd demanderait s'il y avait quoi que ce soit qui pouvait faire office d'arme à proximité.

— Son chien a touché à un crapaud toxique et il est tombé malade… Non… Oui… Elle dit que c'est ma faute.

Elle se tut, puis reprit d'un ton mécanique.

— Non, non… Pas tellement… Papa… Non… C'est vrai, le chien en a léché un bout. C'était un accident.

Un silence.

— Le chien est chez le vétérinaire… Non… Il ne va pas mourir. Il va bien.

Un silence.

— Je l'ai caché parce que je savais que tante Brigid allait péter un plomb et me dire que j'avais empoisonné son chien. Et c'est ce qu'elle fait… C'est pour ça que… Elle m'accuse même de l'avoir empoisonnée, elle.

Elle eut la présence d'esprit de ne pas mentionner Frank Ganim dans la conversation. Un silence.

— Je n'ai rien fait et je m'en prends plein la gueule… Désolée. Tu pourrais lui parler ?

Gemma-Kate posa le téléphone, sur le comptoir devant moi, le haut-parleur vers le haut. À cette distance, Todd pourrait entendre tout ce que je dirais. Puis elle se mordit la lèvre supérieure et sourit. Avec ce que je sais aujourd'hui, j'imagine que c'était juste un sourire nerveux, mais, sur le moment, j'aurais donné n'importe quoi pour exploser ces jolies dents d'un coup de genou.

Je ne suis pas la seule personne colérique dans ma famille. C'est même un trait de caractère plutôt répandu chez nous, à part chez Gemma-Kate et ma mère. Nous tenons ça de papa. Face à un genou écorché, papa était du genre à gueuler. « Tu as couru ? » rugissait-il, comme si le fait de courir était une infraction passible d'une amende. Si nous admettions la faute, il hochait la tête, satisfait d'avoir obtenu des aveux. Notre plus grand défi, enfants, n'était pas tant d'éviter les petits bobos que de lui cacher les croûtes.

Le téléphone resta un moment sur le comptoir avant que je me résolve à le prendre. Lorsque je le portai enfin à mon oreille, Todd était déjà lancé. Je calculai qu'avec les trois heures de décalage horaire il devait en être à son deuxième Johnnie Walker, ce qui donnait à peu près ceci :

— ...ante, je t'ai juste demandé un service à quand remonte la dernière fois que je t'ai demandé de faire quelque chose pour moi mais non c'est moi je me retrouve à gérer nos putains de parents et une femme mourante paix à son âme et une jeune fille qui n'a jamais connu d'enfance tout en essayant de garder mon putain de boulot tu ne penses jamais aux autres toi tu es là à profiter de ta retraite avec ton nouveau mari en Arizona à toucher une grosse pension tous les mois et voilà que j'apprends que l'État a réduit nos salaires de moitié à cause de la conjoncture et ils ne vont sûrement pas nous le rendre ce putain de fric maintenant qu'ils nous l'ont enlevé même si l'économie redémarre j'avais mis juste assez de côté pour envoyer Gemma à l'université de l'Arizona à condition qu'elle puisse bénéficier des tarifs de résidents et maintenant ça qu'est-ce que c'est que cette histoire d'empoisonnement je n'ai jamais entendu un truc aussi con tu as vraiment un problème ma pauvre fille tu devrais te faire soigner on l'a toujours su papa Ariel tout le monde tu as toujours été la plus dangereuse espèce de tarée.

Au bout d'un moment, il sembla à court de vocabulaire.

J'avais consacré ma vie à combattre le mal. J'étais celle qui enfilait chaque jour le costume de la Vérité, de la Justice et de la grandeur de la Nation américaine. Et voilà que mon petit frère me hurlait dessus dans une dispute familiale telle que je n'en avais pas connu depuis mes seize ans, lorsque maman avait découvert que je prenais la pilule. Comment en étais-je arrivée là ? Pourquoi est-ce que je me laissais faire ?

J'aurais dû me mettre en colère. J'aurais dû péter un plomb moi aussi, peut-être casser une autre assiette. Mais, contre toute attente, la colère de Todd eut l'effet inverse. Je regardai Gemma-Kate et sa moue glaciale. Je regardai Carlo et son air accablé. Et soudain je compris à quel point c'était agréable, apaisant même, de voir que la colère de Todd égalait, si ce n'est dépassait, la mienne. Il faut dire aussi que ma collision avec un airbag, quelques heures plus tôt, m'avait passablement calmée.

Cela va peut-être vous surprendre, mais, en réalité, Todd et moi sommes assez proches. Il a souvent pris ma défense et, un jour, il s'est même interposé entre papa et moi. Et j'étais bien placée pour savoir que, quand on travaille dans la police, on a parfois les nerfs un peu à cran. Si l'on ajoutait à cela que sa femme, qu'il avait soignée pendant plus de dix-sept ans, venait de mourir et qu'il se sentait peut-être un peu coupable de ne pas être le meilleur des pères, je pouvais comprendre sa réaction. Je n'allais pas m'excuser de ce que j'avais dit à Gemma-Kate ou de mes soupçons, mais je fis de mon mieux pour le calmer, lui certifiant que je tiendrais ma promesse et que sa fille bénéficierait de tous les avantages que lui donnait le statut de résidente. Je me retins d'ajouter : *si elle n'est pas envoyée en prison d'ici là*. Sur un dernier « espèce de tarée », il me raccrocha au nez sans dire au revoir.

Je me sentis vidée, engluée dans un profond sentiment de dépression dont Gemma-Kate était la cause. Le rouge me monta aux joues, je bouillais intérieurement, ce qui était de plus en plus fréquent depuis qu'elle vivait chez nous.

Carlo se ressaisit le premier et me prit le téléphone des mains. Je n'avais même pas conscience de le tenir. Il se tourna vers Gemma-Kate.

— Pourrais-tu nous laisser seuls un moment, s'il te plaît ? Je dois parler avec ma femme.

Elle sortit docilement (elle était toujours docile avec Carlo) et alla s'installer à côté de la statue de saint François.

Carlo la regarda de la fenêtre, puis il se tourna vers moi. Au moins, pensai-je, il avait vu Gemma-Kate sous son vrai jour et il saurait à quoi s'en tenir. Quelle ne fut pas ma surprise lorsqu'il me lança sèchement :

— Mais tu as *perdu la tête* !

— Tu n'as pas entendu ce qu'elle a dit ? Elle a reconnu avoir empoisonné notre chien ! Et… et… j'ai vu des choses, je suis sûre que c'est elle.

— J'étais là, je sais ce que j'ai vu. Et celle qui m'inquiète, pour le moment, c'est toi. Je viens d'apprendre de la bouche d'une amie que tu étais peut-être gravement malade. Et voilà que j'apprends que tu penses être victime d'un empoisonnement. De quoi tu parles ?

— Elle s'occupe des repas, répliquai-je.

Je n'avais pas fini de le dire que je sus à quel point cette accusation était pathétique.

— Tu penses qu'elle trafique notre nourriture ?

Il leva les mains, paumes tendues en signe de reddition.

— Chérie, je ne dis pas que tu as tort, mais ne crois-tu pas qu'il y aurait des méthodes plus simples ? Je mange la même chose que toi, nous mangeons tous les trois la même chose. Gemma-Kate va bien et moi aussi. Et je commence à croire que tu fais bien de ne pas parler de tes soupçons à la police.

Avec un coup d'œil aux débris de l'assiette sur le comptoir de la cuisine, je fus prise d'une furieuse envie d'en casser d'autres, mais je ne voulais pas aggraver mon cas. Je dus me rappeler que Carlo n'avait rien demandé et qu'il se retrouvait avec deux harpies hurlant dans sa maison. Rectification : de nous deux, la seule harpie hurlante, c'était moi. Je me figeai sur place. Et si mes symptômes, mes angoisses et mes nausées, n'étaient pas dus à un empoisonnement ? S'il s'agissait vraiment de Parkinson, qui provoquait mon écriture serrée et ma démarche bizarre ? Les hallucinations aussi ? Est-ce que tout pouvait venir de là ?

Alors, plutôt que de casser des assiettes, je me pliai en deux, serrant mes bras sur mon ventre pour chasser cette peur panique qui me nouait les tripes. J'entendis l'hésitation dans ma propre voix lorsque je dis :

— Je ne sais pas ce qui m'arrive. Tout ce que je peux te dire, c'est que j'ai l'impression d'être un sac d'os et que, si je ne fais rien, le sac va lâcher et tous mes os vont se répandre autour de moi. Je n'en dors plus la nuit.

La colère de Carlo s'évanouit dans l'instant. Il mit ses bras par-dessus les miens, comme si lui aussi voulait m'aider à tenir debout. Je me sentais fragile et faible, et je détestais ce sentiment, mais je ne pouvais me résoudre à le repousser. Quand les tremblements cessèrent, il me libéra et me tint à bout de bras pour me regarder. Il répéta :

— Chérie, je ferais n'importe quoi pour toi. Je mettrais Gemma-Kate dans le premier avion pour Fort Lauderdale s'il le fallait, peu importe ce qu'en dit son père. Mais je me targue d'être un homme raisonnable et je préfère réfléchir avant de faire quoi que ce soit qui pourrait blesser quelqu'un ou entraîner des regrets. Je ne connais pas de poison qui provoquerait ces angoisses. Tu n'as toujours pas pris rendez-vous chez le spécialiste, n'est-ce pas ?

J'étais encore sur la défensive, et je bondis lorsqu'il dit : « spécialiste », pensant qu'il parlait d'un psychiatre.

— Tu crois que je suis paranoïaque, c'est ça ?

— Je parlais d'un neurologue, répondit Carlo. À vrai dire, je ne sais plus quoi penser.

Il me laissa, ouvrit la porte de derrière et fit un pas dans la cour.

— Gemma-Kate, mets tes chaussures, lança-t-il. De vraies chaussures, pas des sandales. On va se promener.

— Où ça ? répondit-elle.

— On va aller voir des pétroglyphes. Tous les deux.

— Où sont ces pétroglyphes ? demandai-je.

Il désigna un point dans les monts Catalina.

— Là-bas. C'est à une petite demi-heure de marche.

— Pourquoi tu fais ça ?

— Je préfère l'éloigner de la maison, le temps que tu retrouves tes esprits.

Il posa un baiser sur mes lèvres meurtries, un baiser léger mais sans chaleur.

— À moins que je ne fasse aussi partie des suspects, à présent ?

Bien sûr que non. Il y avait tant de choses que j'ignorais sur Carlo. Il connaissait mes secrets les plus sombres. Est-ce que je connaissais les siens ? J'évacuai ces idées noires ; c'était de la paranoïa de nouveau.

Gemma-Kate retourna dans la maison et se dirigea vers sa chambre pour mettre ses chaussures.

— Avec un peu de chance, elle va se confier à moi, précisa Carlo. Je n'ai rien de mieux à te proposer, alors je tente le coup. Et après, c'est ton tour.

Le temps que Carlo parte chercher ses chaussures de randonnée, Gemma-Kate revint et se planta devant moi. Disparue, la jeune fille qui caracolait sur le trottoir à son arrivée. Gemma-Kate était une louve aux abois, et son charme enfantin auquel elle avait parfois recours ne lui était plus d'aucune utilité. Elle me regardait d'un air impassible.

— Tu as déjà lu Nietzsche ? Non, je suppose que non.

Elle se rengorgea à l'idée de connaître quelque chose que je ne connaissais pas, et sa voix se fit plus assurée.

— Il y a un truc chez lui qui s'appelle la pulsion de mort. C'est une sorte de fascination morbide pour la destruction. Quand tu tiens un couteau de cuisine et que, l'espace d'une seconde, tu te demandes ce que ça ferait de poignarder quelqu'un. Tu as déjà éprouvé ça ? Ou quand tu es face au vide et que, tout à coup, tu voudrais sauter. Ces pulsions sont très courantes, mais certains les éprouvent plus que d'autres. Quand tu veux mourir. Ou quand tu veux que quelqu'un meure. Peut-être qu'en ce moment même tu voudrais me voir morte.

Comment avais-je pu me laisser berner à ce point alors qu'elle vivait sous mon toit ?

— Qu'est-ce que tu racontes ? fut tout ce que je parvins à formuler.

— Tu crois que je ne sais pas ce qui se passe dans ta tête. Je le sais très bien. Tu penses que je suis un de ces ados psychopathes qu'on voit dans les films. Détrompe-toi. J'ai un QI de 145 et, depuis que j'ai quatre ans, j'entends papa et grand-père parler de toi. Je ne suis pas plus détraquée que toi. Tu pensais vraiment que tu valais mieux que moi ?

Sans attendre de réponse, si tant est que ce fût une question, Gemma-Kate se lécha le doigt et se baissa pour ramasser une des échardes de l'assiette cassée. Elle la jeta à la poubelle et se tourna vers moi.

— J'ai une idée, tante Brigid. Si on parlait du nombre de personnes que nous avons tuées de sang-froid, toi et moi ? Toi d'abord.

— Bien, allons-y, jeune fille, l'interrompit Carlo, qui venait de faire irruption dans la pièce sans avoir rien entendu de cette conversation. Et, Brigid, il faut qu'on se ressaisisse. C'est nous les adultes, ici.

Il se tourna pour partir, puis fit demi-tour.

— Tu es très pâle. Nous n'en avons pas pour longtemps. Tu es sûre que ça va aller, toute seule ?

Je fis oui de la tête, incapable d'articuler le moindre mot, et c'était mieux ainsi car, quelle que soit la tournure des événements, jamais je ne pourrais répéter à Carlo ce que Gemma-Kate venait de me dire. Elle n'avait que trop raison.

Ils partirent. La chienne les suivit jusqu'à la porte, dans l'espoir qu'ils reviennent avec son petit compagnon. Tout à coup, je pris conscience que je n'avais pas bougé d'un millimètre depuis que Todd m'avait refait le trou de balle. Sur mon ventre, juste sous la peau, je sentis un petit muscle qui m'élançait comme s'il voulait me percer l'abdomen. Je me massai jusqu'à ce que la douleur passe. Après quoi, il me fallut un peu de réflexion et beaucoup de volonté pour faire un premier pas, puis un deuxième, et ainsi de suite jusqu'à notre chambre, jusqu'à notre lit. C'était là, dans le tiroir de ma table de nuit, que je rangeais une arme capable de donner la mort.

42

Je sortis mon pistolet spécial FBI de l'étui où il était rangé, un coffret de bois articulé dont l'écrin de mousse gardait l'empreinte exacte de l'arme. Dans les premiers temps de notre mariage, je l'avais caché dans un des compartiments de mon bureau, derrière du matériel informatique hors d'usage. Maintenant que l'on se connaissait un peu mieux, Carlo avait compris que je préférais l'avoir à portée de main la nuit et n'avait pas d'objection à ce qu'il reste dans le tiroir de ma table de chevet, à côté du tube de gel lubrifiant.

Les cartouches étaient à part, dans une boîte cadeau Victoria's Secret dont on m'avait offert un parfum à Noël. Je fourrai les balles dans ma poche d'une main qui tremblait moins autrefois.

Le pistolet était chargé. Ce n'était sans doute pas très raisonnable, tant que Gemma-Kate vivait sous notre toit, au cas où je voudrais m'en servir pour lui ôter à jamais ce sourire suffisant, mais je ne voulais pas y réfléchir maintenant.

Je pris la Volvo de Carlo.

Le Pima Pistol Club n'est qu'à cinq kilomètres au sud de la maison, mais ces cinq kilomètres ont de quoi vous rendre fou. Sur cette petite route qui serpente à flanc de montagne, il faut passer sous des arches taillées à même la roche et on manque se casser les dents sur le revêtement défoncé et bourré d'ornières. Puisque je ne pouvais pas accélérer au risque de me retrouver plaquée au plafond, je restai à moins de cinquante kilomètres-heure, ce qui secouait déjà pas mal.

Le propriétaire du club, un cow-boy maigrichon que je ne connaissais que par son prénom, Roger, m'accueillit au guichet où un autocollant des Alcooliques anonymes, « Un jour à la fois », était placardé sur le comptoir. Je lui présentai ma carte de membre.

— Tiens, Brigid. C'est ton mari qui t'a arrangé le portrait ? gloussa-t-il en pensant faire de l'humour.

Comme quoi on peut être sobre et néanmoins être un parfait connard.

J'eus une pensée pour cette femme dont je ne connaissais pas le nom, au refuge. Que faisait-elle aujourd'hui ? Était-elle rentrée à la maison ?

— Je me suis battue avec un airbag, c'est l'airbag qui a eu le dernier mot, grommelai-je, pas d'humeur à lui servir mon discours habituel, « Les blagues sur les femmes battues ne sont pas drôles », blablabla.

— Je parie qu'il en a pris pour son grade, dit Roger.

Je lui accordai un bref coup d'œil avant de signer la feuille d'émargement. Je longeai le trottoir en béton jusqu'à l'un des stands, un petit box grillagé doté d'une étagère en bois où je posai d'un côté le pistolet et de l'autre les cartouches. Le signal de cessez-le-feu clignotait, si bien que les autres membres, tous des hommes, s'étaient interrompus. En face de mon pas de tir, une cible, simple plaque de métal suspendue à un portant, traînait encore ; mon prédécesseur avait négligé de la ranger après sa séance. Au loin, un remblai de terre formait un rempart sur trois côtés du stand, au cas où quelqu'un manquerait sa cible.

Une buse passa au-dessus de nos têtes. Je fis mine de la suivre du canon, sans tirer. Abattre un oiseau de proie était considéré comme une infraction. Je m'étais déjà attiré suffisamment d'ennuis avec le saguaro.

J'avais une bonne raison de ne pas avoir pris mon casque antibruit. J'avais besoin de ça pour étouffer la voix de Gemma-Kate qui tournait en boucle dans ma tête.

Le signal cessa de clignoter et je visai la cible. « Autorisation de tirer », lança le haut-parleur. Je contractai la mâchoire et détendis mes doigts, luttant contre les tremblements. Je tirai sur la cible, et tirai, encore et encore. Toujours dans le mille, mais cela m'importait peu. C'était le pouvoir de destruction entre mes mains qui me faisait vibrer, et le sifflement des balles lorsqu'elles franchissaient le canon. L'écho du plomb contre la cible de métal était une satisfaction supplémentaire. Je n'avais qu'à me dire que la cible était Gemma-Kate.

Tu veux parler de pulsion de mort ? Pan !

En voilà, de la pulsion de mort. Pan !

Je ne faisais de mal à personne tant que cela restait dans ma tête.

Je rechargeai mon arme et tirai de nouveau, jusqu'à ce qu'il n'y ait plus une seule cartouche dans la boîte. Quand elles eurent toutes disparu, ainsi que – temporairement – mon ouïe, j'attendis le signal de cessez-le-feu, remplaçai la cible par une plaque neuve pour la personne suivante, rangeai mon pistolet dans sa mallette et m'éloignai, plus calme qu'à l'arrivée.

Plus calme, et les idées plus claires, ce qui m'avait fait défaut jusque-là. Je passai en revue mes options : tuer Gemma-Kate n'en était pas une, ni le fait de la renvoyer chez elle. Todd était têtu et il serait capable de me la réexpédier par retour de courrier. Et d'ailleurs, qu'est-ce que j'aurais bien pu lui dire ? Au fait, ta fille est une dangereuse psychopathe ? Je doutais que cela soit du goût de Todd, les Quinn ayant un peu de mal avec le concept de critique constructive.

Je pouvais l'installer dans un motel jusqu'à ce qu'elle parte à l'université. Voilà, je n'avais qu'à lui réserver une chambre dans un motel à proximité d'un McDonald's et lui donner un peu d'argent de poche pour qu'elle puisse se nourrir. C'était une solution onéreuse, mais j'étais prête à tout pour retrouver la paix chez moi. Et comme ça, je n'aurais plus à m'inquiéter pour le chien et je pourrais le ramener à la maison. Oh ! mon Dieu. J'avais laissé l'autre chien seul. Non, Gemma-Kate était de sortie avec Carlo, le chien était en sécurité. Carlo. Mettre Gemma-Kate dans un motel. Carlo serait d'accord, j'en étais sûre. Vraiment sûre ?

Et que se passerait-il ensuite, quand elle irait à l'université ?

Mon portable sonna. Pensant que c'était Carlo qui se faisait du souci pour moi – si Gemma-Kate ne l'avait pas complètement baratiné déjà –, je me rangeai sur le bas-côté et plongeai la main dans mon tote bag. Il était trop tard lorsque je dénichai le téléphone, mais le numéro affiché était celui de Mallory. Je décidai de rentrer et de la rappeler de la maison, toujours un peu fâchée qu'elle ait révélé mon secret à Carlo alors que je lui avais expressément demandé de ne pas le faire. Cela me fit penser à sa propre situation.

Je n'avais pas perdu espoir de l'amener un jour au stand de tir, convaincue que ça lui ferait le plus grand bien, mais elle détestait les armes à feu. Détester les armes à feu. Comment pouvais-je ne fréquenter que des gens qui étaient mes exacts opposés ?

À mon retour, je replaçai le pistolet dans le tiroir de ma table de nuit sans le nettoyer, comme je le faisais toujours, et, même s'il était déchargé et alors qu'il n'y avait plus une seule cartouche dans la maison, je dissimulai le coffret sous des dessous aux allures provocantes.

Je me lavai les mains. Sans prendre le temps d'écouter mes messages, je me rendis dans mon bureau pour rappeler directement Mallory. J'avais composé les premiers chiffres de son numéro lorsque je tombai sur les coordonnées du spécialiste des troubles du mouvement, à côté de mon ordinateur. Les choses qui demandent le plus de courage ne sont pas toujours les plus évidentes.

Le simple fait de lutter pour ne pas y penser me fit perdre tout le bénéfice de ma séance de tir. J'étais partie pour gamberger et je repensai aux derniers événements depuis que Gemma-Kate était arrivée. Il ne lui avait fallu que quelques jours pour chambouler ma paisible vie en Arizona.

Peut-être était-ce la malédiction de la famille Quinn, peut-être que nous avions tous une part de noirceur. Dans une autre vie, j'avais regardé un homme mourir lentement, très lentement, et j'en avais éprouvé de la joie, regrettant juste que ce ne soit pas assez lent. C'était un sale type, je vous l'accorde, un vrai méchant, mais, au bout du compte, la disparition d'un homme, même très méchant, devrait toujours être une sorte de tragédie. En étais-je pourvue, moi aussi, de ce gène ou de ce je-ne-sais-quoi qui provoque l'empathie, capable de vaincre ce que Gemma-Kate avait appelé la pulsion de mort ? Gemma-Kate n'était peut-être que le fruit prévisible de générations de mauvaises graines. Cela venait-il du côté de maman ou du côté de papa ? De papa, je dirais. Il le portait sur le visage.

Maman avait dit quelque chose un jour, maman dont la philosophie de vie se limitait aux dictons et proverbes populaires, un point à temps en vaut cent, il faut travailler aussi vite que l'on mange. Garde tes amis près de toi et tes ennemis encore plus près. Une chose est sûre, elle savait de quoi elle parlait dans notre famille.

Il était temps que j'affronte mon autre ennemi, en plus de Gemma-Kate : la maladie de Parkinson. Au moins, là-dessus, je pouvais avoir une certaine emprise. Les paroles du Black Ops, Baxter, celui qui m'avait appris à me battre, me revinrent en mémoire. C'était à mes débuts, dans les premiers jours de mon entraînement, quand j'avais encore peur de la douleur.

Ne jouez pas les chochottes, Quinn.

J'entrai « maladie de Parkinson » dans la barre de recherche et cliquai sur la page Wikipédia, qui me paraissait la plus simple. Je pris une profonde inspiration avant de parcourir l'article, tandis qu'un froid glacial s'emparait de mes jambes et que mes mains tremblaient au-dessus du clavier.

J'appris tout sur les symptômes, les pronostics, les traitements possibles. Tremblement des mains, démarche bizarre, écriture serrée, paralysie temporaire, en passant par la perte de mémoire, l'anxiété, la dépression.

Ainsi donc, ce n'était pas l'incontinence qui aurait raison de moi.

Et moi qui avais appris à retrouver une certaine confiance en Dieu. Je pensais qu'Il allait me laisser tranquille pour un temps, qu'Il allait se rabattre sur des proies plus faciles. Je pensais que, si j'allais à l'église, Il me foutrait la paix. Tu rêves, Quinn, te voilà dans le collimateur suprême. Ce bout de chemin avec Carlo ? C'était juste pour te montrer tout ce que tu allais perdre.

Mais je n'avais pas le droit de pleurer sur mon sort. Et Carlo dans tout ça ? Il avait épousé une femme capable de le battre au bras de fer, et il serait bientôt marié à une femme atteinte d'une maladie dégénérative assise dans un fauteuil roulant. Je pensai à Owen et à la pauvre Mallory. Voilà ce que les gens diraient : ce pauvre Carlo. Sa première femme est morte d'un cancer il y a sept ans. Et il va bientôt perdre la seconde à cause d'une maladie neurologique à progression lente. Il n'avait pas signé pour ça.

Carlo prendrait-il soin de moi comme Mallory prenait soin d'Owen ? Était-ce vraiment ce que je voulais ?

Quelques heures plus tôt, j'étais furieuse après Mallory d'avoir dit à Carlo que j'étais potentiellement atteinte de la maladie de Parkinson. Mais elle avait assez à faire avec ses propres problèmes et elle avait cru agir dans mon intérêt. Prends sur toi, Quinn.

Pour la première fois de ma vie, j'étais entourée, j'avais un mari et une amie, et pourtant je ne m'étais jamais sentie aussi seule. Je voulais que Carlo rentre à la maison avec Gemma-Kate. En même temps, je priais pour qu'elle s'écrase au bas d'une falaise, le crâne éclaté sur les rochers. Nietzsche avait vu juste avec sa « pulsion de mort ».

Elle avait réveillé tant de colère en moi, provoquant le chaos dans son sillage, et le tout délibérément, semblait-il. J'avais peur de plonger au fond de ces yeux et de n'y voir que le néant ; ou pire.

Mais je n'avais aucune preuve. Il me fallait des preuves. Des preuves. Je restai là à répéter ce mot, encore et encore, les doigts en suspens au-dessus du clavier. Lorsque je me rendis compte qu'elles étaient juste là, sous mon nez, j'eus presque envie de rire. Inutile de retourner sa chambre ou les placards de la cuisine. Gemma-Kate s'était servie de mon ordinateur. Je n'avais plus qu'à ouvrir l'historique et collecter les preuves. En un clic, j'accédai à la liste des mots clés.

Bufoténine. Le poison du crapaud. Bien sûr.

Au hasard, sibutramine, hydrate de chloral, disulfure de sodium. Kétamine.

Neurotoxines.

Ah ! éthylène glycol, nous y étions. L'antigel.

Je revis les livres entassés dans la chambre de Gemma-Kate. Je fermai l'historique de l'ordinateur, et retournai y jeter un coup d'œil. Je m'agenouillai devant la pile, qu'elle n'avait même pas songé à dissimuler. Bien sûr, il y avait *L'Homme et le Surhomme* de Carlo. Je ne l'avais jamais lu, mais je sus, au résumé, que Gemma-Kate y avait déjà fait allusion. Bien sûr qu'elle était le surhomme, tandis que nous autres n'étions que les malheureux représentants d'une race inférieure. Je poussai ce livre, ainsi que d'autres ouvrages de philosophie. Jackpot.

Karch, *Pathologie du toxicomane*

Dean et Powers, *Toxicologie en science médico-légale*

Jain, *Troubles neurologiques d'origine toxicologique*

Caligiuri et Mohammed, *Neuroscience de l'écriture manuscrite*

C'était donc ainsi qu'elle me voyait ? Une expérience, comme le chien avant moi ? Ou avais-je fait malgré moi quelque chose qui l'avait mise en colère ? Étais-je la prochaine victime sur sa liste ? Elle m'avait mis des bâtons dans les roues, mais je n'avais pas dit mon dernier mot. Il devenait urgent d'appeler Sigmund.

43

Il ne s'appelle pas vraiment Sigmund. Il s'appelle David, David Weiss. Mais, dans les forces de l'ordre, les surnoms sont une véritable institution, et certains en disent long sur leur propriétaire. David était psychologue, l'un des premiers profileurs intégrés à la toute nouvelle Unité des sciences du comportement du FBI dans les années 1980. Nous étions amis de longue date, diplômés de la même promotion. Il avait dû nous arriver de coucher ensemble une ou deux fois – c'est dire si c'était mémorable –, mais notre relation ne se situait pas là. Je l'aimais, et je l'aime toujours autant. Les sentiments ne sont pas toujours simples et compartimentés. Je ne sais pas ce que je ferais si Carlo avait pour une autre femme les sentiments que j'éprouve pour cet homme.

D'aussi loin que je me souvienne, on m'a toujours surnommée Stinger. Parce que j'étais petite et venimeuse, comme le dard d'une abeille[1] ? Détrompez-vous, la raison est beaucoup moins glorieuse. Après la remise des diplômes, à l'Académie, nous avions tous fini bourrés, et j'avais abusé d'un certain cocktail, assez populaire à l'époque, à base de liqueur de menthe et de

1. En anglais, « stinger » signifie « dard ».

brandy. Aujourd'hui encore, il me suffit d'y penser pour avoir la nausée. Le cocktail avait été baptisé Stinger, et Stinger était resté.

La conversation démarrait toujours ainsi :

— Sig.

— Stinger.

Pas de « Comment ça va ». Sigmund est un pur intellectuel, il a à peu près autant de fantaisie que M. Spock dans ses mauvais jours.

— Skype, dit-il.

— Pourquoi ?

— Il y a un trouble indéfinissable dans ta voix. Je dois voir ton visage.

Et je n'avais dit que son nom. Sigmund me connaît bien. Je touchai mon visage et sentis les croûtes qui me décoraient le nez et le front.

— Disons que je n'ai pas très bonne mine.

Il y eut un silence obstiné à l'autre extrémité de la ligne. Avec un « Tu l'auras voulu », je cliquai sur Skype, puis sur le petit téléphone vert. Je relevai au passage que le numéro de Peter Salazar était déjà enregistré, mais je fis rapidement abstraction car Sig apparut à l'écran.

Il avait le visage épais et une barbe fournie. L'année précédente, alors que je ne l'avais pas vu depuis longtemps, j'avais été choquée de constater à quel point il avait vieilli. Mais je m'étais faite à ce nouveau Sig, et je dois dire que, entre les hématomes et les croûtes, mon visage qui s'affichait dans une vignette au bas de l'écran n'était guère plus reluisant.

— C'est mieux. Je n'ai jamais aimé le téléphone. On a toujours l'impression qu'il manque quelque chose.

Il prit quelques instants pour examiner mon visage.

— C'est pire que ce que tu m'as annoncé, lâcha-t-il. Tu fais peur à voir.

Je sentis affleurer le premier sourire de la journée au coin de ma bouche meurtrie, et tant pis si cela rouvrait une petite coupure sur ma lèvre inférieure. Sig avait ce pouvoir sur moi, même dans les heures les plus sombres, mais je n'avais pas besoin de le lui dire ; il s'en serait défendu de toute façon. Je lui racontai l'accident dans ses grandes lignes pour ne pas l'inquiéter.

— Pourquoi voulais-tu me parler ? demanda-t-il.

— J'avais besoin d'entendre la voix de la raison.

Il attendit en silence que je me sente prête, dans une attitude quelque part entre Freud et Winnie l'Ourson.

— Je voudrais avoir ton avis de psychologue, fis-je.

— Tu comptes encore me demander où tu te situes sur l'échelle de l'empathie ? Je t'avais prévenue que tu allais broyer du noir le jour où tu arrêterais de travailler.

— C'est ma nièce, Gemma-Kate. La fille de Todd et Marylin. Elle habite chez nous.

— Alors, comment va la mauvaise graine ?

Après tant d'années, Sig savait tout de ma famille.

— Nous avions peut-être vu juste… Je crois vraiment qu'on a affaire à une psychopathe.

— On parle de « personnalité antisociale », maintenant.

— Quand allons-nous appeler un chat et chat et parler de « personnalité de merde » ?

— Je reconnais que le terme ôte toute notion de sadisme de nature à vous défriser la moustache. Ce n'est pas la faute des psychologues. Il faut reconnaître que le mot « fou » manque un peu de panache, alors ils inventent des termes compliqués dans les manuels pour attirer le chaland. Pourquoi, tu as rouvert un roman ?

— Ne me prends pas pour une idiote, Sig.

— Oh ! c'est une simple question de mode. Il y a quelques années, tous les livres se devaient de mettre en scène au moins un personnage psychopathe.

— Écoute, je t'en veux encore de ne pas m'avoir suivie quand je t'ai dit que l'agente Coleman avait été enlevée. J'avais raison, non ? Je suis sur une piste, Sig, et je te dis que cette gamine me fout les jetons.

— Qu'est-ce qu'elle a fait ?

Il était trop tôt pour lui faire part de mes soupçons concernant le cadavre retrouvé à l'église. Je me bornai à lui décrire mes symptômes et lui parlai de ma découverte dans l'historique de mon ordinateur, toutes ces recherches sur des substances toxiques qui n'étaient pas de mon fait.

— Et tu es convaincue qu'il y a un lien entre ces recherches et tes symptômes ?

— Oui. Elle a déjà empoisonné un des chiens. Quant à l'historique, j'ai retrouvé une recherche associée au poison qu'elle a utilisé sur le carlin.

Il oscilla légèrement sur sa chaise, le signe d'une vive réaction chez Sigmund.

— Voilà qui change tout. Dis-moi tout ce que tu sais.

— Je préfère ça, merci.

Je lui racontai ce qui s'était passé, le moment où j'avais découvert le trou où était enterré le crapaud et le moment où elle avait nié les faits.

— Cruauté gratuite, fit-il en hochant la tête. Quel âge a-t-elle ?

— Bientôt dix-huit.

— D'ordinaire, cela se manifeste un peu plus tôt, mais on ne peut écarter la possibilité qu'il y ait eu des antécédents.

— Ensuite, quand je l'ai forcée à avouer, elle a retourné la situation contre moi et ma « réaction excessive ».

— Fascinant, déclara Sigmund.

— Je suis ravie qu'elle te fascine.

— Je parlais de ta réaction excessive, coupa-t-il, impassible.

Voyant que je n'étais pas d'humeur à rire, il reprit.

— Ce n'est pas la première fois que tu me parles de Gemma-Kate. Son père ne s'est guère impliqué dans son éducation, quant à sa mère, elle était trop malade pour s'occuper d'elle. Ses grands-parents auront été dans le déni, ou alors ils sont tellement perturbés eux-mêmes qu'ils sont incapables de voir ce qui cloche chez les autres. Que pouvons-nous y faire ? Notre propre impuissance me terrifie parfois. Tu dis qu'elle s'en sort bien, autrement ?

— Elle a obtenu son diplôme de fin d'études avec un peu d'avance, et elle a suivi des cours du soir à l'université de Floride. Apparemment, ses notes lui ont valu d'être admise d'office ici, à l'université.

Il hocha à nouveau la tête.

— QI élevé mais manque d'empathie. Dans l'enfance, cela passe souvent inaperçu car nous ne sommes pas empathiques à la naissance. On n'attend pas d'un enfant qu'il puisse se mettre à la place de quelqu'un d'autre. Les nourrissons pensent que l'univers tout entier tourne autour d'eux. L'égocentrisme de l'enfant n'a pas de limite. Et puis, si tout va bien, l'enfant grandit et découvre que les choses ne sont pas aussi simples.

J'étais en train de le perdre. Je tapotai l'image sur mon écran pour capter de nouveau son attention.

— Gemma-Kate, lui rappelai-je.

Il était à moitié ailleurs.

— Gemma-Kate, oui. Même si elle est réellement une personnalité antisociale, et j'insiste sur le « si », aucun psychologue ne peut poser un diagnostic sans avoir vu le sujet ou lui avoir fait passer une série de tests…

— Accouche, Sigmund, on ne va pas y passer la journée.

— Si Gemma-Kate est bien ce que tu dis, alors vous n'avez pas plus de valeur à ses yeux qu'un mouchoir usagé. Pour elle, tu représentes soit un jouet, soit un atout, soit un obstacle.

— Que disent les statistiques pour ce genre de sujets ? Quelles sont ses chances ?

— Le plus probable, c'est que tu te fasses des films. Ou alors, elle sera si légèrement atteinte qu'au pire elle se fera interpeller dans un avion parce qu'elle aura refusé de redresser son fauteuil à l'atterrissage. Elle trouvera mille et une façons de faire chier le monde si elle pense que tout lui est dû. Mais tu sais comme moi qu'il faut un savant dosage entre la nature, l'éducation, l'intelligence et les circonstances pour faire d'un Jeffrey Dahmer un tueur cannibale. Généralement, on se retrouve avec un Madoff. Ou un politicien.

— Que me conseilles-tu ?

— Si tu penses qu'elle te fait du mal, tu sais ce qu'il te reste à faire : mets le plus de distance possible entre elle et toi.

— Et quoi, je la relâche dans la nature ? Pour qu'elle s'en prenne à quelqu'un d'autre ? Il n'y a aucun programme d'accompagnement, pas de traitement ? Si Carlo était là, il serait le premier à dire que nous devons l'aider, que c'est notre devoir.

— C'est ce que les lions attendent de nous.

— Les lions ?

Sig poussa un de ces soupirs qui me rappelaient toujours le poids de notre vie passée.

— Il y a une phrase qui dit que si les lions parlaient notre langue, nous serions toujours incapables de les comprendre. Aucun mot ne serait assez fort pour exprimer leur *lionitude*. Vouloir parler à un lion, c'est un peu comme essayer de comprendre un psychopathe : ils sont incurables, car ils sont incapables de se rendre compte qu'ils sont différents.

» Stinger, il existe des créatures dans ce monde que même ton prêtre ne peut sauver.

En raccrochant, j'avais pris ma décision.

44

J'avais à peine coupé la communication que je reçus un appel de Jacquie, à se demander si elle n'avait pas fait la queue. Depuis l'avènement des téléphones portables, il était devenu si facile d'avoir une conversation en privé. Elle était de sortie et déambulait dans les allées de Sears, au centre commercial de Tucson. Drôle d'endroit pour une femme riche. Je lui dis que je ne savais rien de plus, à part que Joe s'était vanté auprès de Mallory de pratiquer le jeu du foulard.

— Quand ? exigea-t-elle de savoir.

Exiger, oui, c'est bien le mot.

— Quand a-t-il parlé à Mallory ?

— Je ne sais pas. Un jour où il était allé faire la lecture à Owen.

— Je ne peux pas croire que Joe se soit confié à Mallory et pas à moi.

— Oh ! vous connaissez Mallory.

— Justement, non.

— Elle sait faire parler les gens. Telle que je la connais, Joe n'a pas pu résister. Par ailleurs – et là, j'essayai de formuler les choses de manière à ne pas contrarier Jacquie –, à partir d'un certain âge, les enfants cessent de tout dire à leurs parents.

— Pas Joey. Joey me disait tout, fit-elle d'une voix tremblante.

Elle semblait à la fois furieuse et effondrée, comme si je venais de lui annoncer que son mari la trompait.

— J'ai beaucoup réfléchi. Vous avez dit que Joey avait bu de l'alcool le soir où il est mort. À votre avis, qui a bien pu le lui donner ?

— Je n'ai aucun moyen de le savoir.

— Pensez-vous que cela aurait pu être Mallory Hollinger ?

— Non. Je suis certaine qu'elle n'y est pour rien.

— Je vais aller la voir et lui demander par moi-même.

Il y avait quelque chose dans sa voix, une agressivité de femme bafouée, qui me fit regretter de lui avoir révélé ces informations.

— Restez en dehors de ça et laissez-moi faire mon travail, dis-je avec autorité. Je crois que vous aviez raison depuis le début. Il y a encore des zones d'ombre à éclairer.

J'espérais que le fait de confirmer ses soupçons l'occuperait un moment, le temps que je finisse mon enquête.

Je venais de raccrocher lorsque la porte arrière s'ouvrit sur Carlo et Gemma-Kate, tous deux un peu rougis par la chaleur de l'après-midi. La femelle carlin se précipita sur Carlo, guettant l'odeur de son petit compagnon, mais elle dut se contenter des effluves du dehors. Rassérénée par ma conversation avec Weiss, je parvins à avoir l'air relativement calme.

— Tout s'est bien passé ? demandai-je.

— Les pétroglyphes étaient toujours là, répondit-il. Mais je crains que Gemma-Kate n'ait guère été émue par les graffitis anciens.

Gemma-Kate ne fit aucun commentaire.

— Je peux prendre ton ordinateur ? demanda-t-elle.

— Bien sûr, dis-je, feignant de faire la paix alors qu'en réalité je ne songeais qu'aux preuves qu'elle laisserait sur son passage.

La petite apprentie biologiste n'était pas aussi maligne qu'elle le pensait.

Elle se dirigea vers mon bureau.

— Comment ça s'est passé ? répétai-je.

Et cette fois, j'attendais une vraie réponse.

— Dis-moi d'abord comment tu te sens, fit Carlo.

— Ça peut aller. Je me suis remise au travail, ça m'a fait du bien. Vous avez fait une belle promenade ? Vous avez bien discuté ? Elle t'a dit à quel point j'étais folle ? À quel point nous sommes tous fous dans ma famille ?

— Nous avons discuté, en effet.

— Tu comptes me dire ce qui s'est passé ou je dois continuer à te poser des questions jusqu'à ce que mort s'ensuive ?

— Nous avons parlé de toi, en fait. Elle était inquiète que tu puisses penser qu'elle t'avait empoisonnée et elle m'a demandé ce que je savais. Elle trouve ton comportement bizarre en ce moment, elle prétend qu'elle t'a retrouvée désorientée un soir, errant dans la cour au beau milieu de la nuit. Tu ne m'avais rien dit.

Cela sonnait comme un reproche.

— Ce n'était qu'un cauchemar, répondis-je.

— Tu crois que c'est de là que vient ta poussée de fièvre ?

Je lui passai un des livres que j'avais trouvés dans la chambre de Gemma-Kate, celui sur la toxicologie médicolégale.

— Si j'ai bien compris, tu refuses d'admettre que cette gamine est dangereuse.

Carlo lut le titre et me le rendit.

— Je pense qu'il est dangereux de confondre un livre avec des actes, ou même des idées. Ce n'est pas parce que je lis Christopher Hitchens que je suis athée, pour autant je respecte sa pensée. Mon amour, je ne mets pas en doute ce que tu dis, mais je dois reconnaître que tes questions en soulèvent d'autres. Par exemple, si Gemma-Kate te voulait du mal, pourquoi m'aurait-elle dit de te mettre dans la baignoire, l'autre soir, pour faire baisser la fièvre ?

Il y avait sûrement une réponse logique à ces questions, mais je ne la connaissais pas encore. Qui plus est, fallait-il à tout prix chercher une logique dans les actes de Gemma-Kate ?

Je n'avais jamais eu peur de personne – pas vraiment – jusqu'à aujourd'hui. Que devais-je faire de cette inconnue ? J'avais coutume de dire en rigolant qu'elle était une mauvaise graine, mais je n'avais plus le cœur à rire. J'avais vécu parmi les plus grands psychopathes, tueurs en série et meurtriers véreux, des hommes et des femmes capables d'abattre quelqu'un au petit déjeuner sans le moindre état d'âme.

Mais je n'avais jamais reçu ce genre d'individus sous mon toit. Tous les ingrédients étaient réunis chez cette fille. Et il me semblait que pour la première fois de sa vie (ou pas) elle s'apprêtait à franchir le pas.

Je nous pris des Subway pour le dîner, certaine qu'au moins personne n'y aurait touché. Je profitai de mettre de l'ordre dans la cuisine pour bazarder toutes les épices, tout ce qui était ouvert ou entamé. J'avalai un comprimé avec le sandwich pour éviter d'être malade. Rien à faire, je dus prendre un médicament contre la nausée.

Je commençais aussi à ressentir le contrecoup de l'accident.

Au moment d'aller dormir, Carlo éteignit les lumières et je pris le carlin avec sa gamelle d'eau dans la chambre. Je pris soin de fermer la porte à clé. Nous prîmes tous les deux les comprimés qu'on nous avait donnés à l'hôpital, sachant que la douleur serait pire au réveil.

Réprimant un gémissement, Carlo roula sur le côté pour se mettre face à moi et il m'embrassa près de l'oreille, juste à la naissance des cheveux. Il continua de m'observer dans la pénombre. Quand il prit la parole, il avait le nez bouché, peut-être parce qu'il avait doublé de volume.

— Comment ça va, O'Hari ?

Je secouai la tête. Je ne voulais pas, je ne pouvais pas lui décrire ce qui se passait en moi et autour de moi. Je voyais ma propre tristesse se refléter dans la sienne. Les coupures et les ecchymoses n'étaient pas belles à voir. Il ouvrit la bouche, et je me pris à espérer qu'il dise quelque chose qui allait résoudre le problème, calmer la douleur, n'importe quoi, mais non, il ne dit rien. L'amour était bien là, mais nous étions tous deux pris au piège d'un énorme bol de glace dont les parois étaient trop raides et trop glissantes pour que l'un de nous parvienne à en sortir et tende la main à l'autre.

Je ne lui dis pas que, à la suite de ma conversation avec Sig, j'étais convaincue de ne plus pouvoir gérer la situation seule et que j'avais décidé de livrer Gemma-Kate à la police.

45

Pour la première fois depuis longtemps, je dormis à poings fermés. En me réveillant le lendemain matin, je découvris que Carlo et Gemma-Kate étaient déjà levés et opérationnels. Toute raide et courbaturée de la veille, les muscles endoloris à des endroits dont je ne soupçonnais pas l'existence, je pénétrai au radar dans la cuisine, versai du café dans le percolateur et mis l'eau à chauffer. Je restai à côté par acquis de conscience avant de me verser une tasse. Le mug pesait une tonne dans ma main. Dans les films, on voit des gens se jeter sur des hélicoptères en plein vol, et, bizarrement, ils se portent comme un charme le lendemain.

Sans m'attarder sur l'ironie qu'il y avait à faire un repérage dans ma propre maison, je parcourus des yeux le fond du jardin et c'est avec soulagement que j'aperçus Carlo de dos, à côté de la clôture, le regard perdu dans les montagnes, probablement en train de méditer. Il semblait presque aussi mal en point que moi. La femelle carlin – était-ce Carla ? Mon Dieu, pourquoi était-ce si difficile de m'en souvenir ? – était couchée sur le porche.

Quelqu'un était en train de marteler un clavier avec insistance. Le bruit provenait de mon bureau. Je m'y rendis à petits pas et découvris

Gemma-Kate assise devant mon ordinateur. Face à la perspective de trahir Marylin, je me retins de lui hurler dessus. Il était trop tôt pour appeler Tony Salazar et lui livrer ma nièce. Je mis quelques secondes au micro-ondes le lapin à la lavande que Mallory m'avait donné, l'enroulai sur mes épaules, glissai un Alka-Seltzer dans mon café et transportai le tout sur le porche, ainsi que le livre de toxicologie emprunté à Gemma-Kate. C'était un ouvrage ardu, bourré de formules et de composés chimiques. Je n'aspirais qu'à retrouver une vie normale, mais comment y parvenir sans envoyer la fille de Marylin en prison ?

Gemma-Kate sortit à son tour et prit l'autre chaise de jardin, en face de moi. Elle ne fit aucun commentaire sur le fait que je lui avais pris son livre. Elle faisait comme s'il ne s'était rien passé. Elle avait apporté une liasse de papiers contenant toutes les informations qu'elle avait trouvées sur un forum médical réputé.

— J'ai entré tous les symptômes, ceux que j'avais repérés et ceux dont Carlo m'a parlé, dit-elle.

Visiblement, elle avait renoncé à lui trouver un petit nom.

— Ils sont plutôt déroutants. Nausées et vomissements, anxiété, insomnie, paranoïa, hallucinations, comportement erratique… Tu ne serais pas constipée, par hasard ?

Je notai sur ma liste de trouver un bon avocat spécialiste de l'aliénation mentale. Je n'avais pas d'autre choix que de la dénoncer, mais je n'abandonnerais pas à son sort la fille de Marylin.

— Oh ! laisse-moi tranquille, pour l'amour du ciel, fis-je. Je ne suis pas en état de discuter avec toi. Je souffre le martyre.

J'ajoutai un « S'il te plaît » pour faire bonne mesure ; nous étions convenus de la ménager pour éviter de nous faire trucider dans notre lit ou qu'elle ne mette le feu à la maison.

Carlo se retourna et, lorsqu'il nous vit, nous fit coucou de la main, croisa les bras et se replongea dans sa méditation.

— Je suis désolée de t'avoir dit que tu étais une psychopathe, déclara Gemma-Kate, le regard rivé sur mon livre. Tu n'aurais jamais dû t'en prendre à moi de cette façon, tante Brigid. On était en colère. On s'est dit beaucoup de choses. Peut-être même qu'on les a pensées. Mais c'est toi qui as commencé.

Seigneur, elle était douée. Je posai le livre devant elle et lui montrai le titre.

— Et si tu me parlais de ça ?

Gemma-Kate repoussa le livre dans ma direction.

— Il s'est passé tellement de choses étranges dernièrement, tu m'as fait peur, l'autre soir, quand je t'ai retrouvée dehors ; tu n'arrêtais pas de dire, « tout noir, tout noir » ; et puis le spécialiste des troubles du mouvement, et cette montée de fièvre l'autre nuit… Tu n'avais pas l'air de réagir. Je suis du genre curieuse. Alors, j'ai commencé à faire des recherches. Mais ce n'est qu'hier, quand tu as parlé d'empoisonnement, que les choses ont commencé à se mettre en place dans ma tête. Tu as peut-être raison.

— Pourquoi tu ne m'as rien dit hier ?

— Regarde, même maintenant tu m'écoutes à peine, alors que tu es calme. Tu crois vraiment que tu aurais écouté ce que j'avais à te dire hier, en plein pétage de plombs ?

Elle s'interrompit pour noter « irritabilité » sur la feuille au-dessus de la pile.

— Presque tous les symptômes sont d'origine neurologique, reprit-elle.

— Comme ce qui s'est passé à l'église. Des doses infimes d'antigel ?

Mon témoignage suffirait-il à la faire arrêter ? Et si ce n'était pas le cas, quelles étaient mes options ? L'éloigner de la maison ; lui prendre une chambre dans ce motel au bout de la rue, me rappelai-je. *Pardonne-moi, Marylin.*

D'ici là, pas de risques inutiles. Je m'étais déjà débarrassée des épices. Aujourd'hui, je viderais le reste des placards et le frigo avant d'aller refaire des courses.

— Tu as pensé à une interaction entre différents compléments alimentaires ? insista Gemma-Kate. Il faut faire très attention avec certaines vitamines ou de simples produits comme la mélatonine ou le millepertuis ; tu peux vite te retrouver avec de sacrés problèmes.

Tant qu'elle est à la maison, il suffit de jouer le jeu.

— Je ne prends qu'un comprimé de vitamines, répondis-je.

— C'est faux, tante Brigid. J'ai regardé dans ton armoire à pharmacie. Tu as assez de drogues là-dedans pour créer un réseau, si tu voulais. Au fait, ton médecin a appelé l'autre jour.

— Neilsen ?

— Je suppose. Un assistant. C'était pour dire que tes analyses étaient normales. Un peu de cholestérol, c'est tout.

— Tu cherches à me convaincre que je vais bien, sifflai-je entre mes lèvres douloureuses.

— Peut-être que ce n'est pas un empoisonnement. Mais j'ai pensé à une exposition prolongée à une substance toxique, des moisissures, par exemple. L'ergot est connu pour provoquer des hallucinations. En tout cas, tes symptômes sont vraiment bizarres, et, s'il y a ingestion, les effets ne semblent pas immédiats. Mais, en admettant que tu aies raison, j'ai établi une liste des poisons les plus courants qui ne tuent pas sur le coup. On peut déjà écarter la strychnine et le cyanure. Le sel aussi, qui peut se révéler fatal à très forte dose.

Il me faudrait des preuves. On ne peut pas déposer n'importe qui, comme ça, au commissariat. Ils n'allaient sûrement pas l'incarcérer sur la base de ma bonne foi. Ils prendraient peut-être le temps de l'interroger, et puis ils la renverraient à la maison. Mon Dieu, moi qui voulais éviter de la contrarier…

— Si c'était un de ceux-là, je serais déjà morte, c'est ça ?

D'abord l'éloigner de la maison, puis prendre rendez-vous avec un toxicologue. Je n'étais même pas sûre que cela existe. Je vérifierais dans les Pages jaunes. Je pouvais toujours consulter Neilsen, mais je ne lui faisais pas confiance non plus. Je ne pouvais nier le fait que j'avais commencé à être malade pile au moment où je m'étais mise à poser des questions sur Joey. Mais quel était le lien avec Gemma-Kate ?

Et si je demandais à George Manriquez de me faire une prise de sang pour l'envoyer au laboratoire, à mes frais ?

Allez, cerveau, fais un effort.

— C'est ça, répondit Gemma-Kate.

Je la regardai de nouveau. Je voyais flou.

— Quoi ?

— Si quelqu'un cherche à t'empoisonner, et nous n'en savons rien pour le moment, soit c'est inefficace, soit l'intention n'est pas de te tuer. Pas maintenant en tout cas.

— Arsenic.

Gemma-Kate hocha la tête.

— Possible. L'arsenic est un poison lent. J'ai lu l'histoire d'un gars qui a perdu un œil avant de se rendre compte que sa femme le bourrait d'arsenic.

Son regard se perdit au loin, par-delà Carlo et les montagnes, comme si je n'existais plus. Mais elle revint à moi.

— Les premiers signes d'un empoisonnement à l'arsenic sont une peau saine et des yeux brillants, ce qui est loin d'être ton cas. Je dois dire que les croûtes n'arrangent rien, mais tu as la peau terne et les yeux rouges. Même cela me fait pencher pour une cause organique plutôt que psychosomatique.

— Merci, Cupkate.

Je ne sais si elle entendit la nuance sarcastique dans son petit nom familial, mais elle ne releva pas.

— Il faut savoir qu'avec l'arsenic tu aurais des traces noires sur les gencives, à force. Montre-moi tes dents.

Dans une sorte de grimace douloureuse, je soulevai ma lèvre supérieure. Je ressentis un élancement soudain, la plaie s'était rouverte, là où j'avais heurté l'airbag.

— Non, déclara-t-elle après avoir regardé. Je ne pense pas que ce soit de l'arsenic.

Grâce aux effets de la caféine, je retrouvai peu à peu mes facultés. J'essayai de sonder son expression.

— Pourquoi est-ce que tu me fais ça ?

— Je ne veux pas que tu meures, répondit-elle, ignorant délibérément mes sous-entendus.

Gemma-Kate me renvoya un beau sourire que je ne lui connaissais pas encore. Décidément, plus je me sentais mal, plus elle était aux petits soins.

— Pourquoi ?

Elle me regarda sans rien dire. Si les yeux sont les fenêtres de l'âme, à cet instant, j'aurais juré qu'elle n'en avait pas.

— Pourquoi tu ne veux pas que je meure ? insistai-je.

— Tu veux vraiment que je réponde à cette question ?

— Oui, vas-y.

J'étais curieuse de voir quel mensonge elle allait encore inventer.

Elle sembla réfléchir à sa réponse tandis que son visage était traversé de diverses émotions indéfinissables, si subrepticement que c'était peut-être moi qui me faisais des idées. Quand elle reprit la parole, elle me fit grâce de ses conneries sur son amour pour sa chère tante Brigid.

— Pour deux raisons. D'une part, tu m'accuses de plusieurs empoisonnements, dont un avec un homicide à la clé. Tu as éliminé tout le reste, et, si je ne trouve rien pour me disculper, je suis fichue. Je sais que tu as prévu de me livrer à la police, je me trompe ?

J'ignorai sa dernière question.

— C'est une bonne raison, fis-je. Et la seconde ?

— Même si tu n'arrives pas à monter un dossier solide contre moi, si tu es vraiment convaincue que je suis en train de te tuer, tu vas te débarrasser de moi de toute façon. Je suis trop jeune pour vivre seule, et en plus je n'aurai pas accès à l'université en tant que résidente. Je ne veux pas retourner à Fort Lauderdale. J'ai toujours détesté cet endroit.

Je crois que c'était la première fois que nous avions une discussion sincère depuis son arrivée. Fort déplaisante, au demeurant, mais Gemma-Kate avait beau être dure, elle parvint à me faire douter. Même si une autre part de mon cerveau persistait à penser qu'elle savait y faire et qu'elle m'embobinait depuis le début.

Demander une évaluation psychiatrique. Si elle était déclarée irresponsable, nous pouvions peut-être éviter une inculpation pour meurtre. Par ailleurs, en la mettant hors d'état de nuire, nous sauvions peut-être d'autres vies.

Carlo traversa le jardin et nous rejoignit sur le porche. À cette distance, je distinguais de nouveau le pansement blanc qui lui barrait l'arête du nez.

— Elias va passer me prendre pour aller chercher une voiture de location, déclara-t-il.

Il semblait encore bien pris.

— Tu es sûr que c'est nécessaire ?

— C'est compris dans l'assurance, autant en profiter. Comment ça va, ce matin ?

— Comme quelqu'un qui s'est emplafonné dans un cactus, grimaçai-je. Mon visage n'est que douleur.

— Moi aussi. Ça va aller ? demanda-t-il en jetant malgré lui un regard à Gemma-Kate.

— Bien sûr. Vas-y.

De son côté, Gemma-Kate semblait avoir définitivement renoncé à jouer les petites filles, un déguisement qui ne lui était plus d'aucune utilité ici. Sans accorder la moindre attention à Carlo, elle s'était levée et avait rapporté le livre à l'intérieur.

Quelques questions que je ne pouvais formuler à voix haute :

Jusqu'où irait-elle pour m'empêcher de la renvoyer en Floride ?

S'agissait-il d'une nouvelle ruse pour me faire passer pour plus folle encore que je ne l'étais déjà ?

Un stratagème pour me convaincre de son innocence ?

Le simple fait de penser cela prouvait-il que j'étais folle ?

Ou Gemma-Kate était-elle vraiment étrangère à ce qui m'arrivait ?

Auquel cas, qu'est-ce qui m'arrivait ?

Pouvait-elle m'aider à le découvrir ?

Mais je ne pouvais pas me permettre de lui poser toutes ces questions. En revanche, je la suivis dans sa chambre et désignai la pile de livres avant de demander :

— Où as-tu déniché tout ça ?

— Sur Internet.

— Comment ?

— J'ai utilisé ta carte de crédit.

Soit Gemma-Kate était vraiment mauvaise, soit nous étions pour la première fois, sinon sur la même planète, du moins dans la même dimension. C'était le prétexte que j'attendais pour remettre à plus tard mon coup de fil à Salazar. Je m'apprêtais à revenir avec elle sur certains points lorsque mon portable sonna, interrompant le cours de mes pensées. C'était sûrement Mallory, qui me rappelait enfin. Je grommelai un vague « Ne bouge pas d'ici » et revins au salon, où je pensais avoir laissé mon téléphone dans mon tote bag, au pied de mon fauteuil de lecture. Qu'il était loin, le temps où l'on savait toujours où était le téléphone… À la seconde sonnerie, je compris que ce n'était pas mon portable mais le fixe, posé sur le comptoir de la cuisine. Le répondeur venait de se mettre en route lorsque je décrochai.

C'était Mallory.

— À quoi tu joues, Brigid ?

Je m'accrochai au comptoir de la cuisine pour me remettre debout.

— Tu devrais être encore plus vague, répondis-je.

— Jacquie Neilsen vient de m'appeler. Elle m'a carrément menacée.

— À quel sujet ?

— Elle prétend que je faisais boire Joe quand il venait faire la lecture à Owen. Elle dit que c'est à cause de moi qu'il est devenu alcoolique. Que je lui ai donné de l'alcool la nuit où il est mort et que c'est pour ça qu'il est tombé dans la piscine.

— C'est le cas ?

— Non !

— Tu m'as dit toi-même que tu avais encouragé Joe à faire des expériences. Tu adores jouer les Tante Mame. Tu es sûre que tu ne lui as pas sorti une de tes conneries du genre, « Hé, Joey, il est grand temps que tu profites de la vie » ?

— Tu as l'air fâchée.

— Non, tu crois ? Je commence à en avoir ras le bol qu'on ne me dise pas toute la vérité.

— Écoute, tout ce que je dis, c'est que tu as libéré le tigre. Non, mais tu te rends compte ? Jacquie m'accuse d'avoir rendu son fils alcoolique.

— Nom de Dieu.

— Est-ce que tu peux lui parler ?

— Qu'est-ce qu'elle t'a dit exactement ?

— Elle est partie en vrille. Elle a commencé par me dire qu'elle allait m'avoir pour meurtre, puis qu'elle allait me poursuivre en justice, je n'ai pas compris la moitié de ce qu'elle disait.

Puis elle a dit : « J'ai peut-être l'air fragile, mais je peux vous faire très mal. » Elle m'a vraiment fait peur, Brigid. Jamais personne n'avait proféré la moindre accusation contre moi, alors d'avoir volontairement… volontairement…

— Contribué au détournement d'un mineur ?

— Causé du tort à un enfant. Ça me rend malade.

— Inutile que je te demande si tu as une arme chez toi ?

— Bien sûr que non.

Mais le simple fait que je lui pose la question suffit à l'alarmer.

— Je t'ai toujours dit que tu ferais bien d'en avoir une. Hier, quand tu disais qu'il pouvait t'arriver quelque chose. Si ça se trouve, c'était prémonitoire.

— Tu me fais peur.

— Trouve-toi une arme, conclus-je.

Je raccrochai et rappelai aussitôt Jacquie, en fermant les yeux pour choisir soigneusement chaque mot que j'allais utiliser.

— Est-ce que vous venez d'appeler Mallory Hollinger pour la menacer de la poursuivre pour meurtre ?

Silence. Puis :

— Vous m'avez dit que Joey avait bu de l'alcool. Joey était chez eux ce jour-là. Elle lui a donné de l'alcool. Elle en est parfaitement capable.

— Jacquie, combien de fois Joey est-il allé chez les Hollinger ?

— Trois ou quatre fois.

— On ne devient pas alcoolique en si peu de temps.

— Je ne dis pas qu'elle l'a rendu alcoolique. Mais je crois qu'elle l'a incité à boire.

— Elle dit aussi que vous l'avez menacée. Est-ce que c'est vrai ? Vous l'avez vraiment menacée ?

Silence.

— Je ne sais plus exactement ce que j'ai dit.

— Dites-moi si ça vous parle : « J'ai peut-être l'air fragile, mais je peux vous faire très mal. »

Elle murmura que oui, elle avait peut-être dit quelque chose dans ce goût-là.

— Écoutez-moi bien. Je refuse de travailler avec vous si vous continuez à faire n'importe quoi. Et là, c'était du grand n'importe quoi. C'est la dernière fois que ça se produit. Vous avez bien compris ?

— Oui.

— Je vous le dis encore une fois pour être sûre qu'on est bien d'accord. Vous ne devez parler à personne de ce dont nous discutons entre nous. Pas même à Tim. Vous n'appelez personne.

— D'accord.

— Est-ce que je dois m'attendre à ce que vous fassiez quelque chose de stupide, Jacquie ?

— Non.

Elle était docile comme un agneau. Mais je savais de quoi elle était capable et je n'étais pas dupe. Je répétai quand même :

— Bien. Je veux que vous me répétiez une dernière fois que nos conversations resteront confidentielles tant que je vous le dirai et que vous ne ferez plus rien sans m'en parler.

— Oui.

— « Oui » quoi ?

— Je n'appellerai personne.

46

Je raccrochai encore, avant d'avoir un nouveau haut-le-cœur. Je pris une profonde inspiration. Je me sentais plus alerte depuis que j'avais haussé le ton avec Mallory et Jacquie, j'avais l'impression d'ouvrir les yeux pour la première fois depuis longtemps. La situation était sous contrôle pour le moment. Je me servis une autre tasse de café (j'étais à peu près certaine que Gemma-Kate ne s'était pas approchée de la cafetière) et la rejoignis dans sa chambre. Elle était assise sur le lit, plongée dans l'ouvrage intitulé *Troubles neurologiques d'origine toxicologique*. Ce livre ne m'était pas inconnu ; l'avais-je déjà croisé dans ma vie précédente ?

Je m'assis à côté d'elle et, sans réfléchir, je pris le premier de la pile, le *Guide du médicament*. Sa remarque sur les interactions médicamenteuses me trottait dans la tête. Je prenais des vitamines, un somnifère de temps en temps et des anxiolytiques. À petite dose. Sauf pour l'antidépresseur que Neilsen m'avait prescrit. Je tournai les pages jusqu'à la section « antidépresseurs ». Il y avait une photo pour chaque comprimé. Vous avez déjà remarqué que, malgré les milliers de médicaments qui existent, ils arrivent toujours à leur donner un aspect différent ? Grâce aux images, on savait tout de suite où chercher. Je finis par retrouver celui que j'avais commencé à prendre peu de temps après avoir rouvert l'enquête sur la mort du beau-fils de Tim Neilsen. C'était peut-être un coup d'épée dans l'eau, mais je me devais d'essayer. Je tendis le livre à Gemma-Kate.

— Trouve-moi ce qui arrive quand on prend ce genre de chose. Trouve-moi la posologie normale et ce qui se passe si on en prend trop. Dis-moi s'il y a la moindre interaction possible avec toute autre substance.

Gemma-Kate leva les yeux dans ma direction. Elle avait la tête ailleurs, encore dans son livre, mais elle reporta lentement son attention sur moi. Elle fit la grimace.

— Tu as commencé à les prendre après tes analyses chez le médecin, non ?

— C'est vrai, ça ne pourrait pas…

— Je sais, mais je repense à l'hôpital, après l'accident. Ils vous ont fait une prise de sang ?

— Oui. Ils voulaient voir si j'avais bu.

— Et alors ?

— Ils n'ont rien dit. Je pense que nous ne sommes pas restés assez longtemps pour avoir les résultats, et je n'ai pas revu le flic par la suite, donc je suppose qu'ils n'ont rien trouvé.

— Ça ne coûte rien de vérifier. Ils ont probablement fait des tests pour toutes sortes de drogues. Tu devrais aller les voir.

Jusque-là, le raisonnement de Gemma-Kate me paraissait plutôt convaincant, quand, tout à coup, je repensai à une vieille série télévisée. C'était l'histoire d'un garçon et de sa famille livrés à eux-mêmes sur une autre planète, et son copain robot lui disait : « Attention, danger. Danger, Will Robinson. »

C'est exactement ce qu'il me disait à cet instant : « Attention, danger. »

— Il n'y a pas que les livres, dis-je.

— Quoi, encore ?

— Les poisons. Tu as utilisé mon ordinateur pour faire des recherches sur les poisons. Bien avant de soi-disant t'inquiéter de mon état. Je l'ai vu dans l'historique de navigation.

— C'était à cause du chien. À ton avis, pourquoi je veux faire de la bio ? Tu vas me dire que tu trouves ça louche que je veuille travailler dans un laboratoire médicolégal ? Qu'est-ce que tu voudrais que je fasse ? Flic ?

— Comme par hasard, tu te prends de passion pour les poisons. Et voilà que les gens se retrouvent à l'hôpital. Ne me prends pas pour une idiote, Gemma-Kate.

— Toi non plus. Si j'avais cherché sur Internet des moyens de t'empoisonner, tu crois vraiment que j'aurais laissé en évidence mon historique de navigation ?

Elle me regardait comme si j'étais un monstre à deux têtes et que cette autre tête disait n'importe quoi.

— Tu aurais pu croire que je ne serais pas assez futée pour aller voir. Quand je pense que j'ai failli te laisser me manipuler encore une fois, fis-je en me relevant.

Peut-être lui ai-je à ce moment-là balancé le livre à la figure. Elle se baissa pour l'éviter. Il heurta de plein fouet la fenêtre derrière elle. Le carreau résista. Elle regarda par-dessus mon épaule.

— Qu'est-ce qui se passe ici ?

En me retournant, je tombai nez à nez avec Carlo. Il n'était pas encore parti. Je me demandai s'il m'avait vue jeter le livre. *Si* j'avais jeté le livre.

J'étais quasi sûre qu'il m'avait vue.

— C'est comme ça que l'on résout les problèmes, à présent ? demanda-t-il. Laissez-moi vous aider.

Il prit la pile de livres posée sur le lit et les balança un par un à travers la pièce. L'un d'entre eux atteignit la lampe de chevet, qui explosa par terre. Il s'empara d'un autre que Gemma-Kate avait laissé ouvert.

— J'ai une meilleure idée.

Il arracha plusieurs pages et les projeta en l'air. Elles retombèrent lentement vers le sol.

— Et là, ça va mieux ?

Il se tut, le temps de reprendre son souffle et de s'éclaircir les idées. Gemma-Kate eut un petit rire nerveux. Je dois avouer que cela me démangeait aussi. Nous étions, elle et moi, dans notre élément. Carlo ne pouvait pas rivaliser avec une Quinn.

— Asseyez-vous, tout de suite, dit-il.

Nous obéîmes aussitôt. Je m'assis à côté d'elle sur le lit. C'était sans doute la meilleure chose à faire. À la décharge de Carlo, je tiens à rappeler qu'à ce stade il ignorait encore – il ne pouvait pas savoir – que tout ce qui m'arrivait, toutes mes réactions étaient dues à des substances chimiques qui jouaient avec l'équilibre de mon cerveau. Je l'ignorais aussi.

— Vous allez m'écouter, toutes les deux. Toi, dit-il en direction de Gemma-Kate. Peut-être que tu n'es pas une dangereuse criminelle, peut-être que tu n'as empoisonné personne, mais une chose est sûre : avant ton arrivée, cette maison était un havre de paix et de tranquillité. Depuis que tu es là, ma femme balance des objets. *Je* me mets à balancer des objets. Tu as mis une sacrée pagaille.

» Quant à toi, dit-il en pointant son doigt dans ma direction. On peut savoir ce qui te prend ?

Je lui expliquai le plus calmement possible que, pour une raison que j'ignorais, Gemma-Kate faisait tout pour m'éloigner de la maison. Gemma-Kate rétorqua qu'elle suggérait seulement que je me rende à l'hôpital pour vérifier les résultats de ma prise de sang, au cas où il y aurait quelque chose de suspect.

Carlo se retourna vers moi.

— Eh bien, qu'est-ce que tu attends ? Avec un peu de chance, tu auras les preuves nécessaires pour incriminer cette gosse, et nous pourrons nous débarrasser d'elle sans le moindre état d'âme. Tu veux que je t'y conduise ? Je vais t'accompagner.

— Je refuse de la laisser seule ici, dis-je, consciente de la pauvreté de mon argumentation.

— Qu'à cela ne tienne, je vais dire à Elias d'attendre mon appel. Et je ne la quitte pas des yeux, tel un faucon, au cas où elle se jetterait sur moi en ton absence.

Je me rendis à la cuisine, décrochai le combiné et appelai les renseignements pour être mise directement en relation avec l'hôpital d'Oro Valley, où nous avions été transférés après l'accident, Carlo et moi. Je passai une grosse moitié de la matinée à essayer de joindre la bonne personne au laboratoire et l'autre moitié à organiser ma venue. Pendant ce temps, Gemma-Kate avait rassemblé les livres, remis les pages arrachées à leur place, et rapporté le tout sur la table de la salle à manger pour continuer sa lecture sous l'œil attentif de Carlo.

Je me méfiais toujours de ses intentions, mais au moins la maison était en sécurité. Je me rendis à l'hôpital, trouvai le laboratoire et présentai une pièce d'identité à l'accueil.

Un type pâle comme un cachet d'aspirine – c'est à cela qu'on reconnaît ceux qui sont nés et ont grandi en Arizona : ils sont comme des vampires, ils ne s'exposent jamais au soleil – vint me chercher dans la salle d'attente et me tendit mes résultats, une succession de noms et de chiffres qui, bien sûr, m'était parfaitement incompréhensible. Je sentis à son sourire poli qu'il avait l'habitude et que cela lui donnait un ascendant sur moi.

Je n'avais pas le temps de jouer à son petit jeu.

— J'ai besoin de votre aide, fis-je. Y a-t-il quoi que ce soit là-dessus qui vous paraisse anormal ?

— Oh oui ! nous avons un taux très élevé d'IMAO, déclara le spécialiste, visiblement ravi de partager sa passion. C'est cette case-là, ajouta-t-il en désignant un des chiffres.

— Qu'est-ce que l'IMAO ?

— Une forme d'antidépresseur.

— Qu'est-ce que ça signifie, « très élevé » ? Est-ce que ça correspond à une dose de vingt milligrammes par jour, par exemple ?

— Oh non ! quatre fois plus au moins.

— Et vous n'avez pas jugé bon de me prévenir ?

Il cessa aussitôt de sourire. Ce gars-là n'avait pas beaucoup de sens de l'humour.

— Apparemment pas. D'habitude, les gens sont assez malins pour savoir ce qu'ils prennent. Il est écrit ici que les résultats ont été envoyés à votre médecin. Il s'agit bien de Timothy Neilsen ?

Je composai aussitôt le numéro de la maison. Gemma-Kate décrocha.

— Passe-moi Carlo, ordonnai-je.

— Ils ont trouvé quelque chose ? demanda-t-il à peine arrivé.

— Peut-être. Écoute-moi bien, je suis en pleine possession de mes moyens, je ne suis pas folle. Je voudrais que tu ailles dans la salle de bains et que tu cherches un flacon avec une étiquette « Rextal ».

Il s'exécuta, le téléphone calé sur son épaule.

— Je l'ai.

— Peux-tu me dire la posologie ?

— Vingt milligrammes, une fois par jour.

— Je sais ce que tu vas penser, mais je te jure que j'ai une bonne raison. Dis-moi combien il reste de comprimés.

Il les compta un par un.

Je fis un rapide calcul en partant de la date à laquelle j'avais commencé à les prendre. Le compte était bon. Gemma-Kate ne me refilait donc pas de doses supplémentaires en cachette. À moins qu'elle n'en ait commandé elle-même à l'étranger. Je demandai à lui parler.

— Dis-moi ce qui se passe en cas de surdosage d'antidépresseurs et les symptômes associés. Je reste en ligne.

Je n'eus pas à attendre longtemps.

— Nausées, diarrhée, palpitations, anxiété, crampes, irritabilité, hallucinations. Syndrome sérotoninergique.

— Qu'est-ce que c'est ?

— Apparemment, cela se produit en cas de surstimulation des éléments biochimiques responsables du bonheur.

— Qu'est-ce qui se passe dans ce cas ?

— D'abord un sentiment d'euphorie, qui se détériore rapidement avec l'apparition de crampes, nausées, diarrhée, anxiété. Tachycardie.

— Paranoïa et hallucinations ?

— Oui, pour les cas les plus graves. Et seulement sur la fin, lorsque l'organisme commence à lâcher, fièvre.

Fièvre. Sur la fin.

— Comment peut-on savoir si l'on est atteint ?

— Je ne suis pas médecin, mais je crois que tu le sais.

Médecin.

— Dis à Carlo que je vais en avoir pour un moment.

47

C'était un samedi. Je me moquais éperdument de les trouver tous les deux à la maison. Peu importe qui était là, j'étais très énervée et je voulais des réponses.

Personne ne vint m'ouvrir lorsque je sonnai à la porte. Je fis le tour de la maison jusqu'à la piscine et tapai sans ménagement sur la grande baie vitrée. Timothy ne mit pas longtemps à sortir par une des portes.

— Vous ne pouvez pas obliger les gens à vous ouvrir. Sortez de ma propriété avant que j'appelle les flics.

— Vous connaissez les flics, ils ont une fâcheuse tendance à… poser des questions. Voulez-vous que je vous dise pourquoi je suis là avant de les appeler ?

Il blêmit. C'était un coup de bluff, mais il s'était trahi.

— Où est Jacquie ?

— Je ne sais pas. Avec son prêtre, peut-être, ou bien son médium.

— Il lui arrive donc de sortir ? Vous m'avez affirmé le contraire.

Une profonde tristesse se peignit sur ses traits.

— Elle ne me dit plus rien. Ce sont les seuls endroits où elle peut encore aller. Elle se fait livrer les courses à domicile.

— Ça tombe bien qu'elle ne soit pas là. Quoi que vous puissiez me dire, je parie qu'elle n'est pas au courant, et c'est sans doute mieux pour elle.

Timothy rit, mais il n'y avait pas une once d'humour dans ce rire.

— Je pensais avoir été clair. Le mieux pour elle, ce serait que vous nous foutiez la paix à tous les deux.

— Comment pouvez-vous l'affirmer avec certitude ?

— Elle n'aurait jamais dû vous mêler à tout ça. Si seulement elle m'avait fait confiance.

— Vous savez ce qui s'est passé. Et vous avez tout fait pour m'empêcher de le découvrir.

— Oh non ! Ce n'est pas parce que je ne fais pas venir les flics que j'ai quoi que ce soit à vous dire.

— Jacquie ne sait rien, n'est-ce pas ? Vous savez quelque chose sur la nuit où son fils est mort et vous refusez de le lui dire. C'est répugnant.

Je regardai vers la cheminée et vis l'autel dédié à la mémoire de Joe. Je fis mine de m'approcher et, du bout de l'index, je poussai le petit bol de fruits en céramique vers le bord, tout au bord.

— Parlez-moi, dis-je.

— Vous n'oserez pas, répondit Timothy.

Je l'effleurai à peine et le bol vint s'écraser sur le carrelage, pulvérisé en mille morceaux. Timothy bondit, menaçant ; il marcha vers moi sans avoir la moindre idée de ce dont j'étais capable. D'un croche-pied, je le mis cul par-dessus tête.

Cela eut l'air de le calmer.

— Je n'ai rien fait d'illégal.

Sans même faire l'effort de se relever, il se prit la tête entre les mains et se frotta vigoureusement les joues avant de me regarder de nouveau.

— La voilà, la vérité. Que voulez-vous de plus ? J'ai déjà tout perdu.

Lorsqu'il parvint à se remettre sur pied, j'avais jeté mon dévolu sur le gecko en coquillages. Il était visiblement furieux, mais il garda ses distances.

— D'où viennent ces coquillages ? On n'en trouve pas beaucoup dans les parages.

— Des vacances à Bali, répondit Timothy avec un léger tremblement de la voix, voyant que je n'étais pas du genre à me laisser intimider.

Je caressai le gecko distraitement.

— À votre avis, que pensera Jacquie en arrivant ? Un, passe encore, mais deux…, difficile de prétexter un geste maladroit.

Timothy laissa échapper un sanglot et tomba à genoux devant moi.

— Ne faites pas ça, je vous en prie. Nous sommes entre adultes, non ?

— Très bien, parlons en adultes. Pourquoi ne pas m'avoir dit que l'hôpital vous avait communiqué mes résultats d'analyses ? Et que j'avais un taux d'antidépresseurs beaucoup trop élevé ?

— Qu'est-ce que cela a à voir avec la mort de Joe ?

— C'est ce que je voudrais comprendre. Je commence à poser des questions, vous me prescrivez des antidépresseurs. Comme par hasard, je fais une overdose. Je fais une prise de sang à l'hôpital et vous recevez les résultats. Pourquoi ne pas m'avoir parlé de ces taux anormalement élevés ?

— Quelle prise de sang ? Je n'ai rien reçu, dit-il.

— C'est ça. J'ai reçu un appel de votre laboratoire. Tout ce qu'on m'a dit, c'est que j'avais un peu de cholestérol, rétorquai-je en effleurant de nouveau le gecko.

— Nous n'avons jamais demandé ce genre d'analyses. Pour les drogues, il faut passer par un autre laboratoire !

Timothy s'effondra sur le canapé et enfouit son visage entre ses mains. Il n'était pas abattu, loin de là. Il réfléchissait.

— D'ailleurs, les prélèvements ont été faits avant que je vous prescrive les antidépresseurs. Mon assistante est en congé, je travaille avec une remplaçante. Vous voulez que je lui passe un coup de fil ? Nous n'avons qu'à l'appeler tout de suite.

Voyant qu'il se souciait davantage d'avoir une assurance professionnelle à jour que de devoir répondre d'un acte de surdosage intentionnel, je mis mes soupçons de côté.

— Revenons-en à Joey, dis-je.

Tim prit une profonde inspiration. Il allait en avoir besoin.

— Je suis soulagé d'en être débarrassé. C'était un vrai petit merdeux.

— Vous n'êtes pas le seul à penser ça. Vous avez eu du mal à accepter son homosexualité ?

— Ça n'a rien à voir. Vous savez, il n'en a pas toujours été ainsi. J'ai aimé cet enfant. Nous formions une famille, il était le fils que je n'avais jamais eu, moi qui aimais tant Jacquie. Je l'aime toujours autant. Mais, après quelque temps, Jacquie a eu peur qu'il ne me préfère à elle. Ensuite c'est devenu bizarre. C'était un véritable sketch, le show de Jacquie et Joe, et il n'y avait pas de place pour moi. Je les ai emmenés partout, j'ai essayé d'être un bon père. Mais il comprenait parfaitement ce qui se passait et il savait en tirer profit. Il était de plus en plus difficile à gérer. Vous saviez qu'il s'était teint les cheveux comme sa mère, pour que les gens ne puissent pas le prendre pour mon fils ? Le médecin légiste vous l'a peut-être dit ?

Je fis non de la tête.

— Jacquie me l'a dit.

— Elle continue de penser que c'était adorable. Il savait y faire, avec sa mère. Je n'étais pas dupe, mais dès que je n'allais pas dans son sens, il trouvait un moyen de se venger. Ils avaient pris l'habitude de regarder *Les Experts* ensemble, sur notre lit, et si je ne voulais pas regarder, ils me disaient d'aller me mettre ailleurs. Un soir, je leur ai demandé de s'installer dans le séjour parce que je voulais me coucher. Le lendemain matin, dans le garage, ma Lexus avait été rayée sur toute la longueur, côté conducteur. Je suis revenu, j'ai accusé Joe. Jacquie a pris sa défense. Joe était hystérique, j'ai fini par le plaquer contre le mur. Je ne lui ai pas fait mal, je l'ai seulement poussé. Mais il est allé se plaindre à la police.

» Les flics sont venus m'arrêter pour maltraitance, ils ont dit qu'ils n'avaient pas le choix, et j'ai passé la nuit en prison avant d'être relâché. J'ai eu la totale : empreintes digitales, photos, combinaison orange, sandwich immangeable, et même un vulgaire lit de camp dans un dortoir avec trente autres détenus qui ont passé la nuit à hurler. À Tucson, l'argent peut vous mettre à l'abri de bien des choses, mais pas d'une plainte pour maltraitance. Jacquie n'a pas levé le petit doigt. Elle n'est même pas venue me chercher, j'ai dû prendre un taxi pour rentrer. Mais vous devez me croire, je n'aurais jamais fait de mal à Joe. Ce soir-là, je suis sorti avec mon associé, et il m'a ramené en voiture.

— Lari Paunchese ?

— Oui. J'ai découvert le corps de Joe dans la piscine. Je l'ai sorti de l'eau et j'ai essayé de le ranimer, mais il était mort depuis longtemps. J'ai cherché partout s'il avait laissé une lettre, mais je n'ai rien trouvé. J'avais peur que Jacquie rejette la faute sur moi, et c'est bien ce qu'elle fait, non ? Elle a dû vous dire que Joe s'était tué à cause de moi. Ou pire. Je me trompe ?

— Donc, vous avez rappelé Paunchese. Il n'était pas réticent au premier abord ?

— J'ai dit que je ne voulais pas d'autopsie. Il s'agissait clairement d'un accident, et je ne voulais pas rendre les choses plus difficiles pour Jacquie. C'est tout. Nous sommes des gens respectables, bon sang. Je pensais qu'on nous laisserait faire notre deuil en paix. Mais vu que j'avais déjà été arrêté pour agression, on m'a aussitôt accusé de l'avoir assassiné. Mon Dieu. Tout est si compliqué, mon Dieu.

— Non, Timothy. La mort n'a rien de compliqué. Au contraire, c'est on ne peut plus simple. La vraie question est : auriez-vous eu le cran, si on peut parler de cran, de tuer votre beau-fils, puis de vous en prendre à moi pour éviter que je le découvre ?

Il sanglotait à présent, répétant qu'il ne savait rien de plus.

— Timothy, regardez-moi.

Il leva les yeux.

— Je sais que vous avez eu le rapport entre les mains. Le légiste vous a transmis les résultats du labo et vous avez préféré le taire à Jacquie. Je suis obligée de vous demander pourquoi. Pourquoi ne pas avoir dit à Jacquie que Joe avait bu de l'alcool ? Pourquoi ne vouliez-vous pas qu'elle le sache ? Parce que c'est vous qui l'avez fait boire ?

Il prit une profonde inspiration et détourna le regard un moment. Quand ses yeux revinrent sur moi, ils avaient perdu tout éclat.

— Je vais vous dire pourquoi. Parce qu'elle le savait déjà. C'est Jacquie qui l'a initié à l'alcool. Une petite bière pour ses treize ans, puis devant la télé… Elle le trouvait tellement mignon quand il avait bu. Et il est mort.

— Sachez que je lui en ai parlé.

— Du rapport toxicologique ? Merde, qu'est-ce qu'elle a dit ?

— Elle ne sait pas que vous en avez eu connaissance. Mais elle a tout de suite appelé Mallory et l'a accusée d'avoir fait boire Joe quand il venait faire la lecture à Owen.

Timothy secoua la tête, accablé, mais au fond cela ne le surprenait guère, et il savait que nous étions impuissants.

— Le pouvoir du déni… Elle a rendu son fils alcoolique, et je n'ai rien pu faire. Elle l'achetait avec de l'alcool. Lorsque j'ai voulu intervenir, ils ont fait front et je me suis senti encore plus rejeté. Et pourtant, j'aimais beaucoup trop Jacquie pour lui dire qu'elle avait sa part de responsabilité dans la mort de Joe. Le gamin était déjà parti et rien n'aurait pu le ramener. À quoi bon lui dire qu'il avait bu ? J'ai voulu la protéger, l'empêcher de culpabiliser. Je ne pensais pas que cela me retomberait dessus.

» Vous avez raison, c'est *on ne peut plus* simple.

Il leva un pouce.

— J'aime Jacquie.

Il tendit l'index, formant un pistolet avec ses doigts.

— Elle aime Joe.

Il pointa son index contre sa tempe et fit mine de tirer.

— Même mort, c'est ce petit merdeux qui gagne.

Pourquoi était-il amoureux d'elle ? Ou, plutôt, qui était cette femme qu'il avait tant aimée ? Celle d'avant la disparition de Joey ? Avant que son premier mari la quitte ? Peut-être avait-il gardé le souvenir de cette femme dynamique et pleine de vie, capable de se rendre à une fête déguisée en Harpo Marx. Une bonne mère, qui avait fini par oublier tout le reste et qui, à la mort de son enfant, avait perdu toute raison de vivre.

— Voilà ce que vous me cachiez, dis-je.

— Vous avez raison. Mais je ne vous aurais jamais fait de mal. Je ne ferais de mal à personne.

Je repensai à notre rendez-vous, avec quel naturel il avait conclu à une dépression et, de là, à la maladie de Parkinson. Les médecins concluent toujours à une dépression, surtout chez les femmes.

— Qu'est-ce qui vous a mis la puce à l'oreille, pour Parkinson ? demandai-je.

— Mallory, quand elle a téléphoné pour vous prendre rendez-vous. Elle ne savait pas d'où cela venait, mais elle a indiqué que vous aviez une démarche inhabituelle et que votre écriture lui avait paru étrange au moment de signer votre reçu au restaurant. Sans le savoir, elle venait de donner deux des signes caractéristiques de la maladie. Ensuite, j'ai vu vos mains trembler et je n'ai pas mis longtemps à faire le rapprochement.

J'avais encore un détail à vérifier. Je me rendis dans la cuisine et ouvris le réfrigérateur. Dans la porte, je comptai trois bouteilles de Sam Adams. La fois où j'avais vu Jacquie en milieu de matinée, elle puait déjà la bière. Je fouillai dans les placards et finis par dénicher celui où étaient rangées les bouteilles de Tanqueray, de Johnnie

Walker Red Label, de Jose Cuervo, de Grey Goose. Toutes aux trois quarts vides. Alors je crus Tim. Il me disait la vérité.

Je revins vers le canapé où Tim était assis, la tête posée sur ses mains jointes, parlant dans sa barbe comme s'il avait oublié ma présence.

— Elle était si drôle, si spirituelle. Je n'étais jamais à la hauteur, en tout cas pas pour elle. Alors, elle a voulu faire de Joe celui que je ne serais jamais.

Je vis les éclats du bol de céramique éparpillés sur le carrelage devant la cheminée. Je ne regrettais pas mon geste : Tim m'avait menti, il me cachait la vérité depuis le début. Néanmoins, je désignai les dégâts.

— Je peux vous aider à nettoyer ?

— Non, dit-il.

— Qu'allez-vous dire à Jacquie, pour le bol ?

Il laissa échapper un rire grave.

— Je trouverai bien quelque chose. Nous savons tous les deux que je suis plutôt doué pour le mensonge, n'est-ce pas ?

Je le sondai du regard.

— Sortez d'ici, hurla-t-il. Ne revenez plus. Laissez-nous en paix.

— Vous avez une arme quelque part dans la maison ?

— Non.

— Parfait.

48

Je me rassis à la table où j'avais laissé Gemma-Kate. Elle était toujours plongée dans la *Toxicologie en science médicolégale*. *Neuroscience de l'écriture manuscrite* était ouvert à une page sur une autre chaise, et *Pathologie du toxicomane* servait de presse-papier sur un bloc de feuilles A4. Elle ne daigna même pas lever les yeux.

— Carlo est parti chercher la voiture avec Elias. J'ai promis d'être bien sage en t'attendant.

— Je ne sais toujours pas si Timothy Neilsen me dit la vérité. Il fait tout pour se protéger et pour essayer de sauver son mariage.

— J'ai continué mes recherches sur les antidépresseurs.

— Je me demande quelle serait la réaction de Sam Humphries si je lui parlais de l'arrestation de Neilsen pour mauvais traitements. Personne ne l'a jamais évoquée jusqu'à maintenant, pas même Jacquie. Elle a dû se dire que je finirais bien par le découvrir.

— Je suis en train de lire un truc passionnant. Sur le Caravage. Tu connais ?

Puisqu'elle ne m'écoutait pas du tout, je décidai d'écouter ce qu'elle avait à dire.

— Non.

— Un peintre de la Renaissance. Un maître du clair-obscur, mais un parfait connard, au demeurant. Quelqu'un a tenté de l'empoisonner au mercure, mais la dose était si faible qu'elle a tout juste suffi à le guérir de la syphilis. C'est bien la preuve que la dose fait le poison.

— On peut parler de moi deux secondes ? Tu ne voudrais pas plutôt chercher un antidote ?

— C'est ce que je suis en train de faire. Je n'ai rien trouvé. Il faut attendre que ça passe. Comment tu te sens ?

Je réfléchis un instant pour évaluer mon état. Je crus entendre le chien se prendre la porte du réfrigérateur, mais c'était impossible car le mâle était toujours chez le vétérinaire et la femelle dormait tranquillement sur mes genoux. Je n'en dis rien à Gemma-Kate.

— Ça va, ça vient. Au moins, je n'ai plus d'envies de meurtre, là, tout de suite.

— Il est écrit ici que le charbon actif peut empêcher le poison d'être assimilé par l'organisme, reprit Gemma-Kate. J'ai lu une histoire sur un prof qui a bu une solution de charbon actif devant ses élèves, puis une dose de strychnine, pour leur montrer. Mais ça ne marche que si tu prends le charbon juste avant ou juste après le poison. Tiens, oublie ça. Essaye plutôt de te pencher là-dessus, on verra ce que ça donne.

Elle prit les feuilles sous le livre et me montra une sorte de tableau rempli à la main. Je ne l'avais jamais vue s'appliquer autant. Elle prit un moment pour rassembler ses idées et choisir chaque mot, puis elle se lança dans une explication digne d'un instructeur de police.

— Quand papa révisait ses concours d'inspecteur, il me récitait parfois ses leçons. Je me souviens encore du trio : mobile, moyens, occasion. Admettons qu'on ait raison, que quelqu'un cherche à te tuer ou à t'affaiblir et que le poison soit le moyen. À ce stade, nous n'avons aucune idée du mobile. Concentrons-nous sur l'occasion. J'ai essayé de consigner toutes tes allées et venues depuis le jour où tu as commencé à être malade. Et pour l'instant, j'en suis arrivée à la conclusion que les seules personnes susceptibles de t'avoir fréquentée assez pour t'administrer des doses suffisantes étaient oncle Carlo et moi. Voici ce que ça donne.

Elle me tendit la feuille. Les lignes et les mots flottaient devant mes yeux, mais, à part quelques gribouillis, je parvins à suivre à peu près le schéma de ces derniers jours. Il lui manquait encore certains éléments et, un stylo à la main, elle se tenait prête à remplir les cases vides.

— Ça, c'est le jour de mon arrivée. Aucun problème à ce moment-là. Nous dînons avec Carlo et ton amie Mallory. Pareil les jours suivants. Vous allez à cette soirée de bienfaisance…

— Le jour où tu as empoisonné mon chien, précisai-je.

Elle marquait des points, mais je restais sur mes gardes.

— … J'ai demandé à Carlo et, apparemment, vous avez passé la soirée avec le pasteur, sa femme, le médecin et sa femme.

— Exact, les Manwaring et les Neilsen.

— Je préfère les noter individuellement, au cas où tu les aurais vus seuls.

— Elias et Lulu Manwaring. Timothy et Jacquie Neilsen.

Gemma-Kate inscrivit les noms.

— Vous avez mangé, bu ?

— Quelques hors-d'œuvre. Et du vin.

— À ce moment-là, est-ce que tu te souviens de t'être sentie patraque ?

— Non. J'allais bien. C'est le chien qui tombe malade.

— Jour deux.

— Je suis allée chez les Neilsen.

— Non.

— Non ?

— D'abord, tu as pris un café. C'est moi qui ai fait le café ce matin-là. Tu dois te souvenir de tout, tante Brigid. Même si je suis impliquée.

— Mais Carlo en a bu, lui aussi.

— Oui, mais il faut parfois plus d'une dose pour que le poison agisse. Les antidépresseurs ont un effet cumulatif, et Carlo aurait pu en ingérer un peu sans même s'en rendre compte. Donc, tu vas chez les Neilsen et tu acceptes d'enquêter sur la mort de leur fils, Joe. As-tu pris quelque chose à manger ou à boire ?

Il y avait quelque chose de fascinant à voir son cerveau en action. Je décidai de lui faire confiance.

— Oui, j'ai pris un café. Ils ont une cafetière Keurig, avec des capsules individuelles.

— Qui l'a préparé ?

— Tim Neilsen, je crois. Oui, Tim Neilsen. Non. Jacquie m'en a fait un, puis Tim Neilsen m'en a préparé un second.

Je fermai les yeux pour me repasser la scène.

— À un moment, je me suis retournée et je l'ai vu en train d'ouvrir un flacon de médicaments sur le plan de travail. J'ai cru qu'il vérifiait si Jacquie prenait ses médicaments, alors j'ai regardé ailleurs, pour ne pas me mêler de ce qui ne me regardait pas.

Elle l'inscrivit dans une colonne.

— Il y avait peut-être quelque chose dans le café. Soit dans la tasse, soit directement injecté dans la capsule avec une seringue. Donc, tu sors de chez les Neilsen ; où vas-tu ensuite ?

— J'appelle… j'ai appelé Mallory, et je suis allée lui rendre visite. Je voulais lui parler de toi.

— Tu as pris quelque chose chez elle ?

— Gemma-Kate, tout cela est absurde.

— Réponds à la question.

— Oui. L'infirmière nous a apporté de la soupe.

— Son nom ?

— Annette.

Elle nota.

— Quel genre de soupe ?

— Une sorte de bouillon de bœuf avec du chou, des haricots et du parmesan sur le dessus. Nous l'avons prise dans la chambre d'Owen, sur des plateaux télé. Et un café.

— C'est là que tu as commencé à te sentir mal ?

— Non. Ce n'est que vers le milieu de la nuit que j'ai été prise de nausées. Je ne sais plus si j'ai vomi ou pas. C'était après ton pain de viande, celui à la choucroute et au fromage suisse.

— Là, je perds le fil. Qu'as-tu fait le lendemain ?

— J'ai vu beaucoup de monde, ce jour-là. Je suis allée rendre visite à l'inspecteur chargé de l'enquête sur la mort de Joe Neilsen – si on peut parler d'enquête –, je suis passée chez le vétérinaire pour voir le carlin… Je ne sais plus si je suis allée faire un tour à la salle de sport, pour faire un peu d'exercice et discuter avec mon coach. Non, je ne crois pas.

J'avais du mal à me souvenir de tout, plaignant un peu les nombreuses personnes que j'avais interrogées par le passé.

— Tu as mangé et bu, ce jour-là ?

— J'ai pris un café au Starbucks et un bagel. C'est à peu près tout. J'avais mal au ventre, je n'ai rien pu avaler, à part un ou deux crackers ici, à la maison.

— Très bien. Et le lendemain ?

— Je me suis forcée à sortir, je me suis dit qu'une petite marche au grand air ne me ferait pas de mal. C'est là que j'ai découvert le cadavre du crapaud qui t'a servi à empoisonner mon chien.

— Mais tu n'as croisé personne ce matin-là ?

— J'ai essayé d'avoir une discussion à propos de toi avec Carlo, mais il a refusé de m'écouter. Les hommes sont braves, mais ils ont parfois du mal à sentir les choses. Du coup, j'ai rejoint Mallory pour le déjeuner.

Je m'empressai d'ajouter, avant que Gemma-Kate ne pose la question :

— Une salade et un verre de vin.

Une pause.

— Et des tartines au bleu et à l'ail. Nous avons toutes les deux commandé la même chose. J'étais déjà assez agitée, alors elle m'a proposé un Valium, mais j'ai refusé. Puis je suis allée chez elle et je suis repartie avec un coussin à la lavande.

— Tu parles de ce truc en forme de lapin que tu avais autour du cou ?

— Celui-là même.

— Qui te l'a donné ?

— Annette. Annette est allée me le chercher et l'a chauffé au micro-ondes.

Gemma-Kate inscrivit soigneusement le nom d'Annette sous la date, avec un « deux » à côté.

— Qu'est-ce que tu en as fait ?

— De quoi ?

— Du lapin.

— Il doit être quelque part dans la chambre, sur une chaise.

Gemma-Kate disparut et revint quelques minutes plus tard avec le coussin. Elle le renifla avec circonspection, secoua la tête et le posa au bord de la table telle une pièce à conviction.

Cela me donna des frissons.

— C'est ce jour-là que j'ai eu ma première hallucination, alors que je conduisais. Mais je ne sais plus à quel moment.

— Raconte-moi ce qui s'est passé.

— J'ai vu Carlo se transformer en squelette, murmurai-je.

C'était si réel, bon sang, si réel.

— Carlo, répéta Gemma-Kate.

— Il a traversé la route devant moi. Et, d'un coup, sa peau a coulé comme de la cire. J'ai pilé, et je n'ai pu que le regarder fondre sous mes yeux.

— Tu as pris quelque chose là-bas ?

— Non. Owen était en train de faire une crise, elles l'ont stabilisé, elles m'ont donné le coussin à la lavande et m'ont dit de le prendre avec moi. Ensuite, je suis rentrée. Tu as préparé le dîner. C'est toi qui as fait tous les repas, sauf celui d'hier soir.

— Faux. Tu as pris des plats chez le chinois un soir…

Elle parcourut le tableau à la recherche de la date.

— Tu vois, ce n'est pas si facile.

— Tu étais toujours patraque, à ce moment-là ? demanda-t-elle.

— Je ne me souviens pas. Je crois que oui. Tout se mélange dans ma tête, mon cerveau a du mal à suivre. J'étais suffisamment mal pour aller à mon rendez-vous chez Timothy Neilsen le lendemain. Il m'a prescrit des antidépresseurs.

Gemma-Kate nota cette information.

— Combien ?

— Rextal, vingt milligrammes. Jusque-là, j'étais à quatre milligrammes d'anxiolytiques par jour et dix milligrammes de somnifères quand j'avais du mal à dormir. Le médecin m'a dit de ne plus les prendre.

Gemma-Kate acquiesça.

— On parle de polymédication. Des associations de médicaments qui sont très efficaces en soi, mais qui peuvent devenir extrêmement dangereux si on les mélange avec d'autres substances.

Je la laissai feuilleter le livre sur la table et me levai pour me refaire un café, soulevant la chienne tout doucement pour ne pas la réveiller. Le café était froid, mais je commençais à croire Gemma-Kate quand elle disait qu'elle n'avait rien mis dedans.

En revenant, je lui dis :

— Au fait, j'ai failli oublier. Je suis passée au commissariat pour parler de l'affaire Neilsen, et l'inspecteur m'a fait un café.

Elle le rajouta dans la colonne, puis désigna l'un des livres ouverts sur la table.

— Avant les antidépresseurs, tu ne prenais vraiment pas grand-chose. En revanche, je n'ai pas trouvé ce qui arriverait si tu combinais les trois, alors peut-être que ton médecin a eu raison.

— Je n'ai jamais pris les trois ensemble.

Elle le nota.

— Comment tu te sentais au commissariat ?

Je revis le sang sur la chemise ; j'étais tellement nerveuse que je m'étais rongé les cuticules sans même m'en rendre compte.

— Anxieuse. Sentiment d'oppression. J'avais l'impression que mon œsophage était dur comme de la pierre et que mon cœur essayait de passer à travers. Et j'ai commencé à avoir des absences, qui peuvent durer plusieurs secondes.

Gemma-Kate écrivit tout cela.

— Et ensuite ?

— Je ne sais plus. Attends. Le rendez-vous avec Neilsen était le lendemain de ma rencontre avec l'inspecteur.

Je pointai du doigt la date, elle effaça ce qu'elle venait d'écrire et le réinscrivit dans la colonne d'à côté.

— Et c'est juste après avoir vu Neilsen que j'ai retrouvé Mallory chez Ramone, au Westin, sur Ina Road. J'ai pris un martini. Avec des olives. Fourrées au bleu. Le barman s'appelait William.

— Et la nuit de ce fameux épisode ?

— Quel épisode ?

C'était puéril de ma part, je sais, mais je ne voulais pas repenser à cette nuit.

— Quand je t'ai retrouvée errant dans la cour comme si tu avais perdu la tête. C'est à partir de là que j'ai commencé à avoir des doutes et à noter tes symptômes. C'est là que j'ai commandé les livres sur Internet.

— Tu m'observes depuis tout ce temps ?

— Oui. Revenons-en à ta première hallucination.

— Je... Je crois que c'est arrivé le soir où j'ai pris le médicament prescrit par Neilsen. J'ai peut-être écarté Neilsen trop tôt. Et s'il était de mèche avec le pharmacien ?

— Hé ! pas si vite. On n'a pas fini. Continue.

— À quoi penses-tu ?

— Tu es restée à la maison jusqu'à ce que nous partions pour l'église.

— L'antigel, fis-je.

— Exact, mais pas toi.

— Pourtant, tu as tout fait pour. Tu m'as apporté une tasse de café. Et un beignet.

Gemma-Kate eut un mouvement brusque.

— Quoi ? demandai-je.

— Rien.

Elle ajouta à sa liste : un café et un beignet.

— Et ensuite ?

— Le lendemain, j'avais rendez-vous avec Elias Manwaring. À l'église. Est-ce que j'ai pris un café ?

— Tu bois vraiment trop de café, tu sais. Mais c'est un autre problème.

— Rien à l'église. Ah si ! il m'a donné un verre d'eau et j'en ai bu la moitié. Non, je ne l'ai pas vu me servir. Nous avons discuté un moment, avant d'aller chez lui, au presbytère, où nous avons rejoint Lulu et leur fils, Ken. J'avais la tête qui tournait, j'ai dû m'asseoir ou m'appuyer contre le mur. C'est là que j'ai appris pour le jeu du foulard.

— Hors sujet. Tu as bu quelque chose chez eux ?

— Lulu m'a proposé de l'eau, je crois, mais j'ai dit non. Je n'ai ni bu ni mangé. J'ai découvert le corps de Frank Ganim.

— Bien. Et le lendemain ?

— C'est fou tout ce qu'on peut oublier dans sa vie, dès qu'il s'agit de raconter dans les détails. À croire que nos journées ne sont pas passionnantes. J'ai eu une discussion avec le sergent, Tony Salazar. Je voulais savoir si Peter pouvait être impliqué dans la mort de Joey…

— Peter ! Tu penses qu'il a quelque chose à voir avec la noyade de Joseph Neilsen ?

— … Mais cette entrevue autour de Frank Ganim a tourné au jeu du chat et de la souris. À vrai dire, je crois que c'était moi, la souris.

Ils m'ont posé des questions sur la découverte du corps ; j'ai pu glaner quelques informations, mais pas suffisamment à mon goût. Le soir, tu as fait le dîner. J'avais pris un toast le matin. Rien d'autre jusqu'au brunch chez Mallory, le lendemain.

— Tu as vu Annette ce jour-là ?

— Non, elle était de repos.

— Qu'avez-vous mangé ?

— De la quiche.

— Quel genre de quiche ?

Sa question n'était pas dépourvue d'une certaine curiosité culinaire.

— Artichaut, champignons… fromage suisse.

— Qui l'avait faite ?

— Annette. Du vin. Et de nouveau du bleu et de l'ail, comme au restaurant. Nous avons tous les trois goûté au vin, à la quiche et au fromage. Mallory a sauté le dessert, mais Carlo en a pris aussi. Un gâteau appelé poudingue, avec du lemon curd.

— Sans déconner.

— Sans déconner. Pas mauvais, d'ailleurs.

— Tu te sentais comment à ce moment-là ?

— Sur le chemin du retour, j'étais tellement dans les vapes que j'ai cru voir des serpents rouges sur la route. Je reste convaincue qu'il y en avait au moins un, pour de vrai. C'est là que j'ai embouti le cactus et que le flic m'a crue ivre. Nous sommes allés à l'hôpital en ambulance. On nous a fait passer des radios pour vérifier que nous n'avions rien de cassé, à part le nez de Carlo, puis ils se sont occupés de nos coupures au visage. Si ma prise de sang avait révélé un taux d'alcool important, ils m'auraient arrêtée.

— Après ça, vous êtes rentrés à la maison, et nous savons toutes les deux ce qui est arrivé. Tu m'as sauté dessus comme une vraie junkie.

— Je ne t'ai pas sauté dessus comme une junkie. Ou alors j'avais une bonne raison de le faire.

Gemma-Kate préféra en rester là. Elle était trop occupée à remplir les cases de son tableau.

— Ce qui nous amène à aujourd'hui. Toujours malade ?

— Non. Si. Je n'ai pas les idées claires, je ne saurais même plus te dire comment je me sens.

Gemma-Kate fit quelques mouvements pour détendre les muscles de son cou.

— Je vais me faire à manger. Tu veux quelque chose ?

— Je vais me débrouiller.

Elle s'éloigna, ses papiers à la main. Lorsque je la rejoignis dans la cuisine, elle avait mis à réchauffer un bol de soupe au poulet. Elle était encore en train de corriger ses notes. Elle regarda l'ensemble du tableau, puis se mit à entourer des choses en fronçant les sourcils. Je crus l'entendre murmurer « fromage », mais je n'en aurais pas mis ma main à couper. La sonnerie du micro-ondes l'interrompit, elle sortit son bol, prit une cuillère et une serviette, s'installa au comptoir et se mit à dévorer ses nouilles tout en lisant ses notes.

Elle avait fini par me convaincre et je ne pouvais m'empêcher d'être curieuse.

— Alors, qu'en penses-tu ? demandai-je en ouvrant une conserve de lentilles qui ne pouvait avoir été trafiquée.

J'espérais garder un air détaché lorsque je fis sauter le couvercle de métal et versai le tout dans un bol, sans prendre la peine de le faire chauffer.

Gemma-Kate se renfonça dans sa chaise, apparemment satisfaite d'avoir à la fois fini sa soupe et abouti à une théorie plausible.

— Voici les faits, dit-elle dans mon dos. Ton médecin ne trouve pas de raison évidente à tous tes symptômes. Comme la plupart des médecins, surtout avec leur clientèle féminine, il se rabat sur l'hypothèse la plus simple : la dépression. Si tu as bien été empoisonnée, il semblerait que ce soit avec ce même antidépresseur, qui aurait un effet cumulatif, impossible à détecter tout de suite après la prise.

— Jusqu'ici, tu ne m'apprends rien.

— Je récapitule. Rappelons que ce médicament, à faible dose, peut être ingéré sans aucun effet visible. Si tu es la seule à avoir réagi, c'est sans doute parce que tu as déjà été soumise à des doses massives. Au fait, j'ai goûté une de tes pilules, elles n'ont aucun goût. À partir de là, il est très facile de les broyer et de les incorporer à la nourriture et même, pourquoi pas, au sucre glace sur un beignet. Soit ton empoisonneur n'est vraiment pas doué, soit il ne cherche pas à te tuer. Peut-être qu'il veut juste t'affaiblir, s'il a peur que l'on puisse remonter jusqu'à lui. Si nous avions un mobile, cela pourrait nous mener directement à lui.

Je sortis une cuillère à soupe du tiroir et attaquai ma soupe de lentilles.

— Tu ne m'apprends toujours rien.

Gemma-Kate ne se formalisa pas. Elle battait sa cuillère en rythme sur ses feuilles, sans voir qu'elle envoyait des gouttelettes de soupe dans tous les sens.

— Si on élimine Carlo, il ne reste plus que deux personnes susceptibles de t'avoir approchée plus souvent que les autres, assez pour te donner des petites doses de poison.

» À ce stade, je dirais que tu as le choix entre moi et ta meilleure amie, Mallory. Et je suis sûre d'une chose : ce n'est pas moi.

49

Gemma-Kate me jeta un regard solennel, comme si elle entendait les orgues entonner un refrain dramatique derrière elle. Mais le seul bruit dans la pièce était celui de ma stupéfaction muette.

— C'est ça, ta conclusion ? Tous tes papiers, tes tableaux, tes machins ? Tout ça pour aboutir à Mallory Hollinger ?

J'hésitais entre éclater de rire ou lui coller une gifle.

— Et pourquoi pas ? dit-elle.

— Mallory est la dernière personne au monde que je soupçonnerais de vouloir m'empoisonner. Bon, d'accord, avant-dernière, après Carlo. Je ne pourrais même pas en dire autant de ma propre mère, pour peu qu'elle pense avoir une bonne raison de le faire !

— Et si tu découvrais qu'elle avait une bonne raison ?

— Bien sûr. La question est : pourquoi devrais-je te croire ? J'aime mieux revenir à l'hypothèse selon laquelle tu as empoisonné mon chien, tu m'as empoisonnée, moi, et tu as empoisonné, même indirectement, Frank Ganim. Mais enfin, à quoi tu joues ? Tu nous prends pour tes devoirs de vacances ?

— Ce serait vraiment débile, tu ne crois pas ? Tout comme de faire des recherches sur les poisons depuis ton ordinateur. Et d'avoir acheté des livres de toxicologie avec ta carte de crédit, et de les laisser traîner en évidence. Ce serait complètement idiot. Tu me prends pour une idiote ?

— Pas du tout. Mais peut-être que c'est toi qui nous prends pour des idiots ? Je sais que tu as fait dcs recherches sur la bufoténine. Tu savais que ce crapaud était toxique.

— Pour ta gouverne, si tu avais bien regardé, tu aurais vu que j'ai fait ces recherches après le vétérinaire, pas avant. Réfléchis autrement. L'incident du chien est peut-être sans aucun rapport avec toi et Frank Ganim. Réfléchis-y.

— Peut-être n'y a-t-il aucun lien entre Ganim et moi.

— Fais-moi plaisir, essaye d'envisager, ne serait-ce qu'une seconde, la piste Mallory.

C'était devenu un véritable *brainstorming*. J'aurais presque trouvé ça passionnant si ma vie n'avait pas été en jeu.

— D'accord, tu as peut-être trouvé le moyen et l'occasion. Quel serait le mobile ?

— Peut-être qu'elle ne veut pas t'empoisonner, mais t'affaiblir juste assez pour que tu lâches l'affaire. La question est : quelle affaire ?

— Tu voudrais me faire dire qu'il s'agit de l'affaire Joe Neilsen, parce que c'est la seule nouveauté dans ma vie à part toi. C'est totalement absurde.

— Ah oui ? Avec tout le respect que je te dois, tante Brigid, es-tu vraiment en état de juger de ce qui est absurde et de ce qui ne l'est pas ? Sans les médicaments, tu serais sans doute la première à le voir.

Je secouai la tête, à la fois pour contredire Gemma-Kate mais aussi pour effacer les dernières chapes de brouillard de mon cerveau.

— Cela ne nous dit toujours pas quel serait le mobile. Qu'est-ce que je pourrais bien découvrir qui justifie un tel traitement ?

— Si tu cessais de te focaliser sur Joe Neilsen et que tu commençais à enquêter sur Mallory Hollinger, peut-être que tu le saurais déjà.

Il n'y a pas si longtemps, j'avais reproché à Carlo de ne pas être capable de voir le mal chez Gemma-Kate. Se pouvait-il qu'elle ait raison, que je sois en plein déni, comme cela nous est déjà arrivé à tous au cours d'une enquête ? J'avais besoin de réfléchir.

Apparemment, je ne réfléchissais pas assez vite pour Gemma-Kate. Dans une de ses rares manifestations d'émotion, à savoir l'impatience, elle me prit la main et me traîna vers le micro-ondes, au-dessus du four. Elle régla la minuterie.

— Là, dit-elle. Je vais faire un pari avec toi. Tu prends trente minutes pour faire une rapide vérification des antécédents de Mallory Hollinger et si, dans ce laps de temps, tu ne trouves rien, je retourne à Fort Lauderdale.

— C'est juste que…

— Sinon, tu ne pourras plus jamais te débarrasser de moi. Sauf si on m'inculpe du meurtre de cet homme, auquel cas tu n'auras plus qu'à venir m'apporter des oranges en prison.

Elle jeta un regard à l'horloge.

— Vingt-neuf minutes et quarante-huit secondes.

Je pensais tout savoir de Mallory, et plus encore. Mais qu'avions-nous réellement partagé ? Nous n'avions jamais été vraiment honnêtes.

Moi qui me croyais si prudente, qui en disais le moins possible sur mon passé et mes liens avec le Bureau, je ne m'étais même pas rendu compte qu'elle aussi m'avait caché le sien. Quand avait-elle découvert qui j'étais ? Était-ce le jour où elle était venue en notre absence pour ramener les chiens et le poulet tikka ? Elle avait eu le temps de parcourir mes dossiers, de voir mes titres de gloire au mur, peut-être même qu'elle avait trouvé mon arme dans le tiroir de ma table de nuit.

J'étais face à un dilemme. D'un côté, je voulais de toutes mes forces que Mallory soit innocente. Mais de l'autre, par amour pour Marylin, par amour pour cette famille de tarés qui était la mienne, j'aurais tout donné pour que ce ne soit pas non plus Gemma-Kate. Or, c'était l'une ou l'autre.

Gemma-Kate interrompit le cours de mes pensées.

— Vingt-huit minutes et dix-neuf secondes. Mais je suis sûre que ça te suffit pour trouver. Alors, on parie ?

— Non. Je refuse de jouer à ton petit jeu.

Gemma-Kate jeta un coup d'œil à l'horloge.

— Tu te souviens, quand tu as dit que je t'avais apporté ton café à l'église, l'autre jour ?

Je soupirai, fatiguée de son empressement.

— Je me souviens.

— Il n'était pas de moi. C'est Mallory qui m'a donné le gobelet. Il y avait un fond de crème dedans. Ça m'a paru bizarre, parce que tu prends toujours ton café sans rien, alors je le lui ai dit. Elle m'a répondu : « Je sais, mais c'est du café ; elle le boira de toute façon. » Voilà pourquoi je m'en souviens si bien, parce qu'elle l'a dit avec ce je-ne-sais-quoi de prétentieux, comme si elle voulait me signifier qu'elle te connaissait mieux que moi, qui m'a donné envie de lui coller mon poing dans la figure. Et le beignet avec le sucre glace ? C'était elle aussi.

— Mais s'il y avait de l'antigel dans le café, pourquoi aurait-elle pris le risque d'en boire ?

— Es-tu vraiment certaine qu'elle en a bu ?

Je posai le bol de lentilles sur le comptoir. Tout ça m'avait coupé l'appétit. Le minuteur affichait vingt-sept minutes et quatre secondes lorsque je me rendis dans mon bureau et allumai l'ordinateur. En partant du dernier événement connu, je remontai le temps à l'aide des anciens numéros de l'*Arizona Daily Star*. Je tombai sur l'article relatant l'accident de voiture des Hollinger, percutés par un train. Quel confort, de nos jours, de pouvoir faire tout ça par ordinateur, sans passer par les files d'attente à la bibliothèque et la galère des microfiches ! L'accident de train était donc factuel. Il y avait même une photo d'elle, hébétée, sans rouge à lèvres. Sa blouse était déchirée ; le sang sur sa manche était vraisemblablement le sien. Elle avait une coupure sur la joue, qui me rappela la fine cicatrice qu'elle avait gardée. Et la voiture. C'était à se demander comment Owen avait pu en sortir vivant, si tant est que l'on puisse parler d'une vie. Bon point pour Mallory. Admettons.

Grâce à Internet, il n'avait jamais été aussi simple de chercher les antécédents de quelqu'un, et Mallory n'avait rien fait pour effacer ses traces. Tout le monde sait que, quand on efface ses traces, on a des choses à cacher. Elle était douée. À moins que quelqu'un ne la soupçonne de l'empoisonner pour l'empêcher d'enquêter sur une mort de plus en plus suspecte, son passé n'avait rien de louche. Il était juste un peu triste, marqué par les coups du sort, qu'ils soient bons ou mauvais. Ce qui était louche, en revanche, c'était que, malgré toutes nos conversations, elle ne m'avait jamais vraiment parlé de son passé.

Je passai un coup de fil à un de mes contacts à Washington pour obtenir son numéro de Sécurité sociale. Eh oui, mes petits cocos, Big Brother existe, et figurez-vous qu'on se connaît bien. Obtenir son numéro de Sécurité sociale me demanda un peu plus de temps que prévu, car je découvris que Mallory avait menti sur sa date de naissance. Je dus parcourir la liste de toutes les Mallory Hollinger et choisir une date au hasard. Entre celle de quatre-vingt-trois ans et celle de quarante, j'optai pour la troisième, dont l'âge correspondait à peu près. Je restai néanmoins prudente car, même si Mallory avait menti sur sa date de naissance, ce qui en soi ne m'étonnait pas une seconde, elle aurait alors menti dans le mauvais sens. Elle qui avait toujours affirmé que nous avions le même âge et que nous étions du même mois (juillet, signe du lion) avait en réalité quatre ans de moins que moi. Et elle était poissons. Pourquoi avait-elle décidé de se vieillir ?

Viser la cible.

Je grommelais depuis un moment lorsque je m'aperçus que Gemma-Kate était à mes côtés.

— Le temps est écoulé, dit-elle. Cela fait près d'une heure. Tu as trouvé quelque chose, n'est-ce pas ?

— Laisse-moi tranquille, répondis-je.

Elle obéit.

Je n'avais plus qu'à me souvenir de ce que Mallory m'avait dit et vérifier ce qui était vrai.

Au tout début, elle s'était confiée à moi avec une spontanéité qu'elle n'aurait sans doute pas eue si elle avait su que, derrière sa nouvelle amie, se cachait une spécialiste de la justice pénale.

J'ai ouvert une galerie d'art à Boca Raton, puis à New York et à Shaker Heights.

Je vérifiai. Rien. Pas la moindre trace d'une quelconque galerie d'art au nom de Mallory Hollinger, ni d'aucune autre entreprise, de ce fait. Si elle avait menti là-dessus, elle avait pu mentir sur tout le reste.

D'après son contrat de mariage, elle avait épousé Owen Hollinger six ans auparavant. Là-dessus, au moins, elle n'avait pas menti. Ils avaient dû mener grand train, vu toutes ces photos de voyage réalisées en si peu de temps, cinq ans à peine, avant son « accident ». Je me demandai s'ils voyageaient toujours aux frais d'Owen.

Pas toujours, comme je n'allais pas tarder à le découvrir. Elle avait de l'argent elle aussi, qui lui venait de son premier mari. J'avais vu que, sur son contrat de mariage, elle répondait au nom de Pope. Mais Pope n'était pas son nom de jeune fille : elle avait d'abord épousé un certain Geoffrey Pope, à Cleveland, Ohio.

Le pacemaker de Frank Ganim nous avait permis de remonter jusqu'à Cleveland, Ohio. Cela a beau être une grande ville, la coïncidence était énorme.

J'entrai la dernière adresse connue de Geoffrey Pope sur Google Earth ; c'était une belle maison, c'était le moins qu'on puisse dire. Il avait accumulé une petite fortune dans les années 1970 grâce à la vente d'un brevet. Qu'est-ce qui avait bien pu séparer Mallory de Geoffrey Pope ? La mort.

Plus d'argent, moins de pape. Fallait-il qu'elle ait de l'assurance pour se permettre ce genre de plaisanteries. Cible verrouillée.

Et ce n'était pas tout. Cause du décès : pneumonie. Nécrologie : « Le défunt laisse derrière lui Mallory, son épouse et infirmière depuis trois ans, et un fils d'un précédent mariage, Geoffrey Pope II. »

Pas vraiment ce qu'on pouvait appeler une « longue vie de bonheur ». La nécrologie, qui avait dû être rédigée par le fils, faisait état de « son épouse et infirmière depuis trois ans », une formule lourde de sous-entendus ; sinon, la durée du mariage n'y figurerait pas, ni le fait qu'elle ait été son infirmière. Elle devait avoir dans les quarante-six ans quand elle l'avait épousé, quelque chose comme ça. L'âge de raison. Pourquoi passer sa vie à changer des cathéters quand elle pouvait espérer tellement plus ?

Infirmière. Puis, je découvris qu'elle n'avait pas fait ses études *à l'étranger*, comme elle me l'avait affirmé, et que son accent *british* et ses tournures alambiquées n'étaient qu'un artifice : elle avait obtenu son diplôme dans l'État de l'Oklahoma.

Autre document que je trouvai en ligne : le compte rendu du procès de Geoffrey Pope II contre Mallory Pope autour du testament de Geoffrey Pope.

Les numéros de téléphone sont faciles à trouver. Je composai celui du fils, chez Pope Engineering. Lorsque je me présentai à la réceptionniste et lui annonçai que je voulais des informations sur Mallory Pope, il prit la communication sur-le-champ.

— Qui est à l'appareil ? demanda-t-il sans plus de préambule.

— Vous êtes Geoffrey Pope ?

— Lui-même. Qui êtes-vous ?

— Je m'appelle Brigid Quinn. Je suis détective privée.

— Qu'a-t-elle encore fait ?

— C'est moi qui pose les questions, répondis-je. À vous de me le dire.

Il laissa échapper un petit rire qu'il réfréna aussitôt ; après tout, il s'agissait de son père.

— Je vous en prie, après vous.

— Bon, le fait est que je ne sais pas grand-chose, mais je crains qu'il n'y ait un second mari en danger. Par ailleurs, je tiens à vous dire que je ne suis moi-même pas en grande forme, aussi je compte sur vous pour aller droit au but et me dire tout ce que vous savez.

Je l'entendis prendre une profonde inspiration de l'autre côté de la ligne.

— Mon père était atteint de la maladie de Charcot. Mallory était son infirmière. Elle a réussi à le convaincre de l'épouser. Je la soupçonne d'avoir cru qu'il mourrait assez vite. Pas assez vite à son goût, semble-t-il. Il a tenu le coup pendant trois ans. Je suis persuadé qu'elle a trafiqué un cocktail à base de produits d'entretien pour la piscine et que c'est son intervention qui a provoqué la pneumonie, mais je n'ai jamais pu le prouver. J'ai tout de même contesté la succession. Elle a fini par accepter de se contenter de la moitié, ce qui représentait déjà une petite fortune. Elle devait se douter que je ne serais pas en mesure de prouver quoi que ce soit, mais elle a tout de même opté pour la voie la plus sûre. Alors dites-moi, ça vous suffit pour la mettre à l'ombre ?

Si je n'étais pas moi-même à la recherche de son côté obscur, je n'aurais sans doute pas cru un mot de ce type. Mais il avait sans doute des informations susceptibles de me montrer l'étendue de ses mensonges.

— Savez-vous si elle a déjà possédé des galeries d'art ?

— Pas à ma connaissance. De ce que je sais, elle a toujours été infirmière. Rappelez-moi votre nom ?

— Brigid Quinn.

— Eh bien, qui que vous soyez, et quoi que vous fassiez, ne la laissez pas s'en tirer, madame Quinn. Vous savez à quoi vous en tenir à présent.

— J'ai encore une question. Avez-vous entendu parler d'un certain Frank Ganim ? Début de calvitie, avec une queue-de-cheval ?

— Désolé, jamais entendu ce nom-là.

Je le remerciai avant de raccrocher, songeant à tout ce que j'avais partagé avec cette femme que j'avais toujours connue sous le nom de Mallory Hollinger. J'étais partagée entre un terrible sentiment de trahison et le refus d'y croire. Je lui avais confié tellement de choses. Sur Gemma-Kate, sur mes peurs les plus intimes. Bon sang, je lui avais même parlé de Carlo et de notre vie sexuelle. Et elle, que m'avait-elle confié ? Ses craintes pour Owen si elle venait à disparaître.

Je t'en prie, dis-moi que tu veilleras sur Owen s'il m'arrive quelque chose.

Elle m'avait parlé de ses rêves, de ses désirs, de tout ce qu'elle avait accompli dans sa vie, tout. Elle s'était confiée, certes, mais y avait-il quoi que ce soit de sincère ? M'avait-elle dit une seule fois la vérité ? Je songeai aux photos accrochées dans leur chambre. Mallory dans des endroits exotiques, Mallory et Owen dansant le tango. Tout ce putain d'étalage de bons sentiments.

Je flirte avec tout le monde, histoire de ne pas perdre la main.

Je la voyais d'ici, avec Joe. Qu'il soit gay ou hétéro, bien sûr qu'elle avait gagné sa confiance. Il connaissait déjà ça avec sa propre mère, pourquoi se serait-il étonné de goûter les mêmes choses avec Mallory ? *Prends une bière, Joe. Tu as déjà testé la tequila ? Je vais te montrer comment on fait, promets-moi que tu n'en diras rien à tes parents. Oh ! tu l'as déjà fait avec tes parents.* Je repensai au jour où je l'avais vue parler avec Carlo pour la première fois à Saint-Martin. Elle était de celles qui peuvent séduire n'importe quel homme dans une pièce. Même Joey.

Nous sommes des aigles, sinon rien.

Même moi, elle m'avait eue. Moi qui avais passé la majeure partie de ma vie en infiltration, parmi les pires criminels ; moi qui me croyais tellement maligne que personne ne pouvait m'avoir, MOI. J'étais en colère parce qu'elle avait vu clair en moi, mes failles et ma fierté, et qu'elle en avait profité pour me fouler aux pieds. Face à une arme à feu ou à un couteau, je savais me défendre. Mais pas face à une amie.

Chapeau bas, Mallory. Moi qui étais la première à dire que les flics étaient toujours *si* méfiants. Pour Carlo, j'avais mené ma petite enquête ; peut-être pas avant de coucher avec lui, mais avant de l'épouser. Mais à quoi bon vérifier les antécédents de quelqu'un avant un simple déjeuner ? C'est là que se situe la frontière entre la méfiance légitime et la paranoïa. J'avais déjeuné avec Mallory une ou deux fois, puis nous étions devenues aussi proches qu'on peut l'être à moins d'appartenir à une même famille. Dès lors, je n'avais plus aucune raison d'aller fouiller dans le passé de mon amie.

Je croyais être la reine de l'infiltration, mais j'avais trouvé mon maître. Peut-être lui avais-je offert un divertissement sympathique ; mais dès que j'avais commencé à enquêter sur la noyade de Joe Neilsen, j'étais devenue son ennemie. Elle n'avait cessé d'alimenter mes soupçons concernant Gemma-Kate, la coupable idéale.

Quelle gourde. Quelle imbécile. Quelle – je n'ose le dire tellement ce rôle me fait horreur – *victime*.

Je ne m'étais jamais considérée comme une victime. J'avais toujours été du côté des plus forts, des redresseurs de torts, j'étais Jeanne d'Arc, putain de merde. Le preux chevalier qui vole au secours du royaume. Le dindon de la farce, jamais.

Putain de merde.

Elle avait essayé de me dissuader de venir à cette soirée, celle où j'avais fait la connaissance des Neilsen. Peut-être avait-elle déjà découvert qui j'étais, un agent fédéral plusieurs fois décoré, mais il était trop tard pour faire marche arrière sans éveiller les soupçons. Alors, elle s'était servie de nos liens pour m'avoir à l'œil et garder une longueur d'avance sur moi. À quel moment s'était-elle sentie exposée ? Étaient-ce mes récentes découvertes sur la mort de Joe Neilsen ? Toujours est-il qu'elle ne pouvait plus prendre le risque de me laisser découvrir qu'elle avait… qu'elle avait quoi ? L'enjeu devait être de taille, pour qu'elle décide de me mettre hors jeu.

Il me suffisait d'appeler Lulu pour confirmer que Joe était allé faire la lecture à Owen le soir de sa mort. Et si j'appelais le cabinet d'infirmières pour vérifier les dossiers, j'étais sûre que, le jour où Joe était venu faire la lecture à Owen, Annette était de repos.

Mobile : Joe avait vu quelque chose qu'il ne devait pas voir.

Mallory Hollinger avait tué Joe.

Feu. Il ne m'avait fallu que deux heures.

50

Il me restait à découvrir qui était Frank Ganim, tout juste débarqué de Cleveland, avec son nom d'emprunt et son histoire bidon. Toujours là quand on ne s'y attendait pas. Je me remémorai la scène de l'antigel, essayant d'imaginer ce qui avait pu se passer, sans tenir compte des inconnues.

Ce n'était pas une tentative d'homicide de masse. J'ignorais encore pourquoi, mais c'était Frank Ganim qui était visé, ce jour-là.

Si elle a versé elle-même l'antigel dans la cafetière, comment s'y est-elle prise ? Qu'est-ce que je vois ? De quoi puis-je être certaine ? Retour en arrière. Mallory sur les lieux, en train d'aider. Mallory sortant des toilettes. Non, je ne la vois pas sortir. Que fait-elle entre le moment où elle disparaît vers les toilettes et le moment où elle revient aider les victimes ? Inconnue numéro un.

Et avant ça.

Mallory avec moi dans la salle. Mallory est fébrile, elle m'annonce qu'elle va aux toilettes. Mallory prend mon café et le boit. Non, j'ignore si elle le boit vraiment ou si elle fait semblant. Inconnue numéro deux.

Mallory à l'église. Elle n'est pas avec moi ce jour-là, je ne sais pas quand elle arrive. Est-elle en retard ? Où est-elle entre son arrivée et la fin de l'office ? Arrive-t-elle dans la salle après que le café a été trafiqué ? Inconnue numéro trois.

Mallory a-t-elle donné rendez-vous à Frank Ganim dans le columbarium, un lieu assez ouvert pour lui et intime pour elle ? S'est-il rendu là-bas avec son café, sans voir ce qui arrivait aux autres ? A-t-elle profité de la confusion générale pour aller l'achever ? A-t-il simplement succombé parce qu'il n'avait pas reçu de traitement, comme George l'avait suggéré ? Ou Mallory a-t-elle porté le coup fatal en lui pressant légèrement la carotide pendant qu'il était évanoui, comme dans le jeu du foulard ? Inconnue numéro quatre.

Encore avant. Mallory a décidé de mon sort bien avant que je lui parle de l'empoisonnement du chien. Entre ça et les antidépresseurs, elle a tout ce qu'il lui faut pour faire porter les soupçons sur Gemma-Kate.

Et si le plan à l'église échoue, personne ne soupçonnera jamais Mallory et elle n'aura qu'à mettre au point une nouvelle stratégie pour se débarrasser de Ganim.

Plus tôt encore. Le jour de la collecte de fonds pour la Ligue de protection des animaux. Mallory aperçoit Frank Ganim et lui tombe dans les bras. Est-elle en train de flirter ? Ou a-t-elle deviné les raisons de sa venue, s'évanouissant presque sous le choc ? Inconnue numéro cinq.

Il n'y avait qu'une seule personne qui pouvait répondre à toutes ces inconnues, celui à qui Mallory avait dû révéler ses plans dans les moindres détails, sachant qu'il n'avait pas d'autre choix que de garder le secret.

Owen.

Geoffrey Pope II voulait la peau de Mallory Hollinger, mais je n'avais aucun moyen de savoir si c'était pour honorer la mémoire de son père ou pour récupérer l'autre moitié de l'héritage. Je n'avais pas assez d'éléments pour aller voir les flics, seulement des hypothèses et des inconnues. Que pourrais-je bien leur dire ? Ma meilleure amie m'a filé des médocs et je les ai pris ? Elle a tué son premier mari, puis elle a essayé de tuer le second ? Vous ne me croyez pas ? Demandez à l'homme qui est allongé dans ce lit. Il suffit de lui poser les bonnes questions, et il vous dira toute la vérité. En clignant des yeux.

Et si les flics décidaient de me croire malgré tout et que nous allions chez les Hollinger pour une petite visite de courtoisie ? Dès que Mallory comprendrait que je savais quelles questions poser à Owen, Owen n'aurait aucune chance. Elle saurait comment le faire taire à tout jamais. Cet homme, qui ne vivait plus qu'à travers ses yeux et les battements de son cœur, savait ce qui était arrivé à Joseph Neilsen. Et, au-delà de ma quête de vérité, il était de mon devoir de le sauver. Vous avez beau être à la retraite, « protéger et servir », c'est pour la vie.

Même si c'était la dernière chose que je faisais, je devais à tout prix protéger Owen, ou ce qu'il en restait.

Je pensai à lui, allongé dans ce lit, son assassin s'occupant de lui avec un tel dévouement que personne ne se doutait de rien. L'équipement, l'infirmière personnelle, l'insistance de Mallory pour qu'Owen puisse être soigné à la maison… Et ces étagères, remplies de livres que Mallory prétendait avoir lus… Une remarquable mise en scène.

Je faisais les cent pas dans la maison, pour reposer un peu mes yeux et m'étirer le dos, lorsque mon œil fut attiré par l'un des livres de Gemma-Kate. Il était posé sur la table de la salle à manger, fermé. Je le regardai de plus près.

Il avait une couleur inhabituelle. Orange vif. Combien d'ouvrages médicaux peuvent se targuer d'avoir une couverture orange vif ? Alors je sus pourquoi il m'était familier. J'avais déjà vu ce livre. Sur une étagère, dans la chambre d'Owen.

D'après le titre, il traitait des risques neurologiques induits pas certains médicaments. Avec un mari souffrant d'un grave traumatisme et prisonnier de son propre corps, pourquoi se soucier des dangers de certains médicaments pour le cerveau ? Qui pourrait avoir l'usage d'un livre détaillant les manières d'affaiblir ou de tuer quelqu'un par les médicaments ?

Et Frank Ganim, dans tout ça ? Outre le fait qu'ils étaient tous les deux originaires de Cleveland et qu'il n'était pas celui qu'il prétendait être, je n'avais aucun élément me permettant de le relier, lui ou son décès, à Mallory. Je posai la question à Gemma-Kate.

— Facile, dit-elle. Tous les gens de ton âge se retrouvent sur Facebook, maintenant. Tu n'as qu'à commencer par là.

Effectivement, il avait un profil Facebook. De toute évidence, c'était un garçon sociable : pique-niques, bars, il devait participer à toutes sortes de soirées. Le genre à vous mettre systématiquement le bras autour de l'épaule. Je téléchargeai toutes les photos et les envoyai par e-mail à Geoffrey Pope II. Il me répondit dans la foulée qu'il avait reconnu quelqu'un, un type qui semblait particulièrement proche de Frank. Il s'agissait du comptable de son père. « Je n'en aurais pas mis ma main à couper, mais j'ai toujours pensé que Mallory avait eu une liaison avec le comptable de papa avant sa mort. Ce n'était que l'un de mes nombreux griefs. Elle aurait été capable de lui donner une part de l'héritage. »

Il n'était pas difficile d'imaginer que Frank Ganim avait appris quelque chose de la bouche de l'amant de Mallory, quelque chose de nature à la faire chanter. Ce n'est pas Gemma-Kate qui me souffla cette idée. Du reste, pas la peine d'être un génie ; il suffisait de porter en soi un peu de la noirceur de ce monde. J'étais une Quinn, moi aussi. Nous avions notre part de noirceur.

La preuve était suffisamment accablante pour exclure toute autre éventualité, mais pas pour appeler les flics, coincer Mallory et sauver Owen. Si quelqu'un devait lui demander ce qui s'était passé la nuit où ils avaient percuté le train, ce serait moi. Je repensai au jour où Owen avait fait une crise de panique et lutté contre son respirateur, sa tension grimpant en flèche. Si je voulais lui donner une chance de confirmer mes soupçons, je devais lui parler au calme, sans qu'une foule d'inconnus envahisse sa chambre. Pour la première fois depuis ma retraite, je repartais en mission, avec pour objectif d'infiltrer la toile de ma meilleure amie la veuve noire.

Oh ! avant d'aller plus loin, est-il nécessaire de préciser que, en temps normal, j'aurais pu me passer de l'aide de Gemma-Kate ?

51

Un jour, j'avais eu une discussion avec un commercial qui m'avait prise pour une gamine de quatorze ans. Je l'avais arrêté et il avait commencé à me parler du travail en infiltration. Pour lui, la vente, c'était un peu pareil. Vous jouez un rôle toute votre vie, et vous ne devez jamais dévoiler vos cartes. Par exemple, disait-il, vous avez rendez-vous avec un con et, dans son bureau, il y a un foutu marlin empaillé accroché au mur. Vous feriez mieux de ne pas regarder le poisson en vous disant : « Gros plouc. » Parce que l'autre n'entend peut-être pas ce que vous pensez, mais il sent les ondes que vous dégagez et alors il ne vous achète rien. Les gens ne sont jamais aussi stupides qu'on le pense.

La première règle lors d'une mission en infiltration est de convaincre le suspect qu'il n'est pas suspect. J'avais prévu de faire un saut chez Mallory, comme je le faisais toujours. Le but était de profiter de la présence d'Annette pour parler un moment seule à seul avec Owen. Annette détournerait l'attention, et Mallory n'oserait rien tenter en sa présence, si elle venait à découvrir le but de ma visite.

Tout savoir, mais faire comme si on ne savait rien… Tout l'art de l'infiltration.

À mon retour de la pharmacie, Carlo n'était toujours pas arrivé avec la voiture de location.

— Il a appelé, dit Gemma-Kate, pour dire qu'il déjeunait avec Elias, et ensuite ils prévoient d'aller faire un tour à Home Depot. La super sortie entre mecs. Il s'est excusé pour tout à l'heure et m'a demandé s'il devait faire des courses.

— Je dois le tenir au courant. Je lui ai promis de ne rien faire sans lui en parler.

— J'en étais sûre, dit-elle. Tu ne lui mens pas. Je lui ai donné une liste de courses pour le dîner.

— Quel genre ?

— Pâte de curry rouge, vermicelles et sauce piquante.

— Oh ! tu exagères, Gemma.

— Écoute, tante Brigid, si tu en parles à Carlo, il va tout faire pour te dissuader. Et si les choses tournent mal et que Mallory découvre qu'il était au courant, il sera en danger lui aussi. Il ne sait pas mentir. Mallory le saurait tout de suite et elle n'en ferait qu'une bouchée.

Comme à peu près n'importe qui. Voilà ce qu'il en coûte d'être honnête.

Gemma-Kate avait dit à Carlo qu'elle regrettait son comportement et qu'elle voulait se faire pardonner en préparant un bon dîner.

— Tu seras de retour avant lui, ajouta-t-elle.

— Je serai de retour avant lui.

Je me sentais quand même coupable. Et aussi un peu manipulée par cette fille à qui je ne faisais encore qu'à moitié confiance. Mais j'avais une mission à accomplir. Je posai le sachet sur le comptoir de la cuisine.

— Et voilà, trois flacons de charbon actif, quarante grammes.

— Tu as pensé au téléphone ?

— *Oui*, j'ai pensé au téléphone. Il est dans le sac.

Pendant que nous étions occupées à ouvrir la petite centaine de gélules et à les reverser dans une bouteille isotherme remplie de jus de pomme, je refis le point avec Gemma-Kate sur le rôle qu'elle devait jouer dans l'opération.

Si l'on m'avait dit qu'un jour je travaillerais main dans la main avec Gemma-Kate, j'aurais eu du mal à le croire. Et pourtant. Tandis qu'elle finissait de mélanger, je chargeai mon arme et la glissai dans mon tote bag. J'aurais préféré la coincer dans la ceinture de mon jean, sous une blouse ample, mais je ne portais plus que des tee-shirts moulants. Mallory avait l'œil pour ce genre de détails.

Lorsque je revins dans la cuisine, Gemma-Kate avait presque fini. Elle vissa le couvercle sur la bouteille et me la tendit.

— Tu es sûre que ça va marcher ? demandai-je.

— J'espère.

— *Tu* espères.

— Je viens de lire un truc dans un livre. Tu veux faire un essai avant de partir ? C'est l'histoire d'un prof qui a avalé de la strychnine devant ses élèves pour leur prouver que le poison n'avait aucun effet sur lui après avoir bu ce mélange.

Elle se répétait. Elle devait être nerveuse, ou fébrile. L'espace d'une seconde, j'eus de nouveau l'impression que Gemma-Kate me manipulait.

L'espace d'une seconde, je me demandai si elle n'était pas de mèche avec Mallory.

Ah ! la paranoïa. Comment différencier ce qui relève de la paranoïa de ce qui relève de l'instinct de survie ? Il était trop tard pour faire marche arrière. Je dis :

— Tu n'as qu'à m'apporter une bouteille de Destop pour voir. Allez, donne-moi ça.

Elle me tendit la bouteille isotherme en acier inoxydable, un détail utile pour cacher ce que nous avions mis dedans, ainsi que mon tote bag. Gemma-Kate me tendit également une bouteille d'eau plate. Je lui demandai ce que je devais faire avec.

— Avant d'arriver, rince-toi la bouche au cas où. Le charbon végétal peut laisser des traces noires sur les dents et les gencives.

— Tu disais que c'était l'un des effets de l'arsenic.

Gemma-Kate haussa les épaules, sans chercher à m'expliquer la différence entre les deux.

— Tu es sûre que tu t'en sens capable ?

— Si tu as vu juste, la dernière dose remonte à un moment, et je me sens déjà un peu mieux. Je sais maintenant pourquoi j'ai fait le yoyo ces derniers temps.

J'avais déjà appelé Mallory pour lui dire, en chuchotant dans le combiné, que Gemma-Kate allait me rendre folle et que j'avais besoin de prendre mes distances, est-ce que je pouvais passer ? Bien sûr, m'avait répondu Mallory avec sa sollicitude habituelle. J'étais fière de mon petit mensonge ; je n'avais pas complètement perdu la main.

Je m'apprêtais à sortir la voiture du garage lorsque je pensai à un point que je tenais à clarifier avec Gemma-Kate dans l'éventualité où je ne reviendrais pas. Je m'apprêtais tout de même à la laisser avec Carlo, avec les carlins, toute ma vie, en somme. C'est ce que je lui dis, dans l'espoir qu'elle comprenne ce que je pouvais ressentir, même si elle était un lion, avec un paradigme différent du mien.

— Tu dois me promettre que tu ne leur feras rien.

Gemma-Kate me regarda sans comprendre.

— Que tu ne feras de mal à personne, ajoutai-je.

Gemma-Kate balaya ces mots d'un revers de la main, comme si cela lui était désagréable.

— Je crois que tu n'es pas obligée d'y aller, dit-elle. Maintenant qu'on sait ce que tu as, tu vas pouvoir aller mieux. Personne ne peut ressusciter ce garçon.

— Owen est le seul à pouvoir prouver ce que je pense. Sinon, les flics ne me croiront jamais.

— Mais pourquoi ?

— Parce que je ne peux pas supporter l'idée qu'Owen subisse ça une minute de plus, qu'il soit incapable d'appeler à l'aide lorsque Mallory aura décidé d'en finir avec lui. C'est une abomination.

Je la vis retourner ces mots dans sa tête. Entre Owen et moi, peut-être se disait-elle qu'Owen ne faisait pas le poids et que ça ne valait pas le coup de prendre le risque.

— Tu n'as pas assez de recul sur toi-même, tante Brigid. Moi, oui. Et je crois que tu n'es pas aussi forte que tu le penses, du moins en ce moment.

— Bah, j'ai fait ça toute ma vie, tu sais. Ma chérie, ce n'est qu'une mission comme j'en ai fait des tas. Et puis, Annette sera là. Tu crois vraiment que Mallory prendrait le risque de me refiler de la strychnine en présence de témoins ?

La mission était simple. Il n'y en avait pas pour longtemps. Ce soir, Mallory Hollinger dormirait en prison.

52

Je savais désormais que ma cible avait une prédilection pour le poison : le charbon actif était ma seule armure. Je sirotai lentement la mixture sur le court trajet jusqu'à chez elle. Cela n'avait aucun goût, mais le liquide avait une consistance épaisse et huileuse, un peu comme si je buvais de la glaise. D'après Gemma-Kate, le charbon ne serait actif qu'une demi-heure environ, peut-être moins. Cela ne me laissait pas beaucoup de marge si je voulais pouvoir manger ou boire sur place pour ne pas éveiller les soupçons de Mallory. Je ne refusais jamais un café ou un verre de vin. Si je disais non maintenant, j'étais grillée, car nous avions pu mesurer à quel point cette femme était intelligente. Et non seulement elle était d'une intelligence redoutable, mais en plus elle me connaissait par cœur. Jamais infiltration n'avait été si délicate : il s'agissait de jouer mon propre personnage, une Brigid Quinn plus vraie que nature. Cela dit, le problème des gens très intelligents, c'est qu'ils ont tendance à sous-estimer les autres.

Au pied de la montée, juste avant l'allée qui menait chez eux, je finis de boire et regardai l'heure une dernière fois : 13 h 35. Disons que, par sécurité, je ne pourrais plus rien avaler à compter de 14 heures. Je jetai un coup d'œil au rétroviseur. Gemma-Kate avait raison, j'avais les dents un peu noires. Je pris une grande gorgée d'eau et me rinçai la bouche. Beaucoup mieux. Je pris l'allée escarpée, descendis de voiture et sonnai à la porte.

— Non, mais regarde-moi cette tête, s'exclama-t-elle en me voyant.

Dans un geste qui se voulait réconfortant, elle posa une main sur ma joue. Je dus faire un effort considérable pour ne pas reculer. Avait-elle perçu mes réticences ? J'allais devoir me montrer plus convaincante si je voulais arriver à mes fins.

Je repensai à la blague que j'avais faite à Roger, au Pima Pistol Club, sur ma rencontre musclée avec un airbag. Je la ressortis, histoire de rentrer dans mon personnage. Le rôle de Brigid Quinn commençait à me revenir.

— Ça sent bon le café, par ici, m'exclamai-je.

Je posai mon tote bag sur la console de l'entrée, comme je le faisais toujours. J'espérais qu'elle ne remarquerait pas le poids de mon spécial FBI, qui faisait paraître mon sac plus lourd, et je le posai tout doucement pour éviter le choc du métal contre le bois.

— Comme toujours ! Je vais t'en chercher. Installe-toi dans la cuisine.

— Je vais juste aller dire bonjour à Owen, je te rejoins dans une minute.

Elle me précéda dans le salon, puis elle fit volte-face et continua de marcher à reculons jusqu'à la cuisine, de son pas gracieux de danseuse. Le « circuit tango » était peut-être véridique, lui.

— Owen va bien et il ne risque pas de s'en aller. Tu vas d'abord me parler de Gemma-Kate.

— Annette est avec lui ? demandai-je, essayant d'avoir l'air naturelle.

— Non, elle est sortie faire une course. Une carte d'anniversaire pour sa fille, si j'ai bien compris.

Mallory fit de nouveau demi-tour et je la suivis dans cette cuisine où nous nous étions assises tant de fois, complices, dans l'angle de la baie vitrée qui donnait sur la terrasse. Je fis en sorte de me placer face à l'horloge sur le micro-ondes. Elle affichait 13 h 25, soit dix minutes de moins que l'horloge de ma voiture il y a, quoi, quatre minutes ? Plus ? Je fis un rapide calcul et décrétai que j'avais jusqu'à 13 h 50, heure locale, pour profiter des effets du charbon actif.

— Tu préfères peut-être du vin ? proposa Mallory. Je dois avoir un cabernet sauvignon à la cave. Il date seulement de 1985, mais on m'en a dit du bien.

Je pris un air navré que je m'efforçai de rendre assez convaincant. Mallory nous servit deux cafés de la même cafetière et mit les tasses sur la table sans rien glisser dans la mienne. Elle avait peut-être toujours procédé ainsi, sachant que, à faible dose, les médicaments ne lui feraient rien. Maintenant que je savais à quoi m'en tenir avec elle, je voyais chaque geste, chaque attitude autrement. Ces derniers temps, elle s'était mise à boire son café et son vin à toutes petites gorgées et, une fois sur deux, elle ne finissait même pas son verre ou sa tasse. Je pensais que c'était une question de régime, mais, du temps où nous étions amies, Mallory finissait toujours le vin.

Elle avait parlé de Gemma-Kate, et Gemma-Kate était un sujet facile. Connaissant la vérité, je m'en voulais à mort, mais je me promis de me rattraper plus tard. En attendant, je n'y allai pas de main morte.

Mallory hocha la tête à trois reprises, marquant chaque fois son approbation par un « hmm ». Elle prit une autre gorgée de café, pesant chacun de ses mots. Je n'avais jamais remarqué à quel point elle était précautionneuse.

— Si je comprends bien, tu penses que Gemma-Kate t'a donné des antidépresseurs et que c'est ça qui est à l'origine de tous tes symptômes. Et la maladie de Parkinson ?

— D'accord, peut-être pas la maladie de Parkinson. Mais le reste oui, l'anxiété, l'insomnie, et même des hallucinations et des poussées de fièvre.

— Mais comment a-t-elle pu se les procurer ? Ce sont des médicaments sur ordonnance.

— Tu sais, en Inde, on peut acheter et se faire livrer n'importe quoi.

Le téléphone aurait dû sonner il y a deux minutes, pensai-je, luttant contre la tentation de regarder l'heure sur le micro-ondes.

— Comment as-tu su ? demanda Mallory, incapable de réfréner un petit sourire dont j'ignorais la cause.

— Quoi donc ?

— Qu'elle avait commandé les médicaments en Inde.

Mes pensées faisaient des claquettes dans mon esprit. Un peu plus et je lui disais qu'elle avait utilisé ma carte de crédit. Je m'arrêtai juste à temps, le cœur battant. Mallory était bien placée pour savoir que je ne trouverais aucune trace de cette transaction, puisqu'elle n'avait jamais eu lieu. Je me bornai à répondre :

— Comment, sinon ?

— Il faudrait voir les délais de livraison. J'aurais pensé que cela mettait plus de temps, déclara Mallory.

Était-elle sur ses gardes, tout à coup ? Elle semblait toujours aussi détendue, confortablement installée sur sa chaise. Peut-être que j'étais rouillée, en effet, ou peut-être que c'était la première fois que je faisais ça avec quelqu'un qui me connaissait aussi bien. J'espérais que le téléphone allait sonner sans tarder pour l'empêcher de me poser davantage de questions. Sinon, je risquais de creuser ma propre tombe avant même d'avoir pu découvrir ce que j'étais venue chercher.

— Mais pas Carlo, fit Mallory, passant d'un sujet à l'autre.

Elle eut un plissement imperceptible des paupières lorsqu'elle me regarda. Était-ce parce que je semblais accepter avec une facilité déconcertante la culpabilité de Gemma-Kate ? Ou parce qu'elle m'avait donné un produit qui aurait déjà dû commencer à faire effet ? Si c'était le cas, pourquoi avait-elle besoin de passer à la vitesse supérieure ? Elle n'avait encore jamais cherché à provoquer une réaction immédiate ; au contraire, plus le poison agissait tard, si possible pas en sa présence, moins elle risquait d'attirer les soupçons. Avait-elle deviné ce que je savais ? Avait-elle senti que je n'étais plus son amie ? Mallory avait peut-être des capteurs ultrasensibles qui lui permettaient de savoir si les autres l'appréciaient ou pas. Mais je cherchais peut-être des signes, un regard chargé de sens, là où il n'y avait qu'une simple conversation.

Si seulement je pouvais être sûre qu'elle m'avait donné quelque chose, je pourrais adapter mon attitude en conséquence. Je voulus consulter l'heure de nouveau, mais Mallory m'observait avec une intensité telle que je n'osai pas. Elle était capable de deviner que je regardais l'heure et elle se demanderait pourquoi. Au cours de ces six derniers mois, elle avait appris à connaître mes moindres faits et gestes, et elle était plus observatrice que moi. Elle me connaissait trop bien.

— Non, pas Carlo, répondis-je.

Allez, plan B…

Soit elle était à court de questions, soit elle se retint d'en poser de peur de paraître trop impliquée.

— Alors, quoi de neuf à part ça ? Du nouveau à l'église ?

— Je n'y vais pas beaucoup. Tu sais, je n'ai jamais été très à l'aise avec des gens qui culpabilisent de vouloir profiter un peu de la vie avant de donner leurs organes.

Soulagée de retrouver mon humour caustique, Mallory laissa échapper un rire avant de revenir aux choses sérieuses.

— Qu'est-ce qui ne va pas ? demanda-t-elle, le visage impassible, mais les yeux étincelants.

Je ne pouvais m'empêcher de repenser à ma conversation avec Sig Weiss. Ce n'était pas de Gemma-Kate que nous parlions, comme je l'avais imaginé. Ce charme superficiel, cet empressement à répondre à vos moindres désirs, cette faculté à se fondre dans la masse, tel un caméléon, qui ne pouvait qu'être le fruit d'années passées à observer les gens normaux… C'était de Mallory que nous avions parlé, Sig et moi.

— Rien, répondis-je.

— Allons, je te connais. Tu te souviens, au bord de la piscine, quand tu m'as demandé si nous étions obligées de regarder *Au fil de la vie* ensemble ? Tu fais toujours ce genre de blagues quand tu n'es pas dans ton assiette. Ou stressée. Dis-moi ce qui te met dans cet état, ma chérie. C'est vraiment Gemma-Kate ou y a-t-il autre chose ? Allons, je sais ce qui ne va pas.

Le petit nerf dans mon cou se mit à tressauter.

— De quoi parles-tu ?

Elle me fixa quelques secondes avant de reprendre :

— Ce n'est pas un petit café qu'il te faut ! Attends-moi une minute.

Elle se leva et disparut dans le salon. Je profitai de l'occasion pour jeter un coup d'œil à l'horloge : 13 h 45. Plus que cinq minutes et je pouvais dire adieu au charbon actif. Et encore, si je ne m'étais pas trompée dans mes calculs.

Mallory revint gaiement à table. Elle était en train d'épousseter une bouteille de Talisker.

— Pour certains, c'est une hérésie de mettre un whisky de vingt-cinq ans d'âge dans un Irish coffee. Moi, je dis que l'alcool est au service de l'homme et non l'inverse.

— Ce n'est pas raisonnable. J'ai promis à Carlo de ne pas boire en pleine journée.

— C'était avant que la mauvaise graine n'emménage chez vous. Ça ne compte pas.

Mallory déboucha la bouteille. Le sceau était déjà rompu. Elle me servit généreusement, et en prit un peu moins pour elle-même. Je me demandai si le whisky contenait la même chose que le café ou si elle comptait juste sur l'alcool pour augmenter les effets du poison, quel qu'il soit. Je pris une petite gorgée. Elle fit de même, ce qui me rassura : ce n'était donc pas si foudroyant. Pour être honnête, c'était plutôt bon et je me pris à espérer que le charbon fasse encore effet, si tant est qu'il ait jamais marché.

La mélodie de *Some Enchanted Evening* retentit. Mallory jeta un coup d'œil vers son portable, qui était mis à charger.

— Ils n'ont qu'à laisser un message, fit-elle.

Da da DA da da da…

— Malheureuse ! Et si c'était une urgence de la Ligue de protection des animaux ou un problème avec l'orchestre symphonique ? De toute façon, il faut que j'aille aux toilettes.

Puis j'ajoutai, histoire de faire bonne mesure :

— Je suis toujours un peu patraque.

Da da da da da DA

Elle me coupa avant que je puisse me lever.

— Tu ne m'as pas dit où tu en étais pour le reste. Tu sais...

Elle fit mine d'hésiter, cherchant à me ménager.

— ... Pour tes autres symptômes. Tu as vu le neurologue ?

La sonnerie s'interrompit ; elle n'avait pas décroché assez vite, et le répondeur se mit en marche.

— Je reviens, dis-je, me rappelant que j'étais censée avoir une envie pressante et qu'elle ne pouvait avoir disparu comme par enchantement.

Je devais encore travailler mon personnage si je voulais rester crédible.

— Et quand je reviens, rappelle-moi de te tirer les oreilles pour avoir osé dire à Carlo ce que je t'ai confié l'autre jour. Tu avais promis de tenir ta langue.

Mallory prit un air contrit. Décidément, pour quelqu'un de sa nature, elle paraissait tellement *humaine*...

Da da DA da da da...

Avant de partir, je désignai le téléphone.

— Ça a l'air important.

Mallory se leva pour répondre. Je sortis de la cuisine, en veillant à ce qu'elle ne puisse pas voir que je me faufilais vers la chambre et non vers les toilettes, à l'opposé. Je récupérai mon tote bag sur la console de l'entrée. Je l'entendais parler au téléphone, de préférence avec Gemma-Kate mais, à vrai dire, n'importe qui aurait fait l'affaire. « Non, j'ignorais que j'avais rendez-vous avec le chef d'orchestre. Pour une séance photo ?... Quand, dites-vous ?... Je suis sincèrement désolée. Est-ce que nous pouvons convenir d'une autre date ? »

Pas de doute, c'était bien Gemma-Kate. Plan B. Entre le talent de ma nièce et la vanité de Mallory à l'idée d'avoir sa photo dans le journal, cette conversation pouvait durer un moment. En d'autres circonstances, la situation aurait prêté à rire.

Je ne sais pas ce que j'aurais fait si j'avais trouvé Owen endormi. Peut-être qu'il ne dormait jamais vraiment. Quand j'entrai dans la chambre, il avait le regard tourné vers la porte. Il m'apparut pour la première fois qu'il avait toujours les yeux rivés sur la porte. Sans doute passait-il sa vie dans l'angoisse, à attendre que Mallory entre et décide d'en finir. J'avais l'impression de tout voir, tout découvrir sous un jour nouveau. Mais je n'avais pas le temps pour ça.

Je posai mon tote bag sur le lit, fouillai à la recherche de mon arme et mis enfin la main dessus. Je repoussai le sac et le pistolet sous le lit, facilement accessibles de mon côté mais invisibles depuis la porte.

Je me penchai au-dessus d'Owen ; le scope indiquait que son pouls avait légèrement accéléré à ma vue. Je priai un dieu pour que mes questions n'entraînent pas un de ces épisodes où il en venait à bloquer son respirateur.

— Je suis désolée, Owen, j'aimerais pouvoir t'expliquer, mais je n'ai que très peu de temps et nous devons faire vite. Est-ce que c'est Mallory qui t'a mis dans cet état ?

Ses yeux s'écarquillèrent et je vis alors toute la terreur accumulée au fond de son âme, retenue captive ici, piégée par son propre corps et ces draps de soie. Une terreur si profonde qu'elle semblait inépuisable. Cela me suffisait comme réponse, mais je guettai tout de même le signal. Il hésita. Puis il cligna des yeux.

Non.

— Owen, c'est peut-être ta seule chance. N'aie pas peur. Elle ne peut plus te faire de mal.

Un. Deux. *Oui*.

J'entendais encore Mallory au téléphone quelque part dans la maison.

— Est-ce que Joe l'a découvert ? demandai-je. Joe Neilsen ?

Owen se mit à battre frénétiquement des cils, et j'eus peur qu'il ne fasse une nouvelle crise. Mais je ne mis pas longtemps à comprendre. Il clignait des paupières, les fermait et clignait de nouveau. Court ; court ; court ; long ; long ; long ; court ; court ; court. Pour toute personne ayant déjà été en danger de mort, le message était limpide.

SOS.

Je faillis lâcher un « Putain de m... », mais le « merde » mourut dans ma gorge avant même de franchir mes lèvres.

Le scope émit tout à coup une série de bips sonores, signe que la tension d'Owen grimpait. Je remarquai alors pour la première fois que le reste de la maison était plongé dans le silence. Priant pour ne pas avoir été grillée, je fis comme si je n'avais pas remarqué les avertissements d'Owen et dis :

— Tu veux que je te lise quelque chose, Owen ?

— Owen a raison, fit Mallory dans mon dos. Joe ne savait pas. Il n'avait aucune idée de ce que je faisais le jour où il est arrivé en avance et où il m'a surprise en train de verser du potassium dans la sonde.

J'entendais une sorte de sifflement entre ses dents, une habitude qu'elle avait quand elle goûtait du vin, comme si ces mots lui chatouillaient agréablement le palais. Je tendis le bras pour attraper mon arme, sous le lit mais à portée de main.

— N'y pense même pas, dit Mallory. J'ai bien vu que ton sac n'était plus dans l'entrée.

Stoppée net, je fis volte-face et la découvris avec un calibre .32 à la place de son téléphone. Elle le tenait bien en main, comme si elle avait fait ça toute sa vie. Le canon tremblait légèrement, elle était sans doute un peu plus tendue qu'il n'y paraissait, mais sa prise était assez ferme pour pouvoir viser, et le calibre suffisant pour faire des dégâts, même à cette distance.

— Je croyais que tu détestais les armes, dis-je bêtement.

Elle était glaciale, mais sa bouche se tordit sous l'effet de chaque mot.

— Vous devez me confondre avec une autre Mallory Hollinger.

53

— Alors comme ça, tu as deviné, fit Mallory.

— En grande partie, oui. Il me reste quelques cases à compléter, comme par exemple Frank Ganim. Est-ce qu'il te faisait chanter ? Est-ce que tu as voulu faire croire qu'il était mort à cause de l'antigel après l'avoir achevé d'une pression sur la carotide ? Et si ton plan n'avait pas fonctionné, quel était ton plan B ?

Instinctivement, je me décalai de quelques pas sur la gauche pour m'interposer entre Owen et le canon de l'arme. Mallory ne semblait pas pressée, comme si elle ne savait pas encore elle-même quelle serait la prochaine étape. Je m'accrochai à cette hypothèse et décidai de m'en servir pour piquer son orgueil. Inutile de prétendre que je n'avais pas compris.

— Ça ne te ressemble pas, Mallory, de vouloir tuer Owen, avec Joe qui pouvait arriver d'un moment à l'autre. C'était ton seul créneau, quelques minutes entre le départ d'Annette et l'arrivée de Joe ? Tu t'es laissé prendre par le temps ?

Elle secoua la tête doucement, prenant garde à ne pas faire le moindre mouvement brusque. C'était sa façon de me dire qu'elle ne me ferait pas le plaisir de répondre à mes questions, même si elle en crevait d'envie. Mais Mallory était incapable de se taire.

— J'ai essayé, Brigid. Je ne voulais pas que tu viennes à cette soirée, tu n'aurais jamais dû rencontrer les Neilsen. J'avais vu ton bureau. Tu te souviens ? Mais non, il a fallu que tu insistes et que tu fasses la connaissance des Neilsen. Sache que tout est ta faute, rien ne serait arrivé, autrement.

Elle me parlait de cette voix familière, la voix d'une amie, pas celle d'une meurtrière. J'avais beau savoir à quoi m'en tenir, cette scène était surréaliste, tout ça n'était qu'une blague, comme si on tirait à blanc et que je fasse semblant d'être morte.

Je devais continuer à la faire parler, le temps de trouver une arme.

— Et Joe, comment t'y es-tu prise pour le faire boire et le noyer dans sa propre piscine ?

Mallory déglutit. Au ton de sa voix, je sentis qu'elle était nerveuse, que son calme n'était qu'apparent, de la poudre aux yeux, comme tout le reste.

— J'adore bavarder avec toi, ma chérie, mais on a du pain sur la planche.

Je calculai rapidement la distance qui me séparait de Mallory, l'angle du canon et ma vitesse de réaction. Trop risqué. Elle pouvait toucher un organe vital avant que je ne puisse la neutraliser.

— Eh bien, vas-y, tire, dis-je, les muscles bandés, prête à plonger sur le lit pour entraîner Owen dans ma chute et nous mettre à l'abri de l'autre côté.

Mallory haussa les sourcils, comme si elle n'avait pas encore réellement envisagé cette option. Elle semblait presque me laisser le choix.

— Si je dois tirer ici, tu es morte. Après, c'est simple, je n'aurai plus rien à perdre. J'appelle

Annette pour lui donner une semaine de congé. Je quitte la ville. Owen meurt de faim.

Nos regards convergèrent vers l'homme allongé dans le lit. Les yeux d'Owen étaient tournés vers moi, vers la droite. Il m'implorait. Le bip insistant du scope m'indiquait que son pouls était bien au-delà de la normale. C'était sa vie qui était en jeu, et il y tenait.

Idée : Mallory avait probablement mis quelque chose dans mon café, puis double dose dans le whisky. Je me frottai la joue du plat de la main, chancelai, défaillis. Je m'écroulai au pied du lit, sur la moquette blanche. Dans la chute, ma tête heurta le sommier, mais ce n'était que plus réaliste. Il n'y avait plus qu'à attendre.

Quoi qu'elle eût mis dans mon verre, Mallory n'était pas assez stupide pour venir voir de près si j'étais consciente. Je l'entendis aller de l'autre côté de la chambre en faisant le plus grand détour possible pour m'éviter.

La seconde suivante, un livre atterrit sur ma tête. J'aurais dit un de ces pavés de neurologie, vu le poids. Quand j'ouvris les yeux, je reconnus le livre à la couverture orange vif, celui où Gemma-Kate avait découvert pour la première fois le syndrome sérotoninergique. Qui penserait à relever les traces de doigts sur les pages après ma mort ? Gemma-Kate ? Son père était flic, après tout, elle avait ça dans le sang.

Mallory dit :

— Espèce d'idiote, c'était seulement pour te faire perdre tes moyens. Je sais que tu fais semblant. Debout.

Je voulus me relever mais, entre le coup sur la tête, le charbon actif et le whisky, je fus saisie d'une brusque remontée acide et vomis sur la moquette blanche de la chambre. Je vomis une bile épaisse et noirâtre, sans doute à cause du charbon. Gemma-Kate n'avait pas parlé de nausées. Cela n'avait rien d'étonnant vu mon état général.

— C'est répugnant, s'exclama Mallory. Qu'est-ce que c'est que ça ?

— Du charbon actif, fis-je en écartant mon visage.

Je m'essuyai la bouche du dos de la main et analysai la situation. Donc, Mallory avait une arme. Je n'étais pas encore trop inquiète. J'avais déjà connu pire. J'étais dans une meilleure condition physique qu'elle, du moins avant d'avoir été empoisonnée. Il me fallait seulement une occasion. Sans compter que mon propre flingue était juste là, à vingt centimètres à peine.

Mallory hocha la tête d'un air approbateur, fière de voir que je m'étais donné tant de mal pour la battre à son propre jeu.

— Comment as-tu découvert, pour le charbon ?

Je faillis lui dire que Gemma-Kate était dans le coup. Il ne fallait en aucun cas que Mallory se doute que d'autres savaient. Si je devais mourir ici, Gemma-Kate serait la suivante sur sa liste. Et Carlo le troisième.

— Un vieux truc de flic, répondis-je.

— J'ai essayé de te prévenir, dit Mallory. Cent fois je t'ai dit de lâcher l'affaire.

Elle avait presque l'air triste. Je me demandai si elle était vraiment capable de ressentir de la tristesse ou si elle simulait à la perfection. Je sus qu'elle simulait lorsqu'elle fronça les sourcils et dit :

— Je ne sais pas si je vais pouvoir rattraper la moquette. Je vais devoir mettre un tapis pardessus, pour Annette.

Mes doigts tâtonnaient sous le lit à la recherche de mon pistolet, mais, reconnaissons-lui ça, elle avait la situation bien en main.

— N'y pense même pas, j'ai dit. Écarte-toi. Va te mettre au milieu, entre le lit et la bibliothèque. Sur le dos.

Je fis ce qu'elle me disait et m'arrêtai au centre de la pièce, entre le lit et la fenêtre, loin de toute arme potentielle. Je m'allongeai sur le dos. Vous avez déjà remarqué que, quand on vomit, même une arme braquée sur vous perd un peu de son sens ?

— C'était quoi, ton plan ? demandai-je.

— Comme d'hab, des antidépresseurs dans le café. Le whisky pour décupler les effets. Allons-y.

— Où ça ?

— Toi et moi, nous allons faire une petite randonnée. Tu aimes la randonnée, pas vrai ? Pour ma part, j'ai toujours préféré le shopping.

— Et Owen ?

Mallory roula des yeux.

— Seigneur, il est increvable ! Il devrait être mort depuis des mois. À son âge, on ne tient pas si longtemps avec un syndrome d'enfermement. Je vais devoir m'occuper de son cas bientôt, si je ne veux pas être obligée de continuer à tuer des gens. Je ne vais pas attendre que quelqu'un d'autre commence à fouiner dans mes affaires.

— Comment as-tu tué Joe ?

— Il se vantait de tenir l'alcool, mais l'alcool ne pouvait plus rien pour lui, ce soir-là. Il a réussi à remonter une ou deux fois, mais, avec l'épuisette, ce n'était pas difficile de le maintenir sous l'eau.

— Jacquie avait raison.

Mallory haussa les épaules et pencha la tête en direction d'Owen.

— Lui, au moins, il ne risque pas de s'enfuir.

Elle voulait jouer les dures à cuire, mais je la connaissais assez pour voir qu'elle était nerveuse. Elle roulait des yeux pour masquer le tressautement de sa paupière. Elle avait perdu cette grâce de danseuse qui faisait son charme, et ne bougeait plus que par mouvements saccadés. Ce n'était pas le fait de tuer qui la mettait dans cet état, mais la peur de commettre une erreur, de laisser des preuves. De perdre le contrôle, aussi.

Malgré cette nervosité palpable, elle ne prenait aucun risque : elle se tenait trop loin pour que je tente de la désarmer, mais suffisamment près pour toucher un organe vital si elle devait faire feu. Elle était infirmière ; autant ne pas avoir à vérifier ses connaissances en matière d'anatomie.

Elle m'ordonna de ne pas bouger. Je la vis s'approcher et, d'un coup de pied, elle repoussa mon arme qui disparut sous le lit, hors d'atteinte. Elle tira mon tote bag du bout de l'orteil et se baissa pour l'attraper, son arme toujours pointée dans ma direction. Bon équilibre ; elle était danseuse, ne l'oublions pas. Je la vis s'asseoir au bord du lit et fouiller dans mon sac. Owen aussi avait les yeux braqués sur elle. Je crois que nous aurions donné n'importe quoi, lui et moi, pour pouvoir bouger juste assez, juste assez vite, et la désarmer. Elle était droitière et tenait son arme à droite en fouillant le sac de la main gauche. La première chose qu'elle dénicha fut mon téléphone portable. Sans me lâcher ni des yeux ni de la pointe du canon, elle l'éteignit. Puis elle me lança mes clés de voiture, que je dus attraper au vol.

— Bien, on va aller faire un tour, dit-elle.

D'un geste de son pistolet, elle me fit signe de me relever. J'obéis. Les yeux exorbités, Owen fixait désespérément un point sur la droite, me cherchant du regard.

— Tiens bon, Owen. Je reviens te chercher, fis-je.

Mallory ne daigna même pas esquisser un sourire.

— Owen a un emploi du temps bien chargé. J'ai prévu une petite séance de jeu à mon retour, ça s'appelle le jeu du foulard. C'est redoutable, tu connais ? Allez, dehors. Garde tes bras là où je peux les voir.

J'avais suffisamment d'expérience pour pouvoir dire avec précision à quel niveau se situait le canon du pistolet braqué dans mon dos. D'une seule balle, elle pouvait me briser la colonne vertébrale, ou du moins provoquer de sérieux dégâts de chaque côté. Une deuxième balle, et c'en était fini de moi.

Nous traversâmes ainsi le salon et l'entrée. Dans la cour, tout était calme et silencieux. Personne pour nous voir de la route, au bas de la pente. Une fois devant la voiture, elle me poussa jusqu'au coffre et m'ordonna de l'ouvrir.

— Monte, dit Mallory.

— Je ne sais toujours pas ce qui te retient de me tuer.

— Je pourrais. Les coups de feu sont monnaie courante par ici, personne n'y prendrait garde. Je le ferai, si j'y suis obligée. Mais je ne veux pas te faire de mal. Je veux juste t'amener dans un endroit où tu seras hors d'état de nuire.

Cause toujours. J'étais sûre d'une chose : en aucun cas, je ne devais monter dans ce coffre.

Je me retournai brusquement et me mis à courir. C'est toujours bien de courir, une cible en mouvement est plus difficile à viser.

Elle fit feu. Je sentis une déchirure à la cuisse et cette odeur de cheveux brûlés et de soufre avant que la douleur se manifeste. Elle avait eu de la chance ; la balle m'avait seulement éraflée, mais l'impact me fit trébucher et je m'écroulai en haut de la côte.

— Merde, Brigid, pourquoi tu as fait ça ? Il faut toujours que tu n'en fasses qu'à ta tête. Debout.

— Je crois que je vais avoir besoin de ma canne. Elle est sur la banquette arrière.

— Celle avec une lame ? Tu me prends pour une idiote ? Débrouille-toi pour ramper jusqu'à la voiture et tu te tiendras au pare-chocs pour te relever.

Ce que je fis.

— Bien. Montre-moi ta jambe. Ça fait mal ?

Dans sa grande bonté, Mallory ôta sa blouse Eileen Fisher et me la lança. Quelle délicate attention.

— Fais un nœud autour de ta jambe pour stopper le saignement. On regardera ça de plus près en arrivant.

Elle attendit que je finisse avant de reprendre :

— Maintenant, tourne-toi et lance-moi les clés. Et monte dans le coffre.

Naturellement, j'hésitai.

— Écoute, Brigid. Je ne veux pas te faire de mal. Je veux juste t'emmener quelque part pour avoir une longueur d'avance. Mais tu sais maintenant que je n'hésiterai pas à te tuer s'il le faut.

Je n'étais pas attachée, ce qui me laissait toutes sortes de possibilités. La poignée de sécurité. Les sièges rabattables à l'arrière. Lui sauter dessus quand elle ouvrirait. Je jetai les clés et me hissai dans le coffre.

— Merci. C'est toi qui m'as mise dans ce pétrin, tu pourrais au moins avoir la décence de mourir rapidement.

Elle avait à peine refermé le hayon que je cherchai la poignée de sécurité. Peine perdue, ce modèle de voiture était trop ancien.

Dehors, la température était trompeuse grâce à un léger souffle de vent, mais dans le coffre, il faisait une chaleur de four. Les bruits filtraient à travers. Elle avait dû récupérer les clés. Je l'entendis ouvrir la portière et mettre le contact. Elle parlait, mais ce n'était pas à moi qu'elle s'adressait : elle était en train de réciter son texte, une habitude qu'elle devait avoir depuis longtemps, bien avant que je ne fasse sa connaissance.

— Oui, Carlo, elle est venue me voir. Elle m'a proposé de faire une balade, mais je n'avais personne pour s'occuper d'Owen. Elle est partie il y a trois heures environ. Je comprends que tu te fasses du souci. Tu peux me rappeler quand elle rentre ?

Un silence, comme pour réécouter ses propres mots, puis elle reprit.

— Oui, oui, elle est passée à la maison, mais ça fait des heures qu'elle est partie ! Je ne sais pas, trois heures, peut-être ? Elle voulait que je l'accompagne, mais je ne pouvais pas laisser Owen. Cette idiote, ce n'est pas raisonnable d'aller se promener seule à son âge.

Cette version dut lui sembler plus convaincante et elle la reprit sur un ton différent, plus alarmé. Puis une troisième fois, à mi-chemin entre les deux premières. Cette fois, elle ajouta : « Non, elle n'a pas dit où elle allait. Je l'ai trouvée perturbée. »

Apparemment satisfaite, elle fit, de mon point de vue, un superbe demi-tour en trois temps et s'engagea dans l'allée.

Je repensai à ce qu'elle avait dit. *La décence de mourir rapidement*. Enfermée dans le noir, par cette chaleur, je compris son plan. Nous n'allions nulle part. Elle allait rouler jusqu'à ce que mort s'ensuive, avant de balancer mon corps dans un fossé.

54

Cause de la mort : hyperthermie.

Voilà ce que dirait George Manriquez dans son dictaphone pendant mon autopsie, si autopsie il y avait. Enfin, si les coyotes et les buses ne m'avaient pas dévorée avant. Ou si on trouvait mon corps dans le coffre de la voiture, abandonnée en plein désert, où personne ne la verrait avant des jours. Pas besoin d'aller bien loin pour cela. J'imaginais mon corps nu, étendu sur une table sous le regard bienveillant de George, prêt à m'ouvrir en deux sans qu'aucun de nous deux trouve cette situation embarrassante.

L'hyperthermie peut provenir de deux facteurs : une chaleur excessive, provoquant un accident vasculaire cérébral, ou une réaction à certains médicaments. Cela étant, dans le cas de Brigid Quinn, c'est une surprenante combinaison des deux qui a entraîné la mort. Elle a succombé à la chaleur et à des taux très élevés d'antidépresseurs tétracycliques.

Manriquez aurait prélevé du sang et, cette fois, il aurait veillé à obtenir les résultats du labo. Il constaterait que, au moment de ma mort, j'avais un taux anormalement élevé d'antidépresseurs. Lors de l'enquête, Mallory leur faciliterait le travail. Elle dirait aux enquêteurs de fouiller la maison : « Elle m'a avoué un jour qu'elle soupçonnait sa nièce de l'empoisonner. » Carlo ne pourrait que confirmer. Gemma-Kate serait la coupable idéale. Qu'elle se défende ou qu'elle accuse Mallory, tout serait utilisé contre elle. Carlo lui-même n'y verrait qu'un ultime mensonge. Il se dirait que j'avais eu raison depuis le début et que Gemma-Kate était finalement arrivée à ses fins.

Mais je n'étais pas encore morte. Ma petite taille me donnait un avantage ; une femme plus grande aurait été moins à l'aise dans le vaste coffre de la Volvo. L'endroit avait beau être exigu, je pouvais respirer. Mallory avait tout prévu ; si elle comptait se débarrasser de mon corps en pleine nature, le coup de chaud serait plus crédible que l'asphyxie. Les coffres laissent toujours filtrer un peu d'air. Si je trouvais d'où l'air venait, j'avais peut-être une chance de sortir de là. Je me demandais aussi ce qu'elle comptait faire pour ma blessure, qui m'envoyait de douloureux élancements.

Mallory avait semblé se faire du souci pour ma jambe. Pourquoi ? Parce que, si je perdais du sang dans le coffre, ma mort ne pourrait plus passer pour une simple hyperthermie ? Avant de me préoccuper de moi, je devais tout faire pour innocenter Gemma-Kate. Je dénouai la chemise qui me comprimait la cuisse et, malgré la douleur atroce, je fouillai la plaie de mes doigts jusqu'à ce que le sang coule de nouveau. Je savais que, si je mourais ici, Mallory se débarrasserait de mon corps ; elle verrait tout de suite les traces sur le revêtement. Pour être certaine qu'elle ne fasse pas disparaître les preuves, je glissai une main sous le tapis et j'étalai du sang sur la carrosserie. Je fouillai encore un peu la plaie, essayant de contenir mes gémissements, et je marquai l'intérieur du hayon, sur la partie qui n'était pas directement visible lorsqu'on ouvrait le coffre. Malgré l'obscurité, je m'essuyai consciencieusement les doigts sur la chemise, en espérant avoir ôté tout le sang séché sous mes ongles. Puis je refis le nœud autour de ma cuisse.

À présent, pour quiconque avait un peu de jugeote, la voiture contenait toutes les preuves nécessaires que j'avais été enfermée dans ce coffre, transbahutée je ne sais où, et que je n'étais pas morte d'un empoisonnement, ni d'un vulgaire coup de chaud au cours d'une randonnée. Même si les enquêteurs passaient à côté, Gemma-Kate saurait où chercher. Sans compter que Mallory ne pourrait pas me laisser comme ça, avec ce trou dans la jambe.

J'attendis que la douleur diminue, puis j'évaluai les ressources à ma disposition.

Il paraît que lorsqu'on se retrouve enfermé dans un coffre il faut enfoncer les feux arrière, passer la main à travers le trou et faire signe à la voiture qui vous suit. Croyez-moi, c'est un mythe : ça ne marche pas, du moins pas dans la configuration de la Volvo.

Les signes et les symptômes de l'hyperthermie varient d'un sujet à l'autre. Ici, nous pouvons constater la peau desséchée et les lèvres enflées. Les traces de vomissures autour de la bouche suggèrent des nausées peu de temps avant le décès.

Dommage que j'aie vomi la solution de charbon actif. J'allais bientôt manquer de fluides. J'aurais voulu savoir combien de temps il me restait à vivre.

Avec la baisse de la pression artérielle, le cœur n'était plus en mesure d'assurer la circulation du sang, entraînant une défaillance généralisée des organes. Outre la déshydratation et l'exposition à des températures extrêmes, l'insolation peut être liée ou non à l'effort, par exemple si l'individu a effectué une randonnée sportive. Chez les sujets âgés, rares sont les cas d'insolation liés à l'effort.

C'est exact, George. Le décès n'a rien à voir avec une insolation liée à l'effort, mais plutôt au fait d'avoir été enfermée dans le coffre d'une putain de voiture, avec des températures frôlant les cent degrés Celsius.

Enfermée dans le coffre d'une voiture, soumise à des doses massives d'antidépresseurs, peu importait mon âge, le charbon actif ne pouvait plus rien pour moi : j'étais foutue.

Au début, j'essayai de deviner la direction que nous avions prise, mais je dus renoncer après quelques virages et me concentrai sur ce que j'avais à disposition. Comme disait l'agent des Black Ops, Baxter, prenez tout ce que vous avez sous la main. Sauf que, contrairement à moi, dont le coffre était une sorte d'annexe de mon bureau, rempli de choses utiles, Carlo mettait un soin tout particulier à ne rien laisser traîner dans le sien. Je ne trouvai rien susceptible de forcer le coffre. Tout à coup, je pensai à la roue de secours. Je m'appuyai contre la banquette arrière, dos contre les fauteuils, et, ramenant mes jambes sous le menton, je poussai de toutes mes forces contre la carrosserie. Rien à faire. Je tentai de me rouler dans un coin pour accéder à la roue de secours sous le revêtement. Dans la pénombre, je n'avais que mes doigts pour identifier le pneu, les câbles de démarrage, le cric. Un sandow, que Carlo utilisait pour fermer le coffre lorsqu'il transportait des objets encombrants.

Notre dernier sapin de Noël, par exemple. Découragée, j'étais à deux doigts de fondre en larmes. Je me ressaisis aussitôt et revins aux outils à ma disposition. Chacun d'entre eux pouvait se transformer en arme, utilisé à bon escient et à condition de sortir de ce coffre. Je gardai les câbles de démarrage, le sandow et le cric et remis le revêtement en place par-dessus la roue de secours. Je dissimulai les outils dans mon dos, puis je me mis en condition pour survivre.

Mallory comptait sans doute sur le fait que je meure en chemin, pour ne pas avoir à attendre à l'endroit qu'elle avait choisi pour mettre ma mort en scène. Elle devait aussi compter sur le fait que toutes ces substances ingérées ces dernières semaines accéléreraient un peu le processus. Mis à part les taux élevés d'antidépresseurs, il serait aisé de conclure à une mort naturelle.

Les températures printanières cédaient doucement la place à l'été. S'il faisait vingt-cinq degrés dehors, il devait faire plus du triple dans le coffre ; le soleil, qui était au zénith, chauffait à blanc le métal de la carrosserie, et le moteur n'arrangeait rien. Les conditions idéales pour mettre une dinde à rôtir.

La voiture s'immobilisa. Parking ? Feu rouge ? Autant de rage que de désespoir, je me mis à crier et à cogner dans tous les sens, à coups de pied et de poing. Mais personne ne vint, et la voiture redémarra. C'était aussi bien ; ma respiration et mon rythme cardiaque avaient grimpé en flèche, et pas moyen de revenir à la normale comme quand je faisais du sport. Si je voulais garder l'espoir de m'en sortir, vu mon état, je devais à tout prix me ménager.

Mon état. Imaginez que vous avez passé un peu trop de temps au sauna. Vous sentez que votre cœur bat trop fort, vous vous levez et, dans le coaltar, vous atteignez la porte. Elle est fermée à clé. *À votre avis*, dans quel état êtes-vous ?

La route était bonne ; je ne ressentais aucun à-coup, sauf quand la voiture passait sur un creux, une ornière ou un arroyo. Je perdis la notion du temps. Peut-être perdis-je momentanément conscience, toujours est-il que je revins à moi lorsque la voiture commença à cahoter. Une route en terre, la fin du chemin devait être proche. Si elle était maligne, et si je n'étais pas encore tout à fait morte, Mallory me larguerait quelque part, puis elle irait garer la voiture assez loin pour que je n'aie aucune chance de la retrouver. C'est en tout cas ce que je ferais à sa place.

La voiture ralentit, puis s'arrêta. Je sentais mes forces mentales diminuer avec mes forces physiques. La seule chose que je savais, c'est qu'il faisait encore jour. À cette époque de l'année, dès que le soleil franchissait la ligne d'horizon, les températures pouvaient décliner très rapidement et, même dans le coffre, je sentirais la différence. Or, il faisait encore très chaud. Je savais que, si j'avais encore assez de forces pour lever mon bras et poser ma main contre le rabat, le métal serait brûlant. Je repensai à cette horrible expérience qui consiste à mettre une grenouille dans une casserole et à faire chauffer l'eau tout doucement, tout doucement, pour voir en combien de temps elle meurt. Je pensai au crapaud. Je pensai au chien. Je pensai à Carlo.

Dans la Volvo, la banquette arrière peut se séparer en deux pour rabattre un côté et élargir le volume du coffre lorsque l'on transporte des choses encombrantes. La séparation ne se fait pas au milieu, l'un des côtés est plus petit que l'autre. Du côté le plus étroit, je vis un rai de lumière lorsque Mallory entrouvrit la banquette. J'étais recroquevillée dans le coin, dos aux sièges, mais je parvins à me retourner légèrement pour faire face à l'ouverture, tout en poussant mes outils de l'autre côté pour que Mallory ne puisse pas les voir.

Je voyais trouble. Devant moi se tenaient deux Mallory. Elle était passée sur la banquette arrière, autrement dit, nous étions suffisamment loin de toute civilisation pour qu'elle n'ait pas à se soucier d'être interrompue avant un moment. Peut-être avait-elle son arme braquée sur moi de l'autre côté du fauteuil, je dois dire que c'était le cadet de mes soucis.

— Bon sang, Brigid, lâcha-t-elle sur le ton de l'exaspération. C'est affreux. Tu devrais déjà être morte depuis longtemps !

Mes lèvres se décollèrent à peine. J'avais la bouche desséchée et la langue trop enflée pour parler. Je voulus déglutir, sans succès, alors je restai là à la regarder, sans pouvoir non plus ouvrir les yeux complètement. Je me demandai si elle pouvait voir le cric et les autres outils de là où elle était, ou si mon corps faisait écran.

— Tu n'avais pas besoin de mourir, tu devais juste lâcher le morceau. Mais tu ne lâches jamais, pas vrai ?

Histoire de tester ma force, je voulus prendre le cric. Je n'avais pas la place de la frapper, quand bien même elle me ferait la faveur de ne pas bouger. Si elle faisait le tour et qu'elle ouvrait le coffre, je ne pourrais plus le cacher. Qu'elle me paraissait loin, l'époque où mon principal problème était un mal de dos. Une toute petite partie de mon cerveau assistait à la scène et, voyant l'étendue des dégâts, cette partie encore opérationnelle se mit à rire. Quelle que soit la suite des événements, ce n'était plus mon problème.

— Bon, je vais te tenir compagnie un moment, déclara Mallory.

Elle repoussa encore un peu le siège, juste assez pour créer une ouverture sans pour autant laisser entrer l'air conditionné. Je l'entendis prendre une des bouteilles d'eau que Carlo rangeait sur le plancher. Elle dévissa le bouchon et, allongeant ses jambes sur la banquette, elle se cala confortablement contre la portière, à trente centimètres de moi ; d'un côté la vie, de l'autre la mort.

— Désolée d'en passer par là, mais ta mort doit avoir l'air accidentelle. J'ai tout prévu pour ta jambe.

Elle semblait si naturelle ; comme si, à force de soigner son image, la vraie Mallory avait disparu sous le masque de la perfection.

— Ma pauvre, tu dois être dans un état..., dit-elle, non sans une certaine empathie.

Jusque dans mes derniers instants, elle quémandait mon affection.

Je n'avais pas la force de lui répondre, mais c'était sans doute mieux comme ça : ainsi elle n'avait pas à se soucier de moi et de ce que je pouvais penser. Elle n'avait pas besoin de moi pour poursuivre la conversation, sur le même ton badin que lorsque nous refaisions le monde autour d'une bouteille de vin. Sauf qu'aujourd'hui c'était de l'eau, et que je l'aurais tuée pour en avoir ne serait-ce qu'une gorgée. Elle trouva encore le moyen de m'étonner lorsqu'elle se mit à parler de l'avenir.

— Santa Fe, ça me plairait bien. Les gens viennent de partout, comme à Tucson. C'est une ville artistique. Il y a de l'argent à se faire. Je compte vendre la maison une fois qu'Owen sera mort. Mon Dieu, quel gâchis. Autant le reste est entièrement ta faute, autant c'est moi qui ai merdé avec Owen.

Un soupir, suivi d'une autre gorgée d'eau. Un silence. Elle réfléchissait.

— Je me demande si Carlo aimerait vivre à Santa Fe. Tu le pensais vraiment, quand tu m'as dit que tu ne voulais pas que je m'occupe de lui s'il t'arrivait quelque chose ? Au fond, même Gemma-Kate me plaît. J'ai l'impression qu'on se ressemble.

J'aurai voulu lui dire que Gemma-Kate n'avait rien à voir avec elle ou, en tout cas, pas grand-chose, mais je n'étais plus en état de protester. Mais au nom de Carlo, je sentis mon cerveau et mes muscles réagir et je parvins à mobiliser le peu de vie qui battait encore en moi. Carlo ne serait pas le prochain sur sa liste.

Plus elle me sentait faiblir, plus elle se laissait aller.

— C'est dommage que tu ne puisses pas parler. J'aurais aimé que tu me décrives les effets des médicaments que je t'ai donnés. Pour le cas où j'en aurais de nouveau besoin. Tu as été mon coup d'essai, mais tu es plus solide qu'il n'y paraît. Je ne suis pas sûre de la dose optimale.

Mallory remit le siège en place. Le temps continua de s'écouler, sans que l'on redémarre. Elle avait dû rester sur la banquette, car j'entendis la sonnerie de son portable.

Some Enchanted Evening. Mallory laissa sonner dans le vide, puis décrocha d'un air naturel et désinvolte.

— Salut, Carlo ! lança-t-elle joyeusement.

Même moi j'aurais peiné à croire qu'elle avait quelqu'un dans son coffre en train d'agoniser.

— Oh ! Gemma-Kate.

Je voulus crier pour qu'elle m'entende de l'autre côté du dossier, mais le seul son que je produisis fut un couinement digne d'un bébé phoque.

Impossible que Mallory l'ait entendu, mais, pour ma part, je distinguais nettement ses propos.

— Oui, oui, elle est passée il y a un moment… Elle a parlé d'aller faire un tour. J'étais en train de m'occuper de mon mari, Owen, et je n'ai pas fait attention… Peut-être Linda Vista ?…. Je suis désolée… Tu sais, maintenant que tu le dis… elle n'avait pas l'air dans son assiette.

Je rassemblai mes dernières forces et rouai le dossier de coups de poing.

— Oh ! je crois avoir entendu le livreur UPS à la porte, fit Mallory, toujours sur le même ton guilleret. Aurais-tu la gentillesse de me prévenir lorsque Brigid sera de retour ? Merci. Salut.

Elle avait prononcé ce dernier mot dans un souffle, avec cette sensualité qui la caractérisait. La perfection incarnée.

La portière arrière s'ouvrit avant de claquer de nouveau, et, en un rien de temps, nous avions redémarré. Je tendis l'oreille pour essayer de repérer un bruit de circulation, mais je ne détectai que le bruit de notre propre voiture. Nous devions rouler sur une route isolée, où Mallory ne risquait pas de croiser quelqu'un. S'il s'agissait bien d'une route.

Je sombrai encore dans un état semi-comateux et je serais incapable de vous dire combien de temps s'écoula avant que je revienne à moi, réveillée par un bruit de martèlement au-dessus de ma tête. La crosse du pistolet, sans doute.

— Y'a quelqu'un ? demanda Mallory à travers le hayon.

Le coffre s'ouvrit et le soleil entra à flots, moi qui n'avais pas vu la lumière depuis que Mallory avait légèrement baissé un des fauteuils. Je n'avais aucune idée de l'heure ; le soleil me piquait les yeux, et je peinais à me rappeler si nous étions le matin ou l'après-midi pour savoir où le chercher dans le ciel et dans quelle direction nous étions. La silhouette de Mallory vint se planter devant moi, ou peut-être étaient-ce les deux Mallory ; je les voyais troubles toutes les deux.

Je voulus m'emparer du cric, mais elle me l'arracha aussitôt des mains.

— Tu as assez de forces pour sortir toute seule ou je dois te traîner dehors ?

Mes lèvres remuèrent, mais aucun son ne sortit. Mallory émit un petit bruit étouffé.

— Ne crois pas que je fasse cela par plaisir, Brigid. Tu as été une vraie amie. Mais voilà, une chose en entraîne une autre, et je suis à court d'options. Je suis sûre qu'au fond tu me comprends. Je ne voudrais surtout pas que tu aies une mauvaise opinion de moi. Tiens, accroche-toi à ça si tu as besoin d'aide.

Elle posa son arme en équilibre sur le pare-chocs, puis, tâtant d'abord prudemment mon cou pour vérifier que mon pouls était aussi faible que prévu, elle tira d'un coup sec le sandow sur lequel j'étais à moitié allongée. Elle reprit mon pouls et sembla satisfaite. Elle passa le sandow autour de mes épaules, prit appui contre la carrosserie, et tira.

— Allez, aide-moi un peu. Il faut que je rentre. Tu seras mieux à l'extérieur. On ne va quand même pas rester là toutes les deux à attendre.

Je voulus lever mes bras pour m'accrocher au rebord. Je ne pus bouger le petit doigt. Avec un soupir, Mallory tira encore pour me mettre en position assise, puis, s'emparant de ma queue-de-cheval, elle donna un dernier à-coup et parvint à me faire basculer. Je n'étais qu'un poids mort.

Ma tête heurta le pare-chocs avant que j'atterrisse sur le flanc, inerte.

— On y est presque, fit Mallory.

Nous étions sur une route si plate que la visibilité était excellente, à droite comme à gauche. Mallory prit le temps de bien regarder de chaque côté et, profitant de ce qu'il n'y avait personne en vue, elle me fit rouler jusqu'à un fossé peu profond creusé par la pluie.

J'entendis un bruit, un oiseau ou une sonnerie de téléphone. Sans doute un téléphone, car j'entendis Mallory dire, quelque part au-dessus de moi :

— Allô ?

Puis :

— Tiens, Carlo ! Gemma-Kate ne t'a pas dit ? Brigid voulait me proposer d'aller faire un tour, mais je ne pouvais pas laisser Owen... Oh ! je ne sais pas, il y a environ deux heures ? Ça te paraît long ?.... Je sais, je sais, je lui ai dit qu'elle ne devrait pas partir seule, surtout dans son état, mais tu sais comme elle est. Elle n'avait pas l'air dans son état normal, je trouve qu'elle a mauvaise mine. Tu me rappelles quand elle rentre ?.... Eh oui, tu me connais, je suis une éternelle angoissée. Salut.

Pendant ce temps, j'étais au fond de mon fossé, inerte, du sable plein la bouche et les yeux après ma chute. Le visage de Mallory flotta dans mon champ de vision, disparut, revint. Quand je parvins à accommoder, son visage ne ressemblait pas à celui de la Mallory que j'avais connue. Elle était effrayée. Pas nerveuse, comme tout à l'heure. Angoissée.

— Ils se posent des questions, Brigid. Tu es sûre de m'avoir dit toute la vérité ? Qui d'autre est au courant, Brigid ?

Je voulu bouger mes lèvres, mais aucun son ne sortit. Elle s'agenouilla à côté de moi pour entendre ce que je disais, mais, même alors, elle prit soin de maintenir une distance de sécurité. Elle répéta, plus fort :

— Qui est au courant, Brigid ?

— Per… sonne, articulai-je.

— Je veux être bien sûre que tu me comprennes. As-tu parlé à Gemma-Kate ?

Comme je ne répondais pas, Mallory posa sa main sur ma cuisse, là où la balle m'avait éraflée. Elle enfonça son pouce dans la plaie, et je parvins à hurler un vague « non ».

Elle enfonça son pouce de nouveau en disant :

— Et Carlo ?

J'aurais tout fait pour les sauver, mais je n'étais plus capable de parler.

— De l'e…, soufflai-je à travers mes lèvres craquelées.

Mallory soupira d'impatience.

— Allez, juste une gorgée, qu'on en finisse.

Elle m'abandonna dans le fossé pour retourner à la voiture et revint quelques instants plus tard avec une bouteille d'eau. Elle versa quelques gouttes sur mes lèvres, mais elle recula vivement lorsque je tendis la bouche pour boire au goulot. J'aspirai les gouttes une par une pour humidifier ma langue et ces quelques gouttes suffirent à apaiser le fond de ma gorge.

— S'ils te soupçonnaient, ils ne t'appelleraient pas, fis-je d'une voix rauque.

Elle y accorda le temps de la réflexion.

— Je te jure, je les tuerai tous les deux si tu leur as dit quoi que ce soit.

Il y avait un léger tremblement dans sa voix. Ses vaines menaces et maintenant ce tremblement trahissaient sa nervosité. Peut-être que tout ne se passait pas comme elle l'avait imaginé. Peut-être sentait-elle que la situation lui échappait et que le vent avait tourné. Mais il était trop tard pour faire machine arrière.

— Il faut que je parte d'ici, dit-elle.

Cette remarque ne m'était pas destinée.

Elle me laissa un moment. Quand elle réapparut dans mon champ de vision, elle tenait le cric dans une main et le pistolet dans l'autre. Elle se mit à genoux au bord du fossé et brandit le cric au-dessus de ma jambe. Je gémis en guise de protestation. À ma grande surprise, elle suspendit son geste et s'assit sur ses talons.

— Tu as raison, trop visible, dit-elle.

Elle regarda autour d'elle, lâcha le cric, se dirigea vers un cholla et, à l'aide de son arme, elle parvint à lui arracher un bras. Puis elle le fit rouler à coups de crosse jusqu'à ce qu'il atterrisse dans le fossé, à côté de moi. Elle s'agenouilla de nouveau, posa le pistolet non loin et, en se servant du cric, elle appliqua la branche épineuse sur ma blessure et l'enfonça profondément dans la plaie. Incapable de crier, je laissai échapper un grognement de douleur.

— Tu savais que les épines étaient toutes pourvues de petits crochets ? Une fois qu'ils pénètrent sous la peau, il est très difficile de les enlever.

Elle retourna à la voiture et revint avec ma canne. Celle-ci était taillée dans un bois léger, et elle se brisa en deux d'un simple coup de talon.

— Tu as cassé ta canne et tu as voulu enlever le cholla avec la lame.

Elle fouailla dans ma jambe, jusqu'à ce qu'il ne reste plus la moindre trace d'une blessure par balle. Quelque part au loin j'entendais les glapissements d'une femme à l'agonie.

— Mais, ma pauvre Brigid, tout ce que tu as réussi à faire, c'est à massacrer ta jambe avant de mourir.

Mallory recula pour admirer son œuvre. Elle avait posé le pistolet par terre, à côté d'elle. Je ne représentais plus une menace, moi qui n'avais même plus la force de resserrer mes doigts, et j'étais encore affaiblie par la douleur.

Mais cette même douleur me galvanisa. Je pensai aux filles du refuge pour femmes battues, à celle qui avait choisi de rester une victime.

Elle ne le saurait sans doute jamais, mais j'allais lui montrer ce que cela signifiait de refuser d'être une victime.

Je me redressai, plus lentement que je ne l'aurais souhaité, mais je bénéficiais de l'effet de surprise. À l'aveugle, ma main atterrit sur le canon et non sur la crosse. Mallory, comprenant trop tard ce que je m'apprêtais à faire, laissa tomber la canne et plongea vers le pistolet.

J'étais blessée et affaiblie ; Mallory était musclée et en pleine possession de ses moyens. Et maintenant, Baxter ? Qu'est-ce qu'on fait quand on n'a rien sous la main ?

Mon corps, songeai-je. Je pouvais toujours me servir du poids de mon corps.

Je roulai sur le côté pour dégager mon bras et me rapprocher de l'arme. À tout moment Mallory pouvait faire feu et toucher un organe vital, mais, déséquilibrée, elle glissa et atterrit sur moi. Je sentais son bras droit et le pistolet dans mon dos. De sa main gauche, elle me giflait le visage. Dans d'autres circonstances, j'aurais trouvé cela comique.

Dans ce fossé étroit, chacune essayait de prendre le dessus et nous nous démenâmes avec la même intensité que deux baleines échouées.

Mes coups n'étaient pas très efficaces, entre les effets des médicaments et ceux de l'hyperthermie. Mais Mallory, malgré sa folie meurtrière, n'était pas formée au corps-à-corps et, de son propre aveu, elle n'était pas au sommet de sa forme. Je n'avais qu'à trouver son point faible. Alors qu'elle me martelait de coups le bas du dos, une zone qu'elle savait vulnérable, je parvins à rapprocher son bras de mon visage. J'entrevis un bout de chair à nu et mordis à pleines dents. Comme je l'espérais, ses doigts s'ouvrirent par réflexe. Lorsqu'elle dégagea son bras, elle avait lâché le pistolet.

Le vent avait tourné, et nous le savions toutes les deux. Mallory battit en retraite et, sans me quitter des yeux, elle se mit à avancer sur les fesses pour remonter l'arroyo ; comme si le fait de ne pas me tourner le dos la rendait moins vulnérable. Il y avait des cailloux non loin. J'étais si faible que, pour peu qu'elle me frappe au bon endroit, j'étais foutue. Elle était à trois mètres lorsque je roulai de nouveau sur moi-même et braquai l'arme sur elle. Plusieurs Mallory rampaient sous mes yeux. J'en choisis une au hasard, et je fis feu.

Si elle était blessée, je ne savais pas où, et elle bougeait toujours. C'est le problème avec les petits calibres : ils ne tuent pas du premier coup, contrairement à ce qu'on voit dans les films. Je tirai une seconde fois et le pneu arrière droit de la voiture éclata. Rien à voir avec le stand de tir.

Je la remis en joue au moment où elle s'apprêtait à disparaître au haut de l'arroyo. J'ignorais toujours si je l'avais touchée la première fois. Je remontai l'arroyo tant bien que mal et posai le pistolet en équilibre sur la crête. Elle s'était déjà redressée et titubait en direction de la voiture.

Même avec un pneu crevé, elle pouvait faire assez de kilomètres pour aller chercher de l'aide et dire à tout le monde que j'étais devenue folle et que j'avais tenté de la tuer. Si elle m'abandonnait ici, j'étais morte. J'avais besoin d'aide, et son téléphone portable était tout ce qui me séparait des secours. J'étais prête à tuer pour un téléphone.

Je plissai les paupières pour ajuster ma vision et tirai une troisième fois. Elle n'était plus qu'à quelques pas de la voiture et, lorsqu'elle s'écroula, sa tête heurta le pare-chocs et glissa lentement le long du pneu. C'était le signe que j'attendais. De son vivant, Mallory n'aurait jamais permis qu'il arrive quoi que ce soit à son visage.

Dans le doute, je gardai le pistolet tout en me traînant jusqu'à elle, vautrée dans la poussière. Je palpai ses poches ; pas de portable. Avait-il pu tomber ? Pourvu qu'elle ne l'ait pas laissé dans la voiture. Je ne me sentais pas capable de me hisser jusque-là. À moitié couchée sur Mallory, je tâtonnai aveuglément autour de moi.

Lorsque je le sentis enfin sous mes doigts, à proximité du coffre, c'est à peine si je distinguai les petites icônes. J'en choisis une au hasard et composai le 911. Une femme répondit.

— Balle…

Ma main retomba lourdement avec le téléphone et resta là, inerte. Il était vain de croire que l'on pouvait m'entendre à cette distance ; dans un ultime effort, je parvins à porter le téléphone à mes lèvres.

— Localisez-m… Je vais mou…

J'étais à bout de forces. Sans couper la ligne, je m'adossai à la voiture, juste à côté de la dépouille de Mallory, tandis que, de sa voix pressante, l'opératrice me bombardait de questions inutiles comme : « Êtes-vous blessée ? » Les yeux grands ouverts, Mallory fixait les montagnes dans le lointain. Elle était bel et bien morte. Je vis le sang qui coulait dans la poussière à travers mon jean et je songeai que je ferais bien d'aller chercher le sandow, derrière la voiture, pour me faire un garrot. Je songeai aussi que je ferais bien d'attraper une bouteille d'eau à l'avant, là où elles étaient rangées. Et, tant que j'y étais, je pouvais aussi démarrer la voiture et quitter cet endroit. Si je trouvais les clés. J'étais encore en train de réfléchir à tout ce que je devais faire lorsque je perdis connaissance.

55

Lorsque je me réveillai dans l'ambulance, je n'avais toujours aucune idée de l'endroit où je me trouvais. Carlo était penché au-dessus de moi avec une tête d'enterrement, le visage maculé de poussière et de traînées de sang, probablement le mien, même si j'ignorais totalement comment il était arrivé là.

Il se tourna vers l'un des ambulanciers, de l'autre côté du brancard.

— On en est où ?

On a connu mieux, pensai-je.

— La température a baissé. Nous sommes en train de la réhydrater. Elle est stable, répondit l'urgentiste.

— Bien, fit Carlo.

Puis il revint à moi.

— Juste pour savoir, tu vas continuer longtemps à te foutre dans la merde comme ça ?

Carlo est rarement vulgaire, mais il est encore plus rarement désagréable. Sauf quand il est vraiment fâché. Il était vraiment très fâché.

Je fis non de la tête, puisque je ne pouvais me fier à mes cordes vocales. Je souffrais le martyre, mais apparemment j'avais de très bonnes chances de survie et j'avais des questions à poser. Je tendis une main et touchai ma cuisse. Mes doigts se refermèrent sur des pans de jean ; ils avaient dû taillader mon pantalon pendant que j'étais inconsciente.

— Ma jambe…

Carlo serra ma main plus fort – je me rendis compte par la même occasion qu'il me tenait la main – et me fit signe de garder le silence.

L'ambulancier inclina la tête. On se reconnaissait, entre pairs.

— Vous avez une vilaine blessure à la cuisse gauche, mais vous n'avez pas perdu trop de sang. Les médecins se chargeront du cactus à l'hôpital.

Inutile de demander si Mallory était morte. Je soulevai ma main droite et, d'un signe du pouce, je fis mine d'éteindre un chronomètre imaginaire. Bien sûr, j'étais la seule à comprendre la blague.

— Où…, murmurai-je.

— À l'hôpital d'Oro Valley.

Je fis non de la tête, piaffant d'impatience, même dans cet état. Je voulus parler de nouveau. Impossible.

— De l'e…, parvins-je à dire.

L'ambulancier prit une bouteille d'eau et me fit boire à l'aide d'une paille. La bouche et la gorge réhydratées, je m'humectai les lèvres et déglutis encore, pour voir.

— Je veux dire… Où m'avez-vous trouvée ?

S'il eut l'air étonné de ma question, il répondit quand même.

— Après Calle Concordia, sur la route qui monte vers Pusch Ridge. Vous n'étiez pas au courant ?

Nous avions roulé pendant des heures, tout ça pour revenir au point de départ. De là, Mallory pouvait facilement rentrer. Et elle pouvait dire que j'étais partie de chez elle à pied. Ainsi, impossible de remonter jusqu'à elle si je disparaissais, quand bien même on finirait par retrouver ma dépouille juste derrière sa propriété.

— Owen, dis-je. Hollinger.

— C'est le mari de cette… cette femme qui a été tuée, expliqua Carlo aux ambulanciers.

Il avait pris soin d'utiliser la forme passive, ainsi il évitait de me mettre en cause. Il se pencha vers moi.

— Je me suis d'abord rendu chez eux, et j'ai trouvé Owen seul. J'ai appelé Annette, elle est avec lui en ce moment.

Ma voix commençait doucement à revenir, et je dus reprendre un peu d'eau pour arriver à faire bouger mes lèvres.

— Qu'est-ce que tu comptais faire, une fois chez Mallory ?

Carlo sourit.

— Je ne sais pas, je n'avais pas les idées très claires à ce moment-là, mais j'avais un ou deux scénarios en tête. Défoncer la porte, la tabasser à coups d'Asti spumante… Bizarrement, c'était assez jouissif.

Je compris qu'il ne resterait pas longtemps fâché contre moi. Je fis mine de lever le pouce, mais alors je me souvins que Mallory avait une arme chez elle. Je baissai mon pouce et serrai sa main un peu plus fort. Ils avaient dû me donner un calmant, car je sombrai de nouveau dans le néant.

56

Ils me gardèrent une nuit en observation pour soigner ma jambe et achever de me réhydrater, mais, dès le lendemain, j'étais libre. Carlo m'aida à m'installer sur le siège passager de la voiture de location et prit le volant.

— Heureusement que j'ai trouvé le portable pour qu'ils puissent me localiser, dis-je.

— Oh ! ils étaient déjà à ta recherche avant que tu appelles, répondit Carlo.

— Comment ça ?

— Quand je suis arrivé à la maison, Gemma-Kate s'inquiétait de ne pas avoir eu de tes nouvelles. Elle m'a tout raconté, elle m'a dit que c'était Mallory qui t'avait empoisonnée. Mallory, t'empoisonner ! Je n'en revenais pas. J'étais en colère, à la fois contre elle et contre moi, pour ne pas t'avoir prise au sérieux lorsque tu me mettais en garde contre Gemma-Kate. Mais ensuite, quand j'ai appelé Mallory, j'ai remarqué trois choses…

— Quelles choses, Perfesser ?

— D'abord, avant que je dise quoi que ce soit, elle m'avait dit que tu étais partie marcher. Tu ne pars jamais en randonnée sans me dire où tu vas.

— Et ensuite ?

— Mallory a dit que tu avais « mauvaise mine ». Bon, si Gemma-Kate ne m'avait pas dit de quoi il retournait, je n'aurais pas eu la puce à l'oreille. Mais elle n'a fait aucune allusion à ton visage. Elle aurait pu évoquer les bleus ou les contusions… Mallory ne serait jamais restée aussi vague en disant que tu avais « mauvaise mine ».

— Quoi d'autre ?

— Une anomalie linguistique. Mallory a dit que tu avais mauvaise mine. Ça ne lui ressemblait pas. La Mallory que je connaissais aurait dit « petite mine », tu avais une « petite mine ». Toute cette conversation, bien sûr, à la lumière des accusations de Gemma-Kate, sonnait faux. Enfin, je suis allé voir dans la chambre. Quand j'ai vu que tu avais pris ton arme, j'ai su que c'était du sérieux.

— Je ne t'ai pas menti. Gemma-Kate a simplement fait en sorte de nous donner un peu d'avance.

— Elle m'a dit, oui.

— Alors, tu as appelé les flics ?

— Je les ai appelés en premier, mais ce n'était pas gagné. Tu n'avais pas disparu depuis assez longtemps pour lancer les recherches. Ils ne m'ont pas cru, moi et mon histoire de dingue, mais je dois admettre que c'était difficile à croire. Alors, j'ai appelé Elias, qui a appelé un de ses paroissiens rattaché à la police de Tucson.

— Tony Salazar.

— Exactement. Lui m'a tout de suite cru, du moins, il a cru Elias, si bien que, lorsque tu as appelé, ils étaient déjà passés chez les Hollinger et cherchaient la voiture par hélicoptère. Je me suis précipité chez eux pour vérifier qu'Owen allait bien. Aussi, quand ils t'ont retrouvée, j'étais déjà sur les lieux.

— Tu m'as sauvé la vie.

Je n'avais pas besoin de le remercier. Je pouvais déjà lire dans ses yeux tout le bonheur que cela lui procurait.

Je regardais défiler les monts Catalina par la fenêtre. D'habitude, les montagnes se découpent sans aucun relief contre le ciel. Mais, dans le soleil de cette fin d'après-midi, les jeux d'ombre et de lumière faisaient ressortir la profondeur des canyons. Elles étaient encore plus fascinantes.

À peine sortis de l'hôpital, nous avions rendez-vous chez les Hollinger. Tony Salazar et Sam Humphries étaient venus me rendre visite dans ma chambre. J'avais proposé un marché à Tony. Il veillait à ce qu'Owen corrobore mon histoire afin que je puisse plaider la légitime défense pour avoir abattu Mallory dans le dos, quant à moi, je ne poursuivrais pas son service pour avoir foiré l'enquête sur la mort de Joe Neilsen. De toute façon, avec ou sans moi, la vérité éclaterait un jour. On pouvait faire confiance à Lulu Manwaring pour cela.

Annette était présente, d'abord pour veiller au confort d'Owen pendant l'entretien, mais aussi pour faire office de témoin.

Owen était réveillé et, lorsqu'il me vit entrer, ses yeux débordèrent de reconnaissance, puis de doutes lorsqu'il vit défiler à ma suite Carlo, Tony Salazar et Sam Humphries. Je m'assis près de lui au bord du lit, là où Mallory s'asseyait autrefois, et posai ma main sur son bras. J'essayai de visualiser ce que j'avais lu sur Internet à propos du syndrome d'enfermement, et lui demandai s'il pouvait sentir ma main. Il cligna des yeux une fois. Oui. À notre arrivée, le seul autre bruit dans la pièce était celui de la pompe du respirateur. J'ignore si les autres furent incommodés par l'odeur à laquelle j'étais désormais habituée, mais ils n'en montrèrent rien.

— Bonjour, Owen, fit Carlo.

J'étais heureuse d'avoir à la fois un prêtre et une infirmière dans la pièce. Tout pouvait arriver. Owen cligna des yeux deux fois en guise de salutation. Je lui expliquai les raisons de notre présence :

— Owen, je te présente Anthony Salazar. C'est lui qui dirige la division des enquêtes criminelles. Et voici l'inspecteur Sam Humphries. Ils voudraient vérifier quelques points avec toi concernant Mallory, Joseph Neilsen et toi-même, ainsi qu'un certain Frank Ganim. Si tu es d'accord.

Owen cligna des yeux pour dire oui, et j'aurais juré qu'il poussa un soupir de soulagement.

Salazar se posta au pied du lit, les mains jointes, la tête légèrement inclinée mais le regard fixé sur Owen. Sa posture trahissait un profond respect, et je lui en fus reconnaissante.

Je commençai.

— Owen, sais-tu ce qui est arrivé à Mallory ?

Il cligna des yeux. *Oui*.

— Je pense connaître le gros de l'histoire, mais peut-être que tu peux remplir les cases qui me manquent. Tu veux bien ? Tout ce que tu as à faire est me guider dans les questions en répondant par oui ou par non.

Devant un jury, j'aurais été accusée d'influencer le témoin, mais, au vu des circonstances, Salazar avait donné son accord.

Oui.

— Quelque temps après votre mariage, tu as découvert que Mallory avait tué son premier mari ?

Annette s'efforçait de rester discrète, mais elle ne put retenir un gémissement. Je me tournai vers elle et dis :

— Annette, nous pouvons avoir besoin de vous à tout moment. Vous allez tenir le coup, n'est-ce pas ?

Elle acquiesça. Je jetai un regard à Carlo. Il saurait prendre le relais si nécessaire.

Je redemandai à Owen s'il avait découvert que Mallory avait tué son premier mari, mais :

Non.

— Tu avais des doutes ?

Non.

— Tu étais heureux dans ton mariage ?

Oui.

— Mais tu m'as dit hier que c'était Mallory qui t'avait mis dans cet état.

Oui.

— Elle a arrêté la voiture sur le passage à niveau et t'a laissé dedans. Ta ceinture s'est bloquée ?

Il battit des paupières. Peut-être que lui-même ne connaissait pas tous les détails de cette nuit-là.

— Où as-tu appris le morse ? Pendant ton service militaire ?

Oui.

— Mallory a dit qu'elle avait essayé de te tuer, mais que Joe l'avait surprise en train de verser du potassium dans ta sonde. C'est pour ça qu'elle a tué Joe ?

Oui. Tant de chagrin dans son regard. Je n'avais jamais remarqué à quel point les yeux d'Owen étaient expressifs. Peut-être aurais-je pu communiquer davantage avec lui si Mallory n'avait pas constamment détourné mon attention vers elle.

Nous poursuivîmes ainsi pendant un moment, moi émettant des hypothèses et Owen me corrigeant lorsque je me trompais. Il était conscient le jour où Mallory avait décidé d'en finir, et il n'avait rien pu faire lorsqu'elle avait versé du chlorure de potassium, une sorte de substitut au sel de table, dans sa sonde. Joe était arrivé à ce moment-là, elle ne l'avait pas entendu entrer tant elle était concentrée sur ce qu'elle faisait. Par curiosité, il lui avait demandé ce qu'elle faisait, et il avait semblé tout excité quand elle avait répondu que c'était pour la constipation. Il était parti en disant qu'il en parlerait à son beau-père. Tim et Jacquie seraient surpris de découvrir à quel point Joey cherchait l'attention de son père. Annette prit la parole à son tour, expliquant que, contrairement au sodium, une forte dose de chlorure de potassium ferait baisser la pression artérielle, et ce jusqu'à l'arrêt total du cœur. Elle précisa que, vu son état de santé et l'existence de directives anticipées, il n'y aurait jamais eu d'enquête sur la mort d'Owen.

— Je n'ai pas pu découvrir si Mallory avait tué Frank Ganim avec l'antigel ou si elle l'avait achevé en lui comprimant la carotide. Mallory t'a-t-elle parlé de Ganim ?

La tension d'Owen grimpait en flèche à mesure que les souvenirs affluaient. *Oui*.

— Pourquoi n'a-t-elle pas fait pareil avec toi ? Cela aurait été si simple.

SOS.

— Tu veux me le dire en morse ? Vas-y.

Dabrd Frnk.

— Elle a d'abord essayé sur Frank Ganim pour voir si le légiste se douterait de quelque chose. Annette, vous pouvez l'aider ?

Annette lui administra un produit pour faire baisser sa tension. Quand il fut de nouveau calme, il cligna des yeux.

Oui.

Cela dura un long moment, entrecoupé de quelques pauses, mais nous gagnâmes du temps grâce au fait que j'avais deviné une bonne partie de l'histoire et que je savais quelles questions poser. Frank Ganim avait découvert ce que Mallory avait fait, il avait retrouvé sa trace à Tucson et s'apprêtait à la faire chanter. Mallory l'avait donc tué. Dès qu'ils étaient seuls, Mallory venait se confier à Owen. Elle lui avait raconté tout ce qui se passait et comment elle gérait les événements. Il savait qu'elle me donnait des antidépresseurs en cachette pour me diminuer. Jusqu'au jour où elle lui avait annoncé qu'elle allait devoir me tuer et qu'elle reviendrait s'occuper de lui après.

Owen finit par montrer des signes de fatigue, mais nous pensions disposer d'assez d'éléments à présent. Il cligna de nouveau des yeux en morse.

— Qu'y a-t-il ?

Deux clignements longs.

— *M*.

Court ; long ; court.

— *R*.

Long ; court ; long ; court.

— *C*.

Court ; court. *I*.

— Je t'en prie, dis-je, triste de recevoir tant de reconnaissance pour une si maigre vie.

Une fois dehors, je passai encore un moment avec Tony et Sam. Au cours de ma nuit à l'hôpital, j'avais eu le temps de revenir sur tous ces événements et de reconstituer en partie le soir où Joe s'était noyé, même s'il ne s'agissait que d'hypothèses. Mallory avait dû prendre un sentier jusqu'à la maison des Neilsen, profitant de ce que Joe était seul. Joe ne se doutait de rien, il savait seulement qu'elle avait débarqué chez lui avec un pack de bières. Elle avait fait ce qu'elle avait à faire, puis elle était repartie en sens inverse, avec les bières restantes, avant le retour des parents.

Carlo dut faire un second détour, cette fois chez les Neilsen, où nous étions attendus. Tim semblait nerveux lorsque nous prîmes place sur le canapé en face d'eux. Je commençai par dire à Jacquie qu'elle avait raison depuis le début, que Joe n'était pas mort à cause d'une mauvaise blague entre adolescents ou pour une quelconque pratique sexuelle. Son fils ne s'était pas suicidé parce qu'il se sentait rejeté par son beau-père ou par les garçons dans son groupe. Il avait été assassiné parce qu'il avait eu le malheur de faire quelque chose de bien en allant faire la lecture à Owen. C'était tout ce qu'elle avait besoin de savoir. Je ne dis rien à propos des analyses toxicologiques. Quand Tim comprit que je ne le dénoncerais pas, il prit une profonde inspiration, que Jacquie interpréta comme une marque de soutien. Lorsque nous les laissâmes, Carlo et moi, ils étaient en train de se réconforter mutuellement.

Je n'ai jamais rencontré le Dr Lari Paunchese.

Owen mourut peu de temps après que j'eus mis le point final à ce récit, mais il put profiter de ses derniers jours sans vivre constamment dans la peur. Elias Manwaring ne savait pas tout. La fortune des Hollinger fut distribuée pour moitié à St Martin, ce qui soulagea considérablement les finances de la paroisse, et l'autre moitié à un service d'entraide œcuménique, une sorte de banque alimentaire établie à Tucson. Que serait-il arrivé si Owen était mort six mois plus tôt d'un arrêt cardiaque à la suite d'un excès de chlorure de potassium, ou encore un an avant, dans cet accident de train ? Joe Neilsen serait toujours en vie. Mallory Hollinger serait toujours en vie. Nous serions toujours les meilleures amies du monde. Et peut-être aurait-elle déjà jeté son dévolu sur son troisième mari.

57

Le lendemain, au courrier, je découvris que le prix pour avoir embouti un cactus était de dix mille dollars.

Plus tard dans l'après-midi, nous allâmes chercher Al, qui se mit aussitôt à gambader dans la maison comme si de rien n'était, bousculant sa sœur au passage car il fallait bien rétablir son statut de mâle dominant.

Pendant le dîner, nous eûmes le sentiment de former une vraie famille, si ce n'est que chez nous les discussions ne tournaient pas autour des traditionnels « Comment s'est passée ta journée à l'école », ou « Est-ce que ton livre est bien, Carlo », ou encore « Mon Dieu, que c'est bon la pizza maison ». Nous étions des Quinn, après tout. Carlo commença :

— Je n'arrive pas à comprendre pourquoi Mallory a décidé de tuer Joe, mais pas toi ni Owen.

— Elle n'est plus là pour le dire, aussi je ne peux pas te l'affirmer avec certitude, répondis-je. Mais je pense que Joe était une cible plus facile parce qu'elle n'avait pour ainsi dire aucun lien avec lui, si ce n'est lorsqu'il venait faire la lecture à son mari. Elle risquait moins d'éveiller les soupçons. Tandis que si c'était son mari, quelqu'un d'un peu malin pouvait se rendre compte que la même chose était déjà arrivée au premier. Elle avait tout calculé pour que Joe soit témoin de l'arrêt cardiaque d'Owen ; mais Joe est arrivé trop tôt et, lorsqu'il lui a dit qu'il allait parler du potassium à son beau-père médecin, Mallory a pris peur. Elle a paniqué. Quant à moi, elle pensait me rendre assez malade pour que j'abandonne l'enquête.

— Oh ! avant que j'oublie, intervint Gemma-Kate. J'ai continué à me renseigner sur les antidépresseurs. Apparemment, il faut se méfier des fromages affinés. Tu te souviens, tu n'as pas arrêté de manger du fromage.

— Et donc ?

— D'après mon livre, associé à des antidépresseurs, en plus du syndrome sérotoninergique, le fromage peut provoquer les symptômes de la maladie de Parkinson.

Il y avait eu le parmesan dans la soupe, le roquefort au Blanco, ce serveur chez Ramone qui me souriait en versant la vodka glacée sur les olives fourrées au fromage (Mallory avait-elle apporté les olives elle-même ?), et d'autres encore, chez Mallory… et ceux que Gemma-Kate avait utilisés, sans le savoir.

— Comment ?

— Je n'ai pas encore bien compris le mécanisme. Je sais juste que cela provoque les mêmes symptômes que Parkinson. Démarche anormale, spasmes musculaires, tremblements, faiblesse, instabilité émotionnelle et même micrographie.

— Si je comprends bien, tu es en train de me dire que tous ces symptômes…

— … proviennent d'une consommation excessive de médicaments et de fromages. Surtout les fromages affinés. La biologie est vraiment fascinante, vous ne trouvez pas ?

— Sainte Marie, mère de Dieu, lâcha Carlo.

— Quelle salope, dis-je en m'adressant au fromage de chèvre sur ma pizza, l'appétit coupé. Tu comptais attendre combien de temps avant de me le dire ? demandai-je à Gemma-Kate.

— Bien sûr, tu boites encore un peu, mais c'est peut-être ta blessure à la jambe, renchérit-elle en se levant. Ça ne te dérange pas si je finis ta pizza ?

Mallory avait cassé ma canne, mais Carlo m'en avait acheté une autre à la pharmacie avant que je sorte de l'hôpital. Avec ça, je tenais à aller promener les carlins. Au ralenti, certes, mais ce serait toujours plus agréable que ces derniers temps.

— Que ferais-tu si j'étais lourdement handicapée ? demandai-je en boitillant le long du trottoir.

— Handicapée comment ?

— Disons... paraplégique.

— Facile. Je te mets dans ton fauteuil, et je t'offre un aller simple dans les gorges de Sabino Canyon.

C'était censé me faire rire, et cela réussit.

— Tu sais parler aux femmes.

Puis la nuit arriva. Je partis me coucher la dernière. Peut-être étais-je encore un peu sous le coup de l'adrénaline. Plongée dans la pénombre, la maison était silencieuse. Un des carlins était posté devant la porte de service, plein d'espoir. Je le laissai sortir, en priant pour qu'il n'y ait pas de crapauds cachés sous les bougainvillées. La pleine lune avait éclipsé la plupart des étoiles, mais on ne peut pas tout avoir. Le carlin se dirigea vers la statue de saint François, leva la patte (je sus alors que c'était Al) et urina sur son pied, puis il revint en trottinant vers la maison et s'assit patiemment, persuadé que mon seul but dans l'existence était de lui ouvrir des portes. Je lui ouvris la porte.

J'allai rendre visite à Gemma-Kate dans sa chambre. Elle était couchée mais elle ne dormait pas encore, et avait laissé la lumière allumée.

— Tu ne dors donc jamais ? demandai-je.

— Pas beaucoup. Mais ça ne me dérange pas.

— Comment te sens-tu ?

— Je me sens…

Elle se tut, cherchant à rassembler les ressources nécessaires pour faire l'effort de communiquer avec moi. Et si elle en avait jamais été capable, elle ne savait pas comment l'exprimer. La seule chose qu'elle parvint à exprimer fut : « Je veux », avant de se taire de nouveau.

— Qu'est-ce que tu veux ?

— Je veux… être touchée. Maman me touchait beaucoup, au début.

Je m'assis au bout du lit et posai ma main sur son pied, là où pointait la bosse sous les couvertures. Elle sembla s'en contenter et ne chercha pas à s'asseoir ou à se rapprocher de moi pour un câlin.

— As-tu volontairement empoisonné le chien ? demandai-je sans prendre de gants.

— Non. C'était un accident. Il s'est jeté sur la tête, pile au niveau des glandes, et je n'ai rien pu faire pour l'en empêcher.

La réponse était assez précise pour être crédible. Et puisqu'on était sur le registre de la franchise…

— Gemma-Kate, est-ce que tu aimais ta mère ?

Elle prit quelques secondes pour réfléchir à sa réponse.

— Je ne crois pas, non.

Elle recula son pied. Sans doute avait-elle atteint son quota de contact humain pour la journée, ou peut-être voulait-elle juste vérifier qu'elle pouvait obtenir ce qu'elle voulait.

— Mais je ne suis pas comme Mallory.

— Bien sûr que non. Tu n'as rien à voir avec elle.

Cet échange à brûle-pourpoint était-il le signe que Gemma-Kate et moi pouvions communiquer comme des êtres normaux ? Ou était-ce le lion en moi qui trouvait un écho avec le lion qui était en elle ? Cela me fit penser à tout ce qui nous différenciait de Mallory ou de tout autre tueur. Le gène Quinn.

— Que ce soit avec le crapaud, la mort de Frank Ganim ou mon empoisonnement, Mallory a tout fait pour te faire porter le chapeau. Tu n'es pas une psychopathe, tu es une Quinn. Ce n'est pas pareil.

Elle laissa échapper un rire amer qui ne cadrait pas du tout avec les rondeurs innocentes de son visage.

— Et quelle est la différence ?

— Je ne sais pas. Je suppose que c'est ce qui fait de nous de bons flics, parce que, contrairement à la plupart des gens, nous sommes faits d'autant d'ombre que de lumière. Je t'accorde que chez certains d'entre nous la part d'ombre l'emporte, et peut-être ne sommes-nous pas assez sages pour en avoir peur. Mais je crois qu'on surestime beaucoup le pouvoir des sentiments. Que tu ne te sentes pas heureuse de faire le bien ou que tu ne culpabilises pas de faire le mal, au fond, je crois que c'est ce que l'on fait qui compte.

Est-ce que c'était de moi ou de Carlo ? Parfois, je ne sais plus où ses pensées commencent et où finissent les miennes. Mais je savais au moins une chose : j'étais profondément heureuse que Gemma-Kate ait su quitter les siens pour venir avec nous en Arizona. Maintenant que je savais qui était Gemma-Kate et ce qu'elle aurait pu devenir, je comprenais mieux le sens de ma promesse envers Marylin. Il ne s'agissait pas de l'héberger le temps d'un été. Il s'agissait de veiller sur elle et de faire en sorte qu'elle poursuive son voyage dans la bonne direction.

— En tout cas, ne compte pas sur moi pour devenir flic, dit-elle.

— Tu vas devenir chercheuse en biochimie. Tu vas te retirer du monde, quelque part au fin fond d'un laboratoire.

— Non, je me disais que je pourrais devenir vétérinaire.

Mes tripes bondirent d'horreur à l'idée que Gemma-Kate puisse torturer de petits animaux.

— Quelle bonne idée. Prends le temps d'y réfléchir, quand même.

Je remontai les couvertures car l'air me semblait frais tout à coup, comme cela arrive encore au printemps, après le coucher du soleil.

Mais juste avant d'éteindre la lumière, ou peut-être justement parce que la lumière dansa un instant dans ses yeux, je crus déceler quelque chose dans son regard, une étoile polaire dans un ciel sans étoiles. Elle savait parfaitement ce qu'elle disait et l'effet qu'elle pouvait produire. Cette lubie de devenir vétérinaire, ce n'était rien d'autre qu'une façon de se moquer d'elle-même. Et, à cet instant, je sus que là où il y avait de l'autodérision se cachait parfois l'altruisme le plus sincère. Là où il y avait de l'humour, il y avait de l'espoir.

Je lui souhaitai bonne nuit, avant de faire le tour des interrupteurs et de vérifier que tout était bien fermé. Je n'aurais pas besoin de prendre Al et Carla dans notre chambre ce soir.

Traversant la maison dans l'obscurité, je me souvins d'une phrase qu'Elias Manwaring avait dite : « La seule façon d'atteindre le bonheur est de commencer par admettre que le monde est horrible, horrible, horrible. » Je ne pouvais pas dire le contraire. On voyait des enfants mourir avant leurs parents. Des personnes que vous croyiez être vos amies vous poignardaient dans le dos. Des femmes se laissaient frapper par leur mari et, parfois, je ne pouvais rien pour elles. La frontière entre le bien et le mal était par trop ténue.

Bon sang, si tout le monde raisonnait comme ça, plus personne ne voudrait s'attacher dans ce bas monde, parce que l'amour se termine toujours par l'abandon, la trahison ou la mort. Et ça, c'est vraiment horrible.

Bon sang.

Et si l'on dépassait un peu cette vision ? Si le monde est vraiment horrible, fondamentalement horrible, chaque instant qui ne l'est pas est un putain de miracle. Un cadeau, d'autant plus précieux qu'il est rare. Par exemple, le fait que, ce jour-là, je me sentais presque bien. Ou le fait que je venais de découvrir que, même si Gemma-Kate avait un quotient humain limité, elle avait une chance de s'en sortir dans la vie. Qu'elle était plus proche de moi que de Mallory.

Dans tous les cas, il était inutile de se faire du souci cette nuit. Pour l'heure, nous étions en sécurité. L'empathie a du bon, mais il faut aussi savoir mettre à distance la mort, les erreurs commises, les souffrances et les trahisons. S'autoriser à *ne pas* ressentir pour ne pas se laisser entraîner par le fond avec la victime qu'on essaye de sortir de l'eau. C'était ce que je ressentais pour l'inconnue du refuge. Savoir bloquer les sentiments est une question de survie, une armure pour affronter d'autres lendemains.

Parce que si vous n'êtes pas capable de savourer ces moments où le monde vous offre un répit, c'est un peu comme shooter dans un cadeau qu'on aurait laissé là pour vous. Nous étions tous en sécurité chez les DiForenza ce soir. Et, sans aller jusqu'à dire que le monde était merveilleux, merveilleux, merveilleux, je pouvais au moins me dire que, à cet instant précis, à cet endroit précis, il n'était pas mal du tout.

Bienvenue parmi les hommes, Quinn.

Remerciements

On dit qu'il faut tout un village pour élever un enfant, mais il faut au moins trois grosses agglomérations plus une ville de taille moyenne pour faire un livre. Un grand merci à Hope Dellon, chez St. Martin's Press, pour sa ténacité et sa patience inépuisables, à Adrienne Kerr, chez Penguin Random House, à Genevieve Pegg, chez Orion UK, et à toutes les équipes éditoriales du monde entier qui commencent par critiquer mes livres, puis en font la promotion à l'étranger. Ne te sens pas visée, Sarah Melnyk !

Merci à mes lecteurs, qui m'ont encouragée après *Rage blanche* et m'ont laissée croire que je pouvais recommencer. Et merci à ceux qui m'ont fait des critiques honnêtes, qui m'ont permis de progresser.

J'en viens à Helen Heller, ma première supportrice, qui me fait l'honneur d'être à la fois ma conseillère et mon amie, bien plus qu'un simple agent littéraire. Tout ce que je sais en matière de flirt, c'est de toi et Cristina que je le tiens !

Je tiens à remercier particulièrement :

Le Dr Bennett Blum, pour m'avoir éclairée sur le mode de fonctionnement des poisons, sans jamais me donner les dosages. Les détails ont été changés, inutile d'essayer ça à la maison ; ça ne marchera pas.

Micah Wisely, expert en arts martiaux mixtes, qui m'a appris quelques techniques.

Merci à tous les membres des communautés médicale et criminalistique pour leurs lumières :

Le Dr Jan Leestma, pour tout ce qui était neurologique, Kevin Gannon, pour la noyade, les Dr Robert Powers et Michael Derelanko, pour la partie toxicologique, la Dr Ellen Moffatt, pour les limites de l'autopsie médicolégale, le Dr Gil Brogdon, pour la radiologie, la Dr Mary Dudley, pour la traçabilité des pacemakers, le Dr Jamie Whiting, pour le crapaud du Colorado, et le Dr Jason Byrd, pour ses précieuses connaissances sur les larves nécrophages (n'allez pas voir sur Internet).

Merci à tous ceux, experts, spécialistes, qui ont relu ce manuscrit de leur œil critique et m'ont signalé ses incohérences et ses faiblesses :

Patrick Jones, pour le milieu policier.

La Dr Dorothy Dean, pour la criminalistique.

Jenna Jonteaux McClay et Christine Salvaterra, pour les questions d'ordre médical.

William Bell, Victoria Bergesen, Mickey Getty et Frederick Masterman, des auteurs qui savent lire.

Attendez, c'est pas fini ! Merci à :

Neil Evangelista, pour ses connaissances en matière d'armes à feu.

Debbie Mangold, pour m'avoir rappelé d'où me vient mon amour des onomatopées.

Barbara Norwitz, pour m'avoir donné des détails sur la gestion d'une situation de crise après une tuerie dans les salons d'un hôtel de San Antonio.

Rachel Ohly, pour ses conseils avisés en matière d'adolescents.

Jody Wilson, pour m'avoir détaillé un gala de charité.

Charles DeWitt – je ne sais plus trop pourquoi, mais son nom était sur ma liste, donc je suppose qu'il a dû se rendre utile à un moment donné.

Et, comme toujours et à jamais, merci à mon époux bien-aimé, qui m'a demandé si j'avais écrit ce matin, qui me donne la tranquillité d'esprit nécessaire à la création, et qui, même s'il s'en défend, résout parfois mes problèmes d'intrigue par une simple question bien placée. Chéri, on est quittes.

Composition réalisée par PCA

Impression réalisée par
Maury Malesherbes
pour le compte des Éditions J. C. Lattès
en mai 2020

LE MASQUE
s'engage pour l'environnement
en réduisant l'empreinte carbone
de ses livres.
Celle de cet exemplaire est de :
300 g éq. CO_2
Rendez-vous sur
www.lemasque-durable.fr

PAPIER À BASE DE
FIBRES CERTIFIÉES

Composition réalisée par PCA

Achevé d'imprimer en mai 2020, en France sur Presse Offset par
Maury Imprimeur - 45330 Malesherbes
N° d'imprimeur : 245672
Dépôt légal : juillet 2020 – Édition 01